U0137804

〔宋〕范成大 撰
吴企明 校箋

范成大集校箋

五

上海古籍出版社

范石湖集輯佚卷一　詩詞

和馬少伊韻

氣壓伊吾一劍鳴〔一〕，風生銅柱百蠻驚。君家自有堂堂陣，我欲周旋恐曳兵。

【題解】

本詩約作於紹興十六年（一一四六）前後，時在崑山東禪寺讀書。本詩輯自崑山雜咏卷下，孔凡禮范成大佚著輯存第一頁有録。馬少伊，即馬先覺，崑山人，參見卷八次韻馬少伊木犀「題解」。崑山雜咏卷下有馬先覺喜樂功成招范至能入詩社：「燕國將軍善主盟，新封詩將一軍驚。范家老子登壇後，鼓出胸中十萬兵。」詳石湖本詩意，當爲和馬先覺此詩之意。

【箋注】

〔一〕伊吾：郡名，李吉甫元和郡縣圖志卷四〇隴右道下伊州：「禹貢九州之外，古戎地，古稱昆吾。……隋大業六年得其地，以爲伊吾郡。……貞觀四年，胡等慕化内附，於其地置伊州。」

次韻項丈雪詩

兜羅世界三千刹〔一〕，重壁樓臺十二城。雲暗峨嵋封古色，日曛鳷鵲溜春聲。莫將蕉葉評摩詰〔二〕，且撚梅花慰廣平〔三〕。更憶緱山可憐夜，怯寒誰與伴調笙〔四〕。晏元獻雪詩：「緱御怯調笙。」

【題解】

本詩作於紹興十八年（一一四八）前後，時在崑山東禪寺讀書。于北山范成大年譜繫本詩於紹興二十一年，孔凡禮范成大年譜繫本詩於紹興十八年。本詩輯自崑山雜咏卷下，孔凡禮范成大佚著輯存第一頁有録。項丈，即項寅賓，字彦周，亦爲詩社中人。崑山雜咏卷下録項寅賓雪詩：「凍雲同色墜飛霙，送臘迎春一歲成。但見紅花洗芳面，那聞黄竹度新聲。密移瓊室祥光滿，倒瀉銀河白浪平。已屬畫師圖此景，炎蒸相對卧桃笙。」

【箋注】

〔一〕「兜羅」句：兜羅世界，即兜羅綿組成的世界，形容雪後景色。兜羅綿，翻譯名義集卷七沙門服相篇：「兜羅，此云細香……或名妬羅綿，妬羅，樹名。綿從樹生，因而立稱，如柳絮也。亦翻楊華。」三千，佛家謂三千大千世界，見智度論卷七。刹，梵語刹多羅的省稱，指國土，見玄應一切經音義卷一。全句形容無邊無際的河山被白雪覆蓋，像白絮構成的兜羅世界。

〔二〕「莫將」句：摩詰，即王維。王維畫袁安卧雪圖，圖中有芭蕉，沈括夢溪筆談卷一七：「余家所藏摩詰畫袁安卧雪圖，有雪中芭蕉，此乃得心應手，意到便成，故造理入神，迥得天意，此難可與俗人論也。」朱翌猗覺寮雜記卷上：「故惠洪云：『雪裏芭蕉失寒暑。』」故石湖要發出「莫將蕉葉評摩詰」的意想。

〔三〕「且撚」句：廣平，即宋璟，他有梅花賦，稱頌梅花君子之節，極有名。

〔四〕「更憶」二句：句尾自注：「晏元獻雪詩：緱御怯調笙。」知此兩句從晏殊詩中翻出。緱山，在河南緱氏縣，元和郡縣圖志卷五河南道一河南府緱氏縣：「緱氏山，在縣東南二十九里，王子晉得仙處。」列仙傳：「王子喬者，周靈王太子晉也。好吹笙，作鳳凰鳴，游伊、洛之間，遇道士浮丘公接以上嵩高山。」李白鳳笙篇：「仙人十五愛吹笙，學得崑丘彩鳳鳴。」

元日奉呈項丈諸生

節物陰沴裏，人情冷淡中。百憂尋老大，一笑屬兒童。雪意愁飢雀，風聲入斷鴻。新衣滿閭巷，終日自西東。

【題解】

本詩作於紹興十八年（一一四八）前後，時在崑山東禪寺讀書。與項寅賓有唱和，參見上首「題解」。本詩輯自崑山雜咏卷下，孔凡禮范成大佚著輯存第一頁有録。崑山雜咏卷下有項寅賓和范至能元日：「獻歲身留外，思家恨滿中。桃符禳厲鬼，椒酒勸仙童。出謁憑羸馬，題書附去鴻。青春應時節，斗柄夜摇東。」

送舉老歸廬山偈

二千里往來似夢，四十年今昔如浮。去矣莫久留桑下，歸歟來共煨芋頭。

【題解】

本詩作於淳熙九年（一一八二），時在知建康府任上。友人舉慧和尚將歸廬山普光院，因作本偈送之，同時還作送舉老歸廬山詩。舉老，即舉書記，詩僧舉慧。參見卷二〇贈舉書記歸雲丘「題解」。本文輯自寶慶四明志卷一七，全宋文卷四九八五有録。

酬姜堯章

鵝鶩聲暗雪意豪，直前不憚夜行勞。更能橐鞬尊裴度，千古人知李愬高。

【題解】

本詩作於紹熙二年（一一九一）冬，時閒居在家，姜夔來訪，盤桓經月，有唱酬。姜夔有雪中訪石湖詩，石湖作次韻姜堯章雪中見贈（見卷三三）。石湖又作酬姜堯章（即本詩），見周密浩然齋雅談。孔凡禮范成大佚著輯存第二頁有録。

口　號

我是蘇州監本獃，與爺上壽獻棺材㊀。宗室元來是皇族，㊁雨下水從屋上來㊂。

【校記】

㊀ 上：姑蘇筆記作「祝」。

㊁ 宗室元來是皇族：姑蘇筆記作「近來仿佛知人事」。

㊂ 水從屋上：姑蘇筆記作「還將屋裏」。

【題解】

本詩作年無考。張仲文白獺髓謂本詩作於「成大初官時」。本詩輯自白獺髓，涵芬樓鉛印本説郛引羅志仁姑蘇筆記，謂此口號見鄭獬所作楚樂亭記。孔凡禮范成大佚著輯存第二頁有録。

城頭歌

城頭煙暝催發更，遥聞鼕鼕復丁丁。可憐一夜勞鼓鉦，東方明矣瘖無聲。聲聲兮未足悲，今夜再有發更時。只恐昨日如昨夢，事去絶蹤那可追。君不見燈火高堂歌舞地，香雲覆坐圍珠翠。馬嘶人散日照梁，狼籍尊罍飛鳥至。人間萬事要有極，前世繁華總便迹。汝無神仙度世術，持此區區欲安適。

【題解】本詩作年無考。本詩輯自詩淵第三册第一九八〇頁，孔凡禮范成大佚著輯存、全宋詩均未録。

村居即景

緑遍山原白滿川，子規聲裏雨如烟。鄉村四月閒人少，纔了蠶桑又插田。

【題解】本詩作年無考。本詩輯自千家詩。孔凡禮范成大佚著輯存第三頁有録，按云：「此詩亦見宋翁卷葦碧軒集，題作鄉村四月，錢鍾書先生宋詩選注二五二頁選入，繫於翁卷。然千家詩之七言部分乃宋末謝枋得所選，想亦有據。今姑録於此。」

田家

穉子呼牛女拾耕，山妻自饁小溪鱗。安知曝背庭中老，不是淵明行輩人？

【題解】

本詩作年無考。本詩輯自分門纂類唐宋時賢千家詩選卷一四，孔凡禮范成大佚著輯存第三頁、全宋詩卷二二七二有録。孔氏按云：「此詩原題『又』。其前一首亦題爲『又』，起句爲『梢柮無烟雪夜長』，爲秋日田園雜興十二絶之一，見詩集卷二十七。再前一首爲『田家』，起句爲『晝出耘田夜績麻』，爲夏日田園雜興十二絶之一，亦見詩集卷二十七。故以『田家』爲題。」詩又見劉克莊集，題爲田舍。

秋蟬

斷角斜陽觸處愁，長亭搔首晚悠悠。世間最有蟬堪恨，送盡行人送盡秋。

【題解】

本詩作年無考。本詩輯自分門纂類唐宋時賢千家詩選卷二〇，孔凡禮范成大佚著輯存第三頁、全宋詩卷二二七二有録。本詩又見陸游集，題爲秋日聞蟬。

滿江紅

山繞西湖，曾同泛，一篙春緑〔一〕。重會面，未温往事，先翻新曲。勁柏喬松霜雪後，知心惟有孤生竹。對荒園，猶解兩高歌，空驚俗。人更健，情逾熟。櫻共柳，冰和玉〔二〕。恐相逢如夢，夜闌添燭〔三〕。别後書來空悵望，尊前酒到休拘束。笑簞瓢〔四〕，未足已能狂，那堪足。

【題解】

本詞作年莫考。本詞輯自永樂大典卷二二六六湖字韻。全宋詞第三册第一六二五頁、黄畬石湖詞校注均有録。「客悵望」，全宋詞作「空悵望」。

【箋注】

〔一〕一篙春緑：温庭筠洞户：「池漲一篙深。」

〔二〕「櫻共柳」二句：白居易詩（孟棨本事詩事感）云：「櫻桃樊素口，楊柳小蠻腰。」本詞借白詩意，櫻、柳、冰、玉指當時之歌女或侍女。

〔三〕「恐相逢如夢」二句：杜甫羌村：「夜闌更秉燭，相對如夢寐。」

〔四〕簞瓢：論語雍也：「一簞食，一瓢飲，在陋巷，人不堪其憂，回也不改其樂。」

水調歌頭 人日

元日至人日〔一〕，未有不陰時。新年叶氣，無處人物不熙熙。萬歲聲從天下，一札恩隨春到，光采動天鷄。壽域遍寰海〔二〕，直過雪山西。　憶曾預，宣玉册，捧金巵。如今萬里，魂夢空繞五雲飛。想見大庭宮館，重起三山樓觀，雙指赭黄衣〔三〕。此會古無有，何止古來稀。

【題解】

本詞輯自永樂大典卷三〇〇一。全宋詞第三册第一六二六頁、黄畬石湖詞校注亦録本詞，調名爲水調歌。從詞意考察，本詞當作於任職京師恰遇正月人日時。石湖於乾道五年十二月，除起居舍人兼侍講，六年乃在起居舍人任上，則乾道六年在京師過年。乾道六年十月，任中書舍人，七年仍在中書舍人任上，則乾道七年亦在京師過年，淳熙四年十一月，權禮部尚書，五年正月，以禮部尚書知貢舉，則淳熙五年，亦在京師過年。故本詞究竟作於何年，難以判定。孔凡禮范成大年譜淳熙三年譜文云：「初七日，賦水調歌頭。」詞句誤爲「直過西山雪」，以爲是成都之西山，故認爲作於蜀帥任上。

【箋注】

〔一〕元日至人日：顧禄清嘉録卷一「七人八穀九天十天」條引漢東方朔占書：「歲後八日，一日鷄，二日犬，三日豕，四日羊，五日牛，六日馬，七日人，八日穀。其日晴，所主之物育，陰則災。」晉議郎董勛答問禮俗：「正月一日爲鷄，二日爲狗，三日爲猪，四日爲羊，五日爲牛，六日爲馬，七日爲人，八日爲穀。縷金以相遺，改舊從新之意也。」

〔二〕壽域：太平盛世。漢書禮樂志：「驅一世之民，濟之仁壽之域。」杜甫上韋左相二十韻：「八荒開壽域，一氣轉洪鈞。」

〔三〕赭黃衣：皇帝所穿衣服的顏色。和凝宫詞：「紫燎光銷大駕歸，御樓初見赭黃衣。」

浣溪沙　江村道中

十里西疇熟稻香〔一〕，槿花籬落竹絲長〔二〕。垂垂山果挂青黃。濃霧知秋晨氣潤，薄雲遮日午陰涼。不須飛蓋護戎裝。

【題解】

本詞作年難以確考。本詞輯自永樂大典卷三五七六。全宋詞第三册第一六二六頁、黄畬石湖詞校注均有録。

【箋注】

〔一〕西疇：語出陶潛歸去來兮辭：「農人告余以春及，將有事於西疇。」

〔二〕槿花籬落：張耒田家詩：「新插茅檐紅槿籬。」

破陣子　祓禊

漂泊天隅佳節，追隨花下群賢。只欠山陰修禊帖〔一〕，却比蘭亭有管弦。舞裙香未湔。

淚竹斑中宿雨，折桐雪裏蠻烟〔二〕。唤起杜陵饑客恨〔三〕，人在長安曲水邊。碧雲千疊山。

【題解】

本詞作於淳熙元年（一一七四）三月三日。孔凡禮范成大年譜淳熙元年譜文：「三月三日，祓禊，作破陣子詞。詞見全宋詞第一六二六頁。詞中『漂泊天隅』，『蠻烟』云云，當在廣西作。以時考之，當爲今年。以去年三月十日入城，明年此時，又在赴蜀道中。」本詞輯自永樂大典卷一三九九三，全宋詞第三册第一六二六頁、黃畬石湖詞校注均有録。

【箋注】

〔一〕山陰修禊帖：指王羲之蘭亭集序。序云：「永和九年歲在癸丑，暮春之初，會於會稽山陰之蘭亭，修禊事也。」周密齊東野語卷一二「禊序不入選帖」云：「逸少禊序，高妙千古，而不入選。或謂『絲竹管絃，天朗氣清』，有以累之。不知『絲竹管絃』，不特見前漢張禹傳，而東都賦亦有『絲竹管絃，燁煜抗五聲』之語。然此二字相承，用之久矣。張衡賦：『仲冬之月，時和氣清。』又晉褚爽禊賦亦曰：『伊暮春之令月，將解禊於通川，風摇林而自清，氣扶嶺而自鮮。』況清明爲三月節氣，朗即明，又何嫌乎？若以筆墨之妙言之，固當居諸帖之首，乃不得列官法帖中，又何哉？豈以其表表得名，自應别出，不可與諸任齒耶？亦前輩選詩不入李、杜之意耳，識者試評之。」

〔二〕「折桐」句：折桐，即折桐花，洞天清禄集：「花桐，春來開花，如玉簪而微紅，號折桐花。」蠻烟：指西南少數民族地區的烟雲。張詠舟次辰陽：「山連古洞蠻烟合。」

〔三〕杜陵饑客：指杜甫，蘇軾續麗人行：「杜陵飢客眼長寒，蹇驢破帽隨金鞍。」

鷓鴣天 席上作

樓觀青紅倚快晴〔一〕，驚看陸地涌蓬瀛。南園花影笙歌地，東嶺松風鼓角聲。　山繞水，水縈城。柳邊沙外古今情。坐中更有揮毫客，一段風流畫不成〔二〕。

【題解】

本詞作年無考。本詞輯自永樂大典卷二〇三五三。全宋詞第三册第一六二六頁、黄畬石湖詞校注均有録。

【箋注】

〔一〕快晴：晴天氣爽。陳與義夏夜：「兩鵲翻明月，孤松立快晴。」

〔二〕「一段」句：自高蟾金陵晚望「世間無限丹青手，一片傷心畫不成」句中翻出。

水調歌頭

萬里籌邊處，形勝壓坤維〔一〕。恍然舊觀重見〔二〕，鴛瓦拂參旗〔三〕。夜夜東山銜月，日日西山横雪，白羽弄空暉〔四〕。人語半霄碧，驚倒路傍兒。分弓了，看劍罷，倚闌時。蒼茫平楚無際，千古鎖煙霏。野曠岷嶓江動〔五〕，天闊峭函雲擁〔六〕，太白暝中低〔七〕。老矣漢都護，却望玉關歸〔八〕。

【題解】

本詞輯自楊慎全蜀藝文志卷二五，蜀中名勝記卷四，全宋詞第三册第一六二七頁，黄畬石湖詞校注均有載。籌邊城，在成都子城之西南，唐代李德裕鎮蜀時建，久廢。淳熙三年，范成大新建之，樓既成，石湖請陸游爲之記。陸游籌邊樓記：「淳熙三年八月既望，成都子城之西南，新作籌邊樓，四川制置使知府事范公舉酒屬其客山陰陸某曰：『君爲我記。』按史記及地志，唐李衛公節度劍南，實始作籌邊樓，廢久，無能識其處者。今此樓望犍爲、僰道、黔中、越巂諸郡，山川方域，皆略可指。意者衛公故址，其果在是乎？樓既成，公復按衛公之舊圖，邊城地勢險要，與變夷相入者，皆可考信不疑。雖然，公于邊境，豈真待圖而後知哉！方公在中朝，以洽聞强記，擅名一時，天子有所顧問，近臣皆推公對，莫敢先者。其使虜而歸也，盡能道其國禮儀、刑法、職官、宫室、城邑、制度，自幽薊以出居庸、松亭關，并定襄、五原，以抵靈武、朔方，古今戰守離合，得失是非，一皆究其本末，口講字畫，委曲周悉，如言其閾内事。雖虜耆老大人，知之不如是詳也。而況區區西南夷，距成都或不過數百里，一登是樓，在目中矣，則所謂圖者，直按故事而已。請以是爲記。公慨然曰：『君之言過矣，予何敢望衛公。然竊有幸焉，衛公守蜀，牛奇章方居中，每排沮之，維州之功，既成而敗。今予適遭清明寬大之朝，論事薦吏，奏朝入而夕報可。使衛公在蜀，適得此時，其功烈壯偉，詎止取一維州而已哉！』某曰：『請并書公言，以詔後世，可乎？』公曰：『唯！唯！』九月一日記。」本詞當作於樓成之日，即淳熙三年。

【箋注】

〔一〕坤維：即地維。列子湯問：「共工氏與顓頊争爲帝，怒而觸不周之山，折天柱，絶地維。」張協雜詩：「大火流坤維。」

〔二〕舊觀重見：重新見到唐代李德裕所建籌邊樓的模樣。蜀中名勝記卷四：「唐書：李德裕建籌邊樓于成都府治之西，四壁圖蠻夷險要，日與習邊事者，籌畫其上。」文中衛公，乃德裕。

〔三〕「鴛瓦」句：鴛瓦，嵌合成雙的瓦片。白居易長恨歌：「鴛鴦瓦冷霜華重。」參旗，星名，史記天官書：「參爲白虎，三星直者，是爲衡石。……其西有句曲九星，三處羅：一曰天旗，二曰天苑，三曰九游。」正義曰：「參旗九星，在參西，天旗也。」

〔四〕白羽：指箭。史記司馬相如傳：「彎繁弱，滿白羽，射游梟。」正義曰：「文穎云：引弓盡箭鏑爲滿，以白羽羽箭，故云白羽也。」

〔五〕岷嶓：岷山和嶓山。

〔六〕崤函：崤山與函谷關。

〔七〕太白：星名。

〔八〕「老矣」二句：用班超典，漢代西域都護班超，年老思歸，上疏請求「生入玉門關」。後漢書班超傳：「超自以久在絶域，年老思土，上疏曰：『……臣不敢望到酒泉郡，但願生入玉門關。』」

鷓鴣天

仗下儀容筆下文，天風駕鶴住仙真〔一〕。榴花三日迎端午，蕉葉千春紀誕辰。經囷志〔二〕，立朝身。暫煩高手活吴民。明朝莫遣書丹篆〔三〕，怕引新符刻玉麟〔四〕。

【題解】

本詞作年莫考。本詞輯自詩淵第六册第四六〇〇頁，原題爲鷓鴣天壽。黄畬石湖詞校注、孔凡禮范成大佚著輯存第四頁均有録。孔氏於詞下按云：「本詞，詩淵謂爲『宋范大成』作。查詩淵其他各册，亦偶有署『宋范大成』作者，其詩作即見今本詩集。又，本詞『暫煩高手活吴民』云云，似成大爲壽平江守而作，以平江乃范成大之鄉郡也。『大成』當爲『成大』之誤。下詞洞仙歌，詩淵亦謂爲『宋范大成』作。今均繫於范成大之名下。自西江月以下各詞，詩淵皆謂『宋范成大作』。」

【箋注】

〔一〕「天風」句：駕鶴，語見江淹別賦：「駕鶴上漢，驂鸞騰天。」仙真，即仙人。

〔二〕圀：古國字，武則天造。玉篇：「古文國字，唐武后所作。」正字通：「唐武后時，有言國中或者，惑也，請以武鎮之。又有言武在口中，與困何異，復改爲圀。」

〔三〕丹篆：張正見和幸樂游苑侍宴：「鳳下書丹篆，龜符著緑編。」

〔四〕新符刻玉麟：隋書樊子盈傳：爲河南内史，文帝命留守東郡，曰：「社稷大事，終以委公……凡可施行，無勞形迹。今爲公別造玉麟符，以代銅獸。」

洞仙歌

碧城風物〔一〕，有湖中天地。長笑羲娥不停軌〔二〕。記蟠桃枝上，金母嗔嘗〔三〕，回首處，還又三千歲矣。　料仙人拊頂，曾授長生，名在雲瓊賜書裏。懶上鬱蕭臺，應厭高寒，飄然下，赤城游戲。且山澤留連作臞仙，不要管蓬萊，海中塵起〔五〕。

【題解】

本詞作年莫考。本詞輯自詩淵第六册第四六〇三頁，孔凡禮范成大佚著輯存第四頁、黄畬石湖詞校注均有録。

【箋注】

〔一〕碧城：仙境。太平御覽：「元始（天尊）居紫雲之闕，碧霞爲城。」李商隱碧城：「碧城十二曲闌干，犀辟塵埃玉辟寒。」

〔二〕羲娥：即羲和和嫦娥。羲和，傳説中駕馭日車之人。羲娥，代指日月。韓愈石鼓歌：「孔子西行不到秦，掎摭星宿遺羲娥。」

〔三〕金母：指西王母。陶弘景真誥甄命授：「昔漢初，有四五小兒路上畫地戲。一兒歌曰：『著青帬，入天門，揖金母，拜木公。』……所謂金母者，西王母也。」

〔五〕「不要」二句：葛洪神仙傳：卷三：「麻姑自説：『接待以來，已見東海三爲桑田，向到蓬萊，水又淺於往昔，會時略半也，豈將復還爲陵陸乎？』方平笑曰：『聖人皆言，海中行復揚塵也。』」

西江月

櫻笋園林緑暗〔一〕，槐榆院落清和〔二〕。年年高會引笙歌，戲采人隨燕賀〔三〕。

一笑難逢身健，十分休惜顏酡〔四〕。還將瓜棗送金荷〔五〕，遍照金章滿座。

【題解】本詞作年莫考。本詞輯自詩淵第六册第四六一〇頁。孔凡禮范成大佚著輯存第五册、黄畬石湖詞校注均有録。

【箋注】

〔一〕櫻笋：櫻桃和春笋的合稱，兩物俱爲春夏之交之物，亦用以代指時令。陸龜蒙奉和襲美所居首夏水木尤清適然有作次韻：「亦以魚蝦供熟鷺，近緣櫻笋識鄰翁。」

〔二〕清和：氣候清潤温和。曹丕槐賦：「伊暮春之既替，即首夏之初期……天清和而温潤，氣恬淡以安治。」謝靈運游赤石進帆海詩：「首夏猶清和。」

〔三〕「戲采人」句：戲采人，古代老人誕辰，演戲祝賀，上演老萊子著彩衣娱母爲壽的故事。高士傳：「老萊子年七十，作嬰兒戲，著五色斑斕衣。取水上堂，跌仆卧地，爲小兒啼。欲母喜。」燕賀，語出淮南子説林訓：「大厦成而燕雀相賀，憂樂别也。」

〔四〕顔酡：醉顔紅潤。宋玉楚辭招魂：「美人既醉，朱顔酡些。」

〔五〕金荷：金屬製成的荷形杯皿。黄庭堅醉落魄：「割愛金荷，一碗淡莫托。」

臨江仙

功行三千宜五福〔一〕，長生何假金丹。從教滄海又成田，瓊枝春不老，璧月夜長妍〔二〕。上界從來官府滿〔三〕，何妨游戲人間。年年强健到樽前，莫辭杯瀲灩，君是酒中仙〔四〕。

【題解】

本詞作年莫考。本詞輯自詩淵第六册第四六一二頁。孔凡禮范成大佚著輯存第五頁、黄畬石湖詞校注均有録。

【箋注】

〔一〕「功行」句：功行，指功德。功行三千，吕巖浪淘沙：「修成功行滿三千。」五福，古人稱壽、富、康寧、攸好德、考終命爲五福。尚書洪範：「一曰壽，二曰富，三曰康寧，四曰攸好德，五曰考終命。」

〔二〕「瓊枝」二句：從陳書張貴妃傳：「璧月夜夜滿，瓊樹朝朝新。」化出。

〔三〕「上界」句：上界，佛、道教稱神仙居住的地方。晁補之定風波：「上界雖然官府好，總道，散仙無事好追陪。」

〔四〕酒中仙：杜甫飲中八仙歌：「李白一斗詩百篇，長安市上酒家眠。天子呼來不上船，自稱臣是酒中仙。」

鷓鴣天

繡户當年瑞氣充，紫陽駕鶴下天風〔一〕。萬山秀色渾鍾盡，六月炎光一洗空。　蕉葉滿，彩衣重。刻符持節盡人雄。坐中金母欣餘慶〔二〕，勸醉周公勸魯公〔三〕。

【題解】

本詞作年莫考。本詞輯自詩淵第六册第四六一六頁。孔凡禮范成大佚著輯存第五頁、黄畬石湖詞校注均有録。孔氏於詞下按：「原調作瑞鷓鴣，誤，今改。」按詞律，鷓鴣天與瑞鷓鴣明顯爲兩調，句逗、用韻不同，本詞符合鷓鴣天調格，詩淵誤題。

【箋注】

〔一〕紫陽：即紫陽真人。道家傳説漢代周義生，字季通，入蒙山，遇羨門子，得長生秘訣，乘雲駕龍而去。雲笈七籤卷一〇六紫陽真人周君内傳：「紫陽真人姓周諱義生字季通，汝陰人也。」李白憶舊遊寄譙郡元參軍：「紫陽之真人，邀我吹玉笙。」

〔二〕餘慶：即餘福，謂福澤及於後人。周易坤：「積善之家，必有餘慶。」

〔三〕「勸醉」句：微子：「周公謂魯公曰：『君子不施其親，不使大臣怨乎不以。』」孔安國曰：「魯公，周公之子伯禽也，封於魯。」

滿江紅

天氣新晴，尋昨夢，池塘春早。朝雨過、湔裙〔一〕，水上柳絲風嫋。却憶去年今日事，桃花人面依前好〔二〕。惟今年，酒量却添多，銀杯小。誰勸我，玉山倒〔三〕。催細抹〔四〕。翻新調。漸金猊壓錦〔五〕，噴首雲繞。籠柏飛來雙翠袖，弓彎内樣人間少。爲留連，春色伴仙翁，都休老。

【題解】

本詞作年莫考。本詞輯自詩淵第六册第四六二〇頁。孔凡禮范成大佚著輯存第五頁、黄畬石湖詞校注均有録。與原文相較，孔輯、黄注有漏字、誤字如下：「雨過」前，原有「朝」字，「今日」下，原有「事」字，兩書漏；「嫋」，黄注作「裊」；「伴仙翁」，兩書作「伴山翁」。黄注有「校勘」三條，云：「山，明鈔本詩淵誤作『仙』，費解，兹改作『山』字。猊，明鈔本詩淵誤作『狎』，費解，且平仄不合，兹改爲『猊』字。帕，明鈔本詩淵作『柏』，亦費解，兹改爲『帕』字。」按作「山」、作「柏」非誤，不當改。「狎」處本應平聲，改爲「猊」，可從。

【箋注】

〔一〕湔裙：古時的一種風俗，吕渭皇帝移晦日爲中和節：「湔裙移舊俗，賜尺下新科。」

〔二〕「却憶」三句：自崔護題都城南莊詩：「去年今日此門中，人面桃花相映紅。人面不知何處去，桃花依舊笑春風。」詩中化出。

〔三〕玉山倒：醉後倒地如玉山之傾倒。劉義慶世説新語容止：「山公曰：嵇叔夜之爲人也，巖巖若孤松之獨立；其醉也，傀俄若玉山之將崩。」

〔四〕細抹：仔細按抹。抹，輕按，彈奏琵琶的指法。白居易琵琶引：「輕攏慢捻抹復挑。」王建宫詞：「琵琶先抹六么頭。」

〔五〕金猊：金屬製成的狻猊形香爐。花蕊夫人宫詞：「金猊烟穗繞觚稜。」

清平樂

降嵩儲昴〔一〕，仙馭來塵表〔二〕。身佩安危人不老〔三〕。化國風光長好〔四〕。

功名南北天涯。歡聲鑾嶠胡沙〔五〕。草木何□□露，小春桃李都花。

【題解】

本詞作年無考。本詞輯自詩淵第六册第四六二三頁，孔凡禮范成大佚著輯存第六頁、黄畬石湖詞校注均有録。

【箋注】

〔一〕降嵩儲昂：祝賀生日常用之語，詩經大雅崧高：「崧高維嶽，峻極于天。維嶽降神，生甫及申。」羅隱錢尚父生日：「大昴光分降牛斗，興唐宗社作諸侯。」

〔二〕仙馭：仙駕。李世民賦秋日懸清光賜房玄齡：「仙馭隨輪轉，靈烏帶影飛。」

〔三〕身佩安危：即身繫安危。佩，帶也，繫也。

〔四〕化國：化外之國。王符潛夫論：「化國之日舒以長。」蘇軾葉待制求先墳水慕亭詩：「靈區有異産，化國無潛珍。」

〔五〕蠻嶠胡沙：泛指南北方少數民族地區。

清平樂

何須輕舉〔一〕，上界多官府。身似靈光長鎮魯〔二〕。俯仰人間今古。　雨餘簾捲江流，朱顏流映瓊舟〔三〕。不假崗陵□壽〔四〕，西山低似西樓。

【題解】

本詞作年無考。本詞輯自詩淵第六册第四六一三頁，孔凡禮范成大佚著輯存第六頁、黄畬石湖詞校注均有録。

【箋注】

〔一〕輕舉：登仙，漢書張良傳：「乃學道，欲輕舉。」

〔二〕「身似」句：靈光，殿名，王延壽魯靈光殿賦序：「魯靈光殿者，蓋景帝程姬之子恭王餘之所立也……遭漢中微，盜賊奔突，自西京未央、建章之殿，皆見隳壞，而靈光巋然獨存。」靈光殿在魯地，故云「長鎮魯」。

〔三〕瓊舟：指酒杯。蘇軾玉盤盂：「直待瓊舟覆玉彝。」按，周禮春官司尊彝：「六彝，皆有舟。」鄭玄注：「舟，尊下臺，若今時承槃。」

〔四〕崗陵：詩經小雅天保：「如山如阜，如崗如陵。」祝壽之詞，猶今之「壽比南山」。

菩薩蠻　寓直晚對內殿

彤樓鼓密催金鑰〔一〕。沉沉青瑣重重幕。宣喚晚朝天〔二〕，五雲籠暝烟。　風急東華路〔三〕。暖扇遮微雨〔四〕。看霧撲人衣〔五〕，上林鳥滿枝〔六〕。

【題解】

本詞作於淳熙五年，孔凡禮范成大年譜「淳熙五年」三月譜文云：「寓直晚對內殿，作菩薩蠻詞。據咸淳臨安志卷一五，見全宋詞一六二四頁。咸淳臨安志以此詞引入學士院賦咏。下月二日，成大已爲參知政事。此詞當作于三月。」宋中興學士院題名：「范成大，淳熙五年三月，以權禮部尚書兼直院。四月，除參知政事。」本詞當作於五年三月。本詞輯自咸淳臨安志卷一五，全宋詞第一六二四頁、黄畬石湖詞校注均有録。

【箋注】

〔一〕金鑰：金鎖。方言卷五：「户鑰，自關而東，陳楚之間，謂之鍵；自關而西謂之鑰。」

〔二〕朝天：古代稱朝見皇帝曰朝天。舊唐書韓弘傳：「朝天有慶，就日方伸。」

〔三〕東華路：沈括夢溪筆談卷一：「今學士初拜，自東華門入，至左承天門下馬。」宋史地理志一：「宫城周圜五里，南三門，中曰乾元，東曰左掖，西曰右掖。東西面門曰東華、西華。……東華門内一門曰左承天祥符，西華門内一門曰右承天。」

〔四〕暖扇：宫扇。宋史儀衛二：「紹興奉迎太母，極意備禮，然猶曰太后天性樸素，不敢過飾儀從。器物惟塗金，輿前用黄羅繖扇二，緋黄繡雉扇六，紅黄緋金拂扇二，黄羅暖扇二。」

〔五〕撲人衣：杜甫大曆三年春白帝城放船出瞿塘峽久居夔府將適江陵漂泊有詩凡四十韻：「空翠撲肌膚。」

〔六〕上林：本秦時苑名，這裏借指南宋宫苑。

水調歌頭 桂林九日作

萬里漢都護。

【題解】本詞作於乾道九年(一一七三)重九日,時在桂帥任上,登七星山,遊棲霞、水月諸洞,有登臨之興,因作本詞。謝啓昆粤西金石略卷八章潭范成大題名:「乾道癸巳重九,吴人章潭遂道、范成大至能攜家同登七星山,遂遊棲霞、水月諸洞。」本詞輯自周密澄懷録卷下,僅存一句。全宋詞第一六二四頁有録。

水調歌頭 成都九日作

萬里橋邊客。

【題解】本詞作於淳熙二年(一一七五)重九日,時在蜀帥任上。周密澄懷録卷下:「始余使虜,是日過燕山館,賦水調,首句云:『萬里漢家使。』後每自和。……成都云:『萬里橋邊客。』明年,徘徊藥市，頗嘆倦游，不復再賦。但有詩云：『年來厭把三邊酒，此去休哦萬里詞。』」明年，指淳熙三年，本書卷一七有丁酉重九藥市呈坐客（按：「丁酉」，當爲「丙申」之誤）。淳熙四年五月二十九日離成都，知本詞作於淳熙二年。本詞輯自周密澄懷録卷下，僅存一句。全宋詞第一六二二四頁有録。

水調歌頭

淳熙己亥重九，與客自閶門泛舟，徑横塘。宿霧一白，垂垂欲雨。至彩雲橋，氛翳豁然，晴日滿空，風景閑美，無不與人意會。四郊刈熟，露積如繚垣。田家婦子着新衣，略有節物。挂帆溯越來溪，潦收淵澄，如行玻璃地上。菱華雖瘦，尚可采。檥櫂石湖，扳紫荆，坐千巖，觀下菊叢中，大金錢一種已爛熳穠香，正午薰入酒杯，不待轟飲，已有醉意。其傍丹桂二畝，皆盛開，多欒枝，芳氣尤不可耐。攜壺度石梁，登姑蘇後臺，躋攀勇往，謝去巾輿筇杖，石稜草滑，皆若飛步。山頂正平，有坳堂蘚石可列坐，相傳爲吴故宫閑臺別館所在。其前湖光接松陵，獨見孤塔之尖。少北，墨點一螺爲崐山。其後西山競秀，縈青叢碧，與洞庭、林屋相賓。大約目力逾百里，具登高臨遠之勝。始余使虜，是日過燕山館，賦水調，首句云：「萬里漢家使。」後每自和。桂林云：「萬里漢都護。」成都云：「萬里橋邊客。」明年，徘徊藥市，頗嘆倦遊，不復再賦。但有詩云：

「年來厭把三邊酒，此去休哦萬里詞。」今年幸甚，獲歸故園，偕鄰曲二三子，酬酢佳節於鄉山之上，乃復用舊韻。

萬里吳船泊，歸訪菊籬秋。

【題解】

本詞作於淳熙六年（一一七九），時正閒居在家，適逢重陽佳節，與鄰居二三友人酬酢佳節於鄉山之上，因賦本詞。可惜僅存兩句，幸有長序被周密記録下來，可見當日詞人興會。本詞輯自周密澄懷録卷下，全宋詞第一六二五頁有録。

范石湖集輯佚卷二　表

賀天申節表

上天申命用休，大德必得其壽。呼神山之萬歲，夢遠鈞天；開壽域於八荒，驩同率土。

【題解】

本文作於紹興三十二年（一一六二）五月，時在監太平惠民和劑局任上，逢高宗天申節，因上表祝賀。天申節，爲宋高宗生辰之節。宋史禮志一五：「建炎元年五月，宰臣等上言，請以五月二十一日爲天申節。」本文輯自黄震黄氏日鈔卷六七，孔凡禮范成大佚著輯存第一〇〇頁、全宋文卷四九七七均有録。題參全宋文擬。

賀太上皇表

三十六年之在宥，與物爲春；萬八千歲之升恒，自今以始。（闕）爲天子父，尊之至密，藏廣運之聖神；在太極先，不爲高坐，閱無疆之歷服。

【題解】

本文作於紹興三十二年（一一六二）六月，時在監太平惠民和劑局任上。太上皇，即宋高宗，宋史高宗紀：「（紹興三十二年六月）乙亥，内降御札：『皇太子可即皇帝位，朕稱太上皇帝，退處德壽宮。』」本文即作於其時。本文輯自黄震黄氏日鈔卷六七，孔凡禮范成大佚著輯存第一〇〇頁、全宋文卷四九七七均有録。題參全宋文擬。

賀加太上皇帝尊號表

太上皇帝休道集虚，洗心藏密㊀。受兼南北，如春養而海涵；福峻岡陵，與天長而地久。

【校記】

㊀密：原作「蜜」，于北山范成大年譜引本文作「蜜（密？）」。今從其説，校改之。

【題解】

本文作於紹興三十二年（一一六二），時在監太平惠民和劑局任上。上太上皇帝尊號，時在紹興三十二年六月，宋史孝宗紀：「（紹興三十二年六月）甲午，上太上皇帝尊號曰光堯壽聖太上皇帝，太上皇后曰壽聖太上皇后。」本文作於其時。于北山范成大年譜繫本文於隆興元年，欠當。本文輯自永樂大典卷九七六二，于北山范成大年譜隆興元年、全宋文卷四九七七均有録。題據于譜擬。

加光堯尊號賀壽皇表

重堯帝之華，稽古亦咨而命禹；以王季爲父，無憂允賴於繼文。

【題解】

本文作於紹興三十二年（一一六二），時在監太平惠民和劑局任上。爲高宗加光堯尊號，時在紹興三十二年六月，宋史孝宗紀：「（紹興三十二年六月）甲午，上太上皇帝尊號曰光堯壽聖太上皇帝。」壽皇，指宋孝宗，因加高宗尊號而賀孝宗，然「壽皇」之名號，至淳熙十六年方上尊號，紹興三十二年不可能預知，此蓋黃震未能明辨，故有此誤。本文輯自黃震黃氏日鈔卷六七，孔凡禮范成大佚著輯存第一〇一頁、全宋文卷四九七七亦録之。題參全宋文擬。

北使回除中書舍人謝表

使四方不辱君命，既莫效於捐軀；俾萬姓咸大王言，復何資於潤色。

【題解】

本文作於乾道六年（一一七〇）十月。九月，石湖使金回行在，十月，除中書舍人，因作此謝表。本文輯自黃震黃氏日鈔卷六七，孔凡禮范成大佚著輯存第九九頁、全宋文卷四九七七均有録。周必大神道碑：「除中書舍人同修國史及實録院同修撰，賜紫章服。」南宋館閣録卷八：「范成大，（乾道）六年十月，以中書舍人兼（同修國史）。」又：「范成大，（乾道）六年十月，以中書舍人兼（實録院同修撰）。」

自中書帥廣謝表

紫微鳳閣，曾莫代於堯言；桂海冰天㈠，但欲窮於禹迹。

【校記】

㈠冰天：原作「水天」，據用典改。

【題解】

本文作於乾道九年（一一七三）。石湖於乾道七年接受以集英殿修撰知静江府、廣西經略安撫使之任命，即歸故里。乾道八年十二月，自吴郡赴廣西帥任，九年三月入桂林，接任，乃作謝表。本文輯自黄震黄氏日鈔卷六七，孔凡禮范成大佚著輯存第九九頁、全宋文卷四九七七均有録。題參全宋文擬。范成大驂鸞録：「（乾道九年）三月十日，入城交府事。」吴廷燮南宋制撫年表卷下「知静江府」：「乾道九年，范成大。淳熙元年，范成大，碑：淳熙元年十月，除知成都。」

知静江府到任表

矧今炎州，號國南屏。指揮部屬，多至二十五城；經撫郡蠻，不知幾千萬落。

【題解】

本文作於乾道九年（一一七三）三月。范成大驂鸞録：「（乾道九年）三月十日入城，交府事。」静江府，即桂林，建炎以來繫年要録卷六三：「紹興二年二月丁亥朔，陞桂州爲静江府。」本文輯自輿地紀勝卷一〇三，孔凡禮范成大佚著輯存第一〇四頁、全宋文卷四九七七均有録。黄氏日鈔有自中書帥廣謝表，可參看。

帥蜀謝表

去國八千里，憾青天蜀道之難；提封六十州，豈白面書生之事。

【題解】

本文作於淳熙元年（一一七四）十月。本年七月，復四川制置使，十月，范成大以成都府路安撫制置使攝使事，有謝表，即本文。本文輯自黄震黄氏日鈔卷六七，孔凡禮范成大佚著輯存第九九頁、全宋文卷四九七七均有録。題參全宋文擬。于北山范成大年譜淳熙二年譜文：「拜蜀帥命，有謝表。」附注引自廣帥蜀謝表。周必大神道碑：「淳熙元年十月，除敷文閣待制、四川制置使、知成都府。」建炎以來朝野雜記甲集卷一一制置使：「自休兵後，獨成都守臣帶四川安撫制置使，掌節制御前軍馬、官員陞改放散、類省試舉人、銓量郡守、舉辟邊州守貳，其權略視宣撫司；惟財計、茶馬不與。」本文云「提封六十州」，即指四川制置使之轄區，孔凡禮范成大年譜對此曾有詳考，云：「四川制置使，轄成都府路、潼川府路、利州路、夔州路四路，計府五、州四十六、軍十、監二。成大言六十州，乃舉概數。」

帥蜀即真謝表

俎豆則嘗聞之，何以折衝於疆埸；期月而已可也，豈宜久假於事權。不泄邇，不忘遠，均萬里於户庭；在知人，在安民，揭九霄之日月。

【題解】

本文作於淳熙三年（一一七六）十一月。本文輯自黄震黄氏日鈔卷六七，孔凡禮范成大佚著輯存第九九頁、全宋文卷四九七七均有録。題參孔氏、全宋文擬。于北山范成大年譜繫本文於淳熙二年，孔凡禮范成大年譜繫本文於淳熙三年十一月，並云：「皇宋中興兩朝聖政十一月戊申紀事尚稱『權四川制置使』，下條所引口宣，已無『權』字，則即真當在十一月戊申後不久。」今從之。

謝賜生日生餼表

伏奉詔書，以臣生日，特降中使賜臣羊酒米麵者。初度載逢，方軫蓼莪之感；中天蕃錫，遽叨稟餼之恩。拜賜焜煌，拊躬震惕。中謝。伏念臣少孤多難，幼學蚉荒。嗟漫叶於熊祥，悵莫償於烏哺。偶逢聖擇，躐預政機。質蒲柳以先秋，材櫟樗而寖散。設桑弧於門左，雖粗效於馳驅；寘檀輻於河漘，終難逃於尸素。矧突黔之未久，已臺餽之下盼。慰其劬勞之思，寵以燕喜之具。特迂敕使，光賁私庭。此蓋伏遇皇帝陛下，仁壽躋民，恩勤逮下。中昃弗遑於暇食，大亨獨謹於養賢。在厥初生，貺之大禮。至若斗筲之陋，亦污體貌之隆。臣敢不戒屬厭之心，勉謀遠之慮。予以馭其幸，雖弗洎於親榮；忠可移於君，尚永肩於國事。

【題解】

本文作於淳熙五年（一一七八）六月五日，時石湖在參知政事任上，孝宗於六月四日賜餼羊、御酒，因於次日上表謝恩。周必大賜參知政事范成大（玉堂類稿卷九，自注：淳熙五年六月四日）：「敕成大，考律林鍾，炳靈雋輔。常延登之有俶，念載誕之斯臨。賜以餼牢，貳之醪醴。將予厚意，介爾修齡。」本文輯自永樂大典卷一三九九二，孔凡禮范成大佚著輯存第九八頁、全宋文卷四九七七均有録。生餼，饋贈活牲畜。儀禮聘禮：「介皆有餼。」注：「凡賜人以牲，生曰餼。」

御書石湖二大字謝表

天縱聖能，游藝超絶。典則高古如伏羲畫，體勢奇逸如神禹碑。日光雲章，垂耀縑素，環列改觀，禁籞動色。臣驚定喜極，不知抃蹈。昧死奉觴，上千萬歲壽，奉寶書以出。越五日，至石湖藏焉。石湖者，具區東滙，自爲一壑，號稱佳山水。臣少長釣游其間，結茅種木，久已成趣。春秋時，吴臺其陰，越城其陽，登臨訪古，往迹具在。

污萊露蔓，千七百餘年，莫有過而問者。今猥以臣故，徹聞高清，天光溥臨，燕及荒野，由開闢來，未睹斯盛。裴度、李德裕皆唐宗臣，緑野平泉，亦聲震當代，揆今所蒙無傳焉。何物幺麽，獨冒寵赫，百身萬殞，莫能負戴。臣蒲柳早秋，仕無補益。縣官儻畹晚不休，昧止足之戒，則將上累隆知，俯媿初服，臣用是懼。冀幸少日，遂賜骸骨，歸老湖上，宿衛奎壁，與山川之神暨猿鶴松桂，同在昭回中。一介姓名，亦因是不朽，使後世之臣屬厭榮禄，得全於桑榆，以無辱君賜，則陛下丕顯休命，不委於草莽，庶幾報恩之萬一。臣既摩刻扁榜，又被之琬琰以傳，且附著臣之自叙云㈠。七月朔，端明殿學士中大夫知建康軍府事、兼管内勸農使、提轄本府界分諸鋪遞角、充江南東路安撫使、馬步軍都總管兼營田使、兼行宫留守、吴縣開國伯、食邑七百户、賜紫金魚袋臣范成大拜手稽首謹書㈡。

【校記】

㈠ 自叙云：江蘇金石志作「自叙云爾」。

㈡ 署銜：諸本無，今據江蘇金石志補。「中大夫」三字，原爲缺文，據崔舍人玉堂類稿卷一〇賜中大夫知明州軍州事兼沿海制置使范成大再辭免除端明殿學士不允不得再有陳請詔補。

【題解】

本文作於淳熙八年（一一八一）七月，時在建康任。本文輯自吴郡文粹續編卷二三，古今事文類聚别集卷一二、石湖文略卷一、繆荃蓀江蘇金石志金石十三、孔凡禮范成大佚著輯存第一三六頁、全宋文卷四九八三均有録。題原作「御書石湖二大字跋」，文前有：「淳熙八年三月庚戌制書，擢臣居守金陵。閏三月丁亥，朝行在所。庚寅，辭後殿。翼日既望，詔賜清燕苑中，皇帝親御翰墨，大書『石湖』二字以賜。」現擬此題。江蘇金石志繆氏識云：「『石湖』二大字，在蘇州。拓本。連額高六尺六寸，廣三尺五寸。三截刻：上，額；中，石湖二大字；下，正書謝表。」徐崧、張大純百城烟水卷一：「石湖别墅，在縣西南二十里楞伽山下。宋參政范成大因越來溪故城，隨地勢高下而爲臺榭，别築農圃堂對楞伽寺。孝宗御賜『石湖』二大字。有北山堂、千岩觀、天鏡閣、玉雪坡、錦綉坡、説虎軒、夢魚軒、綺川亭、盟鷗亭、越來城等處。以天鏡閣爲第一。」

改元賀表

春秋謂一以爲元，日月重明而麗正。

【題解】

本文作於淳熙十六年（一一八九）十一月。宋史光宗紀：「（淳熙十六年）十一月庚午，詔改明年爲紹熙元年。」改元，即指此事。本文輯自黄震黄氏日鈔卷六七，孔凡禮范成大佚著輯存第一○二頁、全宋文卷四九七七均有録。題參全宋文擬。

賀壽皇表　一

保國家如金甌，治定中興之後；輕天下如敝屣，神凝太極之先。致二十七年之太平㊀，功已成而與子；綏萬有千歲之眉壽，福方永於後天。

【校記】

㊀致：孔凡禮輯存、全宋文作「撫」。

【題解】

本文作於淳熙十六年（一一八九）二月。壽皇，即孝宗，宋史孝宗紀：「（淳熙十六年）二月辛未，上尊號曰至尊壽皇聖帝，皇后曰壽成皇后。」本文即作於其時。本文輯自黄震黄氏日鈔卷六七，孔凡禮范成大佚著輯存第一○一頁、全宋文卷四九七七亦録之。題參全宋文擬。

賀壽皇表　二

蕩蕩民無能名，曷詠歌於太極；蒼蒼天其正色，惟想像於層霄。

【題解】

本文或即上表之另一部分。本文輯自黄震黄氏日鈔卷六七，孔凡禮范成大佚著輯存第一〇一頁，全宋文卷四九七七亦録之。

誕皇孫賀皇太后表

王假有家，克開闕後；孫又生子，俾熾而昌。

【題解】

本文作於紹熙四年（一一九三），時在家閒居。宋史光宗紀：「（紹熙四年二月）甲辰，皇孫生。」本文輯自黄震黄氏日鈔卷六七，孔凡禮范成大佚著輯存第一〇三頁、全宋文卷四九七七均有録。題參全宋文擬。

賀會慶節表

四七際而火爲主，親協帝以重華；五百年而王者興，儼恭己以南面。

【題解】

本文作於紹興三十二年（一一六二），逢孝宗壽誕，上表祝賀。會慶節，宋孝宗生辰之節。宋會要輯稿禮五七會慶節：「紹興三十二年（孝宗已即位，未改元）八月二十六日，宰臣陳康伯等上言，請以十月二十二日爲會慶節。從之。十月會慶節，百官赴文德殿拜表稱賀。」本文輯自黄震黄氏日鈔卷六七，孔凡禮范成大佚著輯存第一〇〇頁、全宋文卷四九七七均有録。

謝□□表

瞻爾庭而有待，人謂何功；以公服而衣徂㊀，臣猶知懼。（闕）貪天之功，以爲己力，固何異竊財之譏；如川之至，以莫不增，尚能歌歸美之報。

【校記】

㊀ 衣徂：原作「衣租」，從孔凡禮輯存改。

【題解】

本文作年難以確考。本文輯自黄震黄氏日鈔卷六七，孔凡禮范成大佚著輯存第一〇〇頁、全宋文卷四九七七均有録。題參孔氏、全宋文擬。

郊祀上表

美盛多而告神明，觀會通而行典禮。

【題解】

本文作年莫考。或作於任中書舍人時。本文輯自黄震黄氏日鈔卷六七，孔凡禮范成大佚著輯存第一〇〇頁、全宋文卷四九七七均有録。題參全宋文擬。

賀重明節表

兑報矩以司秋，離重明而麗正。（闕）本乎天，本乎地，咸歸覆幬之中；得其壽，得其名，方啓熾昌之運。

【題解】

本文作年莫考。重明節，乃光宗生辰之節。宋史禮志十五：「光宗以九月四日爲重明節。」宋史光宗紀：「（淳熙十六年）二月辛巳，以生日爲重明節。」宋會要輯稿禮五七「重明節」云：「淳熙十六年二月二十一日，宰臣等上言，請以九月四日爲重明節。從之。」本文輯自黄震黄氏日鈔卷六七，孔凡禮范成大佚著輯存第一〇二頁、全宋文卷四九七七亦録之。題參全宋文擬。

謝轉官表 一㊀

繼明而照四方，仰重光於日月；勞賜而加一級，覃大賚於江湖。

【校記】

㊀題：原作「謝轉官」，孔凡禮輯存同，今從全宋文所擬題。

【題解】

本文作年無考。本文輯自黄震黄氏日鈔卷六七，孔凡禮范成大佚著輯存第一〇二頁、全宋文卷四九七七均有録。題參全宋文擬。范成大轉官次數很多，從文字看，很難判定本文指哪一次轉官。

謝轉官表 二

舜帝重華，授受光於三聖；周邦大賚，寵綏遍於四方。

【題解】

本文作年無考。孔凡禮按云：「『三聖』云云，此文當作於光宗即位後。」本文輯自黄震黄氏日鈔卷六七，孔凡禮范成大佚著輯存第一〇二頁，全宋文卷四九七七均有録。題參全宋文擬。

賀　表

受祉施於孫子，立愛始於家邦。（闕）睦族以和萬邦，明倫而察庶物。

【題解】

本文作年無考。本文輯自黄震黄氏日鈔卷六七，孔凡禮范成大佚著輯存第一〇三頁、全宋文卷四九七七均有録。孔凡禮輯存作「佚題」，按云：「此兩聯節文，不知是否爲賀改元？『受祉』句前，明甲本有『雜對』二字，似不爲賀改元而作。」全宋文擬題爲「賀表」，今從之。

賀正旦表

陛下道參覆載，功妙裁成。敬授人時，稽昊天而欽若；乃垂治象，謹正月之始和。

【題解】

本文作年無考。本文輯自永樂大典卷八〇二二，全宋文卷四九七七有録。

范石湖集輯佚卷三　制

丘崈、楊萬里國子博士告詞

敕：左宣義郎國子博士丘崈等：奉常，禮樂之司；成均，教養之地。號爲博士，非若他官。正繫名儒，始稱清選。爾崈行藝傑出，氣養以剛；爾萬里詞華蔚然，思覃於古。俱以可大之業，際夫有爲之時。歲當郊禋，方欲刺六經而作王制，士樂絃誦，要能本三代以明人倫。各勉厥修，毋負所學。可依前件。

【題解】

本文作於乾道六年（一一七〇）十月六日，時任中書舍人。本文輯自楊萬里誠齋集卷一三三附録歷官告詞國子博士告詞，孔凡禮范成大佚著輯存八四頁、全宋文卷四九七六均録此文。黄氏日鈔卷六七有録，係節文。周必大神道碑：「除中書舍人，同修國史及實録院同修撰，賜紫章服。」無年月。南宋館閣録卷八：「范成大，（乾道）六年十月，以中書舍人兼（同修國史）。」「范成大，

（乾道）六年十月，以中書舍人兼（實録院同修撰）。」誠齋集附録國子博士告詞原注云：「乾道六年十月六日，中書舍人范成大行。」

周必大權禮部侍郎兼權直學士院陞同修國史實録院同修撰制

敕：朕遠稽載郁之文，監於二代；孰副維寅之命，僉曰伯夷。是咨能賢，俾貳掌禮。左朝散郎、試秘書少監兼權直學士院兼國史院編修官實録院檢討官兼權兵部侍郎周必大，尚古作者，爲時聞人。德性守於宫庭，常特立獨行而不顧；文聲諧於韶護，有一唱三歎之遺音。朕夙聞其摛藻之工，嘗試以出綸之任。乃常羊而難進，雖聞遠以益光。逮兹再見之期年，安有用賢而累日？亟躋禁列，以贊春卿。夫問揖遜之儀者，何足以治神人？聽鏗鏘而已者，何足以被動植？其順中和之致，來資制作之成。益尊見聞，嗣有選任。可特授，依前左朝散郎、權尚書禮部侍郎、兼權直學士院、兼同修國史、實録院同修撰。

【題解】

本文作於乾道七年（一一七一），時任中書舍人。本文輯自周綸周益國文忠公年譜（周益國文忠公集卷首）：「乾道七年辛卯，公年四十六。……七月壬辰，除權禮部侍郎；丁酉有旨，仍兼權直學士院、陞同修國史、實録院同修撰。制詞：『（略）』范成大行。」孔凡禮范成大佚著輯存八五頁、全宋文卷四九七六均有録。

楊萬里太常博士告詞

敕：左奉議郎、國子博士楊萬里，六經之道同歸，禮樂之用爲急。故學宮有博士員，而奉常亦設焉。皆所以訪論稽古，而佐興人文也。爾湛思典籍，風操甚厲，繇儒林徙禮寺，職名不殊，柬擢之意則厚。高議顯相，以大厥官。可依前件。

【題解】

本文作於乾道七年（一一七一）七月二十八日，時任中書舍人。本文輯自楊萬里誠齋集卷一三三附録歷官告詞太常博士告詞，下注：「乾道七年七月二十八日，中書舍人范成大行。」孔凡禮范成大佚著輯存八五頁、全宋文卷四九七六均有録。

瓊州山寨首領黄氏可宜人制

瓊管守臣，言汝以健婦自將，群盜帖息。旌以褒律，嗣其母封。弗懈益虔，培植後福。

【題解】

本文作於乾道七年（一一七一），時任中書舍人。本文輯自永樂大典卷二九七二，孔凡禮范成大佚著輯存八五頁、全宋文卷四九七六均有録。本文所述之「瓊州山寨」，指瓊管安撫司所轄之「黎洞」，宋史蠻夷傳三黎洞：「紹興間，瓊山民許益爲亂，王母黄氏撫諭諸峒，無敢從亂者，以功封宜人。至是，黄氏年老無子，請以其女襲封，朝廷從之。」宋會要輯稿第一九八册蕃夷五之四七云：「乾道七年，王母黄氏特封爲宜人。」兩書所載，與范成大制相合。黄氏其女即王氏，文獻通考卷三三一四裔考八黎洞之後引范成大桂海虞衡志云：「有王二娘者，瓊州熟黎之酋，有夫而名不聞，家饒財，善用衆，能制服群黎，朝廷封宜人。瓊管有號令，必下王宜人，無不帖然。」周去非嶺外代答卷二：「峒中有王二娘者，黎之酋也。夫之名不聞，家饒於財，善用其衆，力能制服群黎，朝廷賜封宜人，瓊管有令于黎峒，必下王宜人，無不帖然。」。

和義郡夫人蔡氏可封碩人制

朕斂時五福，延及群生。我澤如春，罔不漸被。篤近舉遠，宜有異恩。具官令儀靜媛，素履芳裕。慶鍾淑女，克昌其門。欣碩嘉名，用作爾祉。宜其象服，以對龍光。

【題解】

本文作於乾道七年（一一七一），時任中書舍人。本文輯自永樂大典卷二九七二，孔凡禮范成大佚著輯存八六頁、全宋文卷四九七六均有録。和義郡，即榮州。李吉甫元和郡縣圖志卷三三劍南道下榮州，有和義縣，「隋大業十二年分置和義縣，以招和夷獠，故以和義爲名」。王存元豐九域志卷七梓州路：「下，榮州和義郡，軍事。治榮德縣。」

臺州仙居縣尉余閎母潘氏饒州浮梁縣主簿謝偁母董氏并可特封孺人制

朕歸胙庭闈，大霈祭澤。凡一命而上，親年及耄耋者，皆錫封焉，老吾老以及人之老也。往服寵光，以濟壽域。

【題解】本文作於乾道七年（一一七一），時任中書舍人。本文輯自永樂大典卷二九七二，孔凡禮范成大佚著輯存八六頁、全宋文卷四九七六均有録。

右迪功郎汪大定可從事郎制

頃者修聘殊鄰，汝爲之屬。勞還第賞，亦既踰時。躐陞文階，以寵少從。

【題解】本文作於乾道七年（一一七一），時任中書舍人。本文輯自永樂大典卷七三二五，孔凡禮范成大佚著輯存八六頁、全宋文卷四九七六均有録。

右迪功郎余穎可右從事郎制

牛爲耕稼之本，盜輒攽而殺之，固刑所不貸。爾能盡得其黨與，則賞其可廢哉！

【題解】本文作於乾道七年（一一七一），時任中書舍人。本文輯自永樂大典卷七三二五，孔凡禮范成大佚著輯存第八六頁、全宋文卷四九七六均有録。

左迪功郎趙善登可左從政郎制

爾譜屬之英，自同寒素，能以藝業，決吾儒科。勵之寵章，遷秩一等。進脩自好，安步亨衢。

【題解】

本文作於乾道七年（一一七一），時任中書舍人。本文輯自永樂大典卷七三二五，孔凡禮范成大佚著輯存第八七頁、全宋文卷四九七六均有録。

歸正人趙虚己可迪功郎制

爾以書生，忠義自奮，間關險阻，奉身來歸。官以文階，益勵壯志。

【題解】

本文作於乾道七年（一一七一），時任中書舍人。本文輯自永樂大典卷七三二五，孔凡禮范成大佚著輯存第八七頁、全宋文卷四九七六均有録。歸正人，指自金國來歸者，朱子語類卷四二論語二四：「或曰：『今州郡有三項請受，最可畏：宗室、歸正、添差使臣也。』曰：『然。歸正人今却漸少，宗室則日盛，可畏。』」

歸正人歸州助教高粲可右迪功郎制

爾扶義來歸，既預簪笏，扣閽陳説，深諒所懷。列之文階，俾克仕進。

【題解】

本文作於乾道七年（一一七一），時任中書舍人。本文輯自永樂大典卷七三二五，孔凡禮范成大佚著輯存第八七頁、全宋文卷四九七六均有録。

鄉貢進士方權輸米補迪功郎制

敕某：勸分之令下，未有帥先爲吾元元輸粟於縣官者。而爾嘗預計偕，能奉明詔，授之初官，以厲來者，不亦可乎！可。

【題解】

本文作於乾道七年（一一七一），時任中書舍人。本文輯自永樂大典卷七三二五，孔凡禮范成大佚著輯存第八七頁、全宋文卷四九七六均有録。

閤門宣贊舍人幹辦皇城司吴瓌施行親從推垛子可轉右武郎制

張任天下武勇，以備容衛。三歲校藝，咸以序陞。以爾選練之勞，厥有成效。選官懋賞，其克祇承。

【題解】

本文作於乾道七年（一一七一），時任中書舍人。本文輯自永樂大典卷七三二六，孔凡禮范成大佚著輯存第八七頁、全宋文卷四九七六均有録。宋史職官志六：「皇城司，幹當官七人，以武功大夫以上及内侍都知、押班充，掌宫城出入之禁令，凡周廬宿衛之事、宫門啓閉之節皆隸焉。」「元祐元年，詔幹當官閲三年無過者遷秩一等。」吴瓌即因「三歲校藝」而轉遷一等爲右武郎。右武郎，爲武官官階，據宋史職官志九載：西上閤門副使，可轉右武郎。則吴瓌原官階爲西上閤門副使，而閤門宣贊舍人，爲其職使。宋史禮志二十「入閤儀」，載北宋韓維據入閤圖增損裁定入閤儀，其中有「通喝舍人」一職，具有宣贊、導引之職，南宋時才改爲閤門宣贊舍人，石湖此制文可補宋史之缺漏。

勝捷都虞侯周元可秉義郎制

爾結髮編伍，克有戰多。易官前班，以華其老。矢心勿懈，圖稱明恩。

【題解】

本文作於乾道七年（一一七一），時任中書舍人。本文輯自永樂大典卷七三二六，孔凡禮范成大佚著輯存第八八頁、全宋文卷四九七六均有録。秉義郎，爲武官官階，宋史職官志九載秉義郎由原「西頭供奉官」轉遷，則周元原官勝捷都虞侯爲西頭供奉官。

忠訓郎柴進修蓋營寨有勞可秉義郎制

爾孱功壁壘，能悉忠力，典司言狀，進其武階。夙夜敬共，益淬來效。

【題解】

本文作於乾道七年（一一七一），時任中書舍人。本文輯自永樂大典卷七三二六，孔凡禮范成大佚著輯存第八八頁、全宋文卷四九七六均有録。忠訓郎爲柴進原有官階，進遷一等，即爲秉義郎，見宋史職官志九。

振華軍都虞候劉俊馬軍司都虞候小劉安並可秉義郎制

爾等咸以戰多，服勞小校，參稽軍瑣，易授官班。忠力方剛，勿忘報國。

【題解】

本文作於乾道七年（一一七一），時任中書舍人。本文輯自永樂大典卷七三二六，孔凡禮范成大佚著輯存第八八頁、全宋文卷四九七六均有録。

將仕郎戴安國捕獲海賊可承信郎制

爾豪於海壖，爲郡耳目。寇船晝檥，服襆過門。物色成擒，議賞中率。益懋多績，嗣兹以聞。

【題解】

本文作於乾道七年（一一七一），時任中書舍人。本文輯自永樂大典卷七三二七，孔凡禮范成大佚著輯存第八八頁、全宋文卷四九七六均有録。宋代武官官階中無「將仕郎」一階，據宋史職官志九載，由「三班借職」可轉承信郎，則戴安國之將仕郎乃爲借職。

忠義軍統制官耶律适哩妻弟蕭慶元可承信郎制

爾父遼東之豪，屢亢讎虜，卒與姻黨，同歸本朝。何惜一官，併寵其息。

【題解】

本文作於乾道七年（一一七一），時任中書舍人。本文輯自永樂大典卷七三二七，孔凡禮范成大佚著輯存第八八頁、全宋文卷四九七六均有録。

明州水軍統制下董珎招安到海賊倪德等可補承信郎制

東溟稽天，盜倚而肆。帥閫有命，國威風馳。爾奉辭揚靈，鼠背弭楫㊀，其祗醲賞，無怠忠勤！

【校記】

㊀背：全宋文校疑應作「輩」。

【題解】

本文作於乾道七年（一一七一），時任中書舍人。本文輯自永樂大典卷七三二七，孔凡禮范成大佚著輯存第八九頁、全宋文卷四九七六均有録。

進勇副尉陳廣捕獲海賊可承信郎制

姦盜阻海，儌巡難攻。爾以才豪，爲郡所遣。揚舲巨浸，俘致酋魁。錫官疇庸，更勉來效。

【題解】

本文作於乾道七年（一一七一），時任中書舍人。本文輯自永樂大典卷七三二七，孔凡禮范成大佚著輯存第八九頁、全宋文卷四九七六均有録。

張建陣亡與子德普恩澤補承信郎制

爾父死於敵，録爾以官，所以報也。往哉！惟孝惟忠，以顯父休。

【題解】

本文作於乾道七年(一一七一)，時任中書舍人。本文輯自永樂大典卷七三二七，孔凡禮范成大佚著輯存第八九頁、全宋文卷四九七六均有録。

提舉兩浙東路常平茶鹽公事周閎可户部員外郎總領淮西財賦制

國家謹供軍之制，特全師所營，必以王官持節護饋饟，寄朕耳目，分國顧憂。班序甚高，舉在凡奉使命大夫上。以爾詳明練習，籍有才譽。乘軺東部，席固未温；進輝郎星，將我使事。調度密則軍不乏興，甘苦均則士有奮志。緊汝之職，往其欽哉！

【題解】

本文作於乾道七年(一一七一)，時任中書舍人。本文輯自永樂大典卷一三四九八，孔凡禮范成大佚著輯存第八九頁、全宋文卷四九七六均有録。周閎由户部員外郎總領淮西財賦，見宋史職官志七：「總領，四人。掌措置移運應辦諸軍錢糧，以朝臣充，仍帶幹階、户部等官。朝廷科撥州軍上供錢米，則以時拘催，歲較諸州所納之盈虧，以聞于上而賞罰之。」「建康、池州諸軍錢糧，淮西總領掌之。」

起復新知廬州葉衡可敷文閣待制樞密都承旨制㈠

奪情之典，實自從戎；基命之司，正關立武。既可緣於古誼，宜更錫於詔除。具官某，才猷應於時須，風績愜於僉論。出分藩郡，卓有能聲；入領計曹，敏無闕事。慨閔時之在疚，申變禮以遄歸。弗與其辭，屢招乃至。朕念北陲作牧，固惟金革之虞；而右府爲僚，亦總甲兵之問。爰進寶儲之直，俾須密命之承。揆理弗殊，留行惟允。儻忘家而憂國，當移孝以爲忠。

【校記】

㈠ 敷文閣：原脱「文」字，據宋史職官志二補。

【題解】

本文作於乾道七年（一一七一），時任中書舍人。本文輯自永樂大典卷一三四九九，孔凡禮范成大佚著輯存第九〇頁、全宋文卷四九七六均有録。敷文閣待制，宋史職官志二：「敷文閣學士、直學士、待制，紹興十年置，藏徽宗聖製，置學士等官。」樞密都承旨，指樞密院都承旨，宋史職官志二：「樞密院，掌軍國機務、兵防、邊備、戎馬之政令，出納密命，以佐邦治。凡侍衛諸班直、内外禁兵招募、閲試、遷補、屯戍、賞罰之事，皆掌之。」院設都承旨、副都承旨職，「掌承宣旨命，通領院務。若便殿侍立，閲試禁衛兵校，則隨事敷奏，承所得旨以授有司；蕃國入見亦如之。檢察主事以下功過及遷補之事」。

江南東路轉運副使沈度可秘閣修撰寧國府長史制

朕惟前代時若，遠遣親王，爲國藩翰；又稽天聖令甲，立之參佐，以統理庶僚，紀綱衆務。職有常古，非敢私於我家。疇咨時才，往踐厥次。以爾聞見有原，儒雅飾吏，公府卿寺，駸駸近密。而轍環江閩，泊然難進。故以論譔清班，俾輔吾子。昔之遴選此官者，號稱天下第一，惟清介正立者宜焉。爾尚無愧，其克欽承。

【題解】

本文作於乾道七年（一一七一），時任中書舍人。本文輯自永樂大典卷一三四九九，孔凡禮范成大佚著輯存第九〇頁、全宋文四九七六均有録。沈度，字公卿，參見本書卷一一己丑中秋寓宿玉堂聞沈公雅大卿劉正夫户部集張園賞月走筆寄之「題解」。秘閣修撰，宋史職官志二：「秘閣修撰，政和六年置，以待館閣之資深者。」寧國府長史，寧國大都督府，親王爲大都督，設長史以輔之。

宋史職官志七：「大都督府、都督府，設長史、左右司馬，大都督及長史掌同牧、尹。」原注：「親王爲節度，則大都督領之。」制文云：「故以論譔清班，俾輔吾子。」則命沈度爲長史，以輔親王。按，宋史孝宗紀二：「（七年）二月，詔立子惇爲皇太子，以慶王愷爲雄武、保寧軍節度使，判寧國府。」則沈度所輔者即慶王趙愷。

知臨安府姚憲可司農少卿兼權户部侍郎制

昔少皡列九農正之官，成周有小司徒之職。今吾設卿以治粟，立貳於司元。惟裕民足國之是圖，故稽古建官而惟謹。以爾疏通而知體，精敏而用和。畿節甸符，轍環殆徧，邦儲民力，目擊固存。才素許於辦多，職何憂於共二。夫顧難圖後，則天不能貧；散滯取贏，則國有餘蓄。戒索裘之不蚤，雖拾瀋以何庸。朕選惟艱，爾功其懋。儻不孤於委任，夫豈後於褒陞？

【題解】

本文作於乾道七年（一一七一），時任中書舍人。本文輯自永樂大典卷一三五〇七，孔凡禮范成大佚著輯存第九一頁、全宋文卷四九七六均有録。司農少卿，即司農寺少卿，宋史職官志五：「司農寺……元豐官制行，始正職掌，置卿、少卿、丞、主簿各一人。卿掌倉儲委積之政令，總苑囿庫務之事而謹其出納，少卿爲之貳，丞參領之。」權，唐宋時代稱代理、攝守官職爲權。兼權户部侍郎，即謂代理其職。據咸淳臨安志卷四八「古今郡守表」：「乾道八年正月十一日，姚憲以朝請大夫權户部侍郎除，權工部侍郎兼少尹，八月十六日，憲除左諫議大夫。」方志之記載，與范成大之制文，略有不合。按，范成大於乾道七年底，受命知静江府，離西掖歸吴，則姚憲之知臨安府當在乾道七年，此年又除司農少卿兼户部侍郎，仍在知臨安府任上，至八年八月十六日除左諫議大夫，離知臨安府任。范成大之制文比較可信。

新知通州許克昌可秘書省秘書郎兼權司封郎官制

朕惟人才實難，世道所惜。常恐有遐遺之歎，故弗忘留落之餘。爾早以藝文，先乎俊造，一跌不振，十稔於兹。比得覲於清閒，能告猷於閎遠。輟其之郡，留以在廷。遂典領於書林，且攝承於郎位。晉用之亟，否傾則然。脂車良辰，發軔英軌。

【題解】

本文作於乾道七年（一一七一），時任中書舍人。本文輯自永樂大典卷一三五〇七，孔凡禮范成大佚著輯存第九一頁、全宋文卷四九七六均有録。

左宣教郎馬大同可國子監主簿制

勾稽成均之法，蓋儒學者流，非他主簿比。爾以有用之學，推稱於時，蓋將試以劇煩；而今處之學省者，亦以示文學政事，未嘗兩塗。益尊所聞，以俟選擢。

【題解】

本文作於乾道七年（一一七一），時任中書舍人。本文輯自永樂大典卷一四六〇八，孔凡禮范成大佚著輯存第九一頁、全宋文卷四九七六均有録。

國子監主簿潘慈明可太常寺主簿武學博士劉敦義可國子監主簿制

寺監設主簿員，均之以勾稽爲職。然容臺學省，專治禮樂藝文之事，尤爲清貴。以爾慈明佪翔於王官，爾敦義淹久於講席，皆以文行自將，並蒙選任，益務進修，以對休渥。

【題解】

本文作於乾道七年（一一七一），時任中書舍人。本文輯自永樂大典卷一四六〇八，孔凡禮范成大佚著輯存第九二頁、全宋文卷四九七六均有録。

右奉議郎張權可軍器監主簿制

武監有簿領員職，雖止於鉤校，然通班朝謁，號稱選擢。爾比因錫對，俾游其間，宜敬共以贊其長，稱朕試功之意。

【題解】

本文作於乾道七年（一一七一），時任中書舍人。本文輯自永樂大典卷一四六〇八，孔凡禮范成大佚著輯存第九二頁、全宋文卷四九七六均有録。

賜趙雄辭免參知政事不允第二詔

卿既爲朕基命樞筦，密勿廟算，裔夷心醉，知中國有人矣。

【題解】

本文作於淳熙五年(一一七八)三月,時任權禮部尚書。本文輯自永樂大典卷三〇〇〇,孔凡禮范成大佚著輯存第九二頁、全宋文卷四九七六均有録。趙雄,字温叔,資州人,爲隆興元年類省試第一。虞允文宣撫西蜀,辟幹辦公事。入相,薦於朝。雄請復置恢復局,日夜講磨,條具合上意,除中書舍人。乾道八年,以母憂去。淳熙二年,召爲禮部侍郎,除端明殿學士,五年三月,參知政事,十一月拜右相。事見宋史卷三九六趙雄傳。

尚書禮部侍郎兼直學士院兼侍講鄭聞磨勘可左朝請郎制

五禮教萬民之中,既分卿職;三歲計群吏之治,并舉國常。具官某以卓躒不群之才,富疏通知遠之學。温恭朝夕,屢造辟以盡規;奮發文章,方掞天而摛藻。紬繹金華之業,春容玉筍之班,適會課於宮成,當陟明之功令。用陞顯級,其對明恩。

【題解】

本文作於乾道七年(一一七一),時任中書舍人。本文輯自永樂大典卷七三二二,全宋文卷四九七六有録。

歸正張□特補右承務郎制

爾昔仕虜帳，嘗嬰禍機。奉身來奔，其可遐棄！彈冠束帶，禄廩隨之。俯仰平生，思報所遇。

【題解】

本文作於乾道七年（一一七一），時任中書舍人。本文輯自永樂大典卷七三二三，全宋文卷四九七六有録。

皇侄孫右監門率府率子倚可换通直郎制

敕某：朕以教養之法推於九族，而迪予訓者，爾以父子繼焉，可謂宗室之秀矣。朕惟汝嘉，肆頒明命。弗循著格，時乃異恩；造於成人，則有終譽。可。

【題解】

本文作於乾道七年（一一七一），時任中書舍人。本文輯自永樂大典卷七三二三，全宋文卷四九七六有録。

皇兄右監門率府率令術可授通直郎制

敕：經明行修，士之高選。矧予宗子，迪教有聞。寘我周行，以需器使。可。

【題解】

本文作於乾道七年（一一七一），時任中書舍人。本文輯自永樂大典卷七三二三，全宋文卷四九七六有録。

右宣教郎奉使大金祈請國信所書狀官趙磻老回程可通直郎制

間者遣使殊鄰，少從多憚遠役。爾以文儒有氣節，慨然與俱。朕既更選而送之，還有餘賞，俾通閨籍，往益淬礪，以趣事功。

【題解】

本文作於乾道七年（一一七一），時任中書舍人。本文輯自永樂大典卷七三二三，全宋文卷四九七六有録。趙磻老，字渭師，其先東平人，居吴江黎里。參見本書卷一四送唐彦博宰安豐兼寄呈淮西帥趙渭師郎中「題解」。

敷文閣直學士知明州趙伯圭磨勘可朝奉郎制

四國於宣，騰治聲於甸服；三年大計，申陟典於銓庭。具官某以西周信厚之賢，號兩漢循良之守。農有餘粟，德政格於婁豐；海不揚波，威聲憺乎群盗。雖備禁嚴之列，亦階計最之科。閥閲宜陞，絲綸有焕，其對揚於茂渥，益舒發於閑撫。

【題解】 本文作於乾道七年（一一七一），時任中書舍人。本文輯自永樂大典卷七三二四，全宋文卷四九七六有録。

資政殿學士王之望致仕轉官制

學海老成，政塗耆舊。氣高嵩岱，頡頏議論之宗；風動關河，礧落功名之意。

【題解】

本文作於乾道六年（一一七〇），時任中書舍人。本文輯自永樂大典卷八〇二二，全宋文卷四九七六有録。王之望，字瞻叔，襄陽穀城人，寓居台州。紹興八年，登進士第，歷仕處州教授、太學録、提舉湖南茶鹽、太府少卿、户部侍郎、吏部侍郎、參知政事。乾道元年，起知福州、福建路安撫使。捕海賊王大老，捷聞，加資政殿大學士，移知温州，尋復罷。六年冬，卒。則王之望致仕後不久即逝世。宋史三七二有傳。

洪晧追封魏國公制

魏，大名也，其命維新。

【題解】

本文作於乾道七年（一一七一），時任中書舍人。本文輯自趙與時賓退録卷四，孔凡禮范成大佚著輯存第九七頁、全宋文卷四九七六均有録。從文意看，當是節文。趙與時賓退録卷四：「封國公者，先小國，次次國，後大國。已至大國者，許於本等内改封，國朝之制也。洪忠宣以子貴，追封鄒，徙封衛。乾道三年十二月改封魏矣，至七年四月又再封魏。其誥前銜稱『贈太師，追封魏國公。』後又云：『可特追封魏國公，餘如故。』范文穆行詞，略云：『魏，大名也，其命維新。』」

沈介帥潭制㊀

夙夜浚明，入則宣其三德；文武是憲，出則柔此萬邦。

【校記】

㊀題：原作「沈介師潭」，「師」，「誤」。「制」，據黄震黄氏日鈔「外制」加。

【題解】

本文作於乾道七年（一一七一），時任中書舍人。本文輯自黄震黄氏日鈔卷六七，孔凡禮范成大佚著輯存第九四頁、全宋文卷四九七六均有録。全宋文於此文題下標「乾道四年」。按，乾道四年，范成大正在赴知處州任。沈介之帥潭，據吴廷燮南宋制撫年表卷下「知潭州」：「乾道四年，沈介代張孝祥；五年、六年在任。六年，乞致仕。七年四月，晁公武代。」乾道七年三月二十六日周必大有顯謨閣學士左中奉大夫知潭州沈介辭免召赴行在乞宫觀不允詔，成大此文當與必大詔文作於同時。

黄中宫祠制

疏傅之歸鄉里，雖祖道於都門；子牟之在江湖，諒存心於魏闕。

【題解】

本文作於乾道七年（一一七一），時任中書舍人。本文輯自黄震黄氏日鈔卷六七，孔凡禮范成大佚著輯存第九四頁、全宋文卷四九七六均有録。

曾懷户部尚書制

問錢穀出入之幾，能析秋毫；報簿書期會之間，殆窮日力。

【題解】

本文作於乾道七年（一一七一），時任中書舍人。本文輯自黄震黄氏日鈔卷六七，孔凡禮范成大佚著輯存第九四頁、全宋文卷四九七六均有録。題參全宋文擬。

葉衡起復制

事親盡道，孝固可以移忠；體國忘私，恩或不能掩義。

【題解】

本文作於乾道七年（一一七一），時任中書舍人。本文輯自黄震黄氏日鈔卷六七，孔凡禮范成大佚著輯存第九四頁、全宋文卷四九七六均有録。

陳良翰詹事制

太子正而天下定，方妙簡於宫僚；有進德而朝廷尊，喜來趨於驛召。

【題解】

本文作於乾道七年（一一七一），時任中書舍人。本文輯自黄震黄氏日鈔卷六七，孔凡禮范成大佚著輯存第九四頁、全宋文卷四九七六均有録。宋史孝宗紀二：「（乾道七年三月）丙申，御大慶殿册皇太子。」因召陳良翰任太子詹事。「詹事」，即太子詹事，東宫官屬，見宋史職官志二。宋史職官志二：「（乾道）七年，光宗正儲位（即趙惇），以敷文閣直學士王十朋、敷文閣待制陳良翰爲太子詹事。」

王十朋詹事制

建太子而尊宗廟，鄉儒術而招賢良。

【題解】本文作於乾道七年（一一七一），時任中書舍人。本文輯自黄震黄氏日鈔卷六七，孔凡禮范成大佚著輯存第九五頁、全宋文卷四九七六均有録。乾道七年三月，光宗趙惇册爲皇太子，因命王十朋、陳良翰任太子詹事。參上文「題解」。

趙雄使回奬諭制

仗漢使之節旄，有安社稷利國家之志；得月氏之要領，乃履山川犯霜露而歸。

【題解】本文作於乾道七年（一一七一），時任中書舍人。本文輯自黄震黄氏日鈔卷六七，孔凡禮范成大佚著輯存第九五頁、全宋文卷四九七六均有録。趙雄於乾道六年十一月使金，本年回。宋史孝宗紀二：「（十一月）遣趙雄等賀金主生辰，别函書請更受書之禮。」「（七年）三月，趙雄至金，金拒其請。」

沈復工部侍郎兼臨安府少尹制

示樸以先天下，朕靡煩侈服之共；首善之自京師，爾其贊重暉之德。

【題解】

本文作於乾道七年（一一七一），時任中書舍人。本文輯自黄震黄氏日鈔卷六七，孔凡禮范成大佚著輯存第九五頁、全宋文卷四九七六均有録。題参全宋文擬。咸淳臨安志卷四八「古今郡守表」：「乾道七年，沈復，是月（承上文，當爲七月）初十日以左朝請郎直龍圖閣、兩浙運副除權工部侍郎兼少尹。」此時適范成大任中書舍人。文云「爾其贊重暉之德」，指贊助皇太子治理臨安。宋史孝宗紀二：「（乾道七年夏四月）甲子，詔皇太子判臨安府。……辛未，詔皇太子領臨安尹。」

外制一

宮室苑圃無所益㈠，朕雖示敦樸之先㈡；巧技工匠精其能，爾尚裨總核之治。

【校記】

㈠苑圃：原作「花圃」，今從元刻本改。

㈡示：原作「是」，孔校：「今從元刻本。」今據改。

【題解】

本文作於乾道七年（一一七一），時任中書舍人。本文輯自黄震黄氏日記卷六七，孔凡禮范成大佚著輯存第九三頁、全宋文卷四九七六均有録。自本文起所録之外制，文字均從黄氏日鈔録出，黄氏原無題目，故無法確知受制之人的姓氏、官銜。

外　制　二

閒暇而明政刑，會通而行典禮。

【題解】

本文作於乾道七年（一一七一），時任中書舍人。本文輯自黄震黄氏日鈔卷六七，孔凡禮范成大佚著輯存第九三頁、全宋文卷四九七六均有録。

外　制　三

大臣慮四方，皇極錫五福。

【題解】

本文作於乾道七年（一一七一），時任中書舍人。本文輯自黄震黄氏日鈔卷六七，孔凡禮范成大佚著輯存第九三頁、全宋文卷四九七六均有録。

外制　四

五禮教萬民之中，三歲計郡吏之治。

【題解】本文作於乾道七年（一一七一），時任中書舍人。本文輯自黄震黄氏日鈔卷六七，孔凡禮范成大佚著輯存第九三頁、全宋文卷四九七六均有録。

外制　五

五材並用，誰能去兵；六卿分職，各率其屬。

【題解】本文作於乾道七年（一一七一），時任中書舍人。本文輯自黄震黄氏日鈔卷六七，孔凡禮范成大佚著輯存第九五頁、全宋文卷四九七六均有録。

外　制　六

天申命以用休，臣歸美而報上。

【題解】

本文作於乾道七年（一一七一），時任中書舍人。本文輯自黄震黄氏日鈔卷六七，孔凡禮范成大佚著輯存第九五頁、全宋文卷四九七六均有録。

外　制　七

祗承於帝，方圖百志之咸熙；清問下民，惟恐一夫之失所。

【題解】

本文作於乾道七年（一一七一），時任中書舍人。本文輯自黄震黄氏日鈔卷六七，孔凡禮范成大佚著輯存第九六頁、全宋文卷四九七六均有録。

外制 八

聖主獨觀於萬化，微臣莫望於清光。

【題解】

本文作於乾道七年（一一七一），時任中書舍人。本文輯自黄震黄氏日鈔卷六七，孔凡禮范成大佚著輯存第九五頁、全宋文卷四九七六均有録。

外制 九

夙夜浚明有家，左右祇事厥辟。

【題解】

本文作於乾道七年（一一七一），時任中書舍人。本文輯自黄震黄氏日鈔卷六七，孔凡禮范成大佚著輯存第九六頁、全宋文卷四九七六均有録。

范石湖集輯佚卷四　奏

乞革弓手之弊奏　一

弓手之制弊壞。大縣額管百人，姑以十分爲率，其闕額不補者常二分，差出借事者亦二分，縣中過數占留與縣尉幹預民事、承引追呼者又二分，此三色者，固已占破六十餘人，寔在尉司者四十人而已。又有小吏、闇人、院子、市買之屬，亦不下十數人，寔計真爲弓手者，纔二十人而已，僅足以充縣尉當直肩輿之役，往往全無椿充教閱、緝捕之數。欲望先委諸路提刑官偏行屬州，汰減老弱，隨闕招填，依今來訓練將兵之制，分定弓弩、槍牌諸色技藝，具名注籍。逐州委鈐轄或路分一員，每季下縣教閱，倣禁軍賞格，隨宜激賜，略以軍法檢校。如此，則州縣之勢稍壯。

【題解】

本文作於乾道五年（一一六九）五月十三日。輯自宋會要輯稿兵三，全宋文卷四九七七録本文。題參全宋文擬。宋會要輯稿兵三弓兵：「(乾道)五年五月十三日，權發遣處州軍州事范成大進對，奏：『(略)。』上曰：『卿理會此，極切事情。』」

乞革弓手之弊奏　二

近日臨安府餘杭縣尉司弓手捕捉私鹽，勢力不敵，爲所殺傷，正以弓手單弱，疏失如此。伏見諸州禁軍占役、偷惰之弊，陛下令以姓名、事藝注籍於禦前，不測於逐州點撥一二十人到行在核實。緣此，州郡皇恐奉承，斷不敢占留雜役及不敢一日不入教場。若欲痛革弓手之弊，亦當依禁軍造籍，開具姓名及所執事藝鬥力細數上之於兵部。一年一次，取旨量擇一二十縣，每縣點撥數名，赴兵部或樞密院，依籍核試，以其殿最虛實，將教閱官及縣尉重作賞罰。其籍乞限指揮到一季申發，令兵部專一拘催，毋令迤邐廢格。

【題解】

本文作於乾道六年(一一七〇)五月，時任起居舍人。輯自宋會要輯稿兵三，全宋文卷四九七七録本文。題參全宋文擬。宋會要輯稿兵三弓兵：「(乾道六年)五月四日，詔：『令諸路提刑司行下所部州縣，遵依已降指揮，將弓手精加教閲，每歲躬親前去點檢拍試，具有無事藝，陞進退惰，置籍申樞密院。』以起居舍人范成大言：『（略）。』故有是命。」

乞避兄成象立班奏

乞避兄成象立班，照慶曆八年，李端懿復防禦使，與弟沂州防禦使端願同班，端願乞下之例。

【題解】

本文作於乾道五年（一一六九），時任禮部員外郎兼崇政殿説書，并兼國史院編修官，實録院檢討官。周必大神道碑：「會從兄成象爲工部郎官，公援故事，乞班其下，從之。」本文輯自黄震黄氏日鈔卷六七，孔凡禮范成大佚著輯存第四八頁、全宋文卷四九七七亦録之。題參全宋文擬。

繳僞會齊仲斷案奏

七月七日降指揮，十一日方關户部檢法案。金部之與法案，同一曹局，頃步之間，八日方能關行，而况傳至外州！合更審會湖州出榜的日，仍豁限三日，敕限外照本人所犯日子，然後處斷。

【題解】

本文作於乾道六年（一一七〇），時初任中書舍人。輯自黄震黄氏日鈔卷六七；孔凡禮范成大佚著輯存第四十三頁録本文時，將黄氏附加之語亦録之；全宋文卷四九七七録本文。黄震黄氏日鈔卷六七「奏狀」云：「繳僞會齊仲斷案，爲中書時所奏。初，乾道六年七月四日指揮，限三日毁印，湖州齊仲以八月十七日有犯，斷以死罪，謂在三日外也。石湖謂：（略）。愚謂此仁人之舉也，記之。」黄氏這一段文字，除「石湖謂」以下爲本文外，其餘均爲抄録范文時所附加。于北山范成大年譜乾道七年譜文云：「『在朝屢有奏陳』，將本文繫於七年，欠當。

論諜者奏

諜者詭姓遁迹，冒九死而圖萬全，索隱察微，問一二而知十百。此非妄男子所能，非其人不可泛遣。用晉遣人覘宋事。

【題解】

本文作於乾道六年（一一七〇），時使金還行在。輯自黄震黄氏日鈔卷六七，孔凡禮范成大佚著輯存第五〇頁、全宋文卷四九七七亦録本文。題參全宋文擬。黄震黄氏日鈔卷六七云「使回奏」，使，即指出使金國。

諸軍不得輒容合避親充將佐奏

如渥比者，始可權免爾。劉錡之於劉汜，不避子姪之嫌，吴璘之於姚仲，不避姻家之嫌，皆至敗事。蓋兵官利害，動關生殺，非若州縣官止於舉劾而已。令諸軍不得因今來指揮，輒容合避親充將佐。

【題解】

本文作於乾道七年（一一七一），時任中書舍人。輯自黄震黄氏日鈔卷六七；孔凡禮范成大佚著輯存第四十三頁録本文時，將黄氏附加之語亦録入；全宋文卷四九七七録本文。石湖奏文前，黄震黄氏日鈔卷六七尚有「主管殿前司公事王友直奏：易娶左翼軍統制趙渥女，以渥分戍泉南，免避親嫌。石湖謂：（略）。」宋會要輯稿職官六三避親嫌有更詳盡之記載：「（乾道）七年六月三十日，詔左翼軍統制趙渥特免迴避王友直指揮更不施行，以臣僚論列故也。臣僚上言：『近睹録黄，殿帥王友直奏，男娶左翼軍統帥趙渥之女，即目渥雖駐劄泉州，緣是部曲，拘礙親嫌。已降指揮特免迴避。竊恐自後諸軍見有免避之例，漸開不避之端，不可以不論。臣嘗見主帥與將佐姻連者多矣，當其無釁也，上則曲意容庇，下則恃勢妄作，積弊日深，軍政遂壞。及其交惡也，小則紊煩朝廷，大則敗誤國事。如近年劉錡之於劉汜，不避子姪之嫌；吴璘之於姚仲，不避姻家之嫌。敗事失職，天下迄今恨之。欲乞下臣此章，令諸軍不得輒容合避之親充填本軍將佐。有未經改正者，並仰日下自陳。庶經申嚴國法，振起軍政，非細務也。』故有是命。」文中臣僚之言，包含范成大語。

請禁貴近勳臣越制請求奏

立愛惟親，固聖人之用心；法行自近始，亦聖治之先務。貴近無尺寸者，相習如此，異時勳臣戰士，若復越制請求，則如之何而拒之。

【題解】

本文作於乾道七年（一一七一），時任中書舍人。輯自黄震黄氏日鈔卷六七；孔凡禮范成大佚著輯存第四四頁録本文時，將黄氏附加之語亦録入；全宋文卷四九七七録本文。題參全宋文擬。黄震黄氏日鈔卷六七於「論宋貺召命」條下注云：「以上皆中書所奏。」石湖奏文前，黄氏尚有「節使知宗士銖乞照嗣王例全支米麥等恩數，石湖奏」一段文字，乃黄氏附加。

進象奏 一

昨令安南買發馴象十頭，觀其移文，意欲詣闕進奉大禮。

【題解】

本文作於乾道九年（一一七三）六月十一日，時知静江府兼廣南西路經略安撫使。本文輯自宋會要輯稿蕃夷七朝貢，文前有：「（乾道九年）六月十一日，廣南西路經略安撫司言。」文後有：「詔：『依五月七日已降指揮，候管押象人到，以禮管設發回。』先是朝廷有旨，收買牙象應奉大禮，而安南奏請入貢，令貢物十分受一。」孔凡禮范成大佚著輯存第七一頁録本文，全宋文未收。

進象奏 二

安南都知兵馬使郭進，賫牒關報，差使、副管押稱賀今上皇帝登極及進奉大禮綱運赴行在。進呈稱賀登極綱運表章一函，金三百三十兩數禦乘象羅我一副，金四十兩數裝象牙鞘一副，金五十兩數裝象額一副，金一百二十兩數沙鑼二面，金銀裹象鉤連同心帶五副，金間銀裝象額一副，金銀裝纏象藤條一副，銀四百兩數沙鑼八面，沉水香等二千斤，馴熟大象五頭，金鍍銅裝象脚鈴四副，裝象銅鐸連鐵索五副，禦乘象繡坐簟一面，裝象犛牛花朵一十六件，禦乘象朱梯一枚，禦乘象羅我龍頭同心帶四條。赴行在人員：一員大使，八名職員，一名書狀官，一名都衙，二名通引官，四人知客，五人象公，三十人衙官從人。其進奉大禮綱運方物：表章一函，雄大牙象一十頭，金銀裹象鈎連結同心帶五副，銀頭朱竿象鈎五副，裝象銅鐸連鐵索一十副，朱裝纏象藤條一十副。赴行在人員：一員正使，一員副使，一十六名職員，一名監綱，一名書狀官，一名孔目官，一名書表司，一名行首，一名都衙，二名通引官，二名押衙，二名教練，四名知客，十人象公，十五人長行防援官，三十二人衙官從人。本司欲權宜下欽州，如例排備管接，界首聽旨。及安南乞差人押貢詣行在。若許押進，所有彼道人員數目及管設儀制等事，已有紹興二十六年例，亦可參照。

【題解】

本文作於乾道九年（一一七三）七月四日，時知静江府兼廣南西路經略安撫使。本文輯自宋會要輯稿蕃夷七朝貢，文前有「七月四日，廣西經略安撫使言」，文後有「詔依，仍令廣西經略安撫使司差簽判已下曉識事體人伴送前來」。孔凡禮范成大佚著輯存第七一—七二頁録本文，全宋文未録。

進象奏 三

安南使副尹子思等稱：本道紹興二十六年入貢方物，係是輕細。今來進奉象身，所用供御羅我重大之器，并有沉水香等二千斤，所用夫力除減省檐仗外，實用七百五十人，馬四十四。乞比舊例，增五十人。

【題解】

本文作於乾道九年（一一七三）十二月十三日，時知静江府兼廣西經略安撫使。本文輯自宋會要輯稿蕃夷七朝貢，文前有「（乾道九年）十二月十三日，廣南西路經略安撫司言」，文後有「從之」。孔凡禮范成大佚著輯存第七二頁録本文，全宋文未録。

進象奏 四

進奉使副等到本司，除公參大排茶酒外，其餘禮數頗繁，本司並行折算，及説諭在路不宜稽滯。已依稟趁程起發，所有經由以北州軍門迎、大排、辭送、管設之類，並乞一併折算，可算搔擾繁縟之費，已備牒照應施行。舊例：帥臣往使人館舍報謁，仍移庖茶酒七盞。竊謂本司經略諸蠻、安南等道，皆係綏撫。其陪臣無敵體之禮，遂檢准政和五年「交州進奉，經過州軍更不復禮」指揮，令尹子思等赴本司參謁，叙寒温罷，即以門狀就廳展還，尹子思等降階揖謝而退。次日亦不移庖，折送還之。自此可爲定例。及除參司并特排外，其餘大排、謝會、辭府、朔旦等茶酒，悉准物價遞送。官司省費，蠻人亦以爲利。

【題解】

本文作於乾道九年（一一七三）十二月十三日，時知静江府兼廣西經略安撫使。本文輯自宋會要輯稿蕃夷七朝貢，文後云：「並從之。」孔凡禮范成大佚著輯存第七四頁録本文，全宋文未録。

條四事奏

一、乞招填諸州將兵。二、乞以前提刑滕賡效用，軍發赴行在，逃亡者招充本路效用，小弱者斷給據自便。三、以廣西人少，一保動隔山川，改户長法，止以三十户爲一科。四、以簿尉規避上司，别差無籍者攝之，乞禁止。

【題解】

本文作於乾道九年（一一七三），時任知静江府。輯自黄震黄氏日鈔卷六七，孔凡禮范成大佚著輯存第四五頁，全宋文卷四九七七亦録本文。題參全宋文擬。黄震黄氏日鈔卷六七於本條後注云：「凡皆帥廣時奏。」于北山范成大年譜繫本文於乾道九年，從之。

安南貢使入境宜遵舊制奏 乾道九年

本司經略諸蠻，安南在撫綏之内，其陪臣豈得與中國王官亢禮！政和間，貢使入境，皆庭參，不得報謁。宜遵舊制，於禮爲得。

【題解】

本文作於乾道九年（一一七三），時任知静江府。本文輯自宋史卷四八八交趾傳，孔凡禮范成大佚著輯存第七三頁，全宋文卷四九七七亦録本文。宋史外國交趾傳：「（乾道）九年，天祚復遣尹子思、李邦正求入貢，帝嘉其誠，詔館於懷遠驛。廣南西路經略使范成大言：『略』。朝廷從其請。」

交州進奉事奏

交州進奉，政和五年指揮，經過州軍，更不復禮。紹興二十六年，施鉅帥廣，報謁移庖，遂爲例。至是絶之。

【題解】

本文作於乾道九年（一一七三），時知静江府。本文輯自黄震黄氏日鈔卷六七，孔凡禮范成大佚著輯存第五一頁、全宋文卷四九七七亦録本文。題參全宋文擬。宋史外國四交趾傳：「（紹興）二十六年，命右司郎中汪應辰宴安南使者於玉津園。八月，天祚遣李國等以金珠、沉水香、翠羽、良馬、馴象來貢。詔加天祚檢校太師，增食邑。」交州，即交趾，後漢置交州，晉、宋、齊、梁、陳因之，又爲交趾郡。唐武德中，改交州總管府。宋置安南大都護府。王存元豐九域志卷一〇廣南路交州：「安南大都護府，經略，領宋平、朱鳶、龍編、交阯、平道、武平、南定七縣。」

論馬政四弊奏

邕州買馬大弊二。蠻人先驅一二百瘦病者爲馬樣，邀以買此而後大隊至。暨至，亦雜以半。買馬司典吏與招馬人歲久爲弊，一也。横山寨無草場，支錢悉爲官吏乾没〔一〕，不以時得草，二也。沿路損馬大弊二。所至無橋道，涉水貪程，一也。州縣不與草料，但計囑押人而去，二也。買之弊乞擇官，損之弊乞馬病隨寓留醫。

【題解】

本文作於淳熙元年（一一七四），時知静江府。本文輯自黄震黄氏日鈔卷六七，孔凡禮范成大佚著輯存第五一頁、全宋文卷四九七七亦録本文。題參全宋文擬。

【箋注】

〔一〕乾没：侵吞公家財物，如水之掩物，沉没無迹。漢書張湯傳：「張湯始爲小吏，乾没。」隋書王劭傳贊：「乾没誉利，得不以道。」黄朝英靖康緗素雜記卷二「乾没」條引蘇鶚演義云：「言乾地而没，不待沉于江湖也，故謂之乾没。」

乞禁私錦奏

静江府興安縣，客旅私販水銀入建陽、邵武買異色私錦㊀，涉宜州蠻界㊁，至邕州溪洞，邀蠻人教止易銀，而以私錦售易之。官價：錦當銀三十五兩，私錦只十五兩。致官錦無用。獨一色銀，易馬不足。且誘省地民負荷而縛賣之，或夾帶奸細。乞禁約於建陽、邵武出錦之源。

【校記】

㈠私錦：原作「錦私」，據下文改。

㈡宜州：原作「宜用」，據孔凡禮輯存、全宋文改。

【題解】

本文作於淳熙元年（一一七四），時在知靜江府任上。本文輯自黄震黄氏日鈔卷六七，孔凡禮范成大佚著輯存第五一—五二頁、全宋文卷四九七七亦録本文。題參全宋文擬。

關防官鹽之弊奏

官賣鹽既行，關防三事：一、慮漕司撥與諸郡抑配。二、慮取羸擡價，民食貴鹽。三、慮倉吏減斤，多裝籠葉。

【題解】

本文作於淳熙元年（一一七四），時知靜江府。本文輯自黄震黄氏日鈔卷六七，孔凡禮范成大佚著輯存第五四頁、全宋文卷四九七七亦録本文。題參全宋文擬。

乞除放黎州欠負奏

旌黎州死事者五人：推官黎商老、巡檢王勝、監税杜立、指使崔俊、楊滁，并乞除放黎州欠負㊀。乾道寇入，致欠錢引一萬五百四十道，而總領司置獄雅州，抑吏均賠錢引萬餘，必非出自吏胥之家，揞領居民，漁奪商賈，何所不至，民困誅求，反思有寇之歲，無此追擾。望聖慈計其大者，指此錢引下總司，特免催理。

【校記】

㊀ 黎州欠負：下原有「其説曰」三字，乃黄震之語。

【題解】

本文作於淳熙二年（一一七五），時任成都府路制置使及四川制置使。本文輯自黄震黄氏日鈔卷六七，孔凡禮范成大佚著輯存第五五頁、全宋文卷四九七七亦録本文。題參全宋文擬。周必大神道碑：「初及境，言：『吐蕃、南詔昔爲唐患，今幸瓜分，西南無警二百年。近者雅州碉門蠻入寇，敗官軍。乾道九年，吐蕃、青羌兩犯黎州，而奴兒結、蕃列等尤桀黠，輕視中國。』」黎州死事者，即指乾道九年抗擊吐蕃、青羌時战死者。

黎州蕃部還納漢口三十九人奏

黎州申：「五月六日，安静寨押到蕃部首領奴兒結等九名，還納所虜漢口周往保等三十九名，乞再行打誓，依舊入省地互市。本州已將人口津送歸業，其奴兒結等亦支犒設發歸部訖。」照得本朝故事，蠻作過，若欲復通，須還虜去人口，如何但得三十九名，便與打誓通和？

【題解】

本文作於淳熙二年（一一七五），時在四川制置使任上。本文輯自宋會要輯稿蕃夷五黎州諸蠻，孔凡禮范成大佚著輯存、全宋文均未收録。題據文意擬。黎州申報本年五月六日蕃部還納漢口三十九名，成大因上奏此事，故詔令四川制置司疾速取勘。宋會要輯稿蕃夷五黎州諸蠻：「（八月）二十日，詔前知黎州宇文紹直特送千里外州軍編管，秦嵩令四川制置使疾速取勘，以范成大言：（略）。」

探聞崖𡾊部義兄弟争殺事奏

奉御筆體究黎州邛部川崖𡾊、部義兄弟争殺事。今探聞，五月二十九日，有兩林蠻王弟籠畏、首領崖來等，同部義率人馬三四百來攻邛部川之籠甕城，不克，虜掠牛羊千餘。崖蠘遣人追逐，殺三人，部義等復歸兩林，崖蠘見守籠甕自固。照得崖蠘、部義兄弟相攻未已，臣已行下黎州嚴切隄備，并遣發更戍西兵前去守把。

【題解】

本文作於淳熙二年（一一七五），時在四川制置使任上。本文輯自宋會要輯稿蕃夷五黎州諸蠻，孔凡禮范成大佚著輯存、全宋文均未收録。題據文意擬。成大奉御筆體究黎州邛部川崖蠘、部義兄弟爭殺事，查明真相，因上此奏疏。八月五日，下詔制置使范成大於本路諸州軍係將、不係將禁軍內均選彊壯作兩蕃，每蕃七百人，分上、下半年於黎州屯戍。委制置司置辦衣甲、軍器等，差有智勇兵官一員統轄訓練，與輪戍大軍三百人同共防托。

上折估事奏

去四川數十年之害，培其本根，徐用其力，國家長計也。

遠方州縣吏爲入朝廷根本憂者幾人，折估不辦，上司怪怒，百方貼補上場。陛下赤子而不恤，後日意外之患。其間貪墨又或并緣此，所以實聞於朝廷者寡也。

出納之司，徒見枝葉粗存，不知本根將撥。望陛下斷自宸衷，與帷幄大臣決之，不須更付有司。彼有司者，但知出納之吝，安知根本之憂。

【題解】

本文作於淳熙三年（一一七六），時在蜀帥任。本文輯自黃震黃氏日鈔卷六七，孔凡禮范成大佚著輯存第五五—五六頁、全宋文卷四九七七亦録本文。題參全宋文擬。孔凡禮范成大年譜淳熙三年譜文：「六月乙酉，詔四川酒課折估虚額錢四十七萬餘緡，自今年爲始減放，以湖廣總領所上供錢内撥還，從成大之請也。」黃震黃氏日鈔卷六七亦云：「蜀自失陝，竭其力養關外軍，而折估最病民。折估者，蜀酒課名也。公契勘：成都一郡元額四萬八千四百八十貫，見收四十萬八千六百四十貫，縣額十五萬六千四百四十貫，見收三十九萬二百七十貫。遂并覈實，四路共六十二州，内十三州元無折估，五州不申敗缺，餘四十四州，各有重額，共奏減四十七萬二千五百四十三道錢引，計十分内減八釐三毫有奇，以總領司經費外事，故僧道度牒截撥對減。奏凡三四上，其要有曰：『（略）。』及得旨蠲放。」

關外麥熟奏

關外麥熟，倍於常年。緣去歲朝廷免和糴一年，民力稍紓，得以從事於耕作，故其效如此。

【題解】

本文作於淳熙四年（一一七七）三月，時在蜀帥任上。本文輯自宋史全文續資治通鑑卷二六，文前有云：「（淳熙四年三月）丙午，范成大奏。」全宋文卷四九七七録本文。題參全宋文擬續資治通鑑卷一四五於本文後，尚有：「帝曰：『免和糴一年，民間已如此，乃知民力不可以重困也。』王淮曰：『去歲止免關外，今從李蘩之請，盡免蜀中和糴一年，爲惠尤廣。』」續資治通鑑所載無「去歲」、「故其效如此」七字。

乞關防蜀中度牒之弊奏

蜀中一度牒賣錢引七百一十道，一紫衣止賣錢引六七十道，少者三四十道。小人貪十倍之利，又不費織作，止是揩改數字，以冒法爲之。當令省部措置，止將上件四川逐司見在綾紙於紙背批鑿給散年月及用印記，並置合同號簿勘同等，以爲關防。

【題解】

本文作於淳熙四年（一一七七），時任四川制置使，就蜀中度牒之弊上奏。輯自宋會要輯稿職官一三，全宋文卷四九七七録本文。題參全宋文擬。宋會要輯稿職官一三：「（淳熙四年）十二月二日詔：『（略）』。先是，四川制置使范成大言：『（略）。』既而成大入爲禮部尚書，復申前請，故有是命。」按，范成大於淳熙四年四月，詔赴行在，本文必作於四年四月以前。十一月，權禮部尚書，復申前請，故於十二月二日下詔。

舶舡抽解事奏

將舶舡客貨抄數估直若干，候回舶，亦將博買中國貨物，估直與來貨價同，方令登舟，使別無餘力可換銅錢，以絶舊來輕舠載錢潛行數程以俟大舟洩錢莫道之弊。

【題解】

本文作於淳熙七年（一一八〇），時知明州。本文輯自黄震黄氏日鈔卷六七，孔凡禮范成大佚著輯存第六一頁，全宋文卷四七九九亦録本文。題參全宋文擬。石湖於淳熙七年三月到任，寧波府志卷一六秩官上宋知明州軍州事題名：「范成大，（淳熙）七年三月。」黄震黄氏日鈔卷六七：「又奏：減免舶舡抽解。」「又奏：『（略）。』愚恐徒擾而無補，如不科其抽解，竟禁其貿易足矣。」愚，指黄震，此三句乃黄震之見解，應與范文剥離，孔凡禮輯存連書之，欠當。

乞罷海物之獻奏

張津、伯圭、魏王皆國懿親，時節奉海物於兩宫，臣外朝臣也，不敢效尤。

【題解】

本文作於淳熙七年（一一八〇），時在知明州任上。本文輯自周必大神道碑。文後尚有：「上命停貢，而罷進奉局。」周必大玉堂類稿卷一二新知明州范成大（自注：淳熙七年三月四日，内侍李琪）：「有敕：朕緬懷舊德，起表東藩。喜舟御之遄征，即國門而迎勞。仍加頒賚，用示眷存。」寧波府志卷一六秩官上宋知明州軍州事題名：「范成大，（淳熙）七年三月。」又卷一八名宦：「范成大，字致能，吴郡人。淳熙中知州事。先是魏王守郡，歲貢海物。成大奏言：『王，國之懿親，得貢獻兩宫；臣，外臣，不敢效尤。』孝宗從之。」孔凡禮范成大佚著輯存第八一頁録本文。題參孔氏擬。

論重征莫甚於沿江奏

重征莫甚於沿江，如蘄之江口，池之雁汊，號大小法場。上而至荆峽，往往有是名。虚舟往來爲力勝，本無奇貨，而妄呼名件爲虚喝，宜征千金，先抛十金之數爲花數。客費日多，則物日涌，錢日輕。乞禁沿江置場，縏併并州縣於支港小路私置處省之。

【題解】

本文作乾道六年（一一七〇）閏五月。皇宋中興兩朝聖政卷四八（乾道六年）閏月己亥記臣僚言，即本文。本文輯自黄震黄氏日鈔卷六七，孔凡禮范成大佚著輯存第四八頁、全宋文卷四九七七亦録之。題參全宋文擬。

論銅錢入北奏

乞聚茶榷場，專以見錢出賣，而輕其價，則錢之在北者必來。

【校記】

【題解】

本文作年無考。本文輯自黄震黄氏日鈔卷六七，孔凡禮范成大佚著輯存第四九頁、全宋文卷四九七七亦録之。題原作「論銅錢入北」，孔凡禮輯存同，全宋文擬本題，今從之。

范石湖集輯佚卷五　疏

應詔言弊疏

通國之弊，蔽以一言，曰文具。

【題解】

本文作於隆興元年（一一六三），孝宗新禪位，詔百官言時弊，成大因上本文。時在監太平惠民和劑局任上，四月，兼編類高宗聖政所檢討官。周必大神道碑：「壽皇受禪……詔百官條時弊，公舉十事極論文具非所以爲國，執政奇其才。」本文輯自黄震黄氏日鈔卷六七，孔凡禮范成大佚著輯存第六七頁録本文，題據文意擬。

論勤政疏

臣聞治天下之道，非以無其具之爲患，而以有其具而不責其成功之爲患也。譬猶工匠，雖有械器雜然前陳，而不課其成器之效，則與無械器者何異。夫興事造業，發號出令之初，何嘗不長慮却顧，殫智竭力，再三熟復而後有所爲哉！推而放之之久，則必有偏而不舉，尼而不行，與夫沮抑於下而弗使見功者，一聽其自然，不復過而問焉。則曏之所謂殫智竭力而爲之者，終於徒勞而無補，此所以治具雖多，而治功愈遠也。大抵末俗之陋，樂宴安而憚改作，習委靡而忘振起，譬猶王良之御駑馬，審其銜勒而謹握之，猶可維持以行。跬步稍弛，則蹶躓隨之矣。故曰：「一日二日萬幾，無曠庶官，天工人其代之。」此言一日曠官，則萬事之幾，必有廢失者，況其久乎！故善治之主，不敢一日不用其才焉。孜孜業業，執其所以爲治具者，晝夜提策之，曰：吾前日興某利，其果興矣乎？前日去某害，其果去矣乎？利宜興而未興，害宜去而未去，無乃吾法制有未善者乎？抑亦有沮抑於下而使法制不得行者乎？及其利已興矣，害已去矣，則又曰：其果能久而弗變矣乎，雖變而猶可通之以盡利乎？夫如是，則有所不爲，爲無不成，而成亦不壞矣。堯舜之治，莫要乎二典，二典莫盛於賡歌，治至於君臣作歌以相戒，宜不作不急之語。而皋陶之颺言，但曰：「率作興事，謹乃憲，欽哉。屢省乃成，欽哉。」蓋興事之初，不謹憲度，固無可行之理，憲度謹矣，而必繼以「屢省」者，蓋事不加省，則雖成而必隳。屢之爲言，不一而足之謂，朝省之，暮又省之，今日省之，明日又省之，不知何時而已也。二典之治，百聖所師，皋陶之謨，後世莫及。撮其樞要，初不遠於人情，而無高世離俗，甚高難行之説。今聖主將大有爲，以躡堯舜之迹，觀皋陶之歌，思過半矣。

【題解】

本文作於乾道二年（一一六六），時任禮部員外郎。于北山范成大年譜乾道五年譜文繫本文於乾道五年，欠當。本文輯自歷代名臣奏議卷一九〇「勤政」，原文前尚有「孝宗時禮部員外兼崇政殿説書范成大上奏曰」十九字，永樂大典卷二四〇六録宋范石湖大全集論勤政劄子，乃本文之節録。孔凡禮范成大佚著輯存第一一頁、全宋文卷四九七八均録本文。題參孔氏、全宋文擬。

論不舉子疏

臣伏見比者臣寮有請，以福建等路有不舉子之風，乞支錢米以濟貧乏。陛下推天地好生之德，特從其請，恩至渥矣。然其間尚有委曲，臣請續終其説。姑以臣前任處州言之。小民以山瘠地貧，生男稍多，便不肯舉。女則不問可知，村落間至無婦可娶，買於他州。計所夭殺，不知其幾。檢准紹興八年指揮，貧乏妊娠，支常平米四斗。十五年指揮，改支常平米一石。又著令殺子之家父母鄰保與收生之人，皆徒刑編置。

賞罰具著如此，而此風未殄者，蓋州縣以常平積欠，救過不暇，决不敢以此非時發倉。支賜既不復行，罪名亦不復問。臣伏睹去冬聖旨，將諸路常平義倉漏底折欠十七萬八千餘石，盡行除放。若以此數救不舉之子，當活十七萬八千餘人。而典吏臣蠹陷失如此，陛下尚且置而不問，臣决知陛下無所惜於貧乏之家也。昔蘇軾知密州，盤量寬剩，得數百名，專儲以養棄兒。是時初無常平給賜之令，使軾在今日，則推廣上恩，當如何哉！臣愚欲望聖慈申飭諸路提舉司并州縣長吏，有似此風俗之處，依累降指揮，勘會貧乏，如數支賜。又須申嚴法禁，與之并行。并窮山僻縣常平義倉所管數少，不了支給，定成空文，乞令運司仿蘇軾遺意，措置寬剩，量撥助之。每歲各具支過錢米、活過赤子數目奏聞。於以滋聖朝仁壽之福，衍清廟靈長之休，抑又得十年生聚之義，惟宸慈軫念。

【題解】

本文作於乾道二年（一一六六），時任禮部員外郎。于北山范成大年譜繫本文於乾道五年，欠當。本文輯自歷代名臣奏議卷一〇八「仁民」，文前有「禮部員外郎范成大上奏曰」。孔凡禮范成大佚著輯存第一三頁、全宋文卷四九七八均録本文。黄震黄氏日鈔卷六七有本文之節録。題參孔氏、全宋文擬。

論慎刑疏

臣聞獄，重事也。民之受冤，不止於捶楚鍛鍊之苦而已。其間貧乏之人，無家供食，干連守待，易得淹延，空腸枵腹，以受捶楚，加以雪霜疫癘，非時侵之，故罪不抵死而斃於囹圄者極多。准令，給囚之物許支錢；准格，在禁之囚許支米。錢則許於贓罰頭子運司等處隨宜撥支；米雖立定升數，而無顯然名色。是致官司循習不問，諸處縣獄，尤無指擬。長吏賢者，至或巡門乞米以爲一粥之資；吏或不賢，粥亦不可常得。宜其瘐死者衆，實奸泰和。臣愚欲望聖慈特降睿旨，檢照給囚之物，既許支用，係省窠名；其糧米，亦合一體。乞令運司行下州縣，量度每歲所須，徑於苗米截撥。有闕米處，即以合支之錢依數收糴。庶幾狴犴之中接濟飢苦，稱罪受刑，不夭生命。

【題解】

本文作於乾道二年（一一六六），時在禮部員外郎任上。于北山范成大年譜繫本文於乾道五年，欠當。本文輯自歷代名臣奏議卷二一七「慎刑」，文前有「禮部員外郎范成大上奏曰」。孔凡禮范成大佚著輯存第一四頁、全宋文卷四九七八均録本文。題參孔氏、全宋文擬。

又論慎刑疏

臣聞獄者，君子之所盡心也。求其生而不可得，故雖死而不怨殺者。使其尚有可生之理，而必置之死地，則冤矣。國家列聖相授，哀矜折獄，諸大辟刑名疑慮、情理可憫者，皆許奏裁，死而復生，十常六七。堯舜之德，何以尚兹！然而近年以來，案牘或壅，則不得以時聞徹，又不能如期行下。及至指揮到州，間蒙貸宥；而在禁之囚，等待淹延，動閲時序，往往死於桎梏之下久矣，不及沾被湛恩者甚衆。當職官吏，捧詔太息，付之無可奈何，豈不甚傷天地父母好生之心？恭惟宸慮，必爲惻然。臣愚欲望聖慈，特降睿旨，申飭攸司，凡奏讞之牘所經由處，並嚴立近限，剋期報應，覺舉稽違，速與行下，庶幾有可宥之理者，不置之必死之地。嘉生協氣，薰爲泰和，實發政施仁之助。

【題解】

本文作於乾道二年（一一六六），時在禮部員外郎任上。于北山范成大年譜繫本文於乾道五年，欠當。本文輯自歷代名臣奏議卷二一七「慎刑」，文前有「成大又上奏曰」。孔凡禮范成大佚著輯存第一四頁、全宋文卷四九七八均録本文。題參孔氏擬。

論義役疏　一

松陽縣民輸金買田以助役户，爲田三千三百畝有奇。排比役次，以名聞官，不煩差科，可至一二十年者，請命諸縣通行之。

【題解】

本文作於乾道四年(一一六八)，時在知處州任上。本文輯自李心傳建炎以來朝野雜記甲集卷七「處州義役」條，文前尚有「乾道中，范文穆成大知處州，言」十二字。孔凡禮范成大佚著輯存第六九頁、全宋文卷四九七九均録本文。于北山范成大年譜乾道四年譜文云：「八月，抵處州任。興義役，規劃水利。」題參孔氏、全宋文擬。周必大神道碑：「四年八月至郡，松陽民争役，公曉之曰：『吾聞東陽縣有率錢助役者，前婺守吴侯義之，爲易鄉名，揭碑褒勸，爾與之鄰，獨無愧乎？』民既感謝，則推廣其制，諭鄉人視貧富輸金買田，擇信義之家掌其事，儲歲入助當役者，命曰義役。許自第名次，有司勿預。數月間，人皆樂從。」可與本文參證。

論日力國力人力疏

臣聞自古建功業者，必有一定之規摹。規摹既定，則以其力之所能及者，日夜淬厲以赴之，而不可分其力於規摹之外。所謂力者有三：一曰日力，寸陰是也；二曰國力，資用是也；三曰人力，思慮智術之所及者是也。世事無窮，而三力有限，豈可分之於不急之地哉？臣雖疵賤，去國未久，固嘗仰窺陛下神謨聖策，將大有爲。竊計復古之心，規摹已定；然而風俗宴安，期會倥偬，稽古禮文之事太繁，承平虚費之習未除。日力窮於不急之務，國力耗於不急之須，人力疲於不急之役，皆非所以副陛下規摹之所欲爲者。非曠然大有以損益之，恐不免於志勤道遠之歎。願陛下與共政之臣，自治三力，專用之於所欲爲之地。凡規摹之外，一切稍緩。俟大欲既濟，復之未晚。昔越勾踐未得志也，蚤朝晏罷，非謀吴之策則不講。自古能用三力，無出其右者，故功業卓然。此雖陳迹，可以驗今，臣故併以爲陛下獻。取進止。

【題解】

本文作於乾道四年（一一六八）赴處州任時。本文輯自歷代名臣奏議卷九六「經國」，原文尚有「知處州范成大上疏曰」九字。南宋文範卷一六、孔凡禮范成大佚著輯存第八頁、全宋文卷四九七八均録此文。題參孔氏、全宋文擬。全宋文題下注：「乾道四年。」周必大神道碑：「（乾道）三年十二月，起知處州。陛對論力之所及者有三。」即指本文。

論獄法疏

臣聞獄者，萬民之命。民命莫重於大辟。方鍛鍊時，何可盡察？故其節目，獨在聚録之際。蓋大情既定，成案已結，官吏聚於一堂，引囚而讀示之，死生之分，決此頃刻，可謂要會矣。而獄吏憚於平反，摘紙疾讀，離絶其文，嘈囋其語，故爲不可曉解之音，造次而畢，呼囚書字，茫然引去，指日聽刑。人命所干，輕忽若此，遠方近甸，習俗皆然。傍觀寒心，大傷政體。臣竊檢照聚録之法，有曰：「人吏依句宣讀，無得隱漏，令囚自通重情，以合其欵。」詳此法意，蓋不止於只讀成案而已。欲望聖慈，深詔攸司，痛革前弊。臣之愚見，謂當稽參「自通重情，以合其欵」之文，於聚録時，委長吏點無干礙吏人先附囚口責狀一通，覆視獄案，果無差殊，然後亦點無干礙吏人依句宣讀，務要詳明，令囚通曉。庶幾伏辜者無憾，負枉者獲伸，足以稱陛下矜恤之心，滋聖朝仁厚之福。

【題解】

本文作於乾道四年（一一六八）八月赴處州任以前。本文輯自歷代名臣奏議卷二一七「慎刑」，文前有「成大知處州，又上奏曰」。孔凡禮范成大佚著輯存第九頁、全宋文卷四九七八均録本文。題參孔氏、全宋文擬。

論兵制疏

臣伏見國家於屯衛正兵之外，别令諸州自募禁卒，故逐路皆成全師，規摹深矣。法意中弛，戎備久缺。陛下聖武布昭，沉機遠馭，大蒐軍實，以壯國威，又嚴諸郡教閲之法。今則器仗顯設，程課精明，郡始知有兵，兵始知有戰。不增募卒之費，坐獲成軍之實，甚盛舉也！臣竊詢宿弊，尚有二端：一曰簡閲未精；二曰營伍未立。何謂簡閲未精？按禁軍著令，惟郡守兵官，得破不堪披帶之人充當直外，其餘百役，專用廂軍。向來一概混役。禁卒各有事務，未嘗講武。自陛下修明軍政以來，此等或憚肄習之勤勞，或戀司局之優厚，率作緣故，降就廂軍。春秋二揀，百計不赴。其尤黠者，則徑降剩員，終身不揀。是以禁軍尚有怯弱，廂軍反多强壯。事體倒置，議者不平，此弊未除，恐負陛下强兵之意。何謂營伍未立？按祖宗舊制，營房損漏，兵官不得替移；霖雨經時，有司先葺營寨。中間雖嘗申嚴，州郡漫不加省。有營無屋，有屋無人，帶甲之軍，雜處閭井。晨出無期會，暮歸無點集，蹤跡難制，號召難齊，甘苦難知，真僞難察。一旦調發，如群市人。雖有法制，何緣紀律？此弊不振，恐妨陛下制軍之法。欲望聖慈，嚴飭揀兵之官，執法從事，刷諸路見管厢軍剩員，不以是何官司，盡數揀點。仍先立寬限，必須呈身。若臨期託病，或申差出，即時開落，勿復容情。精料其可爲勝兵者，十必三四。其司局占破尚是禁軍者，亦可改正。仍令所在修蓋營房，部領遷入，各具了畢月日上聞。夫簡閲精則人材可恃，營伍立則紀律可行。二事具舉，成軍隱然。惟陛下令之耳。

【題解】

本文作於乾道四年（一一六八），八月赴處州任以前。本文輯自歷代名臣奏議卷二二三「兵制」，文前有「成大知處州，又奏曰」。孔凡禮范成大佚著輯存第九頁、全宋文卷四九七八均録本文。題參孔氏、全宋文擬。宋會要輯稿兵六：「（乾道四年）五月十三日，新權發遣處州范成大進對，論諸州軍簡閲未精，營伍未立。上曰：正緣無營寨，所以紀律不行。」可以參看。

上郊祀疏

近准録黄林栗等劄子，爲季秋祀上帝，乞於郊丘行事，得旨已依所乞。然尚有當議者，蓋國初沿襲唐制，一歲四祭昊天上帝於郊丘，謂祈穀、大雩、饗明堂、祀圜丘也。唯是明堂當從屋祭，因循未正。至元祐六年，太常博士趙叡建言：本朝親饗之禮，自明道以來，即大慶殿以爲明堂，蓋得聖人之意。至於有司攝事之所，乃尚寓於圜丘。竊見南郊齋宫有望祭殿，其間屋宇頗寬，乞將來季秋大饗明堂，有司攝事，只就南郊齋宫行禮。至元符元年，又寓於齋宫端誠殿。以此考之，蓋既曰明堂，當從屋祭故也。前日寓祭於城西惠照齋宫，以方位爲非是。今既改就南郊，於禮爲合。但明堂當從屋祭，不當在壇。臣等竊見今郊丘之隅，有浄明寺，每祠事遇雨，望祭於此。欲乞遇明堂親饗，則遵依紹興三十一年已行典禮，如常歲。有司攝事，則當依元祐臣僚所陳，權寓浄明寺行禮。庶合明堂之義。

【題解】

本文作於乾道五年（一一六九）九月，時任禮部員外郎兼崇政殿説書。本文輯自宋會要輯稿禮二二「郊祀壇殿大小次」，文前有「（乾道五年九月）二十七日，權禮部侍郎鄭聞、員外郎范成大等言」，文後有「詔依」。孔凡禮范成大佚著輯存第六九—七〇頁、全宋文卷四九七九亦録本文。題參孔氏、全宋文擬。

論增絹價以輕刑疏

承平時，絹匹不及千錢，而估價過倍。紹興三年，遞增五分，爲錢三千足。今絹益貴，當倍時值。

【題解】

本文作於乾道六年（一一七〇），成大於乾道五年十二月爲起居舍人兼侍講，仍兼實録院檢討官。周必大神道碑：「乾道令以絹計贓，估價頗輕，論罪過重，公奏：『（即本文，略。）』上驚曰：『是陷民深文也。』遂增爲四千，而刑輕矣。」孔凡禮范成大佚著輯存第七〇頁録本文，並據文意擬本題，今從之。黄震黄氏日鈔卷六七曰：「承平絹價不滿一貫，而二貫滿疋定贓罪，寬之也。其後兵興物貴，紹興三年詔疋準三貫。石湖以時價已至六七千，合更量增一貫和買，取民財隨時增價，定民罪則減之，聖政所大不忍也。」黄氏所鈔，雜以己意，可與周必大之記載參看。全宋文未録本文。

論義役疏 二

處州六邑，義役已成，可以風示四方，美俗興化，請命守臣胡沂以其規約來。

【題解】　本文作於乾道七年（一一七一），時任中書舍人。本文輯自李心傳建炎以來朝野雜記甲集卷七「處州義役」條。文前有「文穆爲中書舍人，復言」九字，文後有「上從之」三字，下有原注「乾道七年正月」。全宋文卷四九七九亦録本文。題參全宋文擬。

論宋貺召命疏

臣伏睹中書省録黄指揮，宋貺召赴行在。臣謂率土之濱，莫非王臣，陛下欲見一臣寮，何所不可？天鑑之下，將無所逃，用捨廢置，皆未可知，固無必不可見之理。但臣採之公議，有不得而默者。契勘宋貺當秦檜柄國之時，號爲親昵用事，爲世指目，章章尤顯者。士大夫醜其姓名，於今有年矣。臣取會前後章疏，姦污之狀，固不一端，爲奉使則興販北貨，攝京府則强略倡優，任版曹則買諸軍之銀，領贍軍則受辟官之賂，司建康留鑰，則專爲權門起造園宅。如此之類，未易概舉，亦未暇論也。究其始初罷逐之由，正緣司計不職，以致左帑闕乏，支遣不行，至用臨安公使庫及激賞贍軍等庫錢物那移。又勘虛旁令軍人自往漕司支請。若漕司無錢，幾致生事。臣寮論其身爲計臣，經畫如此。是時檜猶無恙，而旣已斥矣，則其才術已試大繆，明白如此。今聞忽有召命，竊恐或謂其有富國才術欺陛下者。只考元罷户部因由，則是非虚實，灼然可見。臣聞人才難得，弗忍終棄，聖人之用心也。使君子之人而偶罣憲網，固當拔拭而進之；使小人而有才，亦可覆其玷缺，駕馭以驅使之。今以旣爲君子而偶罣憲網耶？則平生姦污之聲，遍於海隅矣。以爲小人而有才者耶？則當兵釁未開之前，朝廷積富之後，從容版曹，而使帑藏空乏，至以虚旁撥遣軍人，亦可駭矣。竊恐一旦進用，不惟無益於國，其餘黨類帖息伏潛者，皆將動心經營，僥倖復進，徒使疑議四起，又費彈壓。臣恭惟陛下昭德塞違，以臨照百官，正欲安靖國人，統一風俗而已。將來旣或有所除授，必致衆議紛紛，以發其不靖之機。臣蒙被陛下擢寘西掖，正典書命，比之諸臣，尤不當緘默。伏惟聖慈儲神委照，攬臣此章，特留聖念，別賜處分，不勝幸甚。

【題解】

本文作於乾道七年（一一七一），時任中書舍人。本文輯自歷代名臣奏議卷一八三，孔凡禮范成大佚著輯存第二一頁、全宋文卷四九七八均録本文。題參全宋文擬。孔凡禮於文下加案云：

「此疏之題，據日鈔加。歷代名臣奏議謂此文爲成大作吏部郎官時作，誤。神道碑、日鈔均謂爲中書舍人時作。」按，嘉定鎮江志卷一五「宋潤州太守」云：「宋貺，故相莒公之族孫，乾道辛卯復右大中大夫集英殿修撰守鎮江，九月到。明年，詔賜金帶，九月，被旨奏事，既對而罷。」辛卯，即乾道七年，可見石湖之奏，未被采納。

論治道疏

德莫大於好生，陛下得之矣。乃者御書政論，意在飭紀綱，振積弊，而近日大理議刑，遞加一等，此非所以嚴致平，乃酷也。

【題解】

本文作於乾道七年（一一七一），時任中書舍人，四月，兼侍講。孝宗書崔實政論賜輔臣，成大乃奏此。本文輯自周必大神道碑，文前尚有「上勵精政事，患風俗委靡，書崔實政論賜輔臣。公講禮記『天子不合圍，諸侯不掩群』，上曰：『此成湯祝網意也。』公遂奏：『略』。」文後有：「上大喜曰：『卿知言，聞臨安已觀望行事矣。』講退，侍講張君栻謂公深得『納約自牖』之義。右史莫君濟曰：『當書之記注。』後數日，公進故事，復申其説。」宋史范成大傳，亦載此，文前有「初，上書崔實政論賜輔臣，成大奏。」文後有「上稱爲知言。」孔凡禮范成大佚著輯存第六九頁録本文，據文意擬題，今從之。全宋文未録。

請趙士銖例支嗣王米麥等恩數

立愛惟親，固聖人之用心；法行自近始，亦聖治之先務。貴近無尺寸者，相習如此，異時勳臣戰士，若復越制請求，則如之何而拒之。

【題解】

本文作於乾道七年（一一七一），時在中書舍人任上。本文輯自黄震黄氏日鈔卷六七，孔凡禮范成大佚著輯存第四四頁録本文。文前，黄氏日鈔尚有「節使知宗士銖，乞照嗣王例，全支米麥等恩數。石湖奏」乃黄震之説明。

請復官賣鹽疏

官自賣鹽，不過奪商人之利以利官，而民無折米之患。往日西路賣及八萬籮，今爲虛數矣。只以實賣及五萬籮爲率，而權以廣西鹽價，每一斤以一百四十文足爲率，歲可得七十餘萬緡，足計九十餘萬緡省，霈乎其有餘矣。

【題解】

本文作於乾道九年（一一七三），時在廣西帥任上。孔凡禮范成大佚著輯存第七四頁、全宋文卷四九七九均録本文。續資治通鑑卷一四三：「（乾道九年十二月）癸酉，廣西鹽復官賣法，從帥臣范成大之請也。」皇宋中興兩朝聖政卷五二乾道九年十二月紀事：「是月，廣西鹽復官賣法，從帥臣范成大之請也。」本文輯自周去非嶺外代答卷五「廣西鹽法」條，其文前後爲：「范石湖作帥，抗疏請復官賣，其説曰：『（略）』朝廷始疑而後從之。廣東申乞不已，又爲東路歲認發東鹽入界鈔之數二萬四千六百餘緡，其議遂定。然漕計優裕，實范公之力也。」周去非，曾參范成大廣西帥府幕，熟知成大事，其記載信實可靠。

論宜州不宜置場疏

宜州密邇内地，無故通道，諸蠻且開邊隙，不敢奉詔。

【題解】

本文作於淳熙元年（一一七四），時在廣西帥任上。本文見文獻通考卷三三一引桂海虞衡志佚文，孔凡禮范成大佚著輯存第七五頁、全宋文卷四九七九均録本文，題參孔氏全宋文擬。胡起望、覃光廣校注桂海虞衡志志蠻云：「己丑歲（按：乾道五年），自（按，承上文指莫延葚）言州去産馬蠻不遠，願與國買馬，乞於宜州置場，意欲藉朝廷任使，威制永樂。邊將常恭與交通，至爲代作奏章，至闕下，不經由帥司，樞密院是其説，差官置司宜州。余論奏：『（略）』且自行在所捕得常恭，因而劾奏其事。朝廷大悟，削籍竄之九江，永不放還。外有省民冒法，商販入南丹，受其帖牒至内地幹事者，多桂之興安人，余亦物色得其渠，送獄論如法，南丹稍讋。」李心傳建炎以來朝野雜記甲集卷一八「廣馬」條云：「宜州溪洞巡檢常恭者赴闕，持南丹州莫延葚表來，乞就宜州市馬，比之横州可省三十餘程。（原注：産馬地至南丹十程，南丹至静江府十三程。）張説在樞筦，以其表聞。李壽翁時爲檢詳文字，爲説言：『邕遠宜近，人孰不知，前迂其途，豈無意乎？况今莫氏方横，乃欲爲之除道，而擅以互市之饒，誤矣。小吏妄作，將啓邊釁，請論如法。』説不聽。命從義郎李宗彦以提點綱馬驛程，往宜州措置。（原注：九月十二日壬戌。）既而説罷政，密院乃奏宗彦等所言邊防不便罷之。時淳熙元年秋也。（原注：説以八月己未罷政，密院以九月乙巳奏罷宜州買馬。）帥臣范至能因劾常恭之罪，下吏削籍流竄焉。」周必大神道碑亦詳載其事：「有沿邊巡檢常恭者，誘南丹酋莫延葚開路市馬，直達帥司，自以爲功。張説猶在樞庭，引恭見上，詔委李宗彦措置馬事。公奏：『南丹越宜州已非法，今并舍帥司，邊防壞矣。』疏恭罪惡，密遣人擒歸。會説去位，流恭江州。」宋會要輯稿兵二二之三云：「淳熙元年九月二十一日詔住置宜州買馬。」宋史孝宗本紀載淳熙元年九月「罷宜州市馬」。可知本文即作於淳熙元年。孔凡禮范成大佚著輯存第七五頁、全宋文卷四九七九均録本文。

論邊患疏

南丹州莫延葚二三年來，專作不靖，恐爲邊患。

【題解】

本文作於淳熙元年（一一七四），時在廣西帥任上。本文輯自宋會要輯稿兵二九邊防，文前有：「（淳熙元年）六月十二日，詔廣西帥憲司行下宜州溪洞司常明遠斥堠過作隄備，仍整齪將兵土丁等，常爲持敵之計，以備不測，毋令侵犯作過，以知靜江府范成大言。」孔凡禮范成大佚著輯存第七五頁、全宋文卷四九七九均録本文。題參孔氏、全宋文擬。

請措置成都府路邊防疏

本路邊防，欲行措置：一則欲精閱一路將兵，添置器械，而無犒賞營繕之力；二則欲葺治保障，修明防隘，而無調度夫役之費。則當講究寨户土丁之舊，置造軍器，給散與之，團結教閲，以省戍役。然須有以助邊州支用給犒。乞給降度牒五百道，付本司轉變措置上項經畫。數月之間，稍有端緒，逐旋圖寫奏聞。

【題解】

本文作於淳熙二年（一一七五）八月二十二日，繼請措置邊防疏之後不久。本文輯自宋會要輯稿兵二九邊防，文前有：「（淳熙二年）八月二十二日，知成都府范成大言。」孔凡禮范成大佚著輯存第七六頁、全宋文卷四九七九均録本文。題參全宋文擬。

請措置邊防疏

吐蕃、南詔昔爲唐患，今幸瓜分，西南無警二百年。近者雅州碉門蠻入寇，敗官軍。乾道九年，吐蕃、青羌兩犯黎州，而奴兒結、蕃列等尤桀黠，輕視中國，臣當内教將兵，外修堡塞，仍講明寨丁，教閲團結之法，使人自爲戰。三者非財不可。

【題解】

本文作於淳熙二年（一一七五）六月，任蜀帥初到境時。本文輯自周必大神道碑，黄震黄氏日鈔卷六七、宋史本傳有節文。題參孔氏、全宋文擬。范成大與五一兄書：「成大自正月起離廣西，六月七日方入成都府。」本文上達後，「上手札獎勵，賜度牒錢四十萬緡」（周必大神道碑），孝宗有賜范成大獎諭，石湖以之刻石，見答孝宗獎諭疏，兩文可以參看。

乞鳳州不測互相應援疏

相度乞下興州都統司，如鳳州不測緩急，所有應援一節，一面應機將附近軍馬遣發前去，却申制司照會。

【題解】

本文作於淳熙二年（一一七五）九月，時在蜀帥任上，見皇宋中興兩朝聖政卷五四淳熙二年九月甲辰紀事，孔凡禮范成大佚著輯存第七六頁、全宋文卷四九七九均録本文，題參孔氏、全宋文擬。鳳州，宋時屬秦鳳路，本不在成都府路的管轄範圍，石湖認爲邊防上不同轄區的兵力，遇有不測，應以國家安全爲大局，互相支援。

奏禄柬之邊事有功疏

柬之於淳熙元年知叙州日，蠻寇横江，邊寨危急，柬之以郡事委佐官，用沿邊都巡檢使職事，提兵出討，焚蕩聚落五處，蠻酋納其銅鼓重器，面縛出降。柬之以軍法誅召寇之人，群蠻讋服。

【題解】

本文作於淳熙三年（一一七五）三月，時在蜀帥任上。本文輯自宋會要輯稿職官六二「特恩除官」文前有：「（淳熙三年）四月七日，詔知黎州禄東之除秘閣，以知成都府范成大及潼川府帥司言。」文後有：「故有是命。」孔凡禮范成大佚著輯存第七八頁、全宋文卷四九七九均録本文。題參孔氏、全宋文擬。禄東之，宋史無傳，李心傳建炎以來朝野雜記乙集卷一九「丙申青羌之變」條云：「淳熙三年夏四月，制置司辟承議郎禄東之知黎州。且奏其前守叙州勞績，上恩加直秘閣。又奏差本路兵馬都監高晃，總轄出戍沈黎之卒。」「東之字粹父，潼川人，知名士也。青羌既降，制置使胡長文上其功績於朝，五年夏，就除本路提點刑獄。數月移潼川小漕，暨五部落之變，復自夔部還，爲提刑兼權制置使職事，未數月而卒，蜀人至今稱之。」

請減放四川酒課折估虚額錢疏

四川酒課折估虚額錢四十七萬餘緡，乞自淳熙三年爲始減放。

【題解】

本文作於淳熙三年（一一七五）六月，時在蜀帥任上。本文輯自皇宋中興兩朝聖政卷五四，孔凡禮范成大佚著輯存第七八頁、全宋文卷四九七九均録本文，題參孔氏、全宋文擬。

四川酒課虛額減放蜀民感恩疏

陛下俯念四蜀酒課虛額之弊，乃六月十二日詔書，各與次第蠲減，歲蠲上供緡錢四十七萬，爲蜀民代補贍軍折估之數。令下之日，百萬生靈，鼓舞驩呼，如脱溝壑，寰區四路州縣節次申到，自今年七月十五日以後，各於寺觀啓建感恩祝聖道場。臣謹按慶曆六年三司使王拱宸建議榷河北滄、濱兩州鹽，仁宗皇帝曰：「使人頓食貴鹽，豈朕意哉！」下詔弗許。河朔父老相率拜迎於澶州，爲佛老會，報上恩。今舉四蜀之廣，民心愛辭，不侔同辭，宜與河朔故事，俱傳不朽，伏望宣付史館。

【題解】

本文作於淳熙三年（一一七五）十一月，時在蜀帥任上。本文輯自皇宋中興兩朝聖政卷五四，黄震黄氏日鈔卷六七有節文。孔凡禮范成大佚著輯存第七九頁、全宋文卷四九七九均録本文。題參孔氏、全宋文擬。周必大神道碑曾記及其事云：「初，蜀之財用止以贍蜀，自屯大兵，始竭民力，公私俱困。公略計成都在城建炎三年酒税，歲纔四萬緡有奇，後增十倍；縣鎮酒税，場店、民户買撲課利，總十五萬有奇，後累至四十萬，他郡可知，即具以聞。詔歲減四十八萬緡。公隨額重輕，躬爲裁定，蜀人呼舞，即寺觀爲感恩祝聖道場。」續資治通鑑卷一四五：「（淳熙三年）六月乙酉，四川制置使范成大奏：『四川酒課，折沽虚額錢四十七萬餘緡，請自淳熙三年爲始减放。』詔以湖廣總領所上供錢内撥還。」

言飛虎軍可用疏

所教成都禁卒，謂之飛虎軍者，今已可用。

【題解】

本文作於淳熙三年（一一七五），時在蜀帥任上。本文輯自李心傳建炎以來朝野雜記甲集卷一八「成都府義勇軍」條，文前有「淳熙初，范致能爲帥言」，文後有「乃命五百人往戍之」。孔凡禮范成大佚著輯存第七九頁、全宋文卷四九七九均録本文。題參孔氏、全宋文擬。按，石湖於淳熙二年六月到任，調教卒兵非短時可成，故定本文作於到任之次年，即淳熙三年。

答御賜奬諭疏

臣不肖，日者待罪桂林，蒙恩徙鎮蜀道，次於荆州，詔問西南邊事。臣愚無識知，嘗試妄論大要：練兵丁，繕保障，倘事力弗給可若何？行及廣漢，則昧死上其説。制下尚書，其肦劍南西川度牒五百，爲緡錢三十五萬八千有奇，以贍工費，而賜臣八月二十五日璽書如前。臣謹拜手稽首言曰：昔堯舜之於群臣，聞其言善，則俞之，必有訓敕之辭，繼之曰「懋哉」、曰「往欽哉」，二典之書是已。今陛下過聽，擇於芻蕘，又勉之以底績，此堯舜之法，二典之所以書也，臣何足以得此！雖貪天子之命，以爲己榮，而一介齷齪，狗馬早衰，罷軟不自勝，恐終無尺寸補益縣官，且奸大荷以隕越於下，兹榮也，秖所以爲懼哉！敬奉賜書，被之琬琰，以旦夕瞻仰於前，其敢侈臣之榮，識臣之懼而已。

【題解】

本文作於淳熙二年（一一七五）八月二十五日，時知成都府。接孝宗賜范成大獎諭：「卿遠鎮坤維，兼總戎律，究心夙夜，朕甚嘉之。所進内教將兵、外修堡塞、團結土丁三説，皆善，更益勉旃，務在必行，早見成效，以副朕倚注之意。」石湖因作此。周必大神道碑「上手札獎諭」即指此事。本文輯自成都文類卷一七，全蜀藝文志卷二六、孔凡禮范成大佚著輯存第二二一—二二三頁、全宋文卷四九七八亦録本文。題參全宋文擬。

答措置和糴戒諭詔疏

淳熙二年七月，詔復四川制置使，以成都府路安撫制置使臣成大攝使事。臣辭弗獲命，奉印章唯謹，於兵民之政，莫敢有所罷行。厥十一月，皇帝親御翰墨，賜臣戒諭。雲章自天，光被昌莽，昭回震耀，不可櫝藏。謹昧死立石，與群有司共之。切惟井絡之區，最遠天極，吏之逸勤，民之戚休，軍政之否臧，不能以時上聞。蜀父老之病久矣。陛下明見萬里，無隱弗燭，一札十行，有德有刑，雷風鼓舞，咫尺在上，若見若聞，靡不兢慄。臣冒閫外之寄，才薄望輕，不敢先事舉職，敢煩威命之辱。臣救過且不暇，其何能奉宣大律，以肅官政，猶日夜引領，庶幾萬一者。惟陛下亟命重臣，俾大此官，講明憲度，罔有廢格，則臺家長無西顧之憂。臣誠大幸，卒蒙全覆，歸伏田畝，以終免於戾，臣之願也，非所敢望也。

【題解】

本文作於淳熙二年（一一七五）十一月，時在知成都府任上。本年十一月，宋孝宗有賜范成大措置和糴戒諭詔：「蜀爲西南屏蔽，兵民庶物，尤當平允，宜相度諸處民之豐約措置，以均和糴之數，及不得令在職官，捨己所任，避難就易，營攝别職，以便私計。其屯戍兵將官，占護軍人，不分曲直，唯務己勝，將量罪輕重，必罰無赦，詳此戒諭，其毋怠忽。」本文作於接詔之後，答謝孝宗，並將此詔刻之於石。本文輯自成都文類卷一七，孔凡禮范成大佚著輯存第二九頁、全宋文卷四九七八亦録本文。題參全宋文擬。

選調綿州潼川戍兵疏

更就綿州、潼川兩處屯駐西兵内各選差一百人。

【題解】

本文作於淳熙二年（一一七五）十月十六日，時在蜀帥任上。本文輯自宋會要輯稿兵六屯戍上，文前有「（淳熙二年）十月十六日，四川制置使范成大言」，文後有「從之」。題據文章擬。于北山范成大年譜淳熙二年譜文云：「十月上疏，選調戍兵。」孔凡禮范成大佚著輯存、全宋文均未録本文。

論李彦堅王彪疏㈠

文州管下蕃部作過，知州李彦堅，畏懦失職，下任王彪老謬，不肯之官。

【校記】

㊀題：原無，孔凡禮輯存、全宋文據文意擬本題，今從之。

【題解】

本文作於淳熙三年（一一七六）二月，時在蜀帥任上。本文輯自宋會要輯稿職官四七「判知州府軍監」，文前有「（淳熙）三年三月二日詔：四川都統制吴挺選習兵官一員，兼知文州，以四川制置使范成大言」等文字，文後有「彦堅、彪既罷，因有是命」。孔凡禮范成大佚著輯存第七七頁、全宋文卷四九七九均録本文，題參孔氏、全宋文擬。

論兵制疏

臣竊見天下將兵之政，其弊甚矣！竭諸郡之力以養兵，不爲不久，而終無可恃之勢。朝廷不時下令，督責纖悉，州郡類若漠然者，其故何哉？不揣其本而齊其末，不揆其力而課其功，雖日下一令，猶無益也。臣比自廣入蜀，皆承乏連帥之職，實嘗躬督屬部，不遺餘力。才藝自振者，十不二三；廢惰自如者，比比相望。然其勢難以盡劾，誠見州郡之力，亦有不可得而强者焉。緊欲修明將兵之政，則須招填闕額，葺治器械，准備激犒，三者舉非徒手可辦，今皆缺然無力以及之。帥漕二司，又不與之通心商略，徒以文移責辦，何異於説河畫餅者哉？臣愚謂宜行下諸路帥漕臣，逐一詢究：某郡闕額若干，當如何招募；器械之闕及弊壞者若干，當如何葺治；一歲之按閲若干，當如何激犒。三者各以是何窠名錢物應副。如逐州皆有樁備，則立之程式，以觀厥成。如委無可出，當從帥漕司措置應副。不得已，則爲申明朝廷，量度支賜以助之，而後可以責軍政之實矣。臣伏見陛下費財以養軍，勞心以定制，其於天下將兵，豈不望其有一日之用；而州郡實未嘗講明其故。臣不敢隱默，冒昧略陳之。

【題解】

本文作於淳熙三年（一一七六），時在成都任上。本文輯自歷代名臣奏議卷二二三「兵制」，文前有「敷文閣待制、四川制置使范成大奏曰」。孔凡禮范成大佚著輯存第二三頁、全宋文卷四九七八均録本文。題參孔氏、全宋文擬。于北山范成大年譜淳熙三年譜文云：「請朝廷修明將兵之政，責州郡軍政之實。」

論黎州買馬疏㈠

臣勘會趙琳劄子，乞緩黎州一年馬額，令臣相度以聞。臣自到官以來，蜀人言黎州買馬利害者甚多，大抵與趙楙今來所陳相類，事理明白，衆論如一，委是可行。但慮議者必謂祖宗時，西北馬多，不賴西南夷馬爲用，故止以爲羈縻蠻夷之術，與今日事勢不可。臣稽之蜀人之論，則以爲權免立額，示以不急，使蠻人不得挾以爲重，反邀中國，而蠻人所須茶、綵之類，皆是朝夕急須，其所産馬，不賣之中國，將安所用？故不患其馬之不來，正如趙楙之説。臣竊謂衆論既皆如此，不若且用其説，密諭提舉買馬官，權與不拘歲額。若蠻馬自如常年而至，有司既不怵於殿最，可以揀擇良駿，其價亦可少平，恐亦未必不及額也。年歲之外，果見成效，則遂可久行，邊州稍重，外侮漸消，於制御彈壓蠻夷之術，至爲利便。萬一緣此馬不時至，別議改法，亦不爲晚，更合取自睿斷施行。

【題解】

本文作於淳熙三年(一一七六)，時在蜀帥任上。本文輯自歷代名臣奏議卷二四二「馬政」，歷朝茶馬奏議卷一、文前有「敷文閣待制四川制置使范成大奏曰」十五字。孔凡禮范成大佚著輯存第二四頁、全宋文卷四九七八均録本文。題參孔氏、全宋文擬。于北山、孔凡禮范成大年譜均繫本文於淳熙三年。孔凡禮於本年譜文云：「上疏，乞緩黎州一年馬額。」並引建炎以來朝野雜記甲集卷一八「川秦買馬」條，謂乾道間川秦買馬之額，歲爲萬有一千九百有奇，四川黎、叙、文三州及長寧、南平二軍共六千，至慶元初，黎州爲三千。孔氏加按語云：「文中有『臣自到官以來，蜀人言黎州買馬利害者甚多』之語，當作於本年。若在明年，始爲生病，繼則准備離去，不合。」

論赦宥疏

臣聞刑罰者，聖人所不得已也；赦宥者，亦聖人所不得已也。愚民犯法，彼固無辭；遇赦當釋，官亦無辭。縱有情重難貸，出於一時特斷者，亦當因赦而稍輕，不應引赦而反重，此理甚明，而人不以爲怪，臣竊惑之。伏見近日奏案，赦前犯罪者，有司以爲依赦合原，緣情重奏裁，以人情事理論之，特不用赦而行刑，已爲甚重；今乃反增其刑，謂如本犯徒一年，遇赦當放，以情重，故特斷徒二年、三年，或增至配流之類。雖欲禁暴戢姦，然非德刑並用之意。兼在外州縣禁囚遇赦者，則依等第，徑行釋放。其偶在奏案者，乃反增加，則是州縣用恩，朝廷用威，豈不倒置！欲望聖慈，特降睿旨，今後遇有赦前犯罪情重奏裁決不可貸者，止於特不用赦，以元刑斷之，已自不恕，人情事理，實爲允愜。

【題解】

本文作於淳熙三年（一一七六），時在蜀帥任上。本文輯自歷代名臣奏議卷二一八「赦宥」，文前有「孝宗時，敷文閣待制、四川制置使范成大上奏曰」。孔凡禮范成大佚著輯存第三〇頁、全宋文卷四九七八均録本文。題參孔氏、全宋文擬。

論任將疏

臣伏見諸路將兵部轄官，自總管、鈐轄而下，則有正副將、部隊將、教押軍隊等官。及沿邊主兵窠闕，於法應以材武人充者，皆須事藝可觀，膽勇可仗，方爲稱職。其次，亦須稍知弓馬，略識行陣，或人材身手真是武臣者，乃可爲之。除總管至州鈐，皆係朝廷選差別有格法外，竊見諸州將官以下窠闕，或以出職雜流及私家給使之人爲之，而西蜀尤甚。於弓馬行陣，懵然不知。使吾選士技卒俯首於下，聽驅役而受鞭笞，尋常不平於心，緩急寧肯共力？此不待智者而知其不可也。伏睹近降聖旨，今後正將，差曾經從軍立功，或曾任兵官并沿邊巡尉及經捕盜有勞之人。仰詳處分，深合事宜。但今來新格，未及副將以下者。豈非以正將得人，則副將以下尚可容其濫吹耶？臣竊謂若正將與副將以下同在一處，則可只嚴選正將一員以爲表率。今姑以蜀中諸州論之，則大不然。蓋副將以下，乃分屯别州，名爲副隊，其實各當一面，與正將了不相關，而責任一同，皆難以用有名無實之人，緩急誤事，悔之恐晚。臣愚欲望聖裁，應副將以下官合分屯處，並依今來正將已得指揮。其沿邊主兵窠闕，應以材武人充者，亦不得以雜流出職及給使無武藝人虚占員闕，及不許時暫差權。内或有傑然自有武藝智略者，從帥臣保明以聞，特與差注；及許一面權攝，以防遺材。仰副陛下整軍經武之實，上肅軍政，下厭士心。

【題解】

本文作於淳熙三年（一一七六），時在蜀帥任上。本文輯自歷代名臣奏議卷二四〇「任將」，文前有「敷文閣待制、四川制置使范成大上奏曰」。孔凡禮范成大佚著輯存第三二頁、全宋文卷四九七八均録本文。題參孔氏、全宋文擬。

請榜告文州蕃部疏

乞預爲文告，崛强者討擊之，善良者撫摩之，使知畏慕，不可專示弱啓侮。

【題解】　本文作於淳熙三年（一一七六），時任知成都府兼四川制置使。本文輯自周必大神道碑，文之前後云：「文州蕃部間擾邊，公奏：『（略）』。上以公深知事體，即日施行。」孔凡禮范成大佚著輯存第八〇頁録本文。孔氏據文意擬題，今從之。全宋文未録。

言和糴之害疏

凡西兵十萬，歲用米一百四十七萬斛，兑買省計及營田之外，闕五十二萬斛。括興元、階、成、西和、鳳、文、龍等州民户家業而均科之，每石予錢引四道有半，其二分折茶，實給三引，耗費斛而不與焉。

【題解】　本文作於淳熙三年（一一七六），時在蜀帥任上。本文輯自周必大神道碑。周氏云：「詔與總領李蘩議。蘩密計本所饋遺乾没，歲約百萬，隱而不言，獨奏乞朝廷降本招糴。執政怒，詔公劾蘩違制不同議。公遣人語蘩，蘩感懼，始出羡數。是歲遂以此錢所在招糴。其後上疑歲歉或防闕，而科公謂：『脱不得已，權科一年，歲豐如故，不猶愈於常擾民乎？』上曰：『善。』令每歲降旨揮，而科糴遂止。」孔凡禮范成大佚著輯存第七九頁録本文，全宋文未收。于北山范成大年譜淳熙三年譜文云：「七月，朝廷以倉部員外郎李蘩來總蜀賦，蘩先上疏言利路和糴之害，並請變抑配舊法，詔同制帥范成大同詳度。」

論邦本疏

臣聞民惟邦本，本固邦寧，帝興王成，未有不得民而能立邦家之基也。得民有道，仁之而已。省徭役，薄賦斂，蠲其疾苦而便安之，使民力有餘而其心油然知后德之撫我。則雖天不能使之變，而況蠻夷盜賊水旱之作，安能摇其本而輕動哉！此甚易知易行，而後之論治者，往往過計，謂天下之大，將人人而濟之，安得力而給諸？於是輕言功利，而重言道德，卒之道德不建，而功利亦無聞焉。雖然，論治者皆以仁民爲難，而臣今敢以爲非難者，誠有得於聖主躬行之效。小臣將命，實親見之者，請略詳其目。乃者，四蜀酒估之患，人不聊生，陛下睿斷，歲捐錢五十萬以代之償。此令一下，五十餘郡驩呼祝聖者，沸天隱地，旬日皆遍。士大夫舞手相慶，以謂吾蜀當有數十百年之安。臣於是知民之易德有如此者。又如關外和糴之困，詔旨下詢，有司未知所出。陛下睿斷，先免階、成、和、鳳一年之糴。異時歲雖大熟，不足輸官。淳熙三年，免糴令下，秋旱薄收，而四州粒米狼戾，充箱溢筥，排門求售，較之穰歲，物價反平。漕臣行部過之，邊氓遮道誦説，東向感恩，或至涕下。臣於是知民之易德，有如此者。恭惟聖主端委穆清之上，一動其念，加諸遠民，而萬里之外，覿德丕應，捷如影響。微臣不佞，愚心了然，見王道之易易焉。孟子謂保民而王，易若折枝，而非挾山超海之難，不爲過論。臣拳拳之誠，更願帝德廣運，益加聖心，深詔内外執事，曉然知陛下仁民固本之指，凡吾民疾苦，悉以上聞。苟有可以惠利便安之者，勿牽故常，臨以睿斷，使光天之下，至於海隅，蒼生罔有不被堯舜之澤，如是，則衆心成城，道德有威，惟恩以保四海，天下可運諸掌矣，其何大欲之不濟哉！此陛下躬行之效，證於孟軻之言，非臣臆説，惟聖神財幸。

【題解】

本文作於淳熙四年（一一七七），時知成都府。本文輯自歷代名臣奏議卷一〇八，孔凡禮范成大佚著輯存第三四頁、全宋文卷四九七九亦録本文。題參孔氏、全宋文擬。歷代名臣奏議卷一〇八「仁民」本文前有「成大爲敷文閣待制、四川制置使，又上奏曰」。于北山范成大年譜淳熙四年譜文：「三月，上民爲邦本劄子。」（按，即本文）周必大神道碑：「（淳熙）四年（原作三年，誤）春，公大病求歸，上令先進敷文閣直學士，明日乃下詔令。公列上兵民十五事。」本文即十五事之一。

關外麥熟疏

關外麥熟，倍於常年。蓋由去歲罷糴一年，民力稍紓，得以從事耕作。

【題解】

本文作於淳熙四年（一一七七），時知成都府兼四川制置使。本文輯自魏了翁朝奉大夫太府卿四川總領財賦累贈通奉大夫李公（蘩）墓誌銘（鶴山先生大全集卷七八），文之前後云：「（淳熙）四年五月丙午，宰執進呈范成大奏：『（略）』上曰：『免和糴一年，民間便已如此，乃知民力不可以重困也。』」又見續資治通鑑卷一四五，「蓋由」作「緣」。孔凡禮范成大佚著輯存第八〇頁、全宋文卷四九七七均有録。

論兩廣進士攝官之弊疏

深廣州郡，多以進士攝官權録參、司理者。攝官月俸微，既無以養廉，悉以賄成。乞下二廣轉運司，除依法不許權攝外，不得徇私逐急，以進士、攝官兼權獄官，或遇闕員，只以本州縣見任官兼攝。

【題解】

本文作於淳熙五年(一一七八),時任權禮部尚書。本文輯自宋會要輯稿職官六二「攝官」,文前有「(淳熙五年)二月六日,權禮部尚書范成大言」,文後有「從之」。宋史孝宗本紀:「(淳熙五年二月)詔:二廣毋以攝官入治獄。」孔凡禮范成大佚著輯存第八十頁、全宋文卷四九七九均録本文。題參孔氏、全宋文擬。

論恍、侊二字並通,乞詳定修入禮部韻疏

照對舉人程文賦内,押「惚」、「侊」字,或書作「侊」,或書作「恍」。除「侊」字禮部韻已收入外,其「恍」字,按老子云:「無物之象,是謂惚恍㊀。」係從心從光。禮部韻却不曾收載。近年雖曾增廣,亦失附入。案集韻:「侊」、「恍」,並虎晃切,皆以昏爲義,即「恍」、「侊」二字並通。恐礙後來舉人引用,乞下國子監詳定修入。

【校記】

㊀是謂惚恍:原無「謂」字,據老子原文補。

【題解】

本文作於淳熙五年(一一七八),時任權禮部尚書知貢舉。本文輯自宋會要輯稿選舉五「貢舉

雜録三」，文前有「（淳熙五年）二月二十一日，知貢舉范成大等言」，文後有「從之」。孔凡禮范成大佚著輯存第八十頁、全宋文卷四九七九均録本文。題參孔氏、全宋文擬。周必大神道碑：「（淳熙五年）正月知貢舉。」周必大二老堂詩話：「淳熙戊戌（即五年）春，余爲翰林學士，上已點定（指知貢舉人選），而趙温叔爲相，密奏云：『殿試臨軒，當用天子私人主文；今省試是禮部事。』乃就下差權禮部尚書范成大。」宋會要輯稿選舉一「貢舉」：「（淳熙）五年正月七日，以權禮部尚書范成大知貢舉，試尚書刑部侍郎兼侍講程大昌、試右諫議大夫蕭燧同知貢舉。」禮部韻，即指禮部韻略，宋丁度曾參與修訂景祐禮部韻略，南宋時又有淳熙監本禮部韻略，兩書並見宋史藝文志一，是爲宋代通行的韻書。

乞貢院添卷首長條背印疏

比年試院多有計囑拆換卷子之弊，謂如甲知乙之程文優長，即拆離乙文换綴甲家狀之後。其卷首，雖有禮部壓縫墨印，緣其印狹長，往往可以裁去重粘。臣等今措置，於卷首背縫添造長條朱印，以「淳熙五年省試卷頭背縫印」爲文㊀，仍斜印之，使其印角横亘家狀、程文兩紙，易於覺察。乞自後應幹試院，依此施行。

【校記】

㊀背縫印：「背」字原作「皆」，宋會要輯稿校記云：「據上句改。」

【題解】

本文作於淳熙五年（一一七八），時任權禮部尚書知貢舉。本文輯自宋會要輯稿選舉五「貢舉雜録三」，文前有「（淳熙五年二月）二十五日，知貢舉范成大等言」。孔凡禮范成大佚著輯存第八一頁、全宋文卷四九七九均録本文。題參孔氏、全宋文擬

論治明州海盜疏

海道荒杳，界分不明，時有寇擾，並無任責。臣昨將明州管下諸寨，各考古來海界，繪成圖本。及根括沿海船户，以五家爲甲。如一船有犯，同保併科。亦已攢寫成册，並藏在制司。如遇獲到海賊，即檢照犯人船甲，根株究治。乞行下制置司，令于所隸州縣，一體施行。

【題解】

本文作於淳熙八年（一一八一）閏三月十三日，時雖有知建康府之新命，然石湖尚未離明州，

故有此疏。本文輯自宋會要輯稿兵一三「捕賊三」，文前有「（淳熙）八年閏三月十三日，新知建康府范成大言」。黄震黄氏日鈔卷六七録有節文。孔凡禮范成大佚著輯存第八二頁、全宋文卷四九七九均録本文。題參孔氏、全宋文擬。

請免收流移之人渡錢疏

近降指揮：流移之人如願歸業耕種，即量支錢米，給據津遣。今欲移文兩淮安撫司，行下所屬，約束沿江渡口，遇有江浙流移歸業之人，其人口、行李、牛畜等，並與免收渡錢，無致邀阻。其江浙津渡，亦乞一例免收。

【題解】

本文作於淳熙九年（一一八二）正月六日，時在知建康府任上。本文輯自宋會要輯稿食貨六九「逃移」，文前有「（淳熙）九年正月六日，知建康府范成大言」。孔凡禮范成大佚著輯存第八二頁、全宋文卷四九七九均録本文。題參孔氏、全宋文擬。

請記高宗退處後言行疏

臣聞追孝莫大於顯親，顯親莫大於述事。恭惟高宗皇帝御曆三紀，休功盛德，陛下既已著之於聖政之編矣。至退處德壽之後，天旋日用，豈無可紀？如漢禁中起居注、唐諸王所修内起居注之類。向來闕此等一書，使二十五年之間堯言堯行〔一〕，不得盡聞於世，甚可惜也。竊意陛下曩者久奉大養，從容北宫，慶溢庭闈，事兼家國，必有授受之謨訓，諒多慈愛之話言，以至歲時燕喜，曠儀盛事，無非載籍之所未聞，皆當志其大略，以侈萬古。今事雖已往，日月尚新，陛下孝思永慕，見於羹墻，恐有可以記憶者。又參之以東朝東宫之所聞見，與夫宫禁老成之所流傳，特命親王，悉加記録，以付史氏，則陛下述事之孝，傳無窮而施罔極矣。臣嘗考虞書堯典一篇，紀陶唐行事備矣。而魯論有「堯曰咨舜」之訓，孟子有「放勳勞來」之言，及莊、列所記游汾、觀華、康衢等事，皆在堯典之外。則知虞舜之世，述堯遺事，必有他書，不止於僅存之一典而已。伏惟陛下自留聖心。

【題解】

本文作於淳熙十五年（一一八八），時正養病在家。本文輯自歷代名臣奏議卷二七七「國史」，文前有「孝宗時，端明殿學士范成大上奏曰」。孔凡禮范成大佚著輯存第四一頁、全宋文卷四九七八均録本文。題參孔氏、全宋文擬。高宗趙構於淳熙十四年十月卒於德壽宫，于北山、孔凡禮范成大年譜均繫本文於淳熙十五年，全宋文題下注：「淳熙十五年。」于北山范成大年譜淳熙十五年録本文後，加按語云：「尋繹此奏語言，當在高宗卒後不久、石湖造朝復請之際。石湖隆興元年在朝，曾參加編類高宗『聖政』，乾道初，以館職兼國史院編修官。厥後屢兼史職，數有論奏。本年五月，詔修高宗實録，石湖所論，亦思對此有所獻替也。」

【箋注】

〔一〕二十五年之間：高宗自紹興三十二年六月退處德壽宮，至淳熙十四年十月去世，恰爲二十五年。

論郭鈞疏

郭鈞馭衆無術，幾至生變。

【題解】

本文作年難以確考。本文輯自樓鑰少師觀文殿大學士魯國公致仕贈太師王公（淮）行狀（攻媿集卷八七），孔凡禮范成大佚著輯存第七七頁録本文。全宋文未録。楊萬里宋故少師大觀文左丞相魯國公王公神道碑：「……先是蜀帥范成大言興元軍帥郭鈞御衆無術。」

范石湖集輯佚卷六　劄子

議兵莫若留營屯劄子

議兵莫若留營屯。蓋度支月給，諸軍居十之九。三歲大禮犒軍，居十之八。一有軍興，大費突出。雖積金齊於箕斗，發粟浩如江河，終亦屈竭。宜留營屯。以更戍轉輸之費，供鋤耰墾鑿之須。漸開屯田，以時閱習。漢高帝，一天下者也，家室狼狽而不顧。越句踐，復讎者也，非報吴之事則不言。東晉，保境土者也，稽古禮文之事畢興，而北嚮争天下之事不問焉。今終日所從事者，保境土之規模而已，又兼欲爲越王、漢帝之所爲，宜其材散力分，坐縻歲月。

【題解】

本文作於隆興二年（一一六四）十二月，石湖試館職上策，除秘書省正字。本文輯自黄震黄氏日鈔卷六七，文前云「館職策」。周必大神道碑：「（隆興）二年二月，除樞密院編修官。……時館職定員，有詔公與王衜候闕召試。十二月，鄭升之不試先除，牽聯併除公秘書省正字，公不可，必試策而後就。」本文便是「試館職策」。孔凡禮范成大年譜隆興二年録本文，加按語云：「館職召試，北宋即有定制，南宋官制，多踵舊章，館職召試而後除，仍爲定制。石湖請『必試策而後就』，蓋不肯違舊制以招倖進之謗也。」孔凡禮范成大佚著輯存第六六頁、全宋文卷四九七九均録本文。孔凡禮輯存分本文爲二條，全宋文合爲一條，今從之。

論三朝國史劄記

臣聞自古有國有家，雖盛衰不同，而未嘗無一代之史策。以小喻之，譬如士庶之家，大則有家法，小則有日記。雖倥偬弗暇給之時，决不可一日而闕，非若其他翰墨文詞空言無用之比也。恭惟國家五朝正史，久已大成；而神宗皇帝、哲宗皇帝、徽宗皇帝三朝史書，始於紹興二十八年開院纂緝，糜費帑廩，九年於此。惟帝紀略備之外，其餘邈然無涯，不惟舊聞失墜，無書可考；亦緣是非褒貶，易招悔吝。朝廷既不督課，有司幸於因循。加以席未及煖，遷徙而去；甚或提綱無官，秉筆全闕，動經旬月，無復誰何。人徒見館宇邃嚴，吏胥旁午，皆謂煌煌天朝，必備史策，而不知文具如此。臣竊檢照景德中修太祖、太宗兩史，十年而成；天聖中修真宗史，四年而成；熙寧中修仁宗、英宗兩史，六年而成。今之三史，若只用目前規摹，更數十百年，亦恐汗青無日。何則？自熙寧初元，至今百年，見聞所逮，尚難追記。只更一二十年，殘編斷簡，漸就散逸，故家遺俗，無可詢究。雖悔向來之因循，欲決意成之，亦不可復得。文謨武烈，恐遂湮晦，何以仰稱陛下追孝清廟、羹牆祖宗之心？臣每念至此，震慄汗下。伏望特賜聖裁，亟命朝廷討論史事，立之課程，剋以期限。其熙寧以來舊事，本院無書可考者，許關取秘閣四庫所藏，及搜訪士大夫家所存干照文字，網羅參訂。仍擇儒館優閑之臣數人，增兼編撰，庶得併工分力，結局有期。成書之後，薦之宗祏，於以上慰三后在天之靈，燕寧歡喜，介福家邦，與天無極。此臣所謂繫國體重大。前者親目其弊，今又再司其職，不敢緘默，且陛下家事也。伏望特留聖慮。

【題解】

本文作於乾道二年（一一六六）二月，時任禮部員外郎。宋會要輯稿職官七一「黜降官八」：「（乾道）二年三月四日詔，新除禮部郎中（按，當爲員外郎）范成大放罷。以言者論其巧宦幸進、物論不平故也。」本文輯自歷代名臣奏議卷二七七國史，文前有「成大又論三朝國史劄子曰」，孔凡禮范成大佚著輯存第二〇—二一頁、全宋文卷四九八〇均録本文。于北山范成大年譜乾道二年繫本文，案云：「文中云自『紹興二十八年……九年於此』，計其年代，當在此時。石湖除禮部員外郎，仍兼國史院編修官，與文中『再司其職』語亦合，故繫於此。」

論虜使生事劄子

臣竊聞前日金國遣使來奉壽觴，其正使沿路於瑣瑣末節，多欲少變舊例，皆非國體重輕，特出一時無稽之説。陛下待之有法，一不得志而去。然自近年未嘗敢爾。其所以敢爾者，士大夫竊議謂有兩説：或謂山東饑旱，民多流徙，恐爲吾所窺測，故爲此驕狀，以示泰然，而堅盟信；或謂彼國以陛下天錫神武，不忘中原，經理邊陲，江淮增勢，必慮和好不久，虜之君臣或有計議，使者恐預知之，故敢肆然出此。二説是非，固未易決，要之，皆所以啓陛下自治待時之計。何則？從前之説，彼憚於興役而懼吾有謀耶？則安知其無可乘之機？從後之説，彼疑吾經略而不恃和好耶？則安知其無先事之舉？故曰：皆所以啓陛下自治待時之計。臣愚欲望聖慈與帷幄大臣，乘此閒暇之時，稍紓不急之務，益講待敵之策。蚤夜孜孜，更甚前日，以待事至而應焉。臣去年面對，嘗陳「三力」之説：一曰日力，寸陰可惜者是也；二曰國力，資用所出者是也；三曰人力，愚慮智術之所及者是也。此三力者有限，不可糜費於不急之地，盡用以待敵，猶恐不給。臣區區愚忠，因使人之來，又有所感，故復爲陛下略言之。伏惟留神省察！

【題解】

本文作於乾道五年（一一六九），時任禮部員外郎，兼崇政殿説書。文中有「臣去年面對，嘗陳『三力』之説」，指乾道四年五月，陛對上論日力國力人力疏，本文中提到「三力」。本文輯自歷代名臣奏議卷三四九，文前有「范成大論虜使生事劄子曰」。孔凡禮范成大佚著輯存第一一二頁、全宋文卷四九八〇均録本文。

論記注聖語劄子

臣聞帝者莫盛於堯舜，其事遠，而其書存。二典所記都俞吁咈之詞，可以端拜而議。因其詞，知其所以聖。不然，則雖堯舜之盛無傳焉。後世設官以記言，旨意深矣。恭維陛下天縱神聖，求治甚勤，露朝便坐，日有謨訓。凡紀綱法度之説，性命道德之藴，有漢唐之君不得與於斯者。是宜史不絶書，以昭萬古。臣蒙恩待罪柱下，竊考記注所載，十不一二，蓋緣進對臣僚，循習故常，例以無所得聖語爲報。紹興間，史官屢有建明，三曾出榜朝堂，而不報者自若也。其報到者，又務爲簡略，或止片言一字，且漫不及所奏因依，抽毫執簡，終無纂述，臣甚懼焉。按令文：「親聞聖語應記注事不報後省者，違制論。又應報聖語而違者，修注官具申尚書省。若報到無聖語者，月終類聚以聞。」雖有此法，前後未嘗申嚴，及不曾舉行類聚以聞之令，宜其諸所記注，多違舊章。臣愚欲望聖慈，下臣此奏，付閤門、内侍省，遇有對班，坐條告報，并許史官依令舉行，將報到無聖語者，月終類聚奏聞。萬機之燕，略賜考察。庶幾大哉王言，無敢隱匿，聖謨洋洋，匹休二典，天下萬世幸甚！

【題解】

本文作於乾道六年（一一七〇），時任起居舍人。本文輯自歷代名臣奏議卷二七七，孔凡禮范成大佚著輯存第一五頁、全宋文卷四九七九録本文。

論侍立劄子

臣近因奏陳記注，不得盡紀聖語；伏蒙宣諭，正以史官侍立太遠，令臣討論典故。臣竊見今來左右史侍立，乃在正殿東南隅朵殿之上，漠然並無所聞，誠乖書言記動之義。謹按唐制，凡御殿，則二史侍立於殿上御坐左右，執筆以記言動。其紫宸入閤，天子臨軒，即立螭頭，逼階傾耳而聽之。或殿上，或螭頭，皆得密聞王言，即時記録，證據甚明。文宗嘗與宰相論當世奢靡，時史官執筆螭頭。帝謂曰：「適所議論，卿記録未？」以此見雖立殿階螭頭之下，尚得有聞而記述，況侍殿上耶？本朝初，復起居院，梁周翰等討論典故，雖未精詳，然亦但云直於崇政殿以記言；以至國史、職官志諸書所載，亦只云便殿侍立，而無今來東朵殿之説。所謂朵殿，本無經見。若謂與正殿一體，即容設置供奉官員閤于幕次，憩坐自如，則不可全謂之殿也。如果與正殿事體不同，不應侍立左右者，却立於彼，此可謂失記注之地矣。又按王容季所載，稱本朝故事，侍立於御坐後。歐陽修請侍立於御坐之前。修罷，復立於後。此事雖不見會要，然世傳之久矣。會要獨載：「修乞令上殿臣僚退，少留殿門，俟修注官出，面録聖語。仁宗從之。」臣竊料國朝修注官雖立殿上，所謂立於御坐後者，聞見亦自不審。所以修有「留臣僚於殿門面録聖語」之請，而又有「移立御坐前」之説。要之，唐制爲詳，而本朝之制爲略。其原出於建置之初，梁周翰等討論不精之故。當時尚無朵殿之説。

今則不知閤門如何相承，却止令立於朵殿。隆興元年，左史胡銓等建言，立非其地。閤門、御史臺討論典故，故欲令起居郎、舍人起居訖升殿。宰執並臺諫奏事，權暫東朵殿侍立，候臣僚奏事時，依講筵例，於御坐前侍立。其意以爲宰相奏事所得聖訓，中書、門下自有時政記；並臺諫論事，亦恐難遽漏洩；其他臣僚奏對，初何妨嫌，而使記注之官不得記述以詔萬世？誠爲漏典。臣竊見行在百司，皆得舉職，獨左右史職記言動而職實不舉，王言既不得聞，而臣僚奏對，又例以無所得聖語爲報，則是記言之職，有名無實。所謂記動者，凡行幸出入、號令設施之類，只憑諸司關報，而國史日曆所亦同被受，已先修纂，則後省記注，緣成長物。二史之官，號爲職清地近，班綴從臣，而瘝官曠職如此，臣所以夙夜慙懼，不皇寧居。伏望聖慈，參酌前古盛際，特賜檢會乾道元年閤門、御史臺已討論到典故，斷自聖心，特制史官侍立之地，以爲聖代成法。

【題解】

本文作於乾道六年（一一七〇），時任起居舍人。本文輯自歷代名臣奏議卷二七七。黄震黄氏日鈔卷六七有節文，略有不同，録以備考：「内殿論左右史（郎左舍人右）侍立典故。唐制：凡御殿，二史立左右紫宸閣，臨軒即立螭頭，皆得密聞王言。國朝淳化二年，始置直崇政殿。慶曆二年，歐陽修同修起居注，移立御前，曰：起居注非殿中祇候人，不當立座後。隆興元年，胡銓乞復侍立故事。御史臺會到經筵例，宰執臺諫奏事，權立禁殿，臣僚奏事時，立御座前。閤門契勘，垂拱殿常朝，自乘二史無侍立指揮，今請比附後殿輪立。」孔凡禮范成大佚著輯存第一六——一七頁、全宋文卷四九七九均録本文。

論獻説迎合布衣補官之弊劄子

臣聞聖人在上，所以虛己以來天下之言者，蓋欲廣見聞，資啓沃，以輔聰明之所未及也。至於朝變夕改，乘時射利之徒，候伺上意，耳剽口傳，爲迎合之説，取容一時，以釣爵位者，將安用之哉！國家之於北虜，可謂血讎矣。是讎也，天地神明，社稷蒼生，其誰不知？陛下受太上之託，荷列聖之休，不忘北向，以雪宗廟大耻，可謂有志矣。是志也，天地神明，社稷蒼生，亦其誰不知？乃宸謨聖策，甫欲有所設施，而一時射利之徒如前所云者，即便彷彿指意，争獻迎合之説，繙舊史以談計謨，檢方志以述地理，詢北客以撰事機，走權門以伺報應，如是而已。聖朝以其説之惓惓，不吝賞激，至有布衣補官而去者甚衆。一人得志，轉相倡和，兢以迎逢爲進身事業。傳播既廣，四方翕然，洩陛下之神機，漏朝廷之密指，甚非國家之利也。伏望聖慈與腹心輔臣，思大計之甚重，審先務之當行，日夜淬厲，自圖實效。凡迎合之虚言，取悦一時之聽，無益於國而徒利其身者，不必更誘而進之，以開倖門而玩大謀。天下幸甚。

【題解】

本文作於乾道六年（一一七〇）使金歸後。本文輯自歷代名臣奏議卷一八三「去邪」。黄震黄氏日鈔卷六七有節文云：「内殿論獻説迎合、布衣補官之弊。」列於「使回」一條之後。周必大神道碑：「自公使北，狂生上書，迎合恢復事，補官十餘人。公奏：『倖門不可開，繼此，臣必繳奏。』上曰：『誠然，書已滿屋，朕皆不省。』公每事正捄，大率類此。」亦言本文作於「使回」之時。于北山范成大年譜繫本文於乾道七年，欠當。孔凡禮范成大年譜乾道六年譜文云：「奏論獻説迎合之弊，又奏論布衣補官之弊。」即指本文。孔凡禮范成大佚著輯存第一九頁、全宋文卷四九七九均録本文。題參孔氏、全宋文擬。

論知人劄子

臣聞古今未嘗有不生才之世，而君子常患於無知人之明。今有知人之明，則天下之人無不才者。無知人之明，而徒起乏才之歎，是亦厚誣天下而已。不知其知兵而使之治財，不知其知財而使之治禮，及其不集事也，則均受不才之名。一旦各以其所長，易地而使之，三人者猶前日之人也，而各以其才稱。一動其機，才否爲之變。是機也，非智力之所能爲，天與之明，道與之妙，其於人也，交際密庸於精神視聽之表，固不可以言語筆舌諭也。文王之立政，克知三有宅心，灼見三有俊心，是以有能官人之名。夫謂之克知，謂之灼見，此豈有諭而可傳哉！今不先究知人之明，而但起乏才之歎，不謂誣，可乎？臣嘗謂錢穀甲兵，萬事之統，皆可以立説，惟人才不知，不可以置論。何者？知人之明，在人君心術之微，而非變政易令之所及故也。嗚呼，知人之明尚矣。其次莫若公。公雖非明，而可以生明。去胸中之私喜怒，用天下之公是非，以進退天下之才，雖不能皆當，要亦十得七八。伏惟聖明省臣激切而加意焉。

【題解】

本文作於乾道七年（一一七一），時任中書舍人。本文輯自歷代名臣奏議卷一五七「知人」，文前有「宋孝宗時，敷文閣待制、四川制置使范成大論知人劄子曰」。孔凡禮范成大佚著輯存第二〇頁、全宋文卷四九七九均録本文。孔氏案云：「日鈔列此文節文於内殿論獻説迎合疏後，帥廣右疏前。今從日鈔。」孔凡禮范成大年譜乾道七年繫本文云：「上論知人札子。謂知人在明，使其所長，其次在公，去胸中之私喜怒。」日鈔節文云：「論知人。不知其人而使之，不集事，則均受不才之名。各以其長，易地使之，皆以才稱。」黄震日鈔，是按照石湖文之次序鈔録的，日鈔篇目之排列，可作爲繫年之重要參考，比明人楊士奇的可信度要强。以此證之，歷代名臣奏議加於文前的官銜有誤。

乞提刑依限决獄劄子

乞提刑依限决獄。檢準乾道令，限五月下旬起離，雖未被旨，亦行。

【題解】

本文作於淳熙四年（一一七三），時知成都府兼四川制置使。本文輯自黄震黄氏日鈔卷六七，孔凡禮范成大佚著輯存第五七頁、全宋文卷四九八〇均録本文。題參全宋文擬。

論支移劄子

内郡拖欠，因循弗償。邊守望輕，莫能理索，擁其空城，坐受艱窘。群蠻習見，意輕中國。如眉州輸叙州米萬石㊀，止與百石、五十石，或全不應副。乞責四路漕臣參酌，别立中制。

【校記】

㈠輸：原作翰，孔凡禮輯存據義改。今從之。四庫本作「旱」。

【題解】

本文作於淳熙四年（一一七三），時知成都府兼四川制置使。本文輯自黄震黄氏日鈔卷六七，孔凡禮范成大佚著輯存第五九頁、全宋文卷四九八〇均録本文。

論蜀中吏廪劄子

俸給不以時得，當專責之漕司，不應廪稍息絶，坐視不顧。

【題解】

本文作於淳熙四年（一一七三），時知成都府兼四川制置使。周必大神道碑：「公列上民兵十五事，上曰：『范某已病，尚爲國遠慮，可趣其事。』公疾愈而行。」上十五事，時在離蜀前，本文或即其中一事。本文輯自黄震黄氏日鈔卷六七，孔凡禮范成大佚著輯存第六〇頁、全宋文卷四九八〇均録本文。孔氏據黄氏附注「並蜀事」，因擬出本題，今從之。

辟兵官劄子

臣契勘四川，去朝廷絶遠，事之利害與近甸不同。自關外宿師以來，多有離軍使臣及將家子弟所在僑寓，外銓闕少，注擬不行，往往衣食匱乏，狼狽無歸。其間却有材武卓然、堪備任使之人，失職久閑，理當收恤。舊來朝廷將四川城寨兵官八十六闕，專令制置司量才差辟，最有深意。近准尚書省劄子，坐據吏部申請，稱上件窠闕，本司未見辟人，欲從吏部權行差注，一次行下，止令尊依已降指揮。臣有以見陛下聖謨神斷，洞照萬里，至纖至悉，無不周盡。不然，則前項失職之人，愈更坐困。臣照得上件窠闕，自前宣撫制置司節次差辟，未嘗闕員，止是右選小官，邈在萬里，類皆貧窶，無力赴部，計會付身，因循就禄，不敢更校資任。間有到吏部者，或以小節退難取會，往返動是經歲，更一往復，則已任滿罷去矣。就令無所沮難，得給付身，又被幹人抽藏，邀取厚利；或將質當錢物，因而沉失。以此，奉辟之書，實是艱於上達。又前此差辟，不曾一一拍試。自臣到任，盡革弊倖。遇有陳乞差遣者，躬赴教場，按閲事藝，取四邑材武應選之人，依資次差辟。如武藝不應格者，即令歸部參選。向來醫卜給使及進納吏職之流，與夫癃老疾病。選懦無技者，皆不得以濫吹。臣用此規模，一年以來，沿邊城寨，諸州將佐，皆易以材武之人，幾以太半，只更數月，可以盡變。既已擇之之精，此等各望資歷寸進。臣今逐一與之點對，照驗付身，起發奏辟。每十員或二十員，作一番保明，自用遞筒申發。欲望聖慈，降下吏部照會，所給付身，乞勿付親事官及幹事人等，並從吏部復用皮筒，遞付本司給散。如内有小節不圓，未至切害去處，即乞先次放行，續下本司取會。庶幾川遠孤進，行五舊人，皆得成就考任，安心効職，爲惠甚大，所繫不輕。取進止。

貼黄：臣又契勘四川大小臣，止緣不即起辟，給降付身，視城寨要害之處，止似權局，不爲固志。又緣舉辟官不測替移，被差官亦遂罷去。只如去年一年，宣撫司所差，先經鄭聞選差一次。鄭聞罷，則隨司亦罷。次經沈復差代一次，沈復罷，則又亦隨罷。是一年之間，沿邊城寨，元不曾有正官。邊防如此，安得不慮。此皆緣不即時辟奏，給降付身，所以致然。伏乞睿照！

【題解】

本文作於淳熙二年（一一七六）九月，時知成都府。孔凡禮范成大年譜淳熙二年譜文云：「九月庚子（二十二日），詔階、成、西和、鳳四州當職官以下選辟守官，以成大所奏也。」皇宋中興兩朝聖政卷五四：「詔階、成、西和、鳳州當職官以下，令本路帥漕司於四路在部官同共選辟，并體量見任人委實癃老及不堪倚仗者，并申制置司躬親審量。保明申取朝廷指揮，其所辟官不許辭避。所有邊賞一節，令吏部看詳申尚書省。以知成都府權四川制置使范成大所奏也。」本文輯自永樂大典卷八四一三，黄震黄氏日鈔卷六七有節文，孔凡禮范成大佚著輯存第二六頁、全宋文卷四九八〇均録本文。

論民兵義士劄子 一

臣聞天下之議論，常患於易偏，今之言民兵者是也。以爲可用者，則謂便成一軍；以爲無用者，則謂不如其已。而不知可用與否，各有所在，未可一偏議也。五方之人，風氣不同，强弱各異。臣以身之聞見考之，江浙近地，所謂民兵者，直保伍役夫耳，誠不足恃。乃若關外之義士，荆襄之義勇，勇鷙健武，人材絶異。技藝紀律，性習所使，雖正軍鋭卒，未能遠過。無廩兵之費，有勝兵之實，養威藏用，最爲上策。朝廷要當愛護拊循，特加之意，申嚴其法而便安之，講明其利而增廣之。所謂申嚴其法者，謂如近年關外諸色守把官軍，皆已抽回，無人充代；便欲就差義士，拘係於官，輕變成法。朝廷行下禁止，制帥兩司，雖已施行，即不知已未依應。當從朝廷立限催促，非因調發，永不得差。又如前此用兵之際，或先驅義士以嘗寇餌敵，棄如草菅。軍還有功，賞又弗逮。父老至今嘗以爲言。當從朝廷立定節制，别分頭項，使用其長。如是，則其法盡善矣。所謂講明其利而增廣之者，謂如關外忠勇一軍，皆有蠲免科糴則例。近聞天恩曠蕩，已與權免糴一年。若自此以後，常得中熟，雖難永免，自可減科。既薄其税租之輸，又嚴其拘役之禁，則關外民丁，皆有餘裕。凡强壯者，皆可增籍。又如荆襄義勇，臣過而見之，荆南一處，已踰萬人，聞止是團結主户，而客户有力者實多。議者亦謂尚可通融措置。各乞下逐路帥臣，密切相度，申取聖裁。如是，則其利無遺矣。臣載惟梁荆之民，健武根蒂，攻有餘力，守不待勸。若使如此加意，可以特將成軍。所有教閲小費，比之養兵，減省十倍以上，而其人可恃，較之汎然招刺游手之徒，羸弱逃亡常相半者，不可同年而語。如狂言可采，伏乞聖慈次第施行！取進止。

【題解】

本文作於淳熙三年（一一七六），時知成都府。本文輯自永樂大典卷八四一三。周必大神道碑曾談及此文：「蜀用陝西舊法，料簡强壯民丁三萬，寓之於農，號曰義士，以待緩急。歲久，監司郡守，多雜役之。都統司又令守關隘烽燧，且乞與大軍更戍。公力言其不可。詔遵舊法。」孔凡禮范成大佚著輯存第二六頁、全宋文卷四九八〇均録本文。

論民兵義士劄子　二

興元、洋州等處，建炎依陝西法，抽結義士。在關外四州，則名忠勇軍。與免科率。大散關之戰，能爲官軍先鋒。後因差役規法浸壞，乾道二年，虞雍公宣撫得旨〔一〕，增結梁洋一帶計二萬六千餘人，立爲專法，大要一語，非因調發，不許差使。蓋朝廷無毫釐養兵之費，而實寓正軍數萬於民間，所當愛護。至是都統郭鈞議差守關隘，公以雍公專法争之。

【題解】

本文作於淳熙三年（一一七六），時知成都府。本文輯自黄震黄氏日鈔卷六七，孔凡禮范成大佚著輯存第五八頁録本文，全宋文未録。題據文意擬。

【箋注】

〔一〕虞雍公宣撫：即虞允文，宋史虞允文傳：「允文力求去，授少保、武安軍節度使、四川宣撫使，進封雍國公。」

乞免移屯與執政答宣諭劄子

某昨奉鈞誨，傳諭上指，議欲移屯潼川、綿州大軍二千人前來成都，並聽成都帥臣節制等事。竊惟成都會府，根本全蜀，而武備玩弛，卒乘單弱；若增屯大軍，誠可折衝。惟是潼川、綿州兩軍屯戍，皆經四五十年，老身長子，各已成家，婚姻盤錯，墳壟相望，揆之常情，恐未免安土重遷。必先爲之經畫措置，曲盡其宜。使盤挈之初，免家具破散之憂；既到之後，無暴露羈旅之戚。人忘其徙，家安其舊，然後有利無害。略計營壘支犒之費，無慮十有餘萬，非一日可遽辦者。至於目下，脱有姦盜竊發，一切緩急事宜，有合調發去處，緣去年復再置四川制置司時，已有九月五日專降聖旨，依條具合行事務，内一項：四川諸州姦宄夷獠之患，許從制置司審度事勢，差發都統司西兵捍禦。今來成都帥臣，係兼四川制置使，遵照上件指揮，於諸處屯兵，自可節制奉行，不至闕悞。所有移屯，欲乞鈞慈特賜開陳，少寬限期，容某續更子細相度，並計算所費萬數，條具申聞。某博詢熟究，以致拜答稽緩，伏乞鈞慈，特賜矜恕！

【題解】

本文作於淳熙三年（一一七六），時知成都府。本文輯自永樂大典卷三五八七引。本文有「去年復再置制置使」，四川罷宣撫使，改設制置使，爲淳熙二年六月間事，故知本文必作於淳熙三年。孔凡禮范成大佚著輯存第三〇頁、全宋文卷四九八〇均録本文。

論蜀兵貧乏劄子

臣契勘蜀中養兵，用民力者五十年矣。宜軍中之富實，而邇來貧乏者衆，甚軫顧憂。原其致貧之由，皆謂初招軍時，止是單身，其後婚娶，人口漸多，勢不能給。前來宣撫司，措置給錢，付都統司，使自回易，以資貼累重之人，每月添支糧米。緣本錢不多，軍中營運不行，近來多是以錢放償與合添支人，謂如每月借與錢引伍千，即令出息一千，便將息錢准折添支。雖軍士少濟急闕之須，而實無增添之實。臣嘗議軍中回易，非本錢寬餘，無以得倍稱之息。又非三兩年間可以見效。要當爲之算計，其所合添支者若干，合用息錢若干，計其取息合用本錢若干，然後可以冀實惠之孚爾。所謂合與添支之數者，臣嘗試拖照支帳，略加料度。蜀軍雖九萬餘人，除將佐職事官俸給優厚外，又除入隊使人、正兵弓箭手有職名人，舊宣司効用義兵强兵等人，月糧本色及折估添支，有得錢引二十道以上者；敢勇月糧本色及折估添支，有得錢引八道上下者；最强弓手月糧本色及折估添支，亦得錢引六道上下，皆粗可足用。以上色額，並不須添支，并不入隊人亦未須商議外，其餘入隊長行，委有貧乏。蓋緣關外軍糧招收放請之制，單身者於所請糧内以五斗折估錢引，兩口者以二斗折沽錢引，三口之家，則無折估。當時計口折估，止爲糧貴折估賤，故口衆者不折，本意欲以優卹之。二十年來，糧米價賤，折估價貴，口衆之人，全得正色破賣，比之折錢，虧少錢引一道上下，所以累重，全請正色人，尤難支梧。此蜀軍貧乏之要領也。今當將上件三色長行折估，少者不以口計，量與增折。謂如無折估者，與折二斗、三斗之類。及强弓手元添支銀三錢，止折得錢引七分五釐，委是微不能濟用。槍手等第，亦與此同，亦當與量行增添折銀分數。謂如錢引如七分五釐者，添作一引以上之類。兩項合與增添者，止以入隊人爲率。其使臣及其職名人，并不入隊人，皆不須問。欲望處分，將臣此議以總領財賦官令不下司，密切算計上件人合量與添支數目，共計一歲當費若干，用若干本錢，可得上件利息支用，或非目下回易所能辦，而所費錢數不多，朝廷可以調度，即乞出自聖慈，特與添給。蓋回易逐利，非止目下未能見効，兼軍中貿遷，不無搔擾，將兵幹當，亦廢教習。前來已曾給錢營運，至今措置未行。臣故爲回易之説，切有疑慮，今乞併下總領官，令多方相度，别更有何策，可以貼濟，奏取聖裁。兹事體大，伏望留神省察，取進止。

貼黄：臣劄子中所謂欲問總領所别更有何策可以貼濟者，切見目今軍中，比宣撫使虞允文打算之時，使臣離軍太半，其支折錢估，比舊額當須減省。兼不入隊人内，有使臣及軍兵有職名大請受之人，數目不少，亦漸合揀退，自此支折錢估，亦當減省。恐有那融得行之理。故乞併下總領官，究心措置相度。

【題解】

本文作於淳熙三年（一一七六），時知成都府。本文輯自永樂大典卷八四一三，孔凡禮范成大佚著輯存第三五—三六頁、全宋文卷四九八〇均録本文。

論關外四州歲苦和糴劄子

川秦軍糧，減到利、閬、興州、大興軍等處官糴，買瀘、叙客米多支錢，并利州酒息共百萬，以增添四州及金、洋州、興元府糴本，使官自糴買通，利路諸州，並不科糴。

【題解】

本文作於淳熙三年（一一七六），時任蜀帥。于北山范成大年譜淳熙三年譜文云：「七月，朝廷以倉部員外郎李蘩來總蜀賦，蘩先上疏言利路和糴之害，並請變抑配舊法，詔同制帥范成大同詳度。」石湖因上劄子論關外四州歲苦和糴。本文輯自黄震黄氏日鈔卷六七，孔凡禮范成大佚著輯存第五六頁、于北山范成大年譜、全宋文卷四九八〇均録本文。于氏題本文爲論關外四州歲苦和糴劄子（見本譜採録佚文一覽表），今從之。關於本文所論之事，周必大神道碑：「公復言和糴之害。凡西兵十萬，歲用米一百四十七萬斛。兑買省計及營田之外，闕五十二萬斛。括興元、階、成、西和、鳳、文、龍等州民户家業而均科之，每石予錢引四道有半，其二分折茶，實給三引，耗費斛面不與焉。詔與總領李蘩議。蘩密計本所饋遺乾没歲約百萬，隱而不言，獨奏乞朝廷降本招糴。執政怒，詔公劾蘩違制不同議。公遣人語蘩，蘩感懼，始出羨數。是歲遂以此錢所在招糴。其後上疑歲歉或防闕，公謂：『脱不得已，權科一年，歲豐如故，不猶愈於常擾民乎？』上曰：『善。』令每歲降指揮，而科糴遂止。」洪咨夔知心堂記談李蘩總蜀賦言和糴害民事，兼及石湖罷糴事，極有參考價值，云：「昔在孝宗皇帝，以盛德大業，紹開中興，仁不異遠，視坤維戚休如在陛梐間。迺淳熙丙申秋七月，制詔晉原李公蘩，以倉部員外郎總蜀賦，望選也。未上，首奏利路和糴爲民害，假臣三數月，可永除五十年病根。爲國爲民之慮，目無全牛矣。尋奏：『易之裒多益寡，書之懋遷有無，皆深寓理財至計。臣願於經費中撥盈虚斂散之宜，酌緩急先後之序，通融排斡，劑量取予，盡變抑配舊法，官自與農爲市，不虧豪忽之價，不取圭撮之贏，而軍不乏餉，民不加賦。其條凡數十，其大節目十有一。反復熟究，皆經久實利。惟少寬轡策，俾得其愚。』上大奇之，詔制置范公成大同詳度，又詔度支郎周嗣武就覈利害，悉奏所請可施行。公以聖主難逢，時幾易失，亦連上奏，願任責辦集。其議三閲歲而堅定。案：全蜀餉道，歲大約以石計者一百五十餘萬，中六十餘萬，科之邊氓，量家業以定均敷之數，名和糴，實强取。民不堪命，怨咨轉聞。皇明洞燭萬里，一意任公，以寬西顧。奏始上，非惟九重難之，公卿大夫皆難之，蜀人之切於解倒垂者亦莫不難之；而公見定守篤，慷慨論列不少折，累書與同列辨難尤力。訖如始議。官糴民糶，價與時爲低昂，遠邇讙趍，輦負繦屬，聲氣不動而軍餉給。九州數十萬户，踴躍呼舞，始知有生之樂，家祠人祝之。迨范公入參機密，上問蜀罷糴可久行否，范公奏以身保之。上悦曰：『是大不易得！』

論文州邊事劄子

臣伏見四蜀沿邊蠻夷，自政和以前，雖時有侵犯邊境，當時朝廷鮮曾容貸，旋即舉兵問罪，固未必皆有大功，然夷人終是畏憚，不敢無時輕發。比年以來，如成都府路嘉、黎、雅三州等處，屢有邊事，時議以外備大敵，姑務含忍；又以方市戰馬，不欲阻絶。夷人狃習，謂中國終不能報復，來則有虜掠之利，退則無追躡之憂。甚者反得犒賞財物，過於未叛之時，是以泰然無所顧忌。蜀之諸邊，蓋未嘗得數歲無事。邇者利州西路文州界内，有蕃部侵犯寨堡，殺掠人兵。訪聞常年如此，官司每是隱忍蔽覆，終於和斷而已。契勘今來作過蕃部，據邊吏張皇闕申，其衆亦不過三四百人，初無雄傑酋長爲之謀，又無堅甲利兵爲之用。國家屯戍大軍，密邇其處，蕞爾小蕃，乃敢跳踉如此者，政以習見近事故也。若不惜暫勞小費，併力討蕩，期於不貸，則豈獨文州蕃戎讋懼，其他種落，自此懲創，知中國不可輕犯，此西陲數十年安静之長算也。臣已榜下文州，止告諭非作過蕃部，且許自通貿易，以解散其締結。又聞蕃寇之來，稍不得利，即依林菁以自固。官軍深入，易落姦便。臣亦已行下乘風焚山，嚴兵清野，徐用鄉道，擣其巢穴。惟是議者或以爲文州係買馬地分，恐不即和斷，或至阻隔。臣再三詢究茶馬司所買馬數，文州不當十之一二；又其品凡下，非宕昌比。兼今來作過主首，止是一族，雖加攻討，自不妨餘族互市。政使緣此而所買馬數少減於常年。權邊防利害之重輕，亦恐自有先後緩急之序。或又謂朝廷方以備北虜爲急，此等癬疥，合且姑息。臣竊謂不然。大敵未平，尤當先除腹心之患。諸葛亮豈一日忘中原哉？然五月渡瀘，深入不毛，以定南中者，蓋出此也。不然，方今關外寧肅，而蠻夷敢擾動如此；使岐雍有警，則此等窺伺侵寇，將何所不至。臣暫此攝事，實有不敢以苟紓歲月爲心，而妄爲西土畫息肩之策。若萬分有一，偶合睿指，欲乞出自聖斷，更賜行下興州都統制吴挺，廣設方略，討蕩施行。其措置催督之類，臣雖庸虚，不敢不任其責。所有文州數百匹之馬，或不及歲額，亦乞暫寘度外。俟邊防安静，不患馬額之不復。臣區區狂率，干犯天威，伏地戰越。

【題解】

本文作於淳熙三年（一一七六），時在蜀帥任上。于北山范成大年譜淳熙三年譜文云：「文州蕃部擾邊，爲文告示之。」「疏論文州邊事，並論劾守臣，朝廷詔吴挺選員兼知。」本文輯自歷代名臣奏議卷三三六「禦邊」，文前有「敷文閣待制、四川制置使范成大奏論文州邊事劄子曰」。孔凡禮范成大佚著輯存第二八—二九頁、全宋文卷四二九三均録本文，題作「請勦文州夷疏」。宋會要輯稿職官四七：「（淳熙）三年三月二日，詔四川都統制吴挺選習兵官一員，兼知文州。以四川制置使范成大言：文州管下蕃部作過，知州李彦堅畏懦失職；下任王彪，老謬不肯之官。彦堅、彪既罷，因有是命。」

催西兵營寨劄子

臣契勘黎州比蒙朝廷添屯西兵，最爲良策。蓋徼外蕃落，從來以西兵爲重，謂之「喫人肉虜子」。只如近日，就黎州處置叛將王文才，既斬首訖，其見屯西兵，競分其肉食之。互市諸蠻，皆環布震疊，面無人色。但前此西兵未有營寨，只就城内寺院駐劄；而互市諸蕃，亦入城安泊。臣竊慮往來日久，不免與西兵相偶於途，人情浸熱，漸忘畏憚，無以養威，遂行下知黎州禄東之，令於城外别立西兵營寨，不令無時入城。東之已於北城之外，得寬閑寨基，所有起立營房及將官廨宇之類，臣即已撥支合用錢數，盡付東之，未見申到興工時日，即今索實。臣今去官，伏乞朝廷行下四川制置司及黎州催促，取令日下了畢。取進止。

【題解】

本文作於淳熙四年（一一七七）離蜀任回蘇前。周必大神道碑：「四年春，公大病，求歸，上令先進敷文閣直學士，明日乃下詔，令公上兵民十五事。」本文云：「臣今去官，合具奏禀。」知作於淳熙四年離蜀前。本文輯自永樂大典卷八四一三引，孔凡禮范成大佚著輯存第三三頁、全宋文卷四九八〇均録本文。

論朝市儀注劄子

臣聞禮之有儀，禮之細也，然儀猶不立，則何禮之足云。今者黄旗紫蓋，暫駐東南，朝市之制，當倣京邑。所以隆上都而觀萬國者，安得而不肅哉！臣伏見文武百僚正衙朝會及德壽宮朝賀之類，退至宮殿等門，奔趨不暇，紛蹂闐咽，緣内之仗衛，外之從人，自相交鬨，至無路可行，貴臣近列，冠笏欹傾，有不能自持者。入公門，鞠躬如也。過位，色勃如也，足躩如也。謂君雖不御坐，過君之位者，猶當恭肅。今於駕興班退，失容如此，則朝廷之儀，有當申嚴者。伏乞睿旨行下所屬，每遇朝集將退，縱有他處期會，但少紓頃刻，令編攔人寬出班路，使搢紳各依次序安行趨出，以申「鞠躬」、「足躩」之義。臣又伏見車駕行幸，前後禁衛各有重數。今乘輿纔過，駕後圍子每重只四五人，不能呵衛禁嚴法物及供奉班聯，乃與行路人混爲一區，雖袒裼負載者，亦得并行禁圍之中。漢文帝號稱寬恕，縣人來，聞蹕，猶匿橋下，必不敢闌入仗内如今之縱弛。則扈從之儀有當申嚴者。伏乞睿旨行下所屬，乘輿行幸，增修鈎陳壁壘之制，量添駕後衛卒，必俟屬車禁衛盡絶，方許民庶通行。臣又伏見在京街道車馬相遇，皆有先後定制。今行都九衢之中，不問尊卑貴賤，務相排軋，兩不遜避。甚或給使技胥及白身之輿馬，下至擔夫荷卒，皆與朝臣争道，莫之誰何。古者齒路馬及蹙路馬之芻者皆有誅，非貴馬也，貴君馬，所以尊君也，而况君之朝臣乎！則街道之儀有當申嚴者。伏乞睿旨下所屬檢照條法，凡車馬相遇，有當避道，有當分道，有當斂馬側立之類，一如儀制。否則，許被犯官司解送懲治。以上三者雖禮之細，而實關事體，所以觀國之光在是，誠不可忽。臣繆掌邦禮，未敢及其重大，謹按衆目之所不安者，姑舉一二，伏望聖慈，責之攸司，以嚴禮禁。

【題解】

本文作於淳熙四年（一一七七），自蜀歸後，十一月入對，除權禮部尚書。孔凡禮范成大年譜淳熙四年譜文：「上疏，論朝市儀注，一爲朝廷之儀，二爲扈從之儀，三爲街道之儀。謂三者實關治體。」本文輯自歷代名臣奏議卷一二〇。黄震黄氏日鈔卷六七有節文，云：「論朝市儀注，一乞令編攔人寬出班路，使播紳次序安行，此朝廷之儀。二乞俟屬車禁衛盡絶，方許民庶通行，此扈從之儀。三乞有當避道、分道，斂馬側立之類，一如儀注，此街道之儀。」附注：「以下還朝奏事。」孔凡禮范成大佚著輯存第三七頁，全宋文卷四九八〇均録本文。

上闕外四州災傷劄子

闕外四州災傷，准令安撫司體量措置，轉運司檢放展閣，常平司糶給借貸，提刑司覺察妄濫。

【題解】

本文作於淳熙四年（一一七七），時知成都府兼四川制置使。本文輯自黄震黄氏日鈔卷六七，孔凡禮范成大佚著輯存第五七頁、全宋文卷四九八〇均録本文。題參全宋文擬。

論二廣獄事劄子

憲司吏指摘片言，以控扼邀求不滿所欲，則追逮送勘，故酷吏寧殺囚於獄，以免後災。深廣有數十年無詳覆事至憲司者，豈真無死囚哉！

【題解】

本文作於淳熙五年（一一七八）二月，時任權禮部尚書。于北山范成大年譜淳熙五年譜文：「二月，奏請二廣州郡不請以進士攝官。從之。又上劄子論二廣獄事。」本文輯自黄震黄氏日鈔卷六七，本文上一條「論朝市儀注」下附注「以下還朝奏事」。孔凡禮范成大佚著輯存第六〇頁、全宋文卷四九八〇均録本文。題參孔氏、全宋文擬。

論透漏銅錢劄子

臣聞東南蕃夷舶船，歲至中國。舊止以物貨博易；近年頗以見錢爲貴。廣、泉、四明及並海州郡，錢之去者，不可勝計。紹興三十年，嘗大立法禁，五貫之罪死；隨行錢物，全給告人。罪賞之重，至此極矣，而終弗敗獲。蓋溟渤荒渺，客程飄忽，誠有法禁所不能及者。訪聞一舶所遷，或以萬計，泉司歲課，積聚艱窘；而散落異國，終古不還，誠可爲痛惜而深恨也。今法禁既不可制，盍亦循其本而抹之乎？臣愚欲望明詔，試令有司條具：每歲市舶所得，除官吏縻費外，實裨國用者幾何？所謂蕃貨，中國不可一日無者何物？若資國用者無幾，又多非吾之急須，則何必廣開招接之路！且以四明論之：蕃舶所齎，止於青甆、銅器、螺頭、松實及板木之類而已，皆非中國不可無之物，而誘吾泉寶以去，利害重輕，不較而判。臣嘗試妄議，以爲明州一處蕃舶，豈不可以權住、姑塞漏錢之一穴？其它可以類舉。此拔本塞源、不爭而善勝之道。今無法以必禁，又以爲蓄貨不可無，則當坐視泉寳四散而去，勿惜恨可也。惟陛下與大臣熟計而圖之！

【題解】

本文作於淳熙七年（一一八〇），時知明州。本文輯自歷代名臣奏議卷二七二「理財」，文前有「知静江府范成大論透漏銅錢劄子曰」。于北山范成大年譜淳熙七年譜文云：「上劄子，論與蕃舶貿易，錢幣外流之弊。以爲若非中國不可無之物，可以權住，以塞漏錢之一穴。」于氏引録本文後，又按云：「此劄申論杜塞錢幣外流，有停止四明市舶貿易之意，顯係知明州時所上。歷代名臣奏議標『知静江府』，非是。蓋明臣黄淮、楊士奇編選奏議時，驟見文首有『東南蕃夷船舶』字様，遂誤以爲兩廣之事。不知東南乃蕃夷定語，非指中國輿地方位；且知静江豈得舉毫無干涉之四明爲例？稍籀全文，其義甚明，今不從奏議而改繫於此。」所言極是。孔凡禮范成大佚著輯存第一七—一八頁、全宋文卷四九七九均録本文。

辭免知建康府劄子

準尚書省劄子，三省同奉聖旨：范成大差知建康府，疾速赴行在奏事訖之任。

臣聞命震驚，罔知所措。臣聞：覆載二儀之至公，不獨私於一物；爵禄衆賢之所共，難併萃於非才。臣去春蒙恩，閫制海郡，治行亡狀，考幽當黜。迺二月庚子詔書，忽被誤渥，職臣秘殿，臣皇懼不敢當，即已陳情控免，俞音未下，又付留鑰。中外觀聽，雜然甚驚。凡所謂量才不肖、揣分宜休、在臣循省所當辭避之説，皆未敢縷如以瀆天威。但方陛下總核名實、登崇俊良之時，而何物幺麽，浹辰之間，洊污除書，未及滿歲，再煩臨遣。屈天地之私恩，摟衆賢之所共。真才實能，於此猶懼；况如臣者，政使貪榮冒寵，豈不外憚煩嘖，内虞疾顛？積此凌競，何敢下拜！伏望聖慈，委照孤危，收還成涣，改圖碩望，俾護北門。則公朝不玷於選掄，小己亦寬於憂畏。所有恩命，臣未敢祗受。取進止。

【題解】

本文作於淳熙八年（一一八一）三月，詔命改守建康，上疏辭免。周必大神道碑：「（淳熙八年）三月，改帥江東，兼行宫留守。」本文輯自永樂大典卷一〇九九八，孔凡禮范成大佚著輯存第三八頁、全宋文卷四九八〇均録本文。

再辭免知建康府劄子

臣比奏辭免差知建康府，伏奉詔書，賜臣不允者。臣跽讀訓詞，感深涕泣。載念臣遭遇聖明，早蒙識擢，蓋嘗不量亡似，許國馳驅。陛下過聽，假臣麾節，填拊方外，四方萬里，臣未嘗敢輒辭。今又以執政寵名，居守留鑰，造廷得覲，過蒙上冢，閫外榮遇，殆冠平生。而臣方且彷徨憂畏，稽留詔書不敢下拜者，蓋其怵惕危悃，不止於浹旬疊組非所堪任而已。緣臣尫羸早衰，疾痛日深，實恐有誤委寄；兼僥踰已甚，常慮挺災，亦不可更尸腆禄。又臣妻族魏氏，見居溧水、宣城之間，皆係所部，豈無瓜李之嫌？積此凌競，不遑寧處，須不免再干方命之誅，陳情控免。伏望聖慈矜炤危悃，收還成命。如未許，即就外祠，别乞改差一小郡，使爲陛下拊摩鰥寡，圖報萬一。臣仰恃君父隆寬之恩，用敢盡布腹心，干冒天威，無任昧死。所有恩命，臣未敢祗受。取進止。

【題解】

本文作於淳熙八年（一一八一）三月，詔命改守建康，成大上疏辭免，不許，造朝覲見，再上疏辭，仍不許。本文輯自永樂大典卷一〇九九八，孔凡禮范成大佚著輯存第三八—三九頁、全宋文卷四九八〇均録本文。

措置荒政劄子

住催江東軍器；免催殘税；借廣惠倉陳米以備賑糶〔一〕。

沿江全藉上游江西、湖北客米，兩得旨，税場不可邀欄。乞申嚴行下。

乞借朝廷見樁建康等處米三十萬石，糓二十萬石，不候檢到損數，通融兑便。恐冬深民流，救之無及也。

廣濟倉等陳米，儲之不過爲塵土，散之可以易民命。沿江渡口，流民過淮處，如建康之靖安、東陽、下蜀、大城堽（岡）、馬家等渡，太平州采石、大信、荻港、三山、上灣等處，池州銅陵、東流、池口等渡，皆差官給糧，津發其回。不願回者，存養之。近渡路口，如建康界湖熟、金陵鎮、路口、桐井四處，復爲之邀接津遣。其自兩浙來者，多自饒州石門取路，亦置場給。論其還，勸分賞格，減半細數。（原注：用淳熙元年三月二十四日指揮。）被荒殘税，申乞蠲閣。流移歸業，收贖不候生滿。行李牛畜，並與收免渡錢〔一〕。

【題解】

本文作於淳熙八年（一一八一），時在知建康府任上。本文輯自黄震黄氏日鈔卷六七，原爲多段節文，姑合爲此，題用于北山范成大年譜本譜採録一覽表所擬。孔凡禮范成大佚著輯存第六二—六三頁録此。全宋文卷四九七七録上流民事奏一文，即本文之第四段。本年石湖初到任，適歲旱，忙於賑濟，因上措置荒政劄子。周必大神道碑：「四月，開府金陵。適歲旱，公招徠商賈，捐各夏税。請於上，得軍儲二十萬石賑饑民。苗額二十萬斛，是年蠲三之二。而五邑受粟總四萬五千四百餘户，無流徙者。盜發柴溝，去城二十里；又刧江賊徐五稱静江大將軍，公皆設策捕獲。在鎮二年，以餘財代輸下户秋苗及丁錢一年。」

【箋注】

〔一〕此段文字下：有黄震語：「此皆公自鄞移建康，遇淳熙庚子歲歉後初政也。」

〔二〕此段文字：前有「公時帥江東，當淳熙辛丑，仍歉」；後有「凡荒政之大略具是，一一皆可法者。顧恐近世無復乾淳可貸之粟，雖有力莫施耳」。皆黄震記録范石湖措置荒政時之評語。

沿海船户編甲劄子

海道荒杳，界分不明，時有寇攘，並無任責。臣昨將明州管下諸寨，各考古來海界，繪成圖本；及根括沿海船户，以五家爲甲，如一船有犯，同保併科，亦已攢寫成冊，並藏在制司。如遇獲到海賊，即檢照犯人船甲，根株究治。乞行下制置司，令於所隸州縣一體施行。

【題解】

本文作於淳熙八年（一一八一），時在知建康府任上。本文輯自宋會要輯稿兵一三，文前有「（淳熙）八年閏三月十三日，新知建康府范成大言」，文後有「從之」。孔凡禮范成大佚著輯存第八二頁録本文，題爲論治明州海盜疏。于北山范成大年譜淳熙八年譜文：「閏三月上疏：『沿海船户，已立保甲，一船有犯，同保併科。』從之。」題爲沿海船户編甲劄子（見本譜採録佚文一覽表），今從之。

奏乞蠲免大軍倉欠負劄子

臣比奉聖旨，盤量總領所大軍倉儲積米數，今已畢事，通計浄欠八萬六千餘斛。總領所見將合干人送本府左院根勘，照條斷罪備償。臣竊考之：大軍一倉，創於紹興五年，至今已得四十六年㊀，前後支過軍糧，無慮二千餘萬斛。從前即不曾除豁，冒頭蠹耗，亦不曾如此。盤量到底，即上件欠數，猶不爲多。縱有情弊，恐非盡出於目即。合干人等，若繩以三尺，則根株斷罪徒配，猶爲輕典。案後備償估籍，不足充數。緣情有可矜，理有可察，臣輒冒昧奏聞。伏望天恩詳酌，特降指揮施行。取進止。

【校記】

㈠四十六年：「四」原作「三」，孔凡禮輯存校：「四，原作『三』，誤，今改。」全宋文校：「紹興五年，至本年應爲四十六年，『三』字誤。」今據改。

【題解】

本文作於淳熙九年（一一八二），時知建康府。本文輯自永樂大典卷七五一六，孔凡禮范成大佚著輯存第三九頁、全宋文卷四九八〇均有録。黄震黄氏日鈔卷六七録有節文：「大軍倉、轉盤倉舊皆屬總所。淳熙九年七月九日奉旨，應有朝廷米斛，總司不許干預。時公任建康，盤量大軍倉欠負八萬六千餘斛，奏以創倉已三十六年，支過無慮二千餘萬斛，不曾除豁，亦不到底，縱有情弊，恐非合出於目即合干人。」大軍倉，在建康下水門内，景定建康志卷二三「諸倉」云：「大軍倉，在下水門内，北接廣濟倉，監官一員。」

奏撥隸轉般倉劄子

臣契勘近奉聖旨：「諸路州軍，應有朝廷米斛去處，專委守臣認數，樁管總司不許干預。」并小貼子：「大軍、轉般樁管米，依前項指揮。」臣已恭依，將本府大軍、轉般倉見在米斛，盤到實數，拘收樁管訖。伏見目即諸處和糴米綱到倉岸者，舳艫相尾，見係本倉監官合干人交卸。竊緣轉般倉，雖號建康府户部轉般倉，而監官合干人及所管米斛，自來却隸淮西總領所。今朝廷措置，既將此米撥付守臣，其合干人等却仍隸總司，事體相違，難以檢察。欲望聖慈詳酌，特降指揮，將轉般倉撥正所隸，則守臣方可任責，實繫經久利害。取進止。

【題解】

本文作於淳熙九年（一一八二），時知建康府。本文輯自永樂大典卷七五一五，孔凡禮范成大佚著輯存第四〇頁、全宋文卷四九八〇均録本文。轉般倉，在建康上水門外，景定建康志卷二三「諸倉」：「轉般倉，淳熙六年置，在上水門外，淮水北岸，置監官一員。」

論風俗劄子

大欲未濟，風俗偷安，甚者遂稱行在爲都下，浙右爲畿甸，中原爲他地，歸正遺民爲虜人。

【題解】

本文作於淳熙十五年（一一八八）十一月，時起知福州，固辭，詔令奏事，即上此。黄震黄氏日鈔卷六七「劄子」録此，文前有「延和奏事」，延和，殿名，咸淳臨安志卷一「大内」：「延和殿，垂拱（殿）及後殿之後，皆有此殿，遇聖節、冬至、正旦、寒食，大禮齋宿（或避殿），則御焉。」周必大神道碑：「（淳熙）十五年十一月，起知福州，引疾固辭，詔令奏事，又辭。」孔凡禮范成大年譜淳熙十五年譜文云：「十一月，起知福州，面對。延和殿奏事，大旨在論變偷安之習。」孔凡禮范成大佚著輯存第六五頁、全宋文卷五二二四均録本文。題參全宋文擬。

論作城貴神速劄子

曹操作沙城，孫權作疑城，唐楊朝晟築木波三城，三旬而畢。裴行儉築碎葉城，亦五句而畢。務神速也。

【題解】

本文作於淳熙十五年(一一八八)十一月,時起知福州,固辭,詔令奏事,乃作此劄子。本文輯自黄震黄氏日鈔卷六七,孔凡禮范成大佚著輯存第六五頁,全宋文卷四九七九均録本文。題參全宋文擬。

謝賜御書劄子

古人書法,字中有筆,筆中無鋒,乃爲極致。所謂錐畫沙屋漏雨之法,蓋自鍾、王之後,未有得其全者。惟我高考〔一〕,獨傳此妙,而陛下親授家學,曲盡聖能,意象自然,筆迹俱泯,而萬鈞之筆潛寓其間。譬猶宇宙闔闢,不見斧鑿之痕,雲霞卷舒,殊非繪畫之力。此非聖性天高,學力海富,道腴德輝,被於心畫,則何以深造自得,集其大成全美如此!臣又嘗論李唐名家,猶得楷法,本朝作者,但工行書。如米芾所作,飄逸超妙〔二〕,可喜可愕。責以楷法,殆無一字。此事寂寥久矣。

【題解】

本文作於淳熙十五年（一一八八）十一月。周必大神道碑：「（淳熙）十五年十一月，起知福州，引疾固辭，詔令奏事，又辭。……至家，又遣使賜御書蘇軾詩二首。」本文即答謝之辭。本文輯自黄震黄氏日鈔卷六七，文前有「謝賜御書謂」。孔凡禮范成大佚著輯存第六五頁，全宋文卷四九七九均録本文。

【箋注】

〔一〕高考：指宋高宗趙構，孝宗之父，其時高宗已死，故稱高考。

〔二〕「如米芾」二句：米芾，宋代著名書法家，與蘇軾、黄庭堅、蔡襄齊名，人稱「宋四家」。陶宗儀書史會要卷六：「米芾，字元章，初居太原，後爲襄陽人。……書效王羲之，篆宗史籀，隸法師宜官。……當時名世之流，評其人物，以謂文則清雄絶俗，氣則邁往凌雲，字則超妙入神。」

延和殿又論二事劄子

臣今有愚見二事，開具於後：一、臣竊聞虜中自立璟爲太孫，諸子不平，形於謡言。臣頃過保州，是時其嗣允恭尚在，已見承應人密説，國中惟畏服大王，將來恐有李唐秦王之事，謂其長子允升也。今又立璟，則其伯叔之心皆可想見。他日若璟得國，伯叔不服，必有内亂，此其機可乘。萬一璟能制伯叔之命，則必有腹心之臣爲之謀主，事成勢定，又必有窺伺之圖。國家當不輟儲備，以待事勢。

貼黄：臣竊見方今國計未足，民力未裕，求所以足國裕民，則無其説。止緣規模未堅定，所經費不可減。欲儲蓄贏羨以足國，而所入不支所出，欲緩催科除耗剩以裕民，而上煎下迫，實惠難行。若只如此，趣了目前，無復餘力。萬一敵人真有機會，亦恐無以應之。天下事莫有大於此者。伏想久留聖心，不待愚臣妄論。

【題解】

本文作於淳熙十五年（一一八八）十一月，成大起知福州，固辭，詔令奏事，入對延和殿，上此。本文輯自永樂大典卷一〇八七六，題謂二事，文僅存一事。孔凡禮范成大佚著輯存第四〇頁、全宋文卷四九八〇均録本文。考金史世宗本紀，大定二十六年立孫完顏璟爲皇太孫，時當孝宗淳熙三年。大定二十九年正月金世宗卒，璟即位於靈柩前，時當淳熙六年。

范石湖集輯佚卷七　書　帖

應詔上皇帝書

户部督州郡，不問額之虚實；州郡督縣道，不問力之有無；縣道無所分責，凡可鑿空掠剩、賊民而害農，無所不用。偶有所增，永不可減。其他巧作名色，核其支用，皆非入己，亦不得而盡禁。此非超覽九天之上，作新一王之法，曠然大變其制，未見裕民之術。

西南保障，自嶺南左右二江沿邊西北轉而西行，略牂牁、夜郎、黔中，而極於西南越巂之塞；又西北至劍外、河西之境，無慮萬里，祖宗築城寨置兵，今名存而實廢，乞行下蜀、廣巡修。又黎州專控青羌、吐蕃等蠻，雅州專控碉門等蠻，嘉州專控夜郎等蠻，各相對壘。今聞番部結親相通。

【題解】

本文作於淳熙十六年（一一八九），本年二月，孝宗禪位於趙惇，是爲光宗。本文題下原注：「光宗即位。」周必大神道碑：「壽康皇帝初政，特詔求言，公疏：乞述重華以廣孝治，執仁術以守家法，堅國本以定規模，節經費以蘇民力，精覘諜以應事機，審選任以求將材，修堡障以固西南，議鹽筴以安二廣，嚴錢禁以榷官會，廣屯田以實邊儲。」審視周文，可知石湖當時上奏内容甚多。本文輯自黄震黄氏日鈔卷六七，孔凡禮范成大佚著輯存第六七頁、全宋文卷四九八一均録本文。

代樂先生還鄉上季太守書

孔子在陳曰：「盍歸乎來！吾黨之士狂簡進取，斐然成章。」孔子在陳，何思魯之狂士？說者曰：如琴張、曾晳、牧皮者，孔子之所謂狂也。雖不得謂之中道，而亦足以共學，是以思歸而與之游。聖人之有樂於父母之國而愛其鄉里，雖其狂士猶且思之；使魯國而有大賢君子，爲之師帥長上，可以主盟吾道，則孔子之歸，當不待於在陳之時矣。傷魯國之無斯人，而下至於思其狂士，亦聖人之不幸也已。先，某之去魯也，漂流於外，二十年於茲矣。夫以聖人號爲忘情，去魯爲未久，而在陳之思，有樂於父母之國而愛其鄉里若此，況於漂流二十年，一旦而來歸，誠可爲客子之喜，而又適遭閣下辱臨此邦，可謂有賢人君子爲之師帥長上，而足以主盟吾道。則某今日之歸，猶榮於聖人之歸魯，其爲喜可勝慨哉？雖然，凡羈旅之士，久客而歸，歸而遇賢主人者，其喜皆猶是也，何獨某耶？顧某於此，竊又有私喜者。蓋嘗歷數此邦之人，異時遭罹寇戎，肝腦塗地，其得免脱禍機、散而四方者，纔十分之三。就三分之中，其不餓踣槁死與流爲奴隸，而能澡雪抆勵，自列於冠帶之流者，又三分之一而已。就一分之中，復得不死，而當賢大夫爲政之時，以其痛定之軀、歸訪親鄰、復游故鄉如某者，蓋無之而僅有焉。宜其較之衆人而竊又有私喜者也。復自思念，方痛未定時，形影相攜，奉頭鼠竄，去舒、黄，並荆、郢，抗章、贛，下九江，登會稽，望海門，而弛擔於姑蘇。其間弓刀矢石、鏑天隱地、草竄莽伏、萬死一生之場，與夫深山大川、荒陬絶境、警波飛石、虎嘷鰐暴、攲危震懾之險，以至於寒不絲身、飢不穀腹、窮困逼迫、偷生脱死之狀，皆所備嘗而飽歷。息肩吴門，復理舊業，幸得與當世英俊並游崇論，欲議其於天人禍福、古人成敗、聖人行事、是非得失之端，又皆孰數淹貫於其中。顧惟閣下，縣邑遺民，雖上壽之老，垂白之叟，其間有能熟於道路、更於世變、老於時事而閑於道理如某之不肖者，抑又無幾焉。竊意閣下亦將喜某之來，又非特爲某之私喜也。是以攝齊叩門，趨庭以請見，迹甚疏而意甚密，交甚淺而言甚深，而不自覺其狂率焉。恭惟閣下，以粹德懿文，翺翔籍甚。而此邦之政，又稱愷悌，誠恐一旦朝廷深知弱翁治行，促鋒車以東去，而鰥寡之遂失職，故某税鞅屬耳，旅突未黔，而遽以求見。鄭諺曰：「我有子弟，子産誨之；我有田疇，子産殖之。」若某者，其亦可誨也乎？始叙其所以喜，終致其願安承教之私，區區之誠如此。不宜。某再拜。

【題解】

本文作於紹興十九年（一一四九）左右，時在崑山讀書。本文輯自永樂大典卷六六四一，孔凡禮范成大佚著輯存第一〇六頁、全宋文卷四九八一均録本文。于北山范成大年譜繫本文於淳熙四年，欠當，孔凡禮於本文後有按語云：「樂備南徙，當在建炎三年金人大舉南侵經淮海時。『二十年於茲』，當爲紹興十九年左右。本文當作於此時。」近是。

上李徽州書

學優則仕，仕優則學。是終身之間，有時而仕，無時而不學也。薦士而束以文法，王公大人可以少愧；而草茅抱負挾持之才，亦可流涕太息，無復當世之望矣。又況法已大弊。

【題解】

本文作於紹興二十六年（一一五六），時在新安掾任上。本文輯自黄震黄氏日鈔卷六七，原爲二段節文，今合爲一。文前尚有「上李徽州謂」五字，文後尚有「捩鼻」二字，均爲黄震語。孔凡禮范成大佚著輯存第一一五頁、全宋文卷四九八一均有録，分爲二文。李徽州，即李稙，紹興二十六年知徽州府。徽州府志卷三：「宋知州：李稙，以朝散大夫紹興二十六年任。」餘參見本書卷六次韻知郡安撫九日南樓宴集三首「題解」。

上洪内翰書

不龜手之藥，一也。或以封，或不免於洴澼絖。方其洴澼絖也，不自知其可以封也。及其封也，天下不以其止於洴澼絖而已也。水之於井也，日汲則洌，不汲則竭。其行於地上也，隨所遇而變生焉。

【題解】

本文作於紹興三十二年（一一六二），時監太平惠民和劑局。本文輯自黄震黄氏日鈔卷六七，孔凡禮范成大佚文輯存第一一五頁、全宋文卷四九八一均録本文。黄震有跋語云：「初公任徽州户曹，以書謁其守洪公适。秩滿，謁内翰禮部於朝，由和劑局兼編修，召試，入秘省。公固一世文豪，而儒先汲引，亦非默默。而人忽自知。其書詞多起人意者，今略抄。」洪内翰，指洪遵。于北山范成大年譜紹興三二年譜文云：「上書左相陳康伯、侍郎汪應辰、内翰洪遵。」

上陳魯公書

治莫大乎常。天地爲大矣，飄風則不終朝，驟雨則不終日。方其飄且驟也，人孰不畏？亦孰不知其不能終朝夕？何者？非天地之常故也。前日如舒、申諸公，忽天下之常，一命之曰流俗，再命之曰異議，三命之曰姦黨。自今觀之，其天定矣。俗也，異也，姦也，皆天下之常而已。

【題解】

本文作於紹興三十二年（一一六二），時在監太平惠民和劑局任上。本文輯自黃震黃氏日鈔卷六七，孔凡禮范成大佚著輯存第一一六頁、全宋文卷四九八一均録本文。陳魯公，即陳康伯（一〇九七—一一六五），字長卿，信州弋陽人。宣和三年中上舍丙科。累官吏部尚書、參知政事、尚書右僕射、左僕射兼樞密使，封魯國公。卒年六十九，先謚文恭，後改謚文正。宋史卷三八四有傳。于北山范成大年譜紹興三十二年譜文云：「上書左相陳康伯、侍郎汪應辰、内翰洪遵。」

上汪侍郎應辰書

漢武帝踞見大將軍，不冠不見汲長孺。淮南王視平津侯以下如發蒙，獨憚長孺，不敢奮姦謀。長孺在朝，官不過内史，而係天下輕重如此。今士大夫以顧忌爲俗久矣。其原始於愛重其身者太過，位尊而名益衰，禄厚而利實薄。上不足以取信於君，下無以慰其人。彼之愛重其身者，乃所以暴棄而甚輕之也。

【題解】

本文作於紹興三十二年（一一六二），時監太平惠民和劑局。本文輯自黄震黄氏日鈔卷六七，孔凡禮范成大佚著輯存第一一六頁、全宋文卷四九八一均録本文。于北山范成大年譜紹興三十二年譜文：「上書左相陳康伯、侍郎汪應辰、内翰洪遵。」又云：「閏二月，汪應辰由吏侍調户侍，有賀啓。」則上書應在閏二月之前汪應辰任吏部侍郎時。

致周必大簡

來日登天平，須攀援至遠公亭及諸石屏處。白雲泉名在水品，其色凝白，蓋乳泉也，張又新以虎丘石井、松江在第三、第六，而下此泉，未知如何？試一别之。向壽老欲作亭泉上，及别築遠公亭，而范氏媪居寺中擾之，遂退寺右。上山路旁有石龜，形極似，向亦有名，近無知者。忠烈廟具有文正以下畫像，宜掛壁謁之。

【題解】

本文作於乾道三年（一一六七），時石湖正領宫祠在蘇。宋會要輯稿職官七一：「乾道二年三月，新除吏部郎中（按，當爲吏部員外郎）范成大放罷。以言者論其巧宦幸進，物論不平故也。」乾道三年五月，周必大遊靈巖、天平，石湖作此，並以茶、香等物遺之。周必大吴郡諸山録：「至能走價送薰香、松黄、新茶，其簡云：（略）。」周記其年爲「丁亥五月」，丁亥，即乾道三年。本文輯自周必大吴郡諸山録（王稼句校點，蘇州文獻叢鈔初編本，據宛委山堂本説郛標點排印）。孔凡禮范成大佚著輯存第一一七録本文，所據爲周益國文忠公集遊山録卷一，文字與蘇州文獻叢鈔初編本頗異。全宋文卷四九八一亦録本文，與孔輯存同。

論鹽法書

二廣爲天子南庫。（闕）廣右乃炎方形勝要害之處。（闕）廣西財計，祖宗定制撥賜，一歲共約七十萬緡。自建炎以後，改充他用，故官自賣鹽。紹興八年，始行客鈔，率以二年方賣得一年鈔。遂罷客鈔，復許官般。

【題解】

本文作於乾道九年（一一七三），時在廣西帥任上。本文爲論鹽法，雖爲節文，亦可與請復官賣鹽疏互相參看。本文輯自王象之輿地紀勝卷一〇三，孔凡禮范成大佚著輯存第七四頁、全宋文卷四九七九亦録本文。原分爲「鹽法奏」、「論鹽法書」兩條，今合爲一文。

與王淮書

春麥惟郭綱能言之，蓋北人謂之劫麥。

【題解】

本文作於淳熙八年（一一八一），時在知建康府任上。本文輯自宋史全文續資治通鑑卷二七，孔凡禮范成大佚著輯存第一一七頁、全宋文卷四九八一均録本文。文前有「淳熙八年十二月甲子，進呈范成大具到上元縣所種二麥，王淮等奏得范成大書謂」一段文字，知本文作於淳熙八年。上元縣爲建康府之屬縣。

行臺帖

成大少稟：林得之見過，求一言，云有公狀詣行臺。鄉親之故，敢忘僭率，且其言亦有緒論，幸冀垂情，他容探伺。留中之除，嗣馳賀幅次。右謹具呈。五月日，左朝奉郎集英殿修撰新知静江府范成大。

【題解】

本文作於乾道九年（一一七三）五月，時石湖新知静江府。本文輯自岳珂寶真齋法書贊卷二六，孔凡禮范成大佚著輯存第一〇七頁、全宋文卷四九八一均録本文。孔氏按云：「此帖稱『新知』，當作於乾道九年。此帖或爲寫與王淮（季海）者。查中興百官題名學士院題名：『王淮，乾道九年四月，以太常少卿兼權直院，七月除中書舍人兼直院。』可證。」岳珂於范帖後有按語云：「右淳熙參政資政大學士石湖先生范文穆公成大，字致能，行臺、兩司、常州、成都四帖真跡一卷。近世能書惟范、張相望。筆勁體遒，可廣可狹，如公抑足以名家矣。嘉定癸未十月，得前一帖於維揚醫者劉大聲。次二帖，後一歲得於平江醫者何義。又兩歲三月，復得後一帖於金壇士人劉克家。」

與五一兄帖 一

成大拜覆五一兄：即日，伏惟尊候多福。比承累書，知安慰甚。且收三哥書，知已赴常州，且得禄食以歸養，非細事，須謝祖先積善所致也。七哥、九哥，在此甚安，但爲先生丁憂廢學，已議别請先生也。但未有赴試藝解者，極以爲憂耳。兄且得一子食禄，自此可以水淺長流矣。劣弟年來多病早衰，鬚髮如雪，骨瘦如柴，食少藥多，如此度日，可以想見况味。未間，一味瞻想而已。今略此通問。三哥不及别書，且善將息，凡事勤謹。三嫂、姪孫安勝。大姐且安迹，不説親否？未間，將愛爲祝，不備。九月十一日，成大拜覆五一兄座前。更送去新附子十枚。

【題解】

本文作於淳熙元年（一一七四）九月，時在桂林任廣西帥。本文輯自岳珂寶真齋法書贊卷二六，孔凡禮范成大佚著輯存第一〇七頁、全宋文卷四九八一均録本文。五一兄，指范成象，孔凡禮范成大佚著輯存第一〇七本文下按云：「此帖當爲與從兄成象者。成象自乾道九年奉祠，未聞他赴，當即鄉居。七哥、九哥，當爲成大之子莘、兹。三哥當即成象之子藻。藻中乾道八年進士（見至正崑山郡志卷四），其赴常州，當以中進士後赴調。此帖作於桂林，莘、兹以先生丁憂廢學，則在桂林已有時，具體時間當爲淳熙元年。」

與五一兄帖 二

成大拜覆五一兄座前：暑候，伏惟尊候萬福。成大自正月起離廣西，六月七日方入成都府。路界交割，今已入城了。在路恰四個月以上，川陸相半，受萬千辛苦艱險，他時歸來面説，書中説不盡也。新婦自遭壓後，到荆南上下，方得性命可保。又爲路中辛苦，到漢川大病，至今未能坐起，擾撓可知。成大止存四莖骨頭，烏皮包裹，其不仆于道塗者，天也。七哥、九哥，遠路一遭，却得安樂。九哥氣弱多病，全不及七哥也。前日在桂林時，先生不得人，枉壞了光陰，今已得一佳士矣。旦夕事定，敦逼兩人爲學矣。三哥曾討得權局否？新生想甚長進，大姐想且安迹於高氏也。定女日長成，已議所向矣。因遣人過行在，今過平江通安問。未間，伏乞保重，不備。六月九日，成大拜覆五一兄座前。

【題解】

本文作於淳熙二年（一一七五）六月九日，時任蜀帥，剛從桂林入蜀，六月七日方入成都城。

本文輯自岳珂寶真齋法書贊卷二六，孔凡禮范成大佚著輯存第一〇八頁、全宋文卷四九八一均録本文。本文之内容，與淳熙元年九月之函相關，可參讀。

與友人帖 一

成大祇候辭免下，便決馬首所向。今打道已臨岐無？萬一未遂所辭，抉羸强之西上，勝未知所以稱塞者㈠。張丈切望教之，所聞所見所尚云何者，悉以垂誨，惟久要之義，無多遜也。或有西南一切委使，亦皆悉以其目示及，當奉周旋。成大自去國來，朝貴不甚通書。得書者回之，或遷除者，援書司故事賀賀，老懶已廢書尺中事業，自後恐欲有所扣問，當以一幅通門下，切恕其崖略可耳。成大再覆。

【校記】

㈠ 勝：原無，據臺北故宫博物院藏帖補。

【題解】

本文作於淳熙八年（一一八一）春，時在知明州任上，朝命守建康，成大兩次上書辭免，見辭免知建康府劄子、再辭免知建康府劄子。本文即作於已上辭免書而尚未准辭之間，故云：「萬一未遂所辭，抉羸强之西上」。本文輯自吴榮光辛丑銷夏録卷二「宋人十札」，孔凡禮范成大佚著輯存第一〇九頁、全宋文卷四九八一均録本文。本帖今藏臺北故宫博物院，凡十二行，計一百五十一字。中國書法全集第四〇卷本帖圖版，僅影印七行。

與友人帖　二

成大頓首再拜。辱寄荔酥沙魚，極荷珍記。丈母留此數月，初止是健忘，入冬來患痢，且淋，卧牀甚久。前月，極綿惙，晝夜憂之。城中醫藥比南塘不同。目今又難起動。百六、百七哥亦在此，并其婦看覷，觀委薾之狀，甚可慮也。朝夕賤迹得去，即方敢津發歸鄉。問及，故略以拜禀。成大頓首再拜。

【題解】

本文作於淳熙九年（一一八二）冬，時在知建康府任上。因高淳離金陵較近，故岳母隨成大在金陵任所。文云：「朝夕賤迹得去，即方敢津發歸鄉。」意謂等我離任時方敢發舟帶岳母等家眷回南塘，故知本文當作於淳熙九年冬，因十年秋，成大已離建康。本文輯自秘殿珠林石渠寶笈三編第十五函第四册，大觀録卷七、孔凡禮范成大佚著輯存第一一〇頁、全宋文卷四九八一均録本文。本帖今藏臺北故宫博物院。

兩司帖

成大比蒙誨筆，欽認眷意。昨已盡却鼓笛等，謂可降臨，竟辱鄭重，如聞來日兩司之招軒蓋。欲二十二日午間，具家飯，款契闊，敢幸不外，他遲面盡。右謹具呈。二月日，中大夫提舉洞霄宫范成大劄子。

【題解】

本文作於淳熙六年（一一七九）二月。「提舉洞霄宫」，范成大於淳熙五年罷參知政事，提舉洞霄宫。周必大神道碑：「才兩月，前御史亟論公，公即出門。……公請以本官奉祠，詔如所乞，提舉臨安府洞霄宫。」續資治通鑑卷一四六：「（淳熙五年六月）乙亥，范成大罷職奉祠，以言者論之也。」本文當作於淳熙六年二月，若七年二月，則已命知明州，三月到任。本文輯自寶真齋法書贊卷二六，孔凡禮范成大佚著輯存第一〇九頁、全宋文卷四九八一均録本文。

春晚晴媚帖

成大維時春晚晴媚，昨惟知郡中大旅食燕居，台候神相萬福。賢郎來，辱惠書，審問動静，且拜妙畫之貺，併用慰感！小隱自是益增輝矣。邇者返漁樵，粗支風露，無足云。賢郎具道公幹事委曲，恨此荒寂，不能効尺寸，謾作鄭丈書致懇細，與賢郎言之，其它固似筆舌能，既併須續馳禀矣。懇未知會，並惟冀厚衛以前亨復，慰此願望。右謹具呈。三月日，中大夫、提舉洞霄宫范成大劄子。

【題解】

本文作於淳熙六年（一一七九）三月。卞永譽式古堂書畫彙考卷一四著録此帖，題下注：「行草書，白粉牋。」六藝之一録卷三九五、孔凡禮范成大佚著輯存第一〇九頁、全宋文卷四九八一均録本文。此帖今藏上海博物館。孔凡禮范成大年譜淳熙六年譜文：「是月（按，指三月），有春晚晴媚帖，謝人送畫。」注云：「味帖意，或爲與單夔者。」

金橘帖

成大蒙餉金橘三百枚，荷意珍厚，遲面叙感。右謹具呈。十月日，端明殿學士、中大夫、前建康府范成大。

【題解】

本文作於淳熙十年（一一八三）十月，時自建康府歸不久。景定建康志卷一四建康表：「（淳熙)八年辛丑四月十三日,端明殿學士、中大夫范成大知府事。九年壬寅十一月初二日,成大特授大中大夫。十年癸卯八月三十日,成大除資政殿學士,提舉臨安府洞霄宮。」周必大神道碑:「(淳熙)十年,公以積勤寖苦頭眩,自夏徂秋,五上章求閑。上不得已,進資政殿學士,再領洞霄。」本文作於淳熙十年十月,已改除資政殿學士,石湖仍用舊職名。本文輯自六藝之一録卷三九五。卞永譽式古堂書畫彙考卷一四録本文,題下注:「行書,紙本。」孔凡禮范成大佚著輯存第一一〇頁、全宋文卷四九八一均録本文。

答楊冠卿帖

成大辱示楊君,詩詞趣高有韻,甚不易得,漁社有此客,可以豪矣。若更陶冶,便可進前輩,異日與之相見,當面□列道之。

【題解】 本文作於淳熙十年至十二年間,時在家養病。楊冠卿將自己的詩詞寄給石湖,因作此答書。楊冠卿(一一三九—?),字夢錫,江陵人。舉進士,曾出知廣州。解官後,僑寓臨安,與友人李結於淳熙十年至十二年間,在吴興共結詩社「漁社」。有客亭類稿十四卷。客亭類稿卷一一有秋日自武林病歸漁社李使君惠以長篇誦之再三沉疴脱怨,卷一三有癸卯春雜用古語繼吴監簿水月即事、乙巳春次中隱先生韻。癸卯，即淳熙十年；乙巳，即淳熙十二年。楊冠卿工詩，陸游楊夢錫集句杜詩序：「楚人楊夢錫才高而深於詩，尤積勤杜詩，平日涵養不離胸中，故其句法森然可喜。」本文輯自楊冠卿客亭類稿卷首諸老先生惠答客亭書啓稿，孔凡禮范成大佚著輯存第一一一頁、全宋文卷四九八一均録本文。題原作「石湖范參政帖」，孔凡禮輯存作「答楊冠卿」，今從全宋文。

與養正帖

昨辱惠字，至慰。雪晴奇寒，以僕之瑟縮，遥知公之爲况也。范子二軸，各爲題數字，納去，幸爲分付。屬此寒冷，不得與渠少款曲，每念右史同年，爲之悽斷。王生所作隸古千文，可得一觀否？方子文字，挨排，不行，只得以來年。今小大尚未回。得維垣親札。間數日，闊扁來者又數處，殆成苦相，不可具言。成大頓首養正監廟奉議賢友。

【題解】　本文約作於淳熙十四、十五年間，時在蘇閑居。養正，即龔頤正。本文結尾有「養正監廟奉議賢友」語，監廟，即監潭州南嶽廟。陸友仁吴中舊事：「龔敦頤，字養正……淳熙七年，周益公必大修國史，薦之，得旨給札繕寫以進。後七年，洪景盧以翰林學士領史事，復薦之，得上州文學。」

蘇州府志卷七八人物五：「龔頤正，字養正，本名敦頤。……淳熙末，洪邁領史院，奏授下州文學，補迪功郎，監潭州南嶽廟。」本文輯自三希堂法帖第二九一八頁，孔凡禮范成大佚著輯存第一一二頁、全宋文卷四九八一均録本文。本帖又名雪晴帖，今藏臺北故宫博物院。

與先之帖

成大頓首再拜先之司門朝奉賢表：雪後奇寒，緬惟履候公餘萬福。别浸久，企仰日深。向辱寄書，具報草草。今兹復奉惠翰，知近問爲慰。僕衰颯如昨，無足道。自昆仲出仕，鄰里已往還稀疏。近又從善持節，愈無聚首一笑之適，殊覺離索也。前辱須委甚是，爲宛轉法司，爲閑冷之久，度不能響應，故久而未有寸效，然常常在懷也。受之未有歸期。五哥且得安樂，不知已滿未？或謂恐來楊家園宅居止，是否？手凍體倦，作報草草。未間，願言多愛。前佇超擢，不宣。成大頓首再拜先之司門朝奉賢表。

【題解】

本文作於紹熙二年（一一九一）冬，文中有「近又從善持節」，此指本年趙師羼任淮東漕事，本文即作於其後不久。題中之「先之」，文中之「受之」，當爲兄弟行。孔凡禮范成大年譜紹熙三年譜文附注：「二嫂不知是否成象之妻？先之與上年與先之書中之受之，或爲二嫂娘家侄輩，故上書成大以賢表稱先之。」本文輯自三希堂法帖第二九一七頁，孔凡禮范成大佚著輯存第一一三頁、全宋文卷四九八一均録本文。本帖又名雪後帖，今藏臺北故宫博物院。

中流一壺帖

成大再拜，上問二嫂宜人懿候萬福！老嫂、兒女輩悉拜起居之禮，朗娘侍奉均慶。元日，四哥見過，却云得大哥書，近曾不快。從善書又來，爲渠覓丹，聞大段虚弱，甚懸懸也。四哥云：得其姪書，交之，只批數字耳。不知先之彼中曾得書否？鍾醫捨我而它之，亦緣貧病交攻，可亮。想數曾相見，如聞錢卿頗周其急〔一〕，可謂中流一壺也〔二〕。平江有委不也？成大頓首再拜。

【題解】

本文作於紹熙三年（一一九二）初。孔凡禮范成大年譜紹熙三年譜文：「歲初，有書與二嫂。」本文輯自六藝之一録卷三九五，卞永譽式古堂書畫彙考卷一四著録本文，題下注：「行草書，藍紙本。」孔凡禮范成大佚著輯存第一一二頁、全宋文卷四九八一均録本文。從善，即趙師羼，參卷三五送趙從善少卿將漕淮東「題解」。本帖今藏北京故宫博物院。

【箋注】

〔一〕錢卿：徐邦達古書畫經眼要録是帖下按語云：「帖中稱『錢卿』，或是錢端禮，曾官太常少卿，卒於淳熙四年。」中國美術全書書法篆刻編宋金元書法「圖版説明」：「考文中『錢卿』二字，實指錢良臣。錢氏於淳熙五年六月范成大罷參知政事後簽知樞密院事，至年底除參知政事，三年後始罷，爲一時之人望，誠堪『一壺中流』之譬也。」而方愛龍則贊同孔譜之説，云：「味帖意，『錢卿』當不指某姓錢者，而應是范成大某一友人之字；『中流一壺』是謂錢卿在其友好鍾醫『緣貧病交攻』、『捨我而它之』之際，能『頗周其急』之舉。即此看來，范成大此時自己也應該是歸祠閑居，不然，不會讓人這般淒涼離去。那麽，此時的范成大應該是歸祠石湖。據年譜可知，范成大在淳熙十年知建康府任上罷歸，就是因爲得疾。在歸石湖後，亦時病。孔考或可信。」（載中國書法全集第四十卷）筆者贊同方氏之説。

〔二〕中流一壺：語見鶡冠子學問：「中河失船，一壺千金。」喻難能可貴之義。

垂誨帖

成大向蒙垂誨，先夫人志中，欲改定數處，即已如所教，一一更竄添入。久已寫下草子，正以一兩處疑，封題在書案數月矣，而未敢遺。一則今之所增贈典及諸孫及婿官稱姓名等，皆是目今事；而僕作志，乃是吾儕在湖蜀時，恐公點檢出來，却是一病。若不以此爲病，則可耳。公可更細考而詳思之，若有所疑，即飛介見諭，當即日回報，不敢復如前日之遲徊。二則本欲力拙自書，而劣體日增倦乏，不能如願。不知吳興，想不乏能書者，就令朱書於石，尤爲便耳。揮汗草草率略，不罪不罪！成大再拜。

【題解】

本文作年難以確考。孔凡禮范成大佚著輯存録本文，案云：「此帖當作自建康歸石湖以後。」本文輯自六藝之一録卷三九五，卞永譽式古堂書畫彙考卷一四、全宋文卷四九八一録本文。此帖今藏臺北故宫博物院。

尊妗帖

成大頓首，上問尊妗令人體候萬福，十姐兒女以次悉。致□□今司子諸舍侍奉書慶。韓□□來，能言後堂之勝，恨未拭目耳。此委不外，成大頓首。

【題解】

本文作年無考。本文輯自三希堂法帖第二九一八頁，孔凡禮范成大佚著輯存第一一三頁、全宋文卷四九八一均録本文。尊妗，指舅母。陶宗儀南村輟耕録卷一七「嬸妗」條云：「宋張文潛明道雜志云：經傳中無『嬸』『妗』二字。嬸字，乃世母字二合呼；妗字，乃舅母字二合呼也。二合，如真言中合兩字音爲一。」本帖又名與尊妗令人書，藏臺北故宮博物院。方愛龍評曰：「本札書法線條凝煉蒼老，氣息渾重醇厚，當爲成大晚年手筆。」（中國書法全集第四十卷）

玉候帖

成大頓首，上問尊妗宜人玉候萬福！十姐兒女輩悉布起居之禮，朗娘侍奉均勝。女甥甚難容，聊慰目前也。諸院安佳，何時得至後堂耶？新法玉麟春十斗，并蠘鮓、黄雀各十瓶，巴段四缶，伴書，以濆椒盤，一笑一笑。成大再拜。

【題解】

本文作年無考。本文輯自六藝之一録卷三九五，卞永譽式古堂書畫彙考卷一四著録本文，題下注：「行楷書，紙本。」孔凡禮范成大佚著輯存第一一三—一一四頁、全宋文卷四九八一均録本文。中國書法全集卷四〇有本帖之圖版，僅爲部分，「朗娘」以上少三句。徐邦達古書畫過眼要録在本帖條下有按語，云：「壬寅消夏録著録宋人十一劄册中有副本一頁，書法圓熟，收藏印記亦不同。見有正書局影印宋元墨寶第一集中。」

范石湖集輯佚卷八　啓

賀王中書啓

寵隨龍馭，榮陟鳳池。當風雲感會之時，復天地交泰之象。傳聞四海，歡喜一辭。竊以國步方艱，方撥亂而反正；仕途久壅，當爲官而擇人。况中書政事之原，乃天下根本之地。有德在位，斯民舉安。恭惟中書相公學贊皇猷，才全王佐。直方大以求諸己，安平泰以濟斯民。洗光咸池，親逢盛旦；宣威沙漠，定策元勛。眷注益隆，譽望彌著。某刻心盛德，翹首下風。附驥尾以無階，賀燕厦之有託。仁者在高位，已符孟子之言；聖主得賢臣，願奏王褒之頌。

【題解】

本文作於紹興二十六年（一一五六），時在新安掾任上。本文輯自聖宋名賢五百家播芳大全文粹卷五六，孔凡禮范成大佚著輯存第一一八頁、全宋文卷四九八一均録本文。王中書，指王綸。

孔輯存於本文後按曰：「文中『復天地交泰之象』、『洗光咸池』云云，當作於秦檜死後不久。查建炎以來繫年要録卷一七二紹興二十六年五月丙午紀事：『起居郎吴秉信，起居舍人兼崇政殿説書王綸並試中書舍人。』本文當作於其時。王綸，宋史卷三百七十二有傳。本啓當爲賀王綸者。」

與嚴教授啓

清襟凝遠，卷松江萬頃之秋；妙筆縱横，挽崑崙一峰之秀。

【題解】 本文作於紹興二十六年（一一五六）至二十八年（一一五八）間，時在新安掾任上。嚴教授，即嚴煥，字子文，常熟人，曾任徽州教授，紹興二十八年，嚴煥離徽州赴臨安府教授任，石湖有詩送行之，參見卷七送子文雜言「題解」。本文輯自黄震黄氏日鈔卷六七，孔凡禮范成大佚著輯存第一二三頁、全宋文卷四九八二均録本文。題參全宋文擬。

代洪徽州賀户部邵侍郎啓

伏審明廷敷命，禁路登賢。掌建邦之圖，貳成周之分職；簪待問之筆，參西漢之近臣。儒先會通，輿誦清穆。伏惟某官，冰壺瑩徹，玉纅粹温。傲睨學林，文章乃其餘事；邅迴宦路，富貴不以動心。化汔更張，人維圖任。脂錦車而夙駕，結璁珮以昕朝。遂由宰士之聯，進帥教官之屬。王人時惟建事，在籲俊以爽邦；君子奚患無餘，必善藏而富國。將朝夕論思之是賴，豈貨財本末之足信。序陞政塗，庸贊道揆。某屬紆組紱，獲睹綵綸。欣燕厦之成，彈冠相慶；想龍門之峻，擁篲無階。

【題解】

本文作於紹興三十年（一一六〇），時在新安户曹任。本年正月，邵大受除户部侍郎，范成大代洪适爲賀啓。洪徽州，即洪适，時知徽州，參見卷七古風上知府秘書二首「題解」。户部邵侍郎，即户部侍郎邵大受，建炎以來繫年要録卷一八四：「（紹興三十年春正月壬辰）尚書左司員外郎邵大受權户部侍郎，仍兼點檢贍軍激賞酒庫。」「（三月癸巳）大受病不任事，詔與外任，大受乞宫觀。後三日，以大受充秘閣修撰，提舉太平興國宫。」本文輯自永樂大典卷七三〇四，孔凡禮范成大佚著輯存第一一九頁、全宋文卷四九八一均録本文，題參孔氏、全宋文擬。

賀户部趙侍郎啓

伏審作令法宫，登賢禁路。劉宗正行漢京兆，久著能稱；鄭武公爲周司徒，亶維德舉。凡聞速置，胥有吉辭。伏惟某官學殖資高，宗葬譽廣。富貴吾所自有，不以動心；文辭爛然成章，果能用世。頃弭神皋之節，遂分京邑之符。擿伏如神，風采聞於天下；以經自輔，名聲重於朝廷。汔由心計之長，進莅版圖之掌。聳觀游刃，靡憚棼絲。國富可期，贊文、景養民之務；爽邦是望，用毛、原同姓之卿。某跡阻典城，心馳賓序。逖想南溟之運，自笑蜩飛；欣逢大厦之成，敢同燕賀。

【題解】

本文作於紹興三十年（一一六〇）二月，時任新安户曹。户部趙侍郎，即户部侍郎趙子濇，字清卿，宋宗室。紹興三十年，權户部侍郎，石湖作本文賀之。宋史卷二四七趙子濇傳：「子濇字清卿，秦康惠王後，孝靖公令奥之子也。七歲而孤，家貧力學。登宣和中進士第。……詔權户部侍郎，陞敷文閣待制，復知臨安府。」據建炎以來繫年要録卷一八四知趙子濇爲户部侍郎，乃紹興三十年二月癸亥（十四日）。本文輯自永樂大典卷七三〇四，卷一四九一二摘其「擿伏如神」以下四句。孔凡禮范成大佚著輯存第一一九—一二〇頁、全宋文四九八一均録本文。

賀户部汪侍郎啓 聖錫

伏審輟從銓筦，登莅版曹。上方披輿地之圖，志恢舊境，公實貳司徒之職，選冠新除。任重當仁，功成指日。恭惟某官，禀暉喬岳，騰茂叢霄。經術淵渟，有荀孟贊成之力；文章光𦦨，極卿雲黼黻之工。飄飄月窟之冲飛，蹇産天梯之難進。風舟屢引，霞佩益高。質諸鬼神而無疑，士誦平生之出處；不有君子其能國？身關公是之存亡。化汔更張，人維求舊。望峻圖書之府，師嚴教化之宫。粤叙進於銓廷，宜階升於公路。屈爲計相，登濟伐功。兹爲復古之時，莫急聚人之政。四郊方壘，一敵故驕。竊聞枝撑而相仍，脱有緩急而何恃？疇咨至計，允屬真儒。儻有説以豐財，殆不難於活國。某屬塵末吏，獲掃高門。德進而朝廷尊，敢同傾於頌禱；術行而天下富，將真見於登平。

【題解】

本文作於紹興三十二年（一一六二）閏二月，時任監太平惠民和劑局。户部汪侍郎，即户部侍郎汪應辰。建炎以來繫年要録卷一九八：「（紹興三十二年閏二月壬辰）權尚書吏部侍郎汪應辰與權户部侍郎徐度兩易，應辰仍兼權國子祭酒。」汪應辰曾兩次辭免户部侍郎，均不允，辭免户部侍郎奏狀文末注：「閏二月二十七日三省同奉聖旨不允。」再辭免户部侍郎奏狀文末原注：「三月一日，三省同奉聖旨，依已降指揮不允，不得再有陳請。」本文輯自永樂大典卷七三〇四，孔凡禮范成大佚著輯存第一二〇頁、全宋文卷四九八二均録本文。

賀户部錢侍郎啓

伏審王廷揚命，民部選賢。弼五服而至五千，輿圖是寄；貳六官而屬六十，從槖有輝。凡曁速郵，翕然交譽。伏惟某官高明性禀，忠孝家傳。鄧氏世侯，東京莫與爲比；裴公居位，四海不謂以親。久矣外遷，汔兹明陟。暫解平反之寄，進顓經費之權。貨財本末源流，特爲餘地；朝夕論思獻納，方倚多聞。少假禁途，即梯公路。某偶司近郡，夙聽新除。東塾序賓，喻阻歷階之次；尺書贊喜，往塵堆案之門。

【題解】

本文作於紹興三十年（一一六〇）七月，時在新安户曹任上。户部錢侍郎，即户部侍郎錢端禮。錢端禮（一一〇九—一一七七），字處和。景臻孫，忱子。以門蔭進。累官知臨安府，權户部侍郎兼樞密都承旨，户部侍郎兼吏部，淮東宣諭使，吏部侍郎、户部尚書、端明殿學士、簽書樞密院事兼權參知政事、參知政事兼權知樞密院事，知寧國、紹興府。錢氏在政治上依附湯思退，力倡和議，又與右正言尹穡共排主戰派張浚。爲地方官，籍人財産至六十萬緡，侍御史范仲芑劾以「貪暴不悛」，降職一等。淳熙四年八月復原職。卒年六十九。平生事迹，見攻媿集卷九二觀文殿學士錢公行狀、宋史卷三八五本傳。本文輯自永樂大典卷七三〇四，孔凡禮范成大佚著輯存第一二一頁、全宋文卷四九八二均録本文。

賀劉太尉啓

如蒼生何，人喜謝安之起；果吾父也，虜驚郭令之來。

【題解】

本文作於紹興三十一年（一一六一）六月，時石湖新安户曹秩滿來臨安，劉太尉，即劉錡，本年六月，劉錡受命節制諸路軍馬，石湖作本文賀之。宋史卷三六六劉錡傳：「劉錡字信叔，德順軍人，瀘川軍節度使仲武第九子也。……錡鎮荆南凡六年，軍民安之。魏良臣言錡名將，不當久閑。乃命知潭州，加太尉，復帥荆南府。……（紹興）三十一年，金主亮調軍六十萬，自將南來，彌望數十里，不斷如銀壁，中外大震。時宿將無在者，乃以錡爲江、淮、浙西制置使，節制諸路軍馬。」建炎以來繫年要録卷一九〇紹興三十一年六月紀事：「太尉……劉錡爲淮南、江南、浙西制置使，節制諸路軍馬。」本文輯自黄震黄氏日鈔卷六七，孔凡禮范成大佚著輯存第一二二頁、全宋文卷四九八二均録本文。

賀陳察院啓

雖志高鴻鵠，慚燕雀之安知；然路有豺狼，諒狐狸之不同。

【題解】

本文作於紹興三十三年（一一六三）六月，時在監太平惠民和劑局任上。陳察院，即監察御史陳良翰。陳良翰，字邦彦，台州臨海人。紹興五年進士，知温州瑞安縣，有治績，宋史卷三八七有傳，周必大陳良翰神道碑（平園續稿卷二六）：「（紹興）三十一年冬，入御史臺爲檢察官。明年六月，擢監察御史。」監察御史可稱「察院」，高承事物紀原卷五「三院」云：「唐憲府故事，侍御、殿中、監察呼三院，故今亦斥殿中曰殿院，監察曰察院，自唐室始也。」本文輯自黄震黄氏日鈔卷六七，孔凡禮范成大佚著輯存第一二二頁、全宋文四九八二均録本文。題參全宋文擬。

回樓大防末甲頭名取放啓

瓊杯偶缺，初驚一字之難；金牓昭垂，果下六符之敕。

【題解】

本文作於隆興元年（一一六三），樓大防，即樓鑰，字大防，隆興元年進士，宋史有傳。有攻媿集。樓鑰隆興元年應南宮試，主司賞其文，以偶犯舊諱，抑置末等之首，故石湖作本文。本文輯自黄震黄氏日鈔卷六七，孔凡禮范成大佚著輯存第一二四頁、全宋文卷四九八二均録本文。

賀張魏公啓

負三紀倚重之望，節彼南山；明一生忠義之心，有如皦日。

【題解】

本文作於隆興元年（一一六三），時石湖監太平惠民和劑局，四月，任聖政所檢討官，因有此有賀啓。張魏公，即張浚，字德遠，漢州綿州人，抗金屢建戰功，孝宗即位，召見，除少傅、江淮東西路宣撫使，進封魏國公。隆興元年，除樞密使，都督建康、鎮江府、江州、池州、江陰軍軍馬。宋史卷三六一有傳。本文即作於其時。于北山范成大年譜隆興元年譜文：「有回樓大防啓、賀張魏公啓。」按云：「因石湖文集佚去，不見與張浚交往之迹。幸黄震摘存一聯，始知石湖對此愛國前輩亦極景仰。」本文輯自黄震黄氏日鈔卷六七，孔凡禮范成大佚著輯存第一二五頁、全宋文卷四九八二均録本文。

賀史刑侍啓

伏審輟從宰屬，擢貳秋卿。監治古以象刑，式司邦禁；列從臣而第頌，允穆朝僉。休聲所同，和氣自至。竊以得賢可及堯舜，建官尤重於諸曹；致治庶幾成康，措刑宜首於庶務。恭惟判部侍郎，毓粹自天，研幾於聖。濟世之道，源遠而流長；華國之文，芒寒而色正。守險夷之一節，更榮滯之兩塗。上既察於忠純，時遂加於眷倚。南宫之分六職，既藉彌縫；北省之出萬機，更資考覈。果膺殊渥，亟踐邇聯。豈特取儒雅而勝法家，抑亦積譽處而登政路。某久睽英表，遠庇餘休。第切欣於得輿，阻趨慶於成厦。進皋陶之淑問，已陟禁嚴；用方叔之壯猷，佇躋樞要。

【題解】

本文作於乾道元、二年（一一六五、一一六六）間，時石湖正在臨安任職，故史正志任刑部侍郎，石湖乃作賀啓。本文輯自聖宋名賢五百家播芳大全文粹卷一三，孔凡禮范成大佚著輯存第一二一頁、全宋文卷四九八二均録本文。史刑侍，即時任刑部侍郎的史正志。于北山以爲此文是否出於石湖之手，「尚不敢定」，其范成大年譜紹熙四年譜文附注録本文，按云：「五百家播芳大全文粹雖南宋之書，采擷既多，頗傷冗雜，每有張冠李戴之訛。此二啓是否出於石湖，尚不敢定。即以内容論，亦當時官場循例應酬之作，並無資料價值。故不入譜，繫於卒後。」孔凡禮輯存則於本文下按云：「查史、志，紹興、隆興、乾道、淳熙間，史氏任刑部侍郎者，惟史正志。本文或爲賀正志者。正志，嘉定鎮江志卷一七有傳。」孔氏所云是。按嘉定鎮江志卷一九：「史正志，字致道……轉朝奉郎，除檢正兼權吏部侍郎。明年，權刑侍兼吏部侍郎，又兼兵部侍郎，改吏部侍郎。請郡，除集英殿修撰知建康府。」史正志赴建康府時爲乾道三年九月，見景定建康志卷一四。

到蜀謝啓

既來萬里，敢計一身。

【題解】

本文作於淳熙二年（一一七五），石湖於本年六月七日抵達成都，就蜀帥任。本文輯自黄震黄氏日鈔卷六七，孔凡禮范成大佚著輯存第一二五頁、全宋文卷四九八二均録本文。

賀禮侍啓

美盛德以告神明，觀會通而行典禮。

【題解】本文作年難以確考。本文輯自黄震黄氏日鈔卷六七，孔凡禮范成大佚著輯存第一二二頁、全宋文卷四九八二均録本文。題参全宋文擬。

謝薦舉啓　一

古者薦才而未始有法，今則立法而不勝其私。

【題解】本文作年難以確考。本文輯自黄震黄氏日鈔卷六七，孔凡禮范成大佚著輯存第一二三頁、全宋文卷四九八二均録本文。題参全宋文擬，下二啓同。

謝薦舉啓　二

軒眉席次者，非勢則利；縮手袖間者，惟孤與寒。

【題解】本文作年難以確考。本文輯自黄震黄氏日鈔卷六七，孔凡禮范成大佚著輯存第一二三頁、全宋文卷四九八二均録本文。

謝薦舉啓 三

一言而期霰蔑，歷盼而識孟嘉。

【題解】

本文作年難以推斷。本文輯自黄震黄氏日鈔卷六七，孔凡禮范成大佚著輯存第一一三頁、全宋文卷四九八二均録本文。

謝薦舉啓 四

前以三鼎，後以五鼎；人有一天，我有二天。

【題解】

本文作年難以推斷。本文輯自黄震黄氏日鈔卷六七，孔凡禮范成大佚著輯存第一一三頁、全宋文卷四九八二均録本文。

與州郡啓　一

五日一風，十日一雨，貫神明指顧之間；千夫有澮，萬夫有川，興廢壞笑談之頃。

【題解】

本文作年無考。本文輯自黄震黄氏日鈔卷六七，孔凡禮范成大佚著輯存第一二四頁、全宋文卷四九八二均録本文。題參全宋文擬，下四啓同。

與州郡啓　二

其浸五湖，去天一握。

【題解】

本文作年無考。本文輯自黄震黄氏日鈔卷六七，孔凡禮范成大佚著輯存第一二四頁、全宋文卷四九八二均録本文。

與州郡啓　三

朝夕論思，皆堯、舜、禹、湯、文、武之道；雷霆號令，有典、謨、訓、誥、誓、命之文。

【題解】

本文作年無考。本文輯自黄震黄氏日鈔卷六七，孔凡禮范成大佚著輯存第一二四頁、全宋文卷四九八二均録本文。

與州郡啓　四

天子畿方千里，刺史入爲三公。

【題解】

本文作年無考。本文輯自黄震黄氏日鈔卷六七，孔凡禮范成大佚著輯存第一二四頁、全宋文卷四九八二均録本文。

與州郡啓　五

將如蒼生何，無踰老臣者。

【題解】

本文作年無考。本文輯自黄震黄氏日鈔卷六七、孔凡禮范成大佚著輯存第一二四頁、全宋文卷四九八二均録本文。

謝改官啓

聚精會神，方圖國家之多難；振景拔迹，樂育天下之英才。

【題解】

本文作年難以確考。本文輯自永樂大典卷二一九四九，孔凡禮范成大佚著輯存第一二六頁、全宋文四九八二均録本文。

范石湖集輯佚卷九　序　跋

燕安南使自叙

妙千八百國諸侯之選，獨分正於南邦；聳二十五城督府之尊，特序賓於東道。

【題解】本文作於淳熙元年（一一七四），時任廣西帥。本文輯自黄震黄氏日鈔卷六七，本文前爲重貂館銘，此銘作於乾道九年冬，則本文可繫於淳熙元年。孔凡禮范成大佚著輯存第一三四頁、全宋文卷四九八二均録本文。

水利圖序

竊謂天人之理必相因，而其力亦常相半。人事已十五六，則其不可奈何者當歸之天；在人者未盡，不幸遭遇，便謂「天實爲之」，此不待智者知其不然。蓋嘗與老農計之，欲爲救災捍患之術，大概有二，曰作堤，曰疏水；其小概一，曰種茭。今之塍岸，率去水二三尺，人單行猶側足。其上坎坷斷裂，纍纍如蹲羊伏兔。佃户貧下，至東作時，舉質以備糧種，其勢無餘力以及畚臿之工。婦子持木杴，探污泥，補綴缺空，累塊亭亭，一蹴便隕，謂之作岸，實可憐笑。雖殫力耕耘，而不念四維之不足恃。秋水時至，相以飄風，莫之障防，與江湖同波。農人轉徙而他，明年或能歸業，或召新租，事力愈薄，鹵莽增甚。長民者不爲檢校，没世窮年，永爲曠土。今宜考紹興二十八年來被水之由，其邊鄰湖瀼，土人所謂「搭白」之處，增築長堤，使高五六尺，基廣七八尺以上。秋冬之交，潢潦乾源，手足所及，土皆可取。閲春夏半年，至秋雨風潮，土已堅定，草茅生之，可恃爲安。較之臨時補綴，相去遠矣。至於夫力，則同頃共利者不殊。如一頃之田，南高而北下，水必先自北入。北邊有田之人，固當悉力；三邊衆户，亦合併工。夫有田無岸，水平入之，輒復罪歲，誠可太息。蓋作堤之説如此。崑山之田，號爲下濕。數十年前，十種九澇。自趙霖鑿吴淞江積潦〔二〕，三十年來，歲無荐饑。今吴淞之利自若，而邑中諸港，頗有湮鬱之處，一二里間，斷絶有之。今宜行視，凡出水之港，皆决而疏之，使水得肆行無留，用工甚少，效驗立見，而堤岸始爲田用。蓋疏水之説如此。江東圩埂高厚，如大府之城，舟行當仰視之，并驅其上，猶有餘地。至水發時，數十百圍，一時皆破，其有茭葑外護者，往往獨存。蓋其紛披摇曳，與水周旋，而不與之忤，比其及岸，已如强弩之末，狂怒盡霽。茭之能殺水如此。崑山附田，皆有茭葑，近歲騎軍就牧，斬刈殆盡。陂濼漫生之茭，不可以頃畝計，獨令赦，附堤者猶不乏。軍興，宜與主將通知利害，明立表識，使樵斤無得過此。茭所不產處，即置葑田附之。三説具舉，無遺策矣。此非有隱情奥理，待探賾而知。州縣屬吏有解事者，使躬行阡陌，不三日間，利害皆在目。今誠因農隙，稍損倉粟，以助作者，此命一下，見其歡然翕從，指顧而成矣。

【題解】

本文作於紹熙元年（一一九〇），時在蘇養病。本文輯自顧炎武天下郡國利病書第五册蘇下，南宋文録録卷一五、孔凡禮范成大佚著輯存一六八頁、全宋文卷四九八二均録本文。于北山范成大年譜於紹興二十五年附注按語云：「石湖世居水鄉，故對水利一事，平日頗爲究心，嘗撰水利圖序（自紹興歷二十八年爲紹熙元年，此文殆爲知平江府袁説友作）。」按袁説友曾任蘇州守，於紹熙元年三月中到任，二年五月赴召，見范成大吴郡志卷一一。

【箋注】

〔一〕自趙霖鑿吴淞江積潦：趙霖於政和六年九月任兩浙提舉常平，措置興修積水。范成大吴郡志卷一九「水利」云：「霖以宣和元年正月二十一日，役夫興工，前後修過一江、一港、四浦、五十八瀆，修築常熟塘岸一條，隨岸開塘，至宣和二年八月初十日罷。」

吴下同年會詩序

進士科始於隋，盛於唐，本朝因之。偕升者謂之同年，衣冠之好，由來尚矣。唐人尤憙期集，燕設之名，亡慮十數。而曲江大會，長安坊市爲半空，天子至御樓以觀。當此時，通榜之士，意氣相予甚厚，否則有紫陌青雲之譏。本朝略去浮侈，但存聞喜一燕而爲之，同年之制，則加詳焉。既朝謝，揆日集貢院，奉賜第録黄於香案，列拜庭下，禮畢，更以齒班立。四十以上東序西鄉，未四十西序東鄉。推年最長若最少者各一人升堂，長者中立南鄉，少者北鄉。春官吏贊拜，少者拜，又贊答拜長者，洎兩序皆再拜，謂之拜黄門，叙同年，所以明章風期，惠篤事契㊀，委曲之意，過唐遠矣。士大夫甯得輕負此意，犂然雲散，異日相視，如塗之人乎！紹熙改元，建安袁起巖、張元善〔一〕俱使浙西，始以歲五日會同年之在吴下者於姑蘇之臺，登臨勝絶，傾倒情素，獻醻樂甚，賦詩相屬，州里傳寫，一夕殆徧。好事者雜然高贊，以爲伐木之詩也〔二〕。起巖謂僕嘗誇春闈，使爲序引㊁。僕時位下，渠足數。獨以親見諸公貴名之起，又嘉二使君能脩舊好，略記團司故實，以代揚觶之詞。庶凡號稱同年者㊂，聞風動懷，增重名義，或於雅道小有補焉，非直爲一觴一詠設也。二月望，石湖范成大書。

【校記】

㊀ 惠篤事契：古今事文類聚作「篤叙事契」。

㊁ 使爲序引：古今事文類聚作「屬爲序引」。

㊂ 庶凡：古今事文類聚作「使凡」。

【題解】

本文作於紹熙元年（一一九〇）二月，時石湖正奉祠家居。本文輯自陸增祥八瓊室金石補正卷一一六，祝穆古今事文類聚前集卷二九、吴都文粹續集卷四、繆荃孫江蘇金石志卷一三、孔凡禮范成大佚著輯存第一六七頁、全宋文卷四九八二均載本文。題，祝穆古今事文類聚前集卷二九、吴郡文粹續集卷四均作「姑蘇同年會詩序」。按，本文據陸增祥八瓊室金石補正卷一一六輯録，不取祝穆古今事文類聚，金石補正雖爲清人輯録，而石刻文字則爲宋代原物，而事文類聚雖編於宋季，然校以金石拓本，誤漏甚多，如「本朝」作「宋朝」、「紹熙」誤作「紹興」，「列拜庭下」脱「庭下」二字。「進士科始於隋」，脱「於」字。錢大昕潛研堂金石文跋尾續第四記云：「右同年讌唱詩，紹熙改元正月五日，提點浙西刑獄建安袁説友起巖，提舉浙西常平茶鹽浦城張體仁元善，會同年之在吴下者於姑蘇臺。與集者胥臺成欽亮仲鄰、胥臺唐子壽致遠、胥臺胡元功國敏、浚儀趙彦衛景安、浚儀趙彦璦中玉、浚儀趙彦真從簡。期而不至者浦城章澥仲濟，胥臺王藝文卿、三山陳德明光宗、桐川周承勛晞稷，凡十二人。人各賦七言律詩一篇，皆隆興元年木待問榜進士也。於是石湖范成大爲之序，郡人龔頤正書而刻之石。范公以資政殿學士奉祠家居，集中多與起巖唱和之作。起巖以淳熙十六年七月到任，是年三月，除直秘閣知平江府，故范公集中始稱提刑，後稱知府也。」

【箋注】

〔一〕張元善：即詹體仁，詹爲本姓，嗣其舅張氏，名張體仁，字元善，後復本姓。范石湖序及吴郡志均作張體仁。按宋史本傳：「詹體仁，字元善，建甯浦城人……登隆興元年進士第。……光宗即位，提舉浙西常平，除户部員外郎，湖廣總領。」正德姑蘇志卷四二有詹體仁傳，云：「詹體仁，字元善，浦城人。少有異材，始冠，第進士。光宗即位，提舉浙江常平，務爲民除害興利。」

〔二〕伐木之詩：詩經小雅伐木：「伐木丁丁，鳥鳴嚶嚶。出自幽谷，遷于喬木。嚶其鳴矣，求其友聲。」詩篇歌頌友情。

無盡燈後跋

念佛三昧，深廣微密。世但以音聲爲佛事，此書既出，當有知津者。乾道丁亥季夏七日，吴郡范成大書。

【題解】

本文作於乾道三年（一一六七）季夏。本文輯自樂邦文類卷三，大正新修大藏經第四七卷、續藏經第二編第一二套第五册第四三〇頁、全宋文卷四九八三均載。「無盡燈」，本爲佛家法門名，以一人之法展轉開導百千人而無盡，譬如以一燈燃百燈，故云無盡燈。維摩經菩薩品：「維摩詰言：諸姊有法門名無盡燈，汝等當學。無盡燈者，譬如一燈燃百千燈，冥者皆明，明終不盡，如是諸姊，夫一菩薩開導百千衆生，令發阿耨多羅三藐三菩提心，於其道意亦不滅盡。隨所説法而自增益一切善法，是名無盡燈也。」此指大正藏經中的一種。

題佛日淨慧寺東坡題名

右文忠公倅杭時送客至佛日山寺壁間所題。余年十五〔一〕，往來山中，常與舉上人游〔二〕，居其下。後三十七年，舉欲匄縣公勒之石，余亦自蜀道東歸，因勸成之。淳熙丁酉嘉平日，吴郡范成大書。

【題解】

本文作於淳熙四年（一一七七）十二月。丁酉，即淳熙四年；嘉平，十二月。時石湖自蜀東歸還朝，除權禮部尚書。本文輯自潛説友咸淳臨安志卷八一，孔凡禮范成大佚著輯存第一三九頁、全宋文卷四九八二均録本文。佛日浄慧寺，即佛日山浄慧禪寺。咸淳臨安志卷二四山川三「城東北諸山」：「佛日山，在母山之東北，高六十餘丈，中有佛日浄慧寺。」又，卷八一寺觀七：「佛日浄慧寺，天福七年吴越王建爲佛日院，大中祥符元年改今額。東坡題名。」其下附注周必大跋：「佛日浄慧禪寺在桐扣黄鶴峰下，寺中有池，池有渥洼泉，東坡先生嘗賦五言絶句。」

【箋注】

〔一〕余年十五：石湖十五歲時，爲庚申年，即紹興十年。時父范雩爲諸王宫大小學教授，石湖隨父在杭。宋會要輯稿帝系六：「（紹興十年八月）十一日，諸王宫大小學教授范雩言：『伏睹祖宗舊法，南班宗室大將軍以下，每二年一試藝業，取中選者推恩。……』」

〔二〕舉上人：即詩僧舉慧，常雲遊各地寺院，年長於石湖。石湖從其游，有詩歌唱和，本書卷二一〇贈舉書記歸雲丘、卷二二送舉老歸廬山，舉書記、舉老、舉上人，都指舉慧。有雲丘詩集，陸游作跋雲丘詩集後，稱賞其詩。參見卷二〇贈舉書記歸雲丘「題解」。

跋北齊校書圖

右北齊校書圖，世傳出於閻立本㈠，魯直畫記登載其詳，此軸尚欠對榻七人㈡，當是逸去其半也。諸人皆鉛槧文儒，然已著韡，坐胡床，風俗之移久矣！石湖居士題。

【校記】

㈠ 世傳：波士頓美術館藏本於此下原有二空格，方愛龍疑爲「粉本」，待考。

㈡ 此軸：兩字原無，今據波藏本、穰梨館過眼録補。

【題解】

本文作於淳熙七年（一一八〇），時在知明州任上。韓元吉有北齊校書圖跋，作於淳熙八年正月，云：「今范明州謂逸其半。」則范跋必作於淳熙七年，因范成大於淳熙七年三月到明州任。北齊校書圖，世傳閻立本畫，今藏美國波士頓美術館。韓元吉跋文中有關此圖故事，今録之，以供參考：「齊文宣天保七年詔樊遜校定群書供皇太子。遜與諸郡秀孝高乾和、馬敬德、許散愁、韓同寶、傅懷德、古道子、李漢子、鮑長暄、景孫及梁州主簿王九元、水曹參軍周子深等十一人，借邢子才、魏收諸家本，共刊定秘府紕繆。於是五經諸史，殆無遺闕，此圖之所以作也。山谷所謂士大夫十二員，今范明州謂逸其半者，皆是矣。至唐，已隔周隋二代，不知何自得其形容彷彿耶？高氏起北方，以兵力奮，然敦尚儒風，立石經，興黌序，定尚書於涼風堂，質經義於春宫，意當時文士亦歆艷之，故相傳於圖畫哉。流及後裔，文林之館既興，御覽之書繼作，無愁之聲已播於天下，不捄其亡，故余感而賦之云。淳熙八年正月庚申，潁川韓元吉題。」陸游、郭見義、謝諤亦有此圖題跋、題詩，見金程宇美國所藏宋人墨迹脞録。本文輯自李慈銘越縵堂日記第三七册，大觀録、墨緣匯觀、穰梨館過眼録卷一、孔凡禮范成大佚著輯存第一三六頁、全宋文卷四九八二均載本文。檢黄伯思東觀餘論卷下載跋北齊勘書圖後云：「僕頃歲嘗見此圖别本，雖未見畫者主名，特觀其人物衣冠，華虜相雜，意後魏、北齊間人作。及在洛見王氏本題云北齊勘書圖，又見宋公次道書，始知爲楊子華畫，其所寫人如邢子才、魏收輩，豈在其間乎？宜其模矩乃爾。今觀此本，益知北土人物明甚，則知子華之迹爲無疑。唐閻令稱子華自象人以來，曲盡其妙，簡易標美，多不可減，少不可踰。今詳其迹，信然。第它本尚餘兩榻，有啓軸隱几而仰觀者，有執卷揞如意而沈思者數輩，蓋當時畫此，弗但一通也。李匡乂資暇謂茶托始於唐崔寧，今北齊畫圖已有之，則知未必始自唐世，亦猶蕭梁已有紫囊盛笏，而唐史謂始於張九齡者，同也。觀者宜審定之。政和丁酉歲八月五日，武陽黄某長孺父於楚州衮華堂觀。」黄氏謂北齊勘書圖有多本，畫者爲楊子華，范、韓、陸、郭諸氏跋語及陸心源著録均未及之，因録出以供參考。

御書石湖二大字跋

淳熙八年三月庚戌，制書擢臣守金陵。閏月丁亥，朝行在所。庚寅，辭後殿。翼日既望，詔錫清燕苑中，皇帝親御翰墨，大書「石湖」二字以賜。天縱聖能，游藝超絶。典則高古，如伏羲畫；體勢奇逸，如神禹碑。日光雲章，垂耀縑素。環列改觀，禁籞動色。臣驚定喜極，不知抃蹈，昧死奉觴上千萬歲壽，奉寶書以出。越五日，至於石湖藏焉。石湖者，具區東匯，自爲一壑，號稱佳山水。臣少長釣游其間，結茅種木，久已成趣。春秋時，吴臺其陰，越城其陽，登臨訪古，往蹟具在。汙萊露蔓，千七百餘年，莫有過而問者。今猥以臣故，徹聞高清，天光博臨，燕及荒野，繇開闢來，未睹斯盛。裴度、李德裕皆唐宗臣，緑野、平泉，亦聲震當代，揆今所蒙無傳焉。何物么麼，獨冒寵赫，百身萬殞，莫能負戴。臣蒲柳早秋，仕無補益，縣官儻畹晚不休，奸止足之戒，則將上累隆知，俯愧初服，臣用是懼。冀幸少日，遂賜骸骨，歸老湖上，宿衛奎壁，與山川之神，暨猿鶴松桂，同在昭回中，一介姓名，亦因是不朽。使後世之臣屬厭榮禄，得全於桑榆，以無辱君賜，則陛下丕顯休命，不委於草莽，庶幾報恩之萬一。既摩刻扁榜，又被之琬琰以傳，且附著臣之自敘云爾。

【題解】

本文作於淳熙八年（一一八一）閏三月。本文輯自古今事文類聚别集卷一二。又見吴都文粹續集卷二三、石湖志卷一、姑蘇志卷三二、古今圖書集成第一一六册第三頁，范成大佚著輯存第一三七頁、全宋文卷四九八三有録。

跋御書

跳龍卧虎之勢，漏屋畫沙之迹，皆神動天隨，泊穆無間㊀。譬猶叶氣絪緼，蒸爲雲漢，輝光所麗，自成文章，非復世間筆墨畦徑所能擬議。

【校記】

㊀泊：原作「沕」，參孔凡禮輯存、全宋文卷四九八三改。

【題解】

本文作於淳熙八年（一一八一）閏月（即三月），將赴建康任，朝辭受賜後作。本文輯自王應麟玉海卷三四，孔凡禮范成大佚著輯存第一四五頁、全宋文卷四九八三均有録。玉海之記載，很不明確，易生混淆，今録其相關文字，加以辨析。玉海卷三四「淳熙書蘇軾蘇轍詩」條云：「八年閏月既望，以御書蘇軾四詩賜范成大。十五年十二月又賜損齋所書蘇轍詩二軸。是月辛卯，書石湖二字賜成大。成大跋云：『天縱聖能，游藝超絶，典則高古，如伏羲畫；體勢奇逸，如神禹碑。』又跋云：『跳龍卧虎之勢(略)。』」按：準確的記載，應是八年閏月所賜之御書蘇軾詩，相對應的跋語，當是「卧龍跳虎」以下一段文字。十五年十二月又賜損齋所書蘇轍詩二軸，無跋語。八年閏月辛卯所賜石湖二字，相對應的跋語，當爲「天縱聖能」一段文字。王應麟顛倒序次，使人産生錯覺，幸賴石湖另有御書石湖二大字跋，足以證之。周必大神道碑記云：「二内侍奉縑素來，上有『石湖』二大字，御墨尚濕。公拜賜，奉觴進酒謝，上滿飲，復袖御書蘇軾詩一軸以賜，自未至酉乃罷。」記述亦自含糊。孔凡禮范成大年譜淳熙八年譜文云：「朝辭，孝宗書『石湖』二字以賜，有謝表，厥後立石刊之，并撰紀御書碑，以彰其事。同時孝宗又賜蘇軾詩一軸以賜，有跋語。」

題睢陽五老圖卷

退休就閑，士君子皆能之，惟耆耋康寧所謂五福，則天之所畀也。後生當勉己之所能，以待天之所畀，庶乎希蹤壽域云。淳熙甲辰仲冬朔，歷陽龔敦頤攜此卷相示，敬識其末。吴郡范成大書。

【題解】

本文作於淳熙十一年(一一八四)仲冬，時在家養病。睢陽五老圖卷，無名氏畫。畫卷初藏於郡學翘材館，錢明逸序云：「今假守留鑰之日，登翘館，因得圖像占述序引，以代鄉校詠謡之萬一。至和丙申中秋日，錢明逸。」後輾轉爲畢氏及朱氏後人珍藏。朱熹親睹此圖，作跋睢陽五老圖卷并詩（東景南據式古堂書畫彙考畫考卷一五輯存，見朱熹佚文輯考），跋云：「得其畢氏之傳，再見於江南，豈勝幸哉。」都穆寓意編載此圖，云：「在崑山朱氏，朱蓋五老之一兵部郎中貫之後。御史天昭出以示予，圖有錢明逸序，歐陽公、司馬公而下詩皆不存在，今存惟南宋及元人題跋。」又經宋、元、明、清名人題贊，如歐陽修、范仲淹、文彦博、司馬光、蘇軾、范成大、楊萬里、趙孟頫、虞集、張翥、柳貫等。乾隆間，此圖卷改裝成册頁，民國年間流入美國。其中，畢世長像及錢明逸等人題記，藏於美國紐約大都會博物館；馮平、王涣二像，藏於華盛頓弗利爾美術館；杜衍、朱貫二像，藏於紐約耶魯大學藝術陳列館。錢明逸睢陽五老圖序云：「夫蹈榮名而保終吉，都貴勢而躋遐耇，白首一節，人生所難。今致仕官師相國杜公，雅度敏識，圭璋巖廟，清德令望，龜準當世，功成自引，得謝君門，視所難得者則安享之，謂所難行者則恬居之。燕申睢陽，與賓客太原王公，故衛尉河東畢卿，兵部沛國朱公，駕部始平馮公，咸以耆年挂冠，優遊鄉梓，暇日宴集，爲五老會，賦詩酬唱，怡然相得。宋人形於繪事，以紀其盛。」周密齊東野語卷二〇「耆年諸會」條云：「前輩耆年碩德，閒居里舍，放從詩酒之樂，風流雅韻，一時歆羡。後世想慕，繪而爲圖，傳之好事，蓋不可一二數也。……至和五老則杜衍（丞相，祁國公，八十）、王涣（禮部侍郎，九十）、畢世長（司農卿，九十四）、朱貫（兵部郎中，八十八）、馮平（駕部郎中，八十八）。時錢明逸留鑰睢陽，爲之圖像而序之。」

（按，周密記「爲之圖像」一語欠當，讀錢明逸序可知。）本文輯自趙琦美趙氏鐵網珊瑚卷一三，卞永譽式古堂書畫彙考卷四五、孔凡禮范成大佚著輯存第一三九頁、全宋文卷四九八三均載本文。

跋西塞漁社圖

始余筮仕歙掾，宦情便薄，日思故林。次山時主簿休寧，蓋屢聞此語。後十年，自尚書郎歸故郡，遂卜築石湖。次山適爲崑山宰，極相健羡，且云亦將經營苕霅間。又二十年，始以漁社圖來。噫！余雖早得石湖，而違己交病，奔走四方，心剿形瘵。其獲往來湖上，通不過四五年。今退閑休老，可以放浪丘壑，從容風露矣。屬抱衰疾，還鄉歲餘，猶未能一跡三徑間，令長鬚檢校松菊而已。次山雖晚得漁社，而强健奉親，時從板輿，徜徉勝地，稱壽獻觴，子孫滿前。人生至樂，何以過此。余復不勝健羡，校次山疇昔羡余時，何止相千萬哉。尚冀拙恙良已，候桃花水生，扁舟西塞，煩主人買魚沽酒，倚棹謳之。調賦沿溪詞，使漁童樵青輩，歌而和之。清飈一席，興盡而返。松陵具區，水碧浮天，蓬窗雨鳴，醉眠正佳。得了此緣，亦一段奇事。姑識卷末，以爲茲游張本。淳熙乙巳上元。石湖居士書。

【題解】

本文作於淳熙十二年（一一八五）上元節。本文輯自金程宇美國所藏宋人墨迹胜録（載稀見唐宋文獻叢考，中華書局二〇〇九年出版）。本文孔凡禮范成大佚著輯存認爲「惜今不傳」，作爲存目佚著，全宋文未收。李結西塞漁社圖（一名霅溪漁社圖），今藏美國紐約大都會博物館，海外中國名畫精選（上海文藝出版社一九九九年出版）收録此圖。此圖卷有八位名家題跋、題詩，計范成大、洪邁、周必大、王藺、趙雄、閻蒼舒、尤袤、翁埜。淳熙十一年，范成大正在蘇養病，知李結有西塞漁社圖，特致書李結，索畫以題跋。黄震黄氏日鈔卷六七評及本文云：「（范成大）跋語多簡峭可愛，惟漁社圖有韻，梅林集有情，皆長而佳。」楊冠卿客亭類稿卷首諸老先生惠答客亭書啓編載李結與楊冠卿第三帖云：「漁社和篇，詞語益壯，慚感萬狀。近得范石湖書，來索西塞圖，欲爲作詩，漁社自此著名矣。」石湖致書索畫，必在淳熙十一年，爲畫題跋，已是淳熙十二年正月十五日。稍後於范成大之諸家題跋，有助於理解本文和李結之生活、思想，因將全宋文未予收録之洪邁、王藺、趙雄、閻蒼舒、尤袤五跋，附録於此，以供參考：洪邁跋云：「天筆題識其上，由存挂之素壁。正不識畫者，知其爲超妙入神。視丹青蹊徑默然相絶。雖釣竿蓬艇，葛巾野服，常羊于菰蒲風露間。使人之意也消。若着脚于絳闕清都之上，玩其位置，直與西塞，溪山寫真，縹縹陵雲，人間世無此境也。而河陽李次山一旦實得之，不得從元真子游，得從次山游足矣。不得至西塞山，得見此漁社圖足矣。次山三爲二千石，而苦貧如窶士。物莫能兩大，豈桃花流水，天固有以嗇其享邪。西塞在吳興，故元真有『霅溪灣里釣魚翁』之句，而黃州亦有之，乃唐曹成王用師處。東坡公嘗以偶散花洲被諸樂府，姑借爲齊安重至于雲天箬笠、江海蓑衣之章，則固表其下，曰吳興矣。淳熙戊申十月廿三日。野處洪景盧書。」王藺跋云：「余十數年前，備官周行。聞毗陵守李次山政術敏健，而持身甚廉，以不得識面爲恨。忽報臺評罷去，昉疑焉。有來自毗陵者，必詢之，其説不異于前。最後一故人，家毗陵之外邑，誠篤可信，適調官來謁，坐定，首扣所疑。故人曰：『某雖居是邦，與之情分絶疏，然公論不可掩。』且言其罷去之日，闔郡之大，下至胥吏走卒，皆稱嘆其廉，以爲前未知見。余疑頓釋。屢爲稱屈于儕輩間。後二三年，次山以親養之迫造朝，余時在從班，一見知其爲磊落人，又過于所聞矣。剖符蘄春，來訪，別袖出此圖相示，欲丐數語。余披圖驚喜，謂次山曰：頃年過霅上，霅之二三子邀余，游道場諸山，望西塞指似白鷺飛處曰：此即元真子之故棲，小舟夷猶，舉酒相屬，愛其清絶，而想見其人，安得有此山而居之，不知乃今爲次山物也。它時得歸浮家迂路，係西塞下，求見次山。當承雅命，今則未有暇。次山即持圖去，自是出處參差，不相值者復七八年。今春余罷政還淮鄉，而次山自四蜀總計，奉祠東下。舟過江上，不遠數十里，肯來訪余。余方杜門掃軌，得次山來，相對話舊，衰疾頓醒。次山復出圖與諸公題跋，求踐前約。余雖未得重爲西塞游，然不可辭也。余中間立朝近十年，以憂去國，來歸故廬，上漏下濕，不庇風雨。竭使北之橐，僅成此屋。旁辟數畝田，粗有卉竹。杖履觴咏，日與兄弟同之。偶與次山話其故，次山顧視棟宇樸陋，不覺發笑。余亦從旁笑。次山猶未見荒蕪之園，當不一笑而足。然余知次山清貧，漁社新築，想必不能宏壯，因詢其規橅，則曰：此行息肩，將罰松誅茅，隨宜創數十椽，管領溪山，以娱暮景。若必宏壯而後居，則貧不異昔，猝爲可辯，是俟河之清也。余因撫掌大笑曰：然則漁社之圖特畫餅爾，又何暇笑余之樸陋哉。次山亦復大笑曰：此可書也。乃并書以與之。紹熙二年五月既望，軒山居士王藺。」趙雄跋云：「始予識次山於吴中，知其才術敏强，所至辦治，號一時能吏。或曰：此特見用者耳。次山官業雖隆，官情寔薄，其胸次恢廓，韻度清遠，有高人□士之風。予姑唯唯否否。紹興嗣之詔，以次山爲尚書郎，出總蜀計，予適叨守益州，潼闕鹽筴之□□計府至多。月課不登，郡邑俱病。次山則蠲其苛取，而舒其期會。潼川于是復爲樂國，予益知次山之能。居無何，予以請祠得歸，方增治衡宇于内江之陰。□領僮奴，□松種菊，自所居達江上可里所，亦欲葺成小圃，爲終焉之計。然規橅狹隘，景物寒儉，猶恐不及□彭澤之三徑，况大焉者乎。俄而次山□來言曰：萬里孤官，豈人之情，有詞吁天，蒙恩報可，今移節湖右，出峽有日，將歸老于西塞山下矣。舊則山趾卜築，名曰漁社，敢圖此獻，丐我一言。予披圖閲之，西塞霅溪，蓋吴興勝絶處，漁社寔據其會。山水明秀，花木奇麗，延袤十數里，皆爲几席間物。猗歟盛哉！退視予之所營，益蕪陋可笑，因嘆次山胸次韻度，誠如曩時或人之言云，然次山方以才術聞，今天子纘祚首加識擢，豈終隱于漁社者耶？予雖未登漁社堂，然得閲其圖，圖末又有周益公、范吴公大書，紀述頗詳，二公予平生所敬信，敢嗣書其後。紹熙庚戌日南至資中趙雄温叔書。」閻蒼舒跋云：「始予在朝行，李公次山守毗陵，書疏往來。知其才氣不群，風流可想，恨未識之。距今十有六年，次山自總領蜀計歸吴，予自荆州還蜀，始識面，相與傾倒如平生歡。出此圖相示，索『西塞漁社』及『西塞山』七大字。舟中摇兀，勉强書之。若夫次山所以追迹釣徒，景慕聱叟者，則前巨公偉人瑰詞傑筆，固以盡之，兹不復贅。顧關山修岨，江湖渺茫，未知見日，時展斯卷，如接勝游於苕霅之上云。紹熙二年正月廿五日，太原閻蒼舒書。」尤袤跋云：「漁社主人以尚書郎萬里使蜀，洗手奉法，一毫不以自污。歸裝枵然，止朝天石一二塊，真不負朝家委任之意。出示漁社圖及趙、周、范三老跋語，欲余附名其間。夫自古湖山風月，漁人樵子，有而不能享，詩人詞士，愛而不能有，今公袖功名之手，歸休林壑，又得元真子之故居，其樂何可肚道。老子於此興復不淺，爲我問訊山前白鷺，未知元真子，何如今日爾。予生甲辰，與公同歲，而衰病特甚。方丐祠，未得請，見公還浙，復披此圖，茫然知冥鴻之慕。行當歸耕故園，望西塞山，一葦可航，挐舟訪公雲水間，扣舷歌青箬、緑蓑之句，道舊故而笑樂，亦一快也。因書軸尾，東坡所謂異日不爲山中生客云。紹熙辛亥暮春中澣，錫山尤袤書。」

四時田園雜興六十首跋

比嘗夏日拙句，寄撫州使君和仲同年兄〔一〕。使君辱和，甚妙；且欲盡得四時雜興，今悉寫寄。僕既歸田，若幸且老健，則遊目騁懷之作，將不止此，詩筒往來未艾也。石湖居士壽櫟堂書。

【題解】

本文作於淳熙十三年（一一八六），時養病在家。四時田園雜興引云：「淳熙丙午，沉疴少紓，復至石湖舊隱，野外即事，輒書一絶，終歲得六十篇，號四時田園雜興。」石湖曾以夏日一組詩，寄趙癰，趙寫了和章，並要求盡得四時雜興，石湖因悉數書寫寄，並作此跋語。本文輯自詩詞雜俎卷中，孔凡禮范成大佚著輯存一三七頁、全宋文卷四九八三均録本文。詩詞雜俎卷中石湖詩集都穆序云：「范文穆公田園雜興詩六十首，今見公集中。此則公之手迹，爲御史盧君師邵所得。師邵景仰先賢，手摹是詩，刊置石湖書院。」又云：「今之論者，乃謂孝宗欲相乎公，以其不知稼穡之艱，命遂中止。公聞之，因賦此以見意，蓋未爲知公者也。」錢鍾書以爲這僅是一個傳説，他在宋詩選注中説：「假如這個傳説靠得住，它只證明了宋孝宗没調查過范成大的詩，或則没把他的詩作準，那末再多寫些四時田園雜興和臘月村田樂府，也不見得有效。因爲石湖詩集裏很早就有象大暑舟行含山道中那種『憂稼穡』、『憐老農』的作品。而且不論是做官或退隱的詩，都一貫地表現出對老百姓的痛苦的體會，對官吏的横暴的憤慨。」

【箋注】

〔一〕和仲同年兄：即趙癰，乃是石湖紹興二十四年的同科進士。孔凡禮考其生平云：「查清同治臨川縣志卷三十三宋知撫州軍州事，淳熙最末一人爲趙癰。又查李心傳建炎以來繫年要録卷一百六十六紹興二十四年三月辛酉紀事，知癰中是年張孝祥榜進士，與成大同年。再查廣東通志卷二百十一金石略十三趙癰紀遊詩，知癰字仲和。跋中同年使君，蓋趙癰。詩詞雜俎石湖詩集明王鏊序稱，「不知癰爲何人，故略辨於此。」

題蘭亭帖 一

蘭亭序唐世摹本已不復見，今但石本耳。摹手刻工，各有精粗，故等差不同。惟是定武者，筆意彷彿尚存，士大夫通知貴重，皆欲以所藏者當之，而未必皆然。觀此本，則不容聲矣。紹熙辛亥立冬，石湖范成大書。

【題解】

本文作於紹熙二年（一一九一）立冬日。本文輯自倪濤六藝之一録卷一五七，蘭亭續考卷一、孔凡禮范成大佚著輯存第一三八頁、全宋文卷四九八二均録本文。蘭亭序，後世摹本多矣，石湖以爲定武本爲勝。明朱存理鐵網珊瑚卷四、趙琦美趙氏鐵網珊瑚卷一均録蘭亭序定武本並宋元諸家題識，清卞永譽式古堂書畫彙考卷五著録多種定武本蘭亭，如趙子固所藏落水本定武蘭亭卷、山谷跋本定武蘭亭本、宋御府搨定武蘭亭卷等，以及諸家題識，並可與本文參讀。

題蘭亭帖　二

蘭亭爲書法之祖，南中摹倣幾數十本，終不若定武者之勝。今觀此軸，刻畫與使墨，皆有佳趣，决知其爲定武者也。然較之予所收者墨色匀重，亦打碑者自有不同。得之者當寶藏，蓋書法盡於此矣！石湖居士書。

【題解】

本文未標年月，或與上幅同時題寫，或後先接續題寫，姑並繫於紹熙二年。本文輯自倪濤六藝之一録卷一五七，蘭亭續考卷一、孔凡禮范成大佚著輯存第一三八頁、全宋文卷四九八二均録本文。

題山谷帖

光風轉蕙，泛崇蘭些〔一〕。此山谷先生小楷氣象。

【題解】

本文作年難以確考。本文輯自汪珂玉珊瑚網法書卷五著録山谷楷書趙景道帖并絶句詩八首，後附宋人三跋。都穆識云：「宋人三跋中，有石湖居士者，予鄉先生范文穆公至能也。正德庚午春三月，前進士吳門都穆。」趙琦美趙氏鐵網珊瑚卷四、郁逢慶郁氏書畫題跋記卷二、宋四家真迹、孔凡禮范成大佚著輯存第一三八頁、全宋文卷四九八二均載本文。

【箋注】

〔一〕「光風」二句：語出楚辭宋玉招魂。用形象化的語言評論書法藝術之風格、氣象，乃南朝梁袁昂之創舉，其古今書評評索靖書：「如飄風忽舉，鷙鳥乍飛。」評衛恒書：「如插花美女，舞笑鏡臺。」唐人效之。石湖用「光風」二句形容黄庭堅書法之氣象，妙極。

跋山谷帖

山谷晚年書法大成，如此帖毫髮無遺恨矣。心手和調，筆墨又如人意，譬泰豆之御，内得於中，外合馬志，六轡沃若，兩驂如舞，錫鸞肅雍，自應武象，莫不入馳驅之範，亦詭遇者之所知也。范成大至能題於此。

【題解】

本文作年難以確考。本文輯自朱存理珊瑚木難卷三「山谷真迹」，卞永譽式古堂書畫彙考卷一一、全宋文卷四九八三均載本文。朱存理記載，這幅山谷真迹，名爲經伏波神祠，是黄庭堅在元祐中書寫的劉禹錫伏波廟詩，下載張孝祥和范成大兩跋。張和范同是紹興二十四年進士，書法齊名，人稱「張范」。張孝祥跋云：「張孝祥安國氏，觀於南郡衛公堂上，信一代奇筆也。」養正善藏之，乾道戊子八月十日。」戊子，乾道四年，范成大於本年知處州，七月赴任，八月至郡，石湖桂林中秋賦序云：「戊子守括蒼。」則八月十五日人在處州。石湖不可能與張孝祥同時觀賞山谷真迹，且張跋亦未提及。據朱存理附書，此卷後歸崑山張大參敬之，明代歸沈石田氏。

樂庵語録跋

樂庵先生少年豪放任俠，抵掌功名之場。及其獨抱聖經，坐進此道，遂知死生之説，於去來起滅之際，逍遥如此，蓋所謂未有天地自古固存者。先生既自得之，彼去來生滅，特旁觀所見云爾。何足以闚先生之具，况諄諄遺令之細耶！石湖范成大書。

【題解】

本文作年難以確考。本文輯自樂庵語録卷首，全宋文卷四九八三亦録。

跋米元章臨王獻之帖

元章少時書法蓋自沈傳師，後始入大令之室，結體超軼，一用其筆意。此帖元章所作㊀，臨池用工如此。晚年放恣，自成一家，不復作此狡獪變化矣。

【校記】

㊀此帖：清河書畫舫作「此卷」。所作：書畫舫作「所模」。

【題解】

本文作年難以確考。本文輯自古今事文類聚別集卷一二，全宋文卷四九八三亦録，題參全宋文擬。本文亦見張丑清河書畫舫卷九下引米南宮外集，實乃范成大跋語。

跋米禮部行草

米禮部行草，政用大令筆意，稍跌宕，遂自成一家。後生習米者，但得其踰繩越契之風，則善學柳下惠者也。范成大跋。

【題解】

本文作年難以確考。本文輯自張丑清河書畫舫卷九下「米芾」條。全宋文卷四九八三有録。米禮部，即米芾，蔡肇故宋禮部員外郎米海嶽先生墓誌銘：「公諱芾，字元章，世居太原，後徙襄陽。……過潤州，愛其江山，遂定居焉。作庵城東，號海嶽，日咏哦其間，爲吾州佳絶之觀。」

跋山谷臨顔書

前輩多宗顔魯公楷法，後來自變，成一家耳。山谷尤於顔有所得，蓋專作顔體，不問得意與否。學書當有源流，觀人書亦當知源流，未易輕置議也。

【題解】

本文作年難以確考。本文輯自古今事文類聚別集卷一二，全宋文卷四九八三有録。

跋道君皇帝題宣和殿圖後

自玉階及紅雲法駕之後，以至六小樓，意趣超絶，形容高妙，必夢遊帝所者仿佛得之，非世間俗史意匠可到。明窗凈几，盡卷展玩，怳然便覺身在九霄三景之上。

【題解】

本文作年難以確考。本文輯自劉昌詩蘆蒲筆記卷九，全宋文卷四九八三有録。道君皇帝，即宋徽宗趙佶，鄧椿畫繼卷一：「徽宗皇帝，天縱將聖，藝極於神，即位未幾，因公宰奉清閑之宴，顧謂之曰：『朕萬幾餘暇，别無外好，惟好畫耳。』……獨於翎毛，尤爲注意，多以生漆點睛，隱然豆許，高出紙素，幾欲活動，衆史莫能也。……已而又製奇峰散綺圖，意匠天成，工奪造化，妙外之趣，咫尺千里。其晴巒疊秀，則閬風群玉也。明霞紓彩，則天漢銀潢也。飛觀倚空，則仙人樓居也。至於祥光瑞氣，浮動於縹緲之間，使覽之者欲跨汗漫，登蓬瀛，飄飄焉，嶢嶢焉，若投六合而隘九州也。」然畫史諸書未見有趙佶畫宣和殿之記載。本文文字，與范成大詩集卷三二白玉樓步虚詞六首序，有相仿佛者，如：「趙從善示余玉樓圖，其前玉階一道，橫跨緑霄，中琪樹垂珠網，夾階兩傍。緑霄之外，周以玉闌，闌外方是碧落。……紅雲自東來，雲中虚皇乘玉輅，駕兩金龍。……又有小玉樓六，其制如前。寶光祥雲，前後蔽虧，或隱或現。……此畫運思超絶，必夢遊帝所者髣髴得之，非世間俗史意匠可到。明窗净几，盡卷展玩，恍然便覺身在九霄三景之上。」文字雷同若此，實有可疑。

跋司馬温公帖

世傳字書似其爲人，亦不必皆然。杜正獻之嚴整〔一〕，而好作草聖；王文正之沉毅〔二〕，而筆意瀟落，攲側有態，豈皆似其人哉？惟温公則幾耳。開卷儼然，使人加敬，邪僻之心都盡，而況於親炙之者乎！

【題解】

本文作年無考。本文輯自永樂大典卷三〇〇〇，山堂肆考卷一三三、古今事文類聚别集卷一二、孔凡禮范成大佚著輯存第一三九頁、全宋文卷四九八三均録本文。

【箋注】

〔一〕杜正獻：即杜衍，字世昌，越州山陰人，善草書。官至宰相，卒，謚正獻，宋史卷三一〇有傳。宣和書譜卷一九草書：「文臣杜衍，字世昌，越州山陰人。……韓琦嘗以詩謝其書，云：『因書乞得字數幅，伯英筋骨羲之膚。』其爲當時所重如此。」書史會要卷六：「杜衍，字世昌……謚正獻。好翰墨，至暮年以草書爲得意，喜與婿蘇舜欽論書。」

〔二〕王文正：即王安石，字介甫，撫州人，退相時進荆國公，謚曰文，追封舒王。宋史卷三二七有傳。宣和書譜卷一二行書：「舒王王安石，字介甫，本撫州人。……而評其書者謂：得晉宋人用筆法，美而不夭饒，秀而不枯瘁，自是一世翰墨之英雄。」書史會要卷六：「王安石，字介甫……黄庭堅曰：荆公率意而作，本不求工而蕭散閒遠，如高人勝士。」宋另有王旦，謚文正，然不善書。

跋婺源硯譜

龍尾刷絲〔一〕，秀潤玉質，天下硯石第一。今其坑塞已數年㈠，大木生之，不復可取。或因洪水漂薄，沙礫間得異時斧鑿之餘，至瑣碎者亦治爲硯，縱横不盈二三寸，稍大者即是故家所藏舊物，士大夫既罕得見，故能察識者少，而遂以端石爲貴。端石絶品猶不能大勝刷絲，東坡鳳味硯銘云〔二〕：「坐令龍尾羞牛後㊁。」此乃武夷灘石，那得度龍尾前！一時謔語，非確語也。

【校記】

㊀ 坑塞已數年：「坑」字原作「冗」，今據新安志卷一〇引歙研説改。數年：黄氏日鈔作「數十年」，近是。

㊁ 牛後：原作「牛尾」，據蘇軾鳳咮硯銘改。

【題解】

本文作年難以確考。本文輯自古今事文類聚别集卷一四，全宋文卷四九八三人有録。黄震黄氏日鈔卷六七録節文，孔凡禮范成大佚著輯存第一四〇頁録黄氏節文。婺源硯譜，即婺源研圖譜，唐積著，新安志卷一〇「叙雜説・研」：「婺源研，在唐開元中，因獵人葉氏逐獸至長城里，見壘石如城，壘狀瑩潔可愛，因攜之以歸，刊粗成研，温潤大過端溪者。後數世葉氏諸孫持以與令，令愛之，訪得匠手，琢爲研，由是天下始傳。」

【箋注】

〔一〕龍尾刷絲：龍尾，龍尾硯，徽州産。新安志卷一〇引蘇易簡文房四譜：「今徽州之山有石，俗謂之龍尾石，亦亞於端，若得其石心，巧匠就而琢之，貯水之處圓轉如渦旋，可愛。」又引歙研説：「按圖經，龍尾山在婺源縣長城里，今雖多故坑，無有石出。環縣皆山也，石雖出他山，實龍尾之支脈，俱得謂之龍尾。」刷絲，刷絲硯，徽州歙縣産。新安志卷一〇引辨歙石説：「歙縣出刷絲研，甚好，但文理太分明，無羅文，間有白路、白點者是。」

〔二〕東坡鳳咮硯銘：即蘇軾硯銘九首鳳咮硯銘，胡仔苕溪漁隱叢話前集卷四六：「東坡鳳咮古研銘云：『帝規武夷作茶囿，山爲孤鳳翔且嗅。下集芝田啄瓊玖，玉乳金沙散虛竇。殘嶂斷壁澤而黝，治爲書研美無有。至珍驚世初莫售，黑眉黄眼争妍陋。蘇子一見名鳳咮，坐令龍尾羞牛後。』余至富沙，按其地里，武夷在富沙之西，隸崇安縣，去城二百餘里。北苑在富沙之北，隸建安縣，去城二十五里。北苑乃龍焙，每歲造貢茶之處，即與武夷相去遠甚。其言『帝規武夷作茶囿』者，非也。想當時傳聞不審，又以武夷山爲鳳凰山，故有『山爲孤鳳翔且嗅』之句。其實北苑茶山，乃名鳳凰山也。北苑土色膏腴，山宜植茶，石殊少，亦頑燥，非硯材。余屢至北苑，詢之土人，初未嘗以此石爲硯，方悟東坡爲人所誑耳。若劍浦黯淡有一種石，黑眉黄眼，自舊人以爲研，余意鳳咮硯必此灘之石，然亦與武夷相去遠矣。」

跋加味平胃散方

本法專辟不正之氣。夷堅志言：孫九鼎遇故人鬼云：遇我，當小疾，服平胃散即無苦，則其辟不正可知。晉有南陽宗定伯，夜逢鬼，鬼問誰？詐曰：「我亦鬼，且新死，未知何所惡？」曰：「不喜唾。」因負鬼急持之。化爲羊，恐其變化，大唾之，賣得千錢。鬼猶畏唾，況乎胃散乎！

【題解】

本文作年無考。本文輯自黄震黄氏日鈔卷六七，孔凡禮范成大佚著輯存第一四〇頁、全宋文卷四九八三均録本文。

跋一

石耳生巖石面目處㊀，性温有補。

【校記】

㊀面目處：「目」，孔凡禮范成大佚著輯存案：「疑爲日字之誤。」全宋文校：「疑作日。」

【題解】

本文作年難以確考。本文輯自黄震黄氏日鈔卷六七，孔凡禮范成大佚著輯存第一四一頁、全宋文卷四九八三均録本文。

跋　二

石曼卿真書大字妙天下。

【題解】

本文作年難以確考。本文輯自黄震黄氏日鈔卷六七，孔凡禮范成大佚著輯存第一四一頁、全宋文卷四九八三均録本文。石曼卿，即石延年，厲鶚宋詩紀事卷一〇：「石延年，字曼卿，一字安仁，其先幽州人。家宋城。真宗録三舉進士，爲三班奉職。歷太子中允、同判登聞鼓院。有集。」宣和書譜卷六：「文臣石延年，字曼卿，本幽州人，官至太子中允、秘閣校理。……文詞筆墨，照映流輩，得之者不異南金大貝，以爲珍藏，其正書入妙品。」

跋　三

碑石未泐者具在。好奇之士乃專倣刻文刓剥之處，以握筆滞思作羸尫頹靡之體，僅成字形，以爲古意。

【題解】

本文作年難以確考。本文輯自黄震黄氏日鈔卷六七，孔凡禮范成大佚著輯存第一四一頁、全宋文卷四九八三均録本文。孔凡禮按：「古意後，黄氏謂：愚謂石湖此語爲漢隸也，今之學古文者亦然。」

跋詛楚文

詛楚文當惠文王之世，則小篆非出李斯〔一〕。

【題解】

本文作年難考。本文輯自黄震黄氏日鈔卷六七，孔凡禮范成大佚著輯存第一四一頁、全宋文卷四九八三亦録本文。詛楚文，戰國時，秦昭襄王詛楚頃襄王之罪於神之文，歐陽修集古録跋尾卷一：「右秦祀巫咸神文，今流俗謂之詛楚文。其言首述秦穆公與楚成王事，遂及楚王熊相之罪。」按，楚懷王、頃襄王當秦文惠王及昭襄王時，秦楚屢相攻伐，故石湖言「詛楚文當惠文王之世」。

【箋注】

〔一〕「則小篆」句：小篆出於李斯，見於前代之書論中，唐李嗣真書品後：「逸品五人。李斯，小篆。右小篆之精，古今妙絶。」竇臮述書賦：「周、秦、漢之三賢，余目驗之所先，石雖貞而云亡，紙可寄而保傳。」注：「李斯，上蔡人，終秦丞相，作小篆，書嶧山碑。」宣和書譜卷二「篆書叙論」云：「小篆則又出於大篆之法，改省其筆畫而爲之，其爲小篆之祖，實自李斯始。然以秦穆公時詛楚文考之，則字形真是小篆。疑小篆已見於往古，而人未之宗師，獨李斯擅有其名。」

跋東坡詩

東坡切韻詩，「寄作詩孫符」，集中不載。符，字仲虎，位至尚書，其子名山，字壽甫。

【題解】

本文作年難以確考。本文輯自黄震黄氏日鈔卷六七，孔凡禮范成大佚著輯存第一四二頁、全宋文卷四九八三均録本文。

跋東坡墨迹

事勢迫切，不若付死生禍福於無何有之鄉，雖至大故不亂，雖非得道，去道不遠。

【題解】

本文作年難以確考。本文輯自黄震黄氏日鈔卷六七，孔凡禮范成大佚著輯存第一四二頁、全宋文卷四九八三均録本文。跋語前，黄震云：「東坡船上曲江，遇灘瀨，欹側，士無人色，坡獨作字不少衰。曰：吾更變多矣。置筆而起，終不能一事，孰與且作字乎？石湖注云。」跋語後又云：「愚謂：坡公定力如山石，石湖發明盡之。惜雖非得道之語，溺異端耳。平生所行者道，道豈别有一物，而得之空虚耶！余先君子嘗言，無事時小心，有事時大膽，可以受用。」孔凡禮案：「元虞集道園學古録卷四十題蘇文忠公詩帖，有『此卷坡書及石湖跋，皆真無疑』之語。石湖之跋，不知是否即此跋。」

跋獨孤及論季札潔己之禍

秉節之士，各有所安。

【題解】

本文作年難以確考。本文輯自黄震黄氏日鈔卷六七，孔凡禮范成大佚著輯存第一四二頁、全宋文卷四九八三均録本文。獨孤及（七二五—七七七），字及之，洛陽人。唐玄宗天寶十三載，中洞曉玄經科，授華陰尉，歷參浙東節度使、江淮都統幕。代宗時，徵爲左拾遺，遷太常博士、禮吏二部員外郎。大曆時出爲濠、舒、常三州刺史。卒謚憲。他工古文，與蕭穎士、李華等倡導古文。亦善詩。今存毗陵集二十卷。新唐書有傳。石湖所論内容，出獨孤及吴季子札論，見全唐文卷三八九。

跋歐陽詹自明誠論

歐陽詹自明誠論謂：尹喜自明誠而長生，公孫洪自明誠而公卿，張子房自明誠而輔劉，公孫鞅自明誠而佐嬴。不知詹所謂誠者何物？

【題解】

本文作年難以確考。本文輯自黄震黄氏日鈔卷六七，孔凡禮范成大佚著輯存第一四三頁、全宋文卷四九八三均有録。歐陽詹，字行周，泉州晉江人。德宗貞元八年中進士，爲國子監四門助教，卒年僅四十餘歲。工詩文，韓愈稱道他「志於古文」、「文章深切，喜往復，善自道」。歐陽詹自明誠論載全唐文卷五九八，文云：「自性達物曰誠，自學達誠曰明。上聖述誠以啓明，其次考明以得誠，苟非將聖，未有不由明而致誠者，文武周孔，自性而誠者也。」又曰：「明之於誠，猶玉待琢，器用於是乎成。故曰：玉不琢，不成器；人不學，不知道。器者，隱於不琢而見於琢者也。誠者，隱於不明而見於明者也。無有琢玉而不成器，用明而不至誠焉。嗚呼，既明且誠，施之身，可以正百行而通神明；處之家，可以事父母而親弟兄；遊於鄉，可以睦閭里而寧訟争；行於國，可以輯群臣而子黎甿；立於朝，可以上下序；據於天下，可以教化平。」石湖文中「尹喜」以下四句，均爲歐文之成句。

范石湖集輯佚卷十　記

范村記

范村者，杜光庭神仙感遇傳云：「唐乾符中，吳民胡六子與其徒泛海，迷失道，漂流數日，至一山下，即登岸謀食，居人皆以禮相接，甚有情義，問此何許？則曰范村也，當見山長。引行至山頂，可十里所，花木夾道，風景清穆，宫室宏麗，侍者森列。一叟坐堂上，命客升階，與語曰：『吾越相也，得道長生，居此歲久。山下皆吾子孫，相承已數十世。念汝遠來，當以回飈相送。』比下，居人餽以糧糗。解維，風便，俄頃達西岸。時高駢鎮淮南，聞之，招六子，補六合鎮將。始以所見爲人言之。」光庭之傳云爾。惟吾家陶朱公，用人之國，勳業蓋世，越之君臣，方將社而稷之；乃不俟終日，櫂扁舟而去。迹其行事，天壤一人而已。世無神仙，可也；有之，非公誰宜仙者！列仙傳又謂公嘗賣藥蘭陵，彼人累代見之。范村豈其所定居耶？某奉祠還鄉，家西河之上，距海財百里，追懷祖武，想像仙山，月生潮來，悠然東望，煙雲晻藹，去人不遠。會舍南小圃適成，輒以范村名之。圃中作重奎之堂，敬奉至尊壽聖皇帝、皇帝所賜神翰，勒之琬琰藏焉。四傍各以數椽爲便坐。梅曰凌寒，海棠曰花仙，酴醿洞中曰方壺，衆芳雜植曰雲露。其後庵廬曰山長，蓋瓦不足，參以蓬茅。雖不能如昔村之華，於雲來家事，不啻侈矣。噫！陶朱公渡兵江淮，震曜中國，分地以賜諸侯，功大名顯，貴隆富盛，備福之極，度世而仙。昔村所有如此，今無一焉，獨不愧斯名乎？雖然，公所成就固烈矣，而心危慮深，未及飲至，舍爵，半塗騰逝，變姓掃迹，以二十年之成謀而莫之一朝居焉。某不肖，生值聖世，饕竊名禄，無以報塞萬分，上恩天載，扶持全安之，老而歸休，猶得宿衛兩朝，賜書於家林之下，婆娑日涉，常在雲漢昭回中，榮光所被，燕及猿鶴，此則昔村所無而今之所有，僑立斯名，亦尚無愧。按周元王五年，越入吳，陶朱公於是去國；後千三百五十年，當唐乾符六年，范村之名始聞於世；又三百二十年，實皇宋紹熙初元，歲在庚戌，某遂以范村名其圃。上下垂千七百年，其傳遠矣！杜元凱謂范氏世爲興家，斯言猶信。後之人倘能長保此居，則村名之傳，又不知其幾世幾年乎！書之壁以示同姓。是歲二月望日記。

【題解】

本文輯自永樂大典卷三五七九，孔凡禮范成大佚著輯存第一六三頁、全宋文卷四九八四均載錄。石湖之經營范村，是淳熙十三四年間事，而寫作范村記，則在紹興元年（一一三一）。石湖梅譜序：「余於石湖玉雪坡，既有梅數百本。比年，又於舍南買王氏僦舍七十楹，盡拆除之，治爲范村，以其地三分之一與梅。」卷二八有送遂寧何道士自潭湘歸蜀，詩作於淳熙十四年，詩云：「山黄水濁湖南路，竹月荷風憶范村。」可知范村之經營當在淳熙十三四年。關於范村之經營、位置，周必大、姜夔都有描述。周必大神道碑：「先以石湖稍遠，不能日涉，即城居之南别營一圃，閲杜光庭神仙傳，記胡六子自崑山風海至范老村遇陶朱公事，大喜曰：『此吾里吾宗故事，不可失也！』題曰『范村』，刻兩朝賜書於堂上，榜曰『重奎』。其北又葺古桃花塢，往來其間。」姜夔玉梅令詞，題下自注：「高平調。石湖家自製此聲，未有語實之，命予作。石湖宅南，隔河有圃，曰范村，梅開雪落，竹院深静。而石湖畏寒不出，故戲及之。」詞云：「疏疏雪片，散入溪南苑。春寒鎖、舊家亭館。有玉梅幾樹，背立怨東風，高花未吐，暗香已遠。公來領略，梅花能勸：花長好，願公更健！便揉春爲酒，翦雪作新詩，拚一日，繞花千轉。」

舍蓋堂記

徽在江左，多名山，少平陸，州所治衡從不能十里，而陵衍猶相半。坦然砥如者，太守之居而已。浙新安江枝而西，屬之休陽，山益叢，美楙生之，斧斤所材。浮歙浦，入於濤江，以輸行都，當匠鄉費什八，而徽人顧不事華屋，雖仙佛之廬，廑支壓傾，不可風雨，其能獨以壯麗稱者，亦莫如太守之居，而東序之正寢尤其奐焉者也。寢成之二十五年，前守怵於物怪之説，棄去弗處，後皆因之，闃無足音㈠，又十七年而當紹興己卯，番陽洪公實來典城。明年正月，既報政，爲廣厦遂廢可惜，乃規以爲便坐，易其面勢，賓出日，撤兩翼之重檐以納光景，洞三隅之複壁，使可羅胡牀數十，與諸吏及四方之賓客共之，避而不專鄉，故名之曰舍蓋。暇日列觴豆。揮麈劇談，窗户靖深㈡，遠響來答。間登前榮之傑觀，挹山川之神，以稽舊聞。其右則問政、紫陽，群峰綿聯，許、聶蜕蟬之隱居也。左則黄山天齊㈢，雲雨在下，容成子、浮丘公飈車羽輪所往來，烟消日出，猶髣髴其音塵，客之從游者，皆有馭長風籋倒景以方羊天地間意。知有樂乎斯堂，而不知前日之蛛絲鼠壤，空虚幽暗而扃鐍也。初，公以忠臣子擢殊科，登道家山，輒自列去國，天子方以更化，望人命公，至州四千里而遥，有詔肦輔郡符節，引以自近，其不留外。久之，知凡簿書期會之報，宜非所以煩公。然始至之日，不鄙野其吏民，端委聽直無倦容。於是六邑之留獄窒訟皆湊於府，朝案其説，纍牘充棟，數十年弗堅定者，却批窾折㊃，隨刃迎解。狡獪之流雖欲并緣潤辭，以珥筆豪州里，情見勢屈，噤無從發端，訟獄清静而州里宴然。庭中無復事，從容燕居於斯堂之上，而其民歡欣歌舞於溪山千里之外，惟恐外之。百須儉陋，而不足以安公，聞其登新堂而樂，則相與傳舍蓋之名而珍之，以爲琳房綺寮，神仙之居，徒以公在焉故也。嗚呼！孟子所謂賢者而後樂此者幾是歟？公書於隸尤工，得先魏古法，鍾繇、元常而下無譏也。堂既名，大書其榜，屬參軍事范成大爲之記。後之來者覽觀心畫之妙，而咨製名之意，必有指斯名而告者焉。

【校記】

㊀ 闃：原作「間」，全宋文據宋本方輿勝覽改。從之。

㊁ 窗户靖深：原作「旨遠情深」，全宋文據宋本方輿勝覽改。從之。

㊂ 則：原作「在」，全宋文據宋本方輿勝覽改。從之。

㊃ 窾：原作「竅」，全宋文據宋本方輿勝覽改。從之。

【題解】

本文作於紹興三十年（一一六〇），時在新安掾任上。舍蓋堂，徽州州衙内堂名，洪适葺治之，屬范成大爲之記。新安志卷一「官府」：「先是，累數守以正堂爲不利，避弗居。至丞相洪公乃敞之，以御賓客，致尊賢之意，號舍蓋堂。」輿地紀勝卷二〇江南東路徽州景物下：「舍蓋堂，即州衙正堂，累守以正堂不利，避弗居。至丞相洪公乃敞之，以致尊賢之意，號舍蓋堂。」康熙徽州府志卷二：「舍蓋堂，在府治後。……鄱陽洪适典郡之明年建。以延四方往來之士。范成大有記。」本文輯自方輿勝覽卷一六，全宋文卷四九八三録之。

瞻儀堂記

吴自置守以來，仍古大國，世爲名郡。又當東南水會，外暨百粤，中屬之江淮，四方賓客行李之往來，畢上謁戲下，願見東道主，城門之軌深焉。稻田膏沃，民生其間實繁，井邑如雲煙，物夥事穰，有司程文書應言府者以千萬計〔一〕。奉使命大夫行部，第郡課，必致詳於吴。以視列城，其雄劇如此。夜漏未盡，太守坐堂上，主吏賓客旅進退，語言面目，不暇相孰何。平明，乃得據案聽諸曹白事，率常旰食。有頃，它客與報期會者，又至如前。雖精力過絶人，其勢亦出甚勞，而後能善治。故吴郡虎符，非名德士若已至大官者不以盼。去之數十百年，長老猶以爲記。至藏去繪像，畏愛之如一日。鄱陽洪公之以内相典城也，乃規東序之間屋爲堂，取凡公私所藏故侯之像，頗補其闕遺，列畫其上，又采韓退之廟學碑語〔二〕，名之曰瞻儀，而命州民范成大詞而識諸石。竊嘗觀郡國方志與耆舊風土之書，既備載山川土疆郛郭所在，必論次前世賢守長爵里姓字之大略著於篇，謂君子嘗居之。其地政僻陋，猶借此以爲寵。今吾州不獨能志其人，而肖貌具在，章綬相輝，凜凜如對生面，它郡未聞有此。雖大府地重，多顯者來，自有以不没；抑吴人習於親上，至久遠且弗弭忘，氣俗之媺舊矣，洪公蓋始表出之，盛事固不宜無紀。然公實以紹興辛巳夏五月至郡。是歲北虜謀畔盟，積甲並塞，使行人來啓兵端，又造舟東海上，將數道入寇。天子赫怒，大發步騎待邊。分命樓船將督水居之士，營巨浸以直賊衝。吴前當出師通道，後控海浦所從入，烽堠相望，羽書疾星火。公聲氣弗爲動，春容頤指，不斂一錢，不籍一夫，機事立決無留行。姦人幸騷摇一逞，心醉叵測，相率遁去。里門晏閒，田間無吠犬；行歌刈熟，不知有軍興。民德公甚，念無以報恩勤，飲食必祝焉。公於艱難時用劇郡，呼吸變故，曾無足以攖道德之威，齒文章之斧斤者，治行冠一世而不自以爲功，若此足矣。顧方帥其吏民以館御諸賢，覽觀裴回，若慕用之云者。夫有餘則毋我，不足者多尚人，君子之德心，豈世俗所能測識者哉？後之人歷階而登，有感於作者之意，疇昔以行能蓋前聞人，其必葺斯堂而嗣其事，壁間之圖，將魚鱗雜襲，至於無窮可也。敢併書之，以風來者。十月九日，左從事郎范成大記。

【校記】

㈠言府：吴都文粹作「官府」。

【題解】

本文作於紹興三十一年（一一六一）十月九日。本文輯自范成大吴郡志卷六，正德姑蘇志卷二二、吴都文粹卷二、光緒蘇州府志、民國吴縣志卷二九、顧沅吴都文編卷四八、孔凡禮范成大佚著輯存第一四八頁、全宋文卷四九八三均載之。瞻儀堂，紹興三十一年郡守洪遵建，范成大吴郡志卷六：「瞻儀堂，舊在廳事之東。紹興三十一年，郡守洪遵建。吴俗貴重太守，來者必繪其像，春秋則陳於齊雲樓之兩挾，令吏民瞻禮。至是洪公恐爲風日所侵，故作此堂藏之。紹熙三年，郡守沈揆，始遷諸像於後圃舊凝香堂中，並其名遷焉。」樓鑰平江府瞻儀堂畫像記（攻媿集卷五五）：「（鄭若容改知平江府）一日，貽書於鑰，謂郡中自至道以迄於今，更郡守一百五十人，率有繪像，舊在齊雲樓兩廡。紹興末年，洪公樞密以内相出守，嘗建瞻儀堂，而列像其中，范公參政爲之記。今又三十六年，繪事故暗，裝潢寖以陊脱。欲繪圖於壁間，良工名筆，一開生面，而以舊像庋之閣上，庶幾可久，子爲我記之。」

【箋注】

〔一〕韓退之廟學碑：即韓愈處州孔子廟碑記，云：「惟此廟學，鄴侯所作。……像圖孔肖，咸在斯堂。以瞻以儀，俾不感忘。後之君子，無廢成美。琢詞碑石，以贊攸始。」

思賢堂記

吴郡治故有思賢亭，以祠韋、白、劉三太守。更兵燼，久之，遂作新堂，名曰三賢。其四年，當紹興辛巳〔一〕，鄱陽洪公，始益以唐王常侍〔二〕、本朝范文正之像，復其舊之名亭者榜焉。先是公以歲五月來臨吾州，繇州南鄙望洞庭，略具區，觀三江五湖之吐吞，濤波聒天，旁無邊垠。而石隄截然浮於巨浸之上，若有鬼神之扶傾，鯨鰲背負而涌以出也。暮夜，人語馬嘶，匈匈不絶。公固已語其人，思常侍之功矣。周覽原田而相其溝防，東南之播於江，東北之委於海者，脈絡釃通，堙蕪滌涂㊀。夏旱易以陂，潦水時至，不能齧渚涯以決汚邪，荒寒化爲麥禾。起景祐，迄今歲，無大祲，於是公又曰：「非文正范公之勤其民者乎？」退而參石記竹書之傳，詳兩賢行事，尚什百於此。韓退之名知言，碑王之墓隧，謂治蘇最天下，蓋遺册僅存於一隄，其變滅無考者，不知幾也。文正自郡召還，遂參永昭陵大政，德業光明，爲宋宗臣，通國之誦曰文正公，而不以姓氏行焉。韋、白、劉之遺愛，邦人既已俎豆之，語在舊碑，尚矣。王、范風烈如此，且有德於吴，宜俱三賢不没，以爲無窮之思，此堂之所爲得名者。嘗謂士才高必自賢，位高或不屑其官，世通患也。洪公〔三〕，忠宣公之子，擢博學宏詞第一，名字滿四海餘二十年。既入翰林爲學士，未幾，自列去〔二〕。甫及里門，制書以左魚來矣。邦人度公且上朝謁，莫能久私公也。然始至之日，咨民所疾苦，退然不自居其智能，亟從掌故吏訪諸賢之舊圖畫，彷彿想見其平生。公既以道學文章命一世，顧有羨於五君子者，意將迹其惠術，講千里之長利以膏雨此民。彼憧憧往來，視桑蔭、趣舍人裝者，慮安肯出此！夫才高而不自賢，位高而滋共其官，盛德事也。斯堂法應得書。會公使來屬筆紀歲月，成大世占名數西郭，樂其州多賢守令之不歉於古也，文正公又吾東家丘焉，竊願託斯堂以誇鄰邦，以爲邑子榮。乃不辭而承公命。八月既望，州民左從事郎范成大記并書。

【校記】

〔一〕涂：吴都文粹作「除」。

〔二〕自列：吴都文粹作「自劾」，義長。

【題解】

本文作於紹興三十一年（一一六一）。文云「八月」，洪遵於三十二年五月離蘇，故當作於三十一年。本文輯自吴郡志卷六、姑蘇志卷二二、道光蘇州府志卷一九、吴都文粹卷二、永樂大典卷七

二三六、孔凡禮范成大佚著輯存一四八頁、全宋文卷四九八三均載之。思賢堂，在吴郡郡治，范成大吴郡志卷六：「思賢堂，舊名思賢亭，以祠韋應物、白居易、劉禹錫，後改曰三賢堂。紹興二十八年郡守蔣璨建。三十二年，郡守洪遵又益以王仲舒及范文正公二像，更名思賢。」龔明之中吴紀聞卷四「思賢堂」條云：「郡齋後舊有思賢堂，以祠韋、白、劉三太守，後更名『三賢』。紹興末，洪内相景嚴爲郡，益以唐王常侍仲舒、本朝范文正之像，復號爲思賢堂，今參政范公作記。」

【箋注】

〔一〕紹興辛巳：宋孝宗紹興三十一年（公元一一六一）。

〔二〕唐王常侍：即王仲舒。王仲舒（七六二—八二三），字弘中，山西太原人。貞元十九年，中賢良方正、直言極諫科制舉，授右拾遺，歷仕右補闕，進禮部、考功、吏部三司員外郎。元和五年，任職方郎中、知制誥，歷峽、婺州刺史，十三年，任蘇州刺史，所至皆有善政，韓愈唐江南西道觀察使王公神道碑稱贊他「政成，爲天下守之最」。范成大吴郡志卷一一「牧守」：「王仲舒，字弘中，自婺州刺史徙蘇州，隄松江爲路，變屋瓦，絶火災。賦調常與民爲期，不擾自辦。」因捐資助修寶帶橋，令名久著。徐崧百城煙水卷三：「寶帶橋，唐刺史王仲舒鬻寶帶助建，故名。」

〔三〕洪公：即洪遵。范成大吴郡志卷一一「題名」：「洪遵，徽猷閣直學士、左朝請郎。紹興三十一年五月到三十二年五月，除翰林學士。」洪遵，字景嚴，紹興十二年博學宏詞科及第，擢秘書省正字，累官翰林學士承旨、同知樞密院事，歷知平江、信州、太平。事見宋史卷三七三本傳。

崑山縣新開塘浦記

隆興二年，浙河以西郡國七大水。吴之屬縣五，崑山爲甚。長老之記，以爲三江、具區古揚州，地勢最下，是爲東南水之所都〔一〕。其東，地益下，爲崑山；又東，愈益下，海也。故崑山常受三江、具區之委以入于海。其野甚平而善淤，霖潦時至，則水多高居，必以衡塘從浦疏瀹四出，然後民得污邪而稼之。今歲久弗濬，塗泥滿溝。夫地愈益下㊀，而脈絡壅底，則其沉澮獨甚於他邑固宜。明年春二月，民大饑且疫，皆仰哺於官。河陽李結次山適爲其邑長〔二〕，私念水利未修，水害亡終窮也。按農田令甲，荒歲得殺工直以募役，乃飾供上之羨，若勸分所得，爲之糗糧、扉屨、畚鍤，號召前仰哺者一夕麕至，濬浦五：曰新洋江〔三〕，曰小虞，曰茜涇，曰下張，曰顧浦。濬塘三：曰郭澤，曰七丫，曰至和〔四〕。五旬而告休㊁。用民之力役，凡十有三萬四千六百有奇，糜緡錢一萬二千有奇，稻麥以鍾計，七千七百有奇，而官儲不知，公徒無所與焉。余時備史官〔五〕，次山使來，匄書以爲記。余聞其土水患舊矣。間者朝議屢欲遣使發縣官錢用諸費以從事，論議藏有司充屋，卒以事大無敢承命者。次山獨能群餓羸之餘嘗試之㊂，其績已不可揜，後有來者。逢年而有餘力，必且思前人之意，彷彿其緒而緝之，隨水之變而爲之救，將終古無後艱，此予之所以欲書者。饑疫之烈也，延緣數十縣，見大夫錯立其間，左奉食，右執飲，嗟餓者於路，窮日力且弗給。方是時，人其敢以從容修廢望其長哉？有能賈瀕死者之餘力以舉是役，君子謂之賢勞，而黯然無傳，僅與不爲者相絕如毛氂耳。事固有屈於一時而伸眉于後，此又余之所以欲書者。所謂至和塘者，是姑蘇道也。異時舟行，財一長亭輒膠，則折入其旁湖泖以達於郡。盜區寒荒亡以衛，不然，遇禍不可勝計。今雖暮夜，猶肆行塘中，如過舟枕席之上，憧憧者身，新蒙其利不可誣㊃，餘雖在絕遠僻陋之濱，以一至和之親見，足以信其餘之可傳，此又余之所以遂書而不辭者。是爲記。乾道元年十二月一日。

【校記】

㊀ 夫：原作「天」，今據洪武蘇州府志、道光蘇州府志改。

㊁ 告休：原作「告體体」，今據洪武蘇州府志、道光蘇州府志改。

㊂ 群：原作「郡」，今據洪武蘇州府志、道光蘇州府志改。

㊃ 新蒙其利：洪武蘇州府志、道光蘇州府志作「親蒙其利」。

【題解】

本文作於乾道元年（一一六五）十二月，時任著作佐郎。本文輯自吴郡文粹續編卷五四，姑蘇志卷二二、洪武蘇州府志卷四八、道光蘇州府志卷一三三、孔凡禮范成大佚著輯存第一五〇頁、全宋文卷四九八三均有録。

【箋注】

〔一〕是爲東南水之所都：朱長文吴郡圖經續記卷下：「地勢傾於東南，而吴之爲境居東南最卑處，故宜多水。昔禹之治水也，因其勢之可決者，疏而爲三江，因其勢之必聚者，瀦而爲五湖，乃底於定，微禹其能不魚乎？」

〔二〕河陽李結次山適爲其邑長：李結於隆興二年、乾道元、二年，適爲崑山縣令。范成象崑山縣新修學記：「乾道改元，河陽李侯爲邦之二年也。」李結，石湖友人，詳見本書卷一〇李次山自畫兩圖其一泛舟湖山之下小女奴坐船頭吹笛其一跨驢渡小橋入深谷各題一絶「題解」。

〔三〕新洋江：朱長文吴郡圖經續記卷上：「新洋江，在崑山縣界。本爲故道，錢氏時嘗浚治之，號曰新洋江，既可排流潦以注松江，又可引江流溉岡身也。」

〔四〕至和：范成大吴郡志卷一九：「至和塘，舊名崑山塘，從古爲湖瀼，多風濤。本朝至道、皇祐中，嘗議興修，不果，至和二年，始修治成塘，遂以年號名塘，有崑山主簿丘與權之記，甚備。」

〔五〕余時備史官：周必大神道碑：「乾道元年三月，升校書郎，六月，兼國史院編修官，十一月遷著作佐郎。」李結派使者求石湖爲記，時石湖爲校書郎兼國史院編修官，故曰「史官」。至寫作本文時，已遷著作佐郎。

新修主簿廳記

州縣之任，古謂之宦遊，豈直以斗升易農而已哉？名山大川，雄尊奇秀之境，從事其間，足以窺覽觀而昌神明㈠，古之君子，固有樂乎此矣。松江太湖，水國之勝，當天下第一。四方好事者想像其處，欲至而無繇。今行臨東南㈡，士大夫假道以奏名場，與夫商賈百族櫂船而逐利者，飈飄相摩，此其人皆有所期會，詉呼争先㈢，亂次以濟，終夜洶洶有聲，其勢豈能少留而一寓目？是雖日過乎前，而與未始至者奚辨？余家吴門，莽蒼在望，又無聲利火馳之役，宜能數遊；而躬耕作苦，正爾少暇日。私念：誠得築室葦間，卜鄰三高，以朝夕於斯，吾樂可勝計耶？乾道丙戌，八月既望，間從容泛舟垂虹，主縣簿高君炳儒適新作治所〔一〕，落其成，余與觀焉。蓋自始役至是，財七十日㈣，而閈閎高昭，牖户靚深，髹繢甓鏝，皆中度程。既聚廬之百須，無一可恨；而爲之讀書之齋，休坐之堂，修竹繞圍，光景瀟然。所謂垂虹者，乃在其旁數十百步耳。夫出有江湖之趣，居有清燕之適，此固古之君子宦遊之樂，而余素願朝夕於斯而不可得者。炳儒之職，會計當而已，無催科敲扑之煩，奔命將迎之勞，而有可樂者如此，於是求文以爲識。余聞漢高士不爲主簿，孫子巖徙舍而有喜色。士未遭，隨所寓而安，其可愧者，不立我也㊄。炳儒有文學行誼，而不卑其官，又作意而新之，視祭竈請比鄰有加焉，其志固未易量。姑爲叙其所可樂，以告後之賢者使共之。明年二月一日，順陽范成大記并書。左迪功郎平江府吴江縣主簿、主管學事，四明高文虎建。

【校記】

㊀ 窺覽觀：吴都文粹作「窮覽觀」。

㊁ 今行臨東南：吴都文粹作「今行在臨東南」。

㊂ 詘呼：吴都文粹作「躑呼」。

㊃ 財：吴都文粹作「才」。

㊄ 立：吴都文粹作「在」。

【題解】

本文作於乾道三年（一一六七）。本文輯自吴郡志卷三七，姑蘇志卷二三、吴都文粹卷九、孔凡禮范成大佚著輯存第一五一頁、全宋文卷四九八四均載之。本文所記之主簿廳，在吴江縣，吴郡志卷三七：「吴江縣，在州南四十里。主簿廳，在縣之西。」蘇州府志卷一四二金石三吴江縣：「新修吴江主簿廳記，范成大撰并書，乾道三年二月。」高文虎曾名該廳堂爲「曾程堂」，請李處全爲之記。文載吴郡志卷三七。李處全曾程堂記：「余同年友高君炳儒，主吴江縣簿之二年。既請於府縣，以新治舍。又即其西，作堂三楹，爲退食之所。規制穩密，不庳不隆。榜之曰『曾程』，以禮部尚書贛川曾公楙，中書舍人信安程公俱，嘗爲此官，示尊賢也。且屬余記之。余幼侍先君，獲拜二公席。益知其文章議論，軒輊一時，在京師已嶄嶄有人望。曾公既登華近，而程公亦賜第擢館閣，迄爲中興第一流，先後典内外制。渡江文物，追配中原，二公有助焉。其去此雖遠，而流風遺迹猶或可考。尚友昔人，炳儒得之矣。炳儒行終更去，一紙書入光範門，諸公當争挽致之。由西垣入北扉，丹青帝謨，鼓舞郡聽，則於二公何羨。雖然，孔子之賢賢，孟子之論世，其尊德樂道之風，可少廢邪？後之君子，將有取於斯文。乾道三年四月朔日，贊皇李處全記。」

【箋注】

〔一〕高君炳儒：即高文虎，字炳如，又字炳儒，四明人，禮部侍郎閌之從子。登紹興三十年（一一六〇）進士，調平江府吴興縣主簿。數年後調任吴江縣主簿。曾從曾幾學，聞見博洽。歷仕太學博士、國子祭酒、中書舍人，翰林學士，屢兼史職。韓侂胄用事，諂事之，與胡紘合黨，共攻道學，困遏天下士。宋史卷三九四有傳。

三高祠記

乾道三年二月，吴江縣新作三高祠成〔一〕。三高者，越上將軍姓范氏，是爲鴟夷子皮；晉大司馬東曹掾姓張氏，是爲江東步兵，唐贈右補闕姓陸氏，是爲甫里先生。三君生不並世，而鴟夷子皮又嘗一用人之國，功大名顯而去之；季鷹、魯望蕭然臞儒，使有爲於當年，其所成就，固不可隃度。要皆以得道見微、脱屣天刑、清風峻節，相望於松江太湖之上，故天下同高之。而吴江之人，獨私得奉烝嘗以誇於四方，若曰：此吾東家丘云爾。邑大夫趙伯虚以故祠偪陋，將改作；鄉老王份獻其地雪灘，乃築堂其上，告遷而奠焉，且屬石湖范成大爲之辭。噫！不有君子，其能國乎？今乃自放寂寞之濱，掉頭而弗顧，人又從而以爲高，此豈盛際之所願哉？後之人高三君之風，而跡其所以去，爲世道計者，可以懼矣。至於豪傑之士，或肆志乎軒冕，宴安留連，卒悔於後者，亦將有感於斯堂，而成大何足以述之？然屈平既從彭咸，而桂叢之賦，猶招隱士，疑若隱處林薄，不死而仙；況如三君蟬蛻溷濁得全於天者！嘗試倚楹而望：水光浮天，雲日下上，風帆煙篷，飄忽晦明，意必往來其間，成大亦何足以見之！姑效小山，作歌三章以招焉，遂從而歌之曰：「若有人兮扁舟，撫湖海兮遠遊。衆芳媚兮高丘，忽獨君兮不可留。長風積兮浪波白，蕩摇空明兮南極一色。鏡萬里兮鞭魚龍，列星烈烈兮其下孤蓬。眇顧懷兮斯路，與涼月兮入滄浦。戰争蝸角兮昨夢一笑，水雲得意兮垂虹可以檥櫂。仙之人兮壽無期，樂哉垂虹兮去復來。」載歌曰：「若有人兮横大江，秋風起兮歸故鄉。鴻冥飛兮白鷗舞，吴波鱗鱗兮而在下。嗟人胡爲兮天地四方，美無度兮吾之土。膾修鱸兮雪霏，登菰蓴兮芼之。水仙縯兮胥命，君可望兮不可追。頹倒景兮揮碧寥，娭燕息兮江之皋。菉蘋堂兮廡杜若，一杯之酒兮我爲君酌。」又歌曰：「若有人兮北江之渚，披雲而晞兮頮煙雨。菊莎兮杞棘，歲畹晚兮何以續君食！佪五鼎兮腥腐，羞三泉兮終古。千秋風露兮歸來故墟，月明無人兮蒼石與語。牛宫洳兮生蒲荷，潮西東兮下田一波。訪南涇兮鄰曲，山川良是兮邱壟多稼。九畹兮今其刈，聊春容兮兹里。」是歲六月既望，書遺邑人，使習以侑祠。伯虚請，遂以爲記〔三〕。

【題解】

本文作於乾道三年（一一六七）六月。本文輯自吳郡志卷一三，吳都文粹卷三、姑蘇志卷二八、南宋文範卷四三、孔凡禮范成大佚著輯存、全宋文卷四九八四均有録。周密齊東野語卷一六「三高亭記改本」條，録石湖本記之手稿。今録其全文，不另作校記，便與今傳本參讀之：「三高亭，天下絶景也，石湖老仙一記，亦天下奇筆也。余嘗見當時手藁，揩摩抉剔，如洗玉浣錦，信前輩作文不憚於改如此。因詳書於此，與同志評之。記云：『乾道三年二月，吳江縣新作三高祠成。三高者：越上將軍姓范氏，是爲鴟夷子皮；晉大司馬東曹椽姓張氏，是爲江東步兵；唐贈右補闕姓陸氏，是爲甫里先生。三君者不並世，而鴟夷子皮又嘗一用人之國，名大功顯而去之。季鷹、魯望，蕭然臞儒。使有爲於當年，其所成就，固不可渝度。要皆得道見微，脱屣天刑，清風峻節，相望於松江、太湖之上，故天下同高之。而吳江之邑人，獨私得奉烝嘗以夸於四方，若曰吾東家邱云爾。邑大夫趙伯虛勤勞其邑，百廢具舉，以故祠爲陋，將改作，於是歸老之士鄉老王份，獻其地雪灘，左具區，右笠澤，號稱勝絶。乃築堂於其上，告遷於像而奠焉。又屬石湖郡人范成大爲之辭（識）。噫！（傳曰。）不有君子，其能國乎？今乃自放寂寞之濱，掉頭而弗顧，人又從而以爲高，豈盛際之所願哉！後之人高三君之風，而跡（尚論）其所以去，爲世道計者，可以懼思過半矣。至於豪傑之士，或肆志乎軒冕（尸祝而社稷莫之能説），宴安流連，卒悔於後者，亦將有感於斯堂，而某何足以述之？然（獨嘗怪）屈平既（淵潛以）從彭咸，而桂叢之賦，猶召隱士（淮南小山猶爲作隱士之賦。）疑若幽隱處林薄，不死而仙。况如三君蟬蛻溷濁，得全於天者。嘗試倚楹而望，水光浮空，雲日下上，風颿烟艇，飄忽晦明。意必往來其間（某），何足以見之，故效（援）小山（故事）作歌三章以招焉。遂從而歌曰：「若有人兮扁舟，憮亂五湖兮遠遊，衆芳媚兮高丘，獨君兮不可留。長風積兮波浪白（吹澤國），蕩摇空明兮南北一色（浪波稽天兮南北一色）。鏡萬里蕩空碧兮鞭魚龍，列星熌熌兮一下其孤蓬，渺顧懷兮斯路，與涼月兮入滄浦（君之旂兮獵獵，紅梁千丈兮可以艤楫。餞東流兮悵雲海，悠悠我思兮君無遠邁）。戰争蝸角兮昨夢一笑，水雲得意兮垂虹可以艤棹。仙之人兮壽無涯，樂哉垂虹兮去復來。」載歌曰：「若有人兮横大江，秋風起兮歸故鄉。鴻冥飛兮白鷗舞，吴波鱗鱗兮在下。嗟人胡爲兮天地四方，樂莫樂兮美無度兮吾之土。膾修鱸兮雪飛，登菰蓴兮芼之。水仙濱兮胥命，君可望兮不可追（驅疾霆兮駟奔雲，宛一息江之濱）。頩倒景兮揮碧，寥嫔宴息兮江之皋。菉蘋堂兮廡杜若，一杯之酒兮我爲君酌。」又歌曰：「若有一人兮北江之渚，披雪而晞兮頮烟雨。緑蔬兮莎棘，歲婉晚兮何以續君食。偭五鼎兮腥腐，羞三（石）泉兮終古（鳥烏飛兮擇君屋，歸來故墟兮蒼烟疎木。擢笠澤兮徑秋荷，漭洞庭兮一波。訪故人兮安在？）千秋風露兮歸來故墟，月明無人兮蒼石與語。牛宫洳兮生蒲荷，潮西東兮下田一波。訪南涇兮鄰曲，山川良是兮丘壠。多稼（石田）九畹兮今其刈，聊春容兮兹里。」』不見初草，何以知後作之功，觀前輩著述，而探其用意改定，思過半矣。」後人對范成大三高祠記評價甚高，吴江縣志卷四五藝文載此作，文末注：「徐志云：此碑，文既雅馴，書亦工美，小邑中珍物也。」樓鑰讀范吏部三高祠堂記（攻媿集卷一）：「三高之風天與高，三高之靈或可招。

山以後無此作，具區笠澤空寥寥。幾從垂虹蕩雙槳，寓目滄浪獨怊悵。筆端不倒三峽流，欲遽招之恐長往。前身陶朱今董狐，襟抱磊落吞江湖。瑰詞三章妙天下，大書深刻江之隅。我來誦詩凛生氣，若有人兮在江水。扁舟獨釣膾鱸魚，茶竈筆牀歸甫里。先生同是丘壑人，只今方迫功與名。謝公捉鼻恐未免，便看林藪生風雲。他年事業滿彝鼎，乞身歸來坐佳境。不嫌俗士三斗塵，容我漁蓑理煙艇。」黄震黄氏日鈔卷六七：「三高祠記，極佳。」厲鶚宋詩紀事卷五七周郔三高亭懷范石湖：「蓴脆鱸肥酒細傾，浩歌悲壯欲誰聽。沈迷簿領頭將白，彈壓江山眼自青。魚躍紫鱗銜葦岸，鷗翻白雪下沙汀。西風散髮危亭上，醉倚豐碑照日星。」

【箋注】

〔一〕吴江縣新作三高祠成：新作，指乾道三年新修，舊有三高祠，於紹興三年「因其廢址，實創而新之」，祝鑑有三高祠記詳記其事：「易稱『知幾其神乎』，『君子見幾而作，不俟終日』，須之則後矣。是維成功之下，不可以久居；亡道之人，不可與久處；兵亂之世，不可以苟仕。知斯三者，則知幾矣。遲之其殆危乎！昔者越相范君，既苦身戮力，與勾踐深謀踰二十年。滅吴霸越，用復會稽之耻。謂大功之下，難以久居。暨還返國，遽書謝王去之。乘輕舟，浮五湖，莫知其所終極。而大夫種，沈吟不時決，卒用誅死。厥後七百有餘歲，晉有張季鷹，自吴入洛。時方齊王（冏）專朝怙己。署君東曹掾，君知其不終，難與獨處。慨千里之羈宦，臨秋風而長懷。託興菰鱸，促駕告歸。無何冏敗。又後五百有餘歲，唐有陸魯望。當咸通、乾符世，寇亂方殷，隱身自放。扁舟篷席，翛然笠澤、甫里間，時號江湖散人。辟署無所從，徵命無所得。優游自終，竟全亂世。如三先生，可謂知幾君子哉。雖地異時殊，默語不同。然其決去自全，咸遂其高孅均也。吴江邑地，瀕帶具區。舊有長橋，横絶江湖之間。修檻浮梁，植立千柱。雹涎淵潫，蜿如長虹。巨浸浮空，涵泳星月。包山、洞庭，如在天外。風帆島樹，滅没煙際。東西行者，以爲三吴遊觀之偉。好事者又寫鴟夷子皮之像，配以江東步兵、甫里先生，立祠橋梁之上，榜曰『三高』。蓋其平生所遊居也，貞風素烈，尚凛然湖山，可想聞而概見。歲庚申秋七月吉，括蒼祝鑑與大梁人趙九齡，置酒橋亭，悲歌望遠，舉觴酹江。慷慨言曰：去危即安，夫人而願之。然皆反焉者，何哉？知幾者鮮也。雖並世同交如大夫種，功非不多也。顧常侍，材非不周也。鹿門子，學非不贍也。或死憂而受辱，何也？居成功，處亡道，仕亂世，黽勉畏去。是何識之卑也，知幾遠矣。惟鴟夷子，道大功宏，百世師仰。而張、陸二子，羸然山澤之臞像，而配之幾不倫矣。豈不曰：亟隱亟去，身名俱全，以是爲同。曰三高云者，豈異稱哉。後之君子，苟寵禄之是耽。發機之禍，忽忘不戒。聞三高之風，仰三高之像，庶少警乎。不然，涉斯流也，登斯梁也，其無愧乎？後將有悔乎，其無悔乎？始橋之置，於慶曆歲中。建炎初載，胡寇南牧，並及祠宇火之無餘。後六年，當紹興癸丑歲，今吴郡楊君同與今御史單父祝君師龍爲邑尉，蓋因其廢址，實建而新之，復立祠如故云。謹記。」紹興癸丑歲，即紹興三年（一一三三）。三高祠，在吴江雪灘，祠范蠡、張翰、陸龜蒙。范成大吴郡志卷一三「祠廟下」云：「三高祠，在吴江縣垂虹橋南，即王氏臞庵之雪灘也。昔堂在垂虹橋南圯，極偏仄。乾道三年，縣令趙伯虚徙之雪灘。三高者，范蠡、張翰、陸龜蒙也。此祠人境俱勝，名聞天下。」清初徐崧、張大純百城烟水卷四吴江縣：「三高祠，祀越（上將軍）范蠡（鴟夷子皮）、晉（大司馬東曹掾）張翰（江東步兵）、唐（贈右補闕）陸龜蒙（甫里先生）。舊有畫像三幅，宋熙寧間，縣令林肇膺其本而繪之鱸鄉亭，榜曰：『松陵三高』（在長橋），元祐中，縣令王辟建底定亭（在橋堍西南），又圖其壁。（後壁又壞）元符三年，石令處道復葺堂，始像祀之。（處道有記）靖康間，石令義問以舊畫刻石，兵亂失。龔令鑄繼至，得碑本於石倅道叟家。乾道三年，趙令伯虚以故祠爲陋，將改作，邑人王份獻雪灘地，遂遷祀焉。（范成大記）」

吴縣廳壁續記

吴令壁有記，尚矣。唐大曆己未，梁肅爲之詞者〔一〕，令盧某所立，石亡而文傳。本朝元祐壬申，郭受爲之詞者〔二〕，令許公輔所立，石雖存，而中更兵燼，缺裂無幾。後七十有六年，晉陵袁君祖忠政成將歸，始治二石更刻之；又斷自建炎以下爲之續記，實乾道紀元之三祀，歲在丁亥，距大曆垂四百年，而題名三立，相望可考，吏民以爲盛事。然吴之爲壯縣，固自昔志之，氣俗之熾，生聚之繁，覽觀之勝，著於二碑者自若；獨官事搶攘，日不暇給，必出於甚難而後能善治，視昔類不同者，非特吴爲然。余行四方，所過縣邑數十百，見大夫皆厭苦其官，齎咨太息，悔覊之來，而憂後之不得脱。余私怪其説，甚哉，何至於此！及切磋究之，使一二其詳，則曰：「古吏憂民而已；今顧不然。蕞爾小邑，負責猶數鉅萬，晝夜薄遽，唯錢穀之知，且不能報期會，有如一日。姑舍是而用力於民，不崇朝百適滿矣。」彼齎咨太息、厭苦而欲脱者，真有味其言哉！今夫急催科則愧政，專撫字則愧考，兼善之誠難。若袁君蓋幾於無愧者。其政先理而後情，弛例而舉法，故吏不能並緣，士不敢奸以私。民有訟，自揣不當勝，望寺門心醉却去；直者家居待報，曰：「無庸謁吏，明府自辯此。」坐堂上再期，人信之如一日。至於大官之間，須求於不有，責課於非時，則又從容辯給，弗以厲民，率常最於他邑。嗚呼，可謂難也已！旦暮去此，至大官，勢益易於爲縣，其所成就何可量！按續記所登載，無慮三十人，而未有顯者，必將自袁君始。儻余言猶信，來者尚勉之！八月十五日，左奉議郎主管台州崇道觀范成大記并書。

【題解】

本文作於乾道三年（一一六七）八月十五日，時奉祠在家。本文輯自范成大吴郡志卷三七，吴都文粹續編卷九、南宋文範卷四三、孔凡禮范成大佚著輯存第一五四頁、全宋文卷四九八四均有録。本文原題續記，參孔輯存、全宋文擬。吴郡志卷三七「縣記」云：「吴縣，在府治之西二里。廨宇，紹興二年知縣蔣結建；縣門，淳熙十二年知縣趙善宣重建並書額。廳之西有平理堂、無倦堂。堂之西有延射亭，天聖七年知縣徐的建。亭之南北各有小山，山有小亭，南曰松桂，北曰高蔭，皆淳熙五年知縣趙不忿建。吴令壁記二，范成大又爲續記一，世代氏姓，猶可考云。」

【箋注】

〔一〕梁肅爲之詞者：梁肅（七五三—七九三），字敬之，河南陸渾人。建中元年，中文辭清麗科，授校書郎。後仕監察御史、右補闕、史館修撰。其家避難吴越，工古文，有文集三十卷，新唐書有傳。梁肅之吴縣令廳壁記，見全唐文卷五一九，吴郡志卷三七亦載之。

〔二〕郭受：宋乾道時爲吴縣尉，其文載吴郡志卷三七。

平政橋記

栝蒼帶郭浮橋，歲久不葺，民苦病涉。乾道四年冬，郡守范成大實始改作。郡從事張徹，惠利民，麗水縣留清卿調其工費，以授州民豪長者四人，使董役吏毋得有所與。凡爲船七十有二，聯續架梁，爲梁三十有六，築亭溪南以莅之。歲十一月橋成，名之曰「平政」。亭成，名之曰「知津」。又得廢浮圖之田五十畝於縉雲，以其租屬亭，歲時治橋，俾勿壞。明年正月，大合樂以落之。衆請銘其事於石，使後有考。銘曰：孰梁斯兮？踏淵若衢。我維新之，櫛櫛其艫。工庥於亭，有粟在耨。豈維新之，永以不朽。

【題解】

本文作於乾道五年（一一六九）正月，時在處州知州任上。處州平政橋，始建於乾道四年，十一月橋成，石湖於乾道五年正月作記。處州府志卷六「橋渡」云：「濟川浮橋，在括蒼門外。舊在南明門外，造舟爲梁，聯以鐵綆。宋乾道四年，州守范成大新之，名曰平政。核廢寺田租，以資修治，刻銘及橋規於石。」又，卷二八藝文志文編二南明門橋埠記：「栝介萬山中，茀鬱磅礴，標勝東浙。峙鼎湖，佩元鶴，南走武彝，幾百里，順流而下，直接甌江，通津也。濟以舟楫，來往孔艱。宋乾道五年，郡守范公，得廢寺租若干緡，創設浮橋於南明之滸，夷若坦途，四民稱便。」本文輯自處州府志卷六橋梁，浙江通志卷三八麗水縣濟川橋、孔凡禮范成大佚著輯存第一五四頁、全宋文卷四九八四均有録。

重修蔣帝廟記

乾道七年，詔侍衛騎軍屯建康。明年，樞密洪公自當塗守安撫本道。廼行城東，直蔣山，得高亢地以爲營，循山而北，以謁於蔣帝之廟，慨然念神之食於兹山千數百年，赫有靈響，輔世討賊，前王賴焉。今貔虎萬群，連營其左，折衝之威，神尚克相之，而祠宇陋頹不葺，何以徼福！于是選時鳩徒，治其廟，若神之百須，皆侈而新之。四月戊午告成，移書石湖之上，求文以爲記云云。竊惟神之英烈，能殺身不顧，發靈兵間，漂疾無方，掀推逆兇，已敵先代所愾，至像設輿馬皆有行色，可謂壯哉，可謂異哉！嗚呼！秣陵之盜不烈於滔天之寇，石頭之逼不慘於舊京之禾黍，鍾離之橋，邵陽之栅，不熾於中原萬里數十年之氛埃。神於其小者猶能奮其威怒，有此武功，寧獨無意於丕天之大耻乎！嘗試酌椒漿桂酒，酹神而問之，其必有不虚之報，以無負於洪公，公亦將合人神之助，崇建勳業，以無負於上之倚重焉。成大不佞，故志其遠且大者以告神，且以復公之命。八年十一月二十六日，左朝奉郎、充集英殿修撰，新知静江軍府事、提舉學事、兼管内勸農使、充廣南西路兵馬都鈐轄、兼本路經略安撫使、兼提舉買馬、吴縣開國男、食邑三百户、賜紫金魚袋范成大記并書，資政殿大學士、左中大夫、知建康軍府事、提舉學事、兼管内勸農使、充江南東路安撫使、馬步軍都總管、兼營田使、兼行宫留守、鄱陽縣開國子、食邑六百户、賜紫金魚袋洪遵立。

【題解】

本文作於乾道八年十一月二十六日，乃應洪遵之請而作。時石湖正在蘇州，新知静江軍府事，尚未赴任。石湖離蘇赴任，乃乾道八年十二月七日。范成大驂鸞録：「石湖居士以乾道壬辰十二月七日發吴郡，帥廣西。」本文輯自景定建康志卷四四，全宋文卷四九八四有録。蔣帝廟，在建康蔣山之西北，去城十二里。景定建康志卷四四：「蔣帝廟」云：「神蔣氏，名子文，漢末尉秣陵，死而靈異，吴大帝爲立廟。晉加相國之號，宋加相國大都督中外諸軍事，封蔣王。齊進號爲帝。」「政和八年，漕使劉公會元重修，乾道八年，樞密洪公遵重修。」

成都古寺名筆記

成都畫多名筆，散在諸寺觀，而見於大聖慈寺者爲多，今猶具在，總而記之左，庶幾觀者可考。

前寺：多寶塔壁，畫地獄變相，待詔左全筆〔一〕。妙格中品。畫四天王四堵，師子國王一堵，釋迦佛一堵。小壁，勢至、觀音一十二堵，及塔上壁畫西方變相、阿彌陀佛共三堵，文殊、普賢、觀音大悲如意輪共五堵，并古迹，不知名。

普賢閣：閣外南壁，畫南方天王一堵，趙温奇筆〔二〕。妙格上品。畫像會一堵，五如來一堵，八菩薩、釋迦佛一堵。并閣後壁，畫文殊、普賢，北畔，五髻文殊、彌勒下生北方天王，并堂内四柱上，四天王，并辛澂筆〔三〕。妙格中品。北方肉甲天王，杜敬安筆〔四〕。能格上品。

鮮于院：小閣上壁，畫毗盧佛，待詔杜齯龜〔五〕筆。妙格下品。

百部院：過廊，畫護戒神，僧知評筆〔六〕。

千部院：佛堂壁，畫熾盛光佛，古迹。

白馬院：佛堂，畫十六羅漢，古迹。近時周忘機畫瀟湘圖〔七〕，王逸民擬任才仲作桃源圖〔八〕。

承天院：祖堂，惠遠國師像，孫知微筆〔九〕。妙格上品。近年，院僧粉去古畫，别寫新像，尚餘侍者二僧，猶在。

中寺：自中三門北至水陸院，東至如意輪正覺院。係高力士同僧英幹建。中佛殿，殿内壁畫維摩居士、師子國王變相，待詔左全筆。妙格中品。釋迦佛二堵，待詔杜懷玉筆〔一〇〕。前廡東壁，畫起寺金和尚、高力士像，古迹。西壁，畫漢孝明帝、蔡愔、秦景、王遵及摩騰、竺法之像，童仁益筆〔一一〕。妙格上品。

文殊閣：四壁，畫北方天王、梵王，待詔趙温奇筆。妙格上品。阿彌陀佛、大悲、毗盧、十大弟子四堵。閣外壁，畫大悲三十七尊、法華經驗人悲菩薩四堵，東南方天王，西方天王，并待詔趙公祐筆〔一二〕。神格上品。彌勒、釋迦西方變相，北方天王變相，待詔范瓊筆〔一三〕。神格上品。報身如來，待詔張騰筆〔一四〕。妙格上品。無量壽品佛，古迹。東方天王，待詔趙公祐筆。神格上品。帝釋，待詔趙温奇筆。妙格上品。千手眼觀音、勢至，張希古筆〔一五〕。閣上周匝壁，畫諸佛古迹。

華嚴閣：影壁後，畫天花瑞像二，其西，待詔竹虔筆〔一六〕；能格上品。其東，高道興筆〔一七〕。妙格中品。窗外兩壁，畫大悲，待詔張南本筆〔一八〕。妙格中品。兩畔小壁，畫天王，并古迹；杜悰像，張逢筆〔一九〕。泗州和尚小壁，畫太子游雷山，古迹。當面四壁，王波利像，吕嶤筆〔二〇〕；能格上品。東、西二方天王，帝釋、梵王，待詔趙温奇筆。妙格上品。周匝壁，畫佛像，并古迹。

文殊閣：院門連寺廊，畫金剛神變驗二堵，待詔左全筆。妙格中品。院内觀音堂壁，畫天王、帝釋侍從二堵，街詔趙公祐筆。神格上品。

西大悲院：佛堂内，畫八明王，古迹。

大將院：壁畫羅漢二、北方天王及大將部屬并帝釋、梵王，共六堵，并待詔范瓊筆。神格上品。

藥師院：連寺廊八門兩壁，畫千眼大悲、北方天王、大悲、釋迦變相四堵，待詔范瓊筆。神格上品。殿内，釋迦佛、帝釋、梵王部衆，並古迹；畫文殊、普賢、維摩、無量壽、西方天王十二神，共九堵，并待詔趙公祐筆。神格上品。瑞像堂周匝畫像，并古迹。寺後門向上小壁，畫觀音，僧知評筆。

六祖院：院門北壁，地藏一堵，杜措筆〔二一〕。能格上品。南壁，佛會變相一堵，待詔趙忠義筆〔二二〕。妙格下品。院内山木四堵，唐壁畫，古迹。

保福院：門屋，畫天王二堵，趙得齊筆〔二三〕。妙格上品。姑蘇臺一堵，僧惠堅筆〔二四〕。避暑宮一堵，僧楚安筆〔二五〕。能格中品。小壁，畫竹雀二堵，黃筌筆〔二六〕。妙格中品。佛殿内，羅漢一堂，盧楞伽筆〔二七〕。妙格上品。記中不載，蓋自昭覺訪神霄，徙來。殿後，海山觀音一堵，張南本筆。妙格中品。亦昭覺移至。小壁，羅漢一堂，古迹。法堂上，湖山一堵，馬二堵，近時郭游卿郭熙之孫〔二八〕。筆。

大輪堂：壁畫大輪部屬兩堵，金剛二十四尊，并待詔趙温奇筆。妙格上品。

極樂院：門外壁，畫散花天女，范瓊筆。神格上品。大悲菩薩，左全筆。妙格中品。觀音大悲一堵，古迹。佛殿内，十六羅漢，盧楞伽筆。妙格上品。

四絶堂：壁畫悟達國師真，常粲筆〔二九〕。妙格中品。畫彭州至德山、金堂棲賢山二堵，李昪筆〔三〇〕。妙格下品。

石像院：門壁，香花菩薩二堵；門内，菩薩一堵，并古迹。前記不載。慧日院門壁，畫奉聖國師真、齊天大王，泗州和尚宗震筆〔三一〕。佛堂内，十六羅漢，丘文播筆〔三二〕。能格上品。

吉安院：畫十二面觀音，杜齯龜筆。妙格下品。

壽寧院：佛殿内四壁，畫熾盛光、九耀，孫知微筆。柱上小像，知微自寫其真也。殿内廊，畫太子修行，古迹。

東觀音堂：畫觀音、十六羅漢，李懷讓筆。霧中山出峽圖，李昇筆。妙格下品。樓上，畫惠遠送陸道士、李翱見藥山，孫知微筆。妙格上品。護法神，孫知微筆。

土地堂：孟蜀主真，古迹。戰勝天王、羅漢，共三堵，趙元晟筆。

華嚴院：殿壁畫毗盧佛，張希正筆。妙格中品。文殊、普賢，古迹。觀音、勢至五髻文殊，丘文播筆。能格上品。

興善院：殿内，泗州大聖一堵，常粲筆。妙格中品。八明王，張南本筆。妙格。

西林院：殿内羅漢，杜措筆。能格上品。壁後，彌陀佛二，菩薩、彌勒、羅漢，盧楞伽筆。妙格上品。

大悲閣：畫觀音十堵，楞嚴變相一十八堵，并宗道兄弟筆。八明王八堵，繡毬觀音，並古迹。

揭諦院：壁畫釋迦佛二，菩薩、觀音、勢至、十六羅漢，并杜齯龜筆。妙格下品。

寶勝院：藏殿内外聖像，并古迹。

彌勒院：壁畫十六羅漢、文殊、普賢，張南本筆。妙格中品。畫故事山水二堵，劉國用筆〔三三〕。

錦津院：壁畫釋迦佛、十六羅漢，劉國用筆。能格上品。白衣自在觀音，李懷讓筆。

東律院：壁畫八明王、西方變相、釋迦如來、十六羅漢，杜子瓌筆〔三四〕。能格上品。

灌頂院：壁畫藥師佛、十六羅漢，張玄筆〔三五〕。能格下品。

如意輪院：壁畫花竹六鶴六堵，童祥筆〔三六〕，半已不存。

楞嚴院：壁畫六祖，劉國用筆。能格上品。枯木一堵，文與可筆〔三七〕。山水十堵，蒲永昇筆〔三八〕。龍虎二堵，魯安道筆。山水三堵，僧延廣筆。

甘露寺：廊壁，高僧數十堵，并古迹。

承天院：吕祖真堂後，佛像四堵，杜子瓌筆，能格上品。不下金繩閣下諸佛如意輪觀音等像。

起悟院：堂頭近，周忘機畫樹石四壁。

【題解】

本文輯自楊慎全蜀藝文志卷四二，孔凡禮范成大佚著輯存、全宋文卷四九八四均載之。本文作於石湖任職成都時。石湖淳熙二年（一一七五）五月自桂林出發，六月七日抵成都；四年五月二十九日離成都，在成都任四川制置使，知成都府，歷時二十四個月。石湖有鑑於成都古寺大聖慈寺中名畫頗夥，因詳細記述名畫之畫家、畫名及其位置，撰成本文，寫作當有個時間過程，非成於一時。本文當爲范成大成都古今記丙記一書之内容。于北山范成大年譜將本文繫於淳熙四年離成都前，也只是約略言之。宋黄休復益州名畫録曾對成都及其周邊地區之名畫及畫家，有過記載，可與此文互相參考。其中，有一些畫家及其作品，黄休復未能見到，故石湖之記可補畫史之缺失，極爲珍貴。

【箋注】

〔一〕待詔左全：唐末五代蜀地畫家，善畫佛像。黄休復益州名畫録卷上：「左全者，蜀人也，世傳圖畫迹，本名家。寶曆年中，聲馳闕下，於大聖慈寺中殿畫維摩變相、師子國王、菩薩變相。三學院門上，三乘漸次修行變相、降魔變相。文殊閣東畔，水月觀音、千手眼大悲變相。極樂院門兩金剛，西廊下，金剛經驗及金光明經變相。前寺南廊下行道，二十八祖；北廊下行道，羅漢六十餘軀。多寶塔下，倣長安景公寺吴道玄地獄變相。」郭若虚圖畫見聞志卷二：「左全，蜀郡人。迹本儒家，世傳圖畫，妙工佛道人物。寶曆中，聲馳宇内，成都、長安畫壁廣，多倣吴生之迹，頗得其要。有佛道功德、五帝三官等像傳於世。」

〔二〕趙温奇：一作「趙温其」，唐末五代蜀地畫家，趙公祐之子。黄休復益州名畫録卷上：「趙温奇者，公祐子也。幼而穎秀，長有父風。父殁之後，於大聖慈寺文殊閣内，繼父之蹤，畫北方天王及梵王、帝釋、大輪部屬、大將堂大將部屬并梵王、帝釋。普賢閣下，南方天王。華嚴閣上畫東西二方天王、帝釋。」郭若虚圖畫見聞志卷二：「趙温其，公祐之子，綽有父風，成都寺觀多見其迹。」

〔三〕辛澂：即辛澄，唐末五代畫家。黄休復益州名畫録卷上：「辛澄者，不知何許人也。建中元年，大聖慈寺南畔，創立僧伽和尚堂，請澄畫焉。纔欲援筆，有一胡人云：『僕有泗州真本。』一見甚奇，遂依樣描寫，及諸變相，未畢，蜀城士女瞻仰儀容者側足，將燈香供養者如驅。今已重粧，損矣。普賢閣下五如來同坐一蓮花，及鄰壁小佛九身，閣裏内如意輪菩薩，並澄之筆，見存。」郭若虚圖畫見聞志卷二：「辛澄，不知何許人。成都大慈寺泗州堂有僧伽像，及普賢閣下有五如來像。」

〔四〕杜敬安：五代畫家，善畫佛像。黄休復益州名畫録卷中：「敬安，子瓌子也。美繼父蹤，妙於佛像，今大聖慈寺普賢閣下北方天王，三學院羅漢閣下無量壽尊，並敬安筆。蜀城寺院，父子圖畫佛像羅漢甚衆。」郭若虚圖畫見聞志卷二：「杜敬安，齯齵之子，繼父之美。事孟蜀爲翰林待詔，尤能傅彩，成都大慈寺多與其父同畫列壁。」郭氏謂杜敬安爲齯齵之子，夏文彦圖繪寶鑑卷一與之同。然黄休復之時代與杜子瓌父子比較接近，其記載或得其實。

〔五〕杜齯齵：五代畫家，本秦人，避居蜀地，師常粲，善寫真，亦善佛像羅漢。黄休復益州名畫録卷中：「杜齯齵者，其先本秦人，避禄山之亂，遂居蜀焉。齯齵少能博學，涉獵經史，專師常粲寫真雜畫，而妙於佛像羅漢。……授翰林待詔，賜紫金魚袋。今嚴君平觀杜天師光庭真，大聖慈寺華嚴閣東廊下祐聖國師光業真，並齯齵筆，見存。」郭若虚圖畫見聞志卷二：「杜齯龜，其先本秦人，避地居蜀。博學强識，工畫羅漢，兼長寫貌。始師常粲，後自一體。事王蜀爲翰林待詔。成都大慈寺有畫壁。」

〔六〕僧知評：生平未詳。

〔七〕周忘機：宋代畫家，名純，字忘機，成都華陽人。山水師唐李思訓，衣冠人物師顧愷之，佛道師李公麟。鄧椿畫繼卷三「巖穴上士」：「周純，字忘機，成都華陽人，後依解潛，久留荆楚，故亦自稱楚人。少爲浮屠，弱冠遊京師，以詩畫爲佛事，都下翕然知名。士大夫多與之遊，而王寀輔道最與相親，後坐累編管惠州，不許生還。適鄰郡建神霄宫，本路憲舊知其人，請朝廷赦能畫人周純來作繪事，從之，於是憑藉得以自如。其山水師思訓，衣冠師愷之，佛像師伯時。又能作花鳥、松竹、牛馬之屬，變態多端，一一清絶。」

〔八〕王逸民：宋代畫家，永康軍導江縣（今四川灌縣）人。鄧椿畫繼卷四：「王逸民，字逸平，永康導江人。初爲僧，名紹祖，詩畫俱倣周忘機，而氣韻懸絶也。平生頗負氣，政和間改德士，則云：『我生不背佛而從外道。』取祠部牒焚之，自加冠巾。學山谷草書亦美觀。」任才仲：即任誼，宋代畫家。鄧椿畫繼卷三：「任誼字才仲，宋復古之甥也。嘗爲協律郎，後通判澧州，適丁亂離，鍾賊反叛，爲群盗所殺。平日凡所經歷江山佳處，則舐筆吮墨，輒成圖軸，仿佛籠罩，清潤可喜。邵澤民爲春官，才仲正在太常，與之同部，相好甚密。今其家富有才仲手迹，有南北江山圖、平蕪千里圖、四更山吐月圖、唐功臣圖、斗山烟市圖、松溪深日圖。又取平生所見蘭花數十種，隨其形狀各命以名，如杏粱歸燕、丹山翔鳳之類，皆小字隸書記其所見之處。邵氏名曰香圃，其隸古勁，學中郎也。」

〔九〕孫知微：宋代畫家，字太古，眉州彭山（今屬四川）人。善畫山水、人物、佛道、星辰。劉道醇聖朝名畫評卷一：「孫知微，字太古，彭山人，知書，通語論、黄老學，善雜畫，初師沙門令宗。凡牧伯所至，必與之相款，高談劇辯，皆出人意。蜀中寺觀，多有親筆。但畫釋老事迹，則往山野不茹葷，經時方成。晚歲寓居青城白侯壩之趙村，愛其水竹深茂，以助其興也。」范鎮東齋紀事卷四：「蜀有孫太古知微，善畫山水、仙宫、星辰、人物。其性高介，不娶，隱於大面山，時時往來導江、青城，故二邑人家至今多藏孫畫，亦藏畫於成都。今壽寧院十一曜絶精妙，有先君題記在焉。」郭若虚圖畫見聞志卷三：「孫知微，字太古，眉陽人。精黄老學，善佛道畫。於成都壽寧院畫熾盛光、九曜及諸墻壁，時輩稱服。知微凡畫聖像，必先齋戒疏瀹，方始援毫。有功德并故事人物傳於世。」蘇軾畫水記：「始知微欲於大慈寺壽寧院壁作湖灘水石四堵，營度經歲，終不肯下筆。一日，倉皇入寺，索筆墨甚急，奮袂如風，須臾而成，作輸瀉跳蹙之勢，洶洶欲崩屋也。知微既死，筆法中絶五十餘年。」范成大吴船録記載伏龍觀有孫太古畫李氏父子像、丈人觀有孫太古畫三十二仙真、龍虎二君像。

〔一〇〕杜懷玉：生平未詳。

〔一一〕童仁益：宋代蜀地畫家，工畫佛道、人物。郭若虚圖畫見聞志卷三：「童仁益，蜀郡人，工畫人物尊像，出自天資，不由師訓，乃孫知微之亞矣。嘗畫青城山丈人觀諸仙。淳化末，以成都天慶觀仙游閣下舊有石恪畫左右龍虎君，仁益遂抒思援毫，于天慶觀前亦畫龍虎君兩壁，及畫大慈寺中佛殿漢孝明帝摩騰、竺法蘭三藏，保福寺畫首楞嚴二十五觀，筆力尤健。頗有圖軸傳於輦下，好事者往往誤評爲知微之筆也。」

〔二二〕趙公祐：晚唐畫家，長安人，寶曆後寓居蜀城，善畫人物、佛像、鬼神。黄休復益州名畫録卷上：「公祐者，長安人也。寶曆中，寓居蜀城。攻畫人物，尤善佛像、天王、神鬼。初，贊皇公（李德裕）鎮蜀之日，賓禮待之。自寶曆、太和至開成年，公祐於諸寺畫佛像甚多。會昌年，一例除毁，唯存大聖慈寺文殊閣下天王三堵，閣裏内東方天王一堵，藥師院師堂内四天王并十二神。前寺石經院天王部屬，並公祐筆，見存。」郭若虛圖畫見聞志卷二：「趙公祐，成都人。工畫佛道鬼神，世稱高絶。太和間已著畫名。李德裕鎮蜀，以賓禮遇之。改莅浙西，辟從蓮幕。成都大慈、聖興兩寺，皆有畫壁。」黄庭堅山谷題跋卷三題趙公祐畫：「黟川吕大淵藏此畫，以爲趙公祐畫也。以余觀之，誠妙於筆，非俗工所能辨也。」

〔二三〕范瓊：晚唐畫家，善畫人物、佛像、鬼神，與陳皓、彭堅齊名。黄休復益州名畫録卷上：「范瓊者，不知何許人也。開成年，與陳皓、彭堅同時同藝，寓居蜀城。三人善畫人物、佛像、天王、羅漢、鬼神，三人同於諸寺圖畫佛甚多。會昌年除毁後，餘大聖慈寺佛像得存。」郭若虛圖畫見聞志卷二：「范瓊、陳皓、彭堅三人同時同藝，名振三川。大中初復興佛宇後，三人分畫成都大慈、聖壽、聖興、浄衆、中興等五寺墻二百餘間，各盡所蘊。淳化後兩遭兵火，頗有毁廢矣。（辛顯云：范爲神品，陳、彭爲妙品。仁顯云：范、陳爲妙品上，彭爲妙品。嘗見文潞公家墳寺積慶院有移置壁畫婆叟仙一軀，乃范瓊所作，辛顯評爲神品，當矣。）」

〔一四〕張騰：晚唐畫家，太和末，來蜀地諸寺畫佛像。黄休復益州名畫録卷上：「張騰者，不知何許人也。太和末年，偶止蜀川，於諸寺壁圖畫亦多。會昌年除毁皆盡。大中初，佛寺再興，於聖壽寺大殿畫文殊一堵，普賢一堵，彌勒下生一堵，浴室院北，對范瓊畫持弓北方天王一堵，大聖慈寺文殊閣下畫報身如來一堵，並騰之筆，見存。」郭若虚圖畫見聞志卷二：「張騰，不知何許人。工佛道雜畫，描作布色，頗窮其妙。成都聖興寺有畫壁。」

〔一五〕張希古：生平未詳。

〔一六〕竹虔：長安人，尹繼昭弟子，隨僖宗入蜀，工畫道釋人物。黄休復益州名畫録卷中「吕嶤傳」附：「竹虔者，雍京人也。攻畫人物佛像，聞成都創起大聖慈寺，欲將吴道玄地獄變相於寺畫焉。廣明年，隨駕到蜀，左全已在多寶塔下畫竟，遂於華嚴閣下後壁西畔畫丈六天花瑞像一堵。」郭若虚圖畫見聞志卷二：「吕嶤、竹虔，并長安人，工畫佛道人物。僖宗朝爲翰林待詔，廣明中扈從入蜀。長安、成都皆有畫壁。」

〔一七〕高道興：唐末五代畫家，成都人，工畫佛像、高僧。黄休復益州名畫録卷上：「高道興者，成都人也，攻雜畫，觸類皆長，尤善佛像、高僧。光化年，高（昭）宗敕許王蜀先主置生祠，命道興與趙德齊同手畫西平王儀仗、車輅、旌旗、禮服、法物。朝真殿上皇姑帝戚、后妃、女樂百堵。已來授翰林待詔，賜紫金魚袋。及先主殂逝，再命道興與德齊畫陵廟鬼神、人馬兵甲、公主儀仗、宮寢嬪御一百餘堵。今大慈寺中兩廊下，高僧六十餘軀，華嚴閣東畔，丈六天花瑞像，並見存。」郭若虛圖畫見聞志卷二：「高道興，成都人。事王蜀爲内圖畫庫使。工佛道雜畫，用筆神速，觸類皆精。蜀之寺觀尤多墻壁。時諺云：『高君墜筆亦成畫。』」

〔一八〕張南本：晚唐蜀地畫家，善畫佛像鬼神，尤善畫火。黄休復益州名畫録卷上：「張南本者，不知何許人也。中和年，寓止蜀城，攻畫佛像、人物、龍王、神鬼。……今大聖慈寺華嚴閣下東畔大悲變相，竹溪院六祖，興善院大悲菩薩，八明王孔雀王變相，並南本筆。」郭若虛圖畫見聞志卷二：「張南本，不知何許人。工畫佛道鬼神，兼精畫火。嘗於成都金華寺大殿畫八明王，時有一僧游禮至寺，整衣升殿，驟睹炎炎之勢，驚怛幾仆。時孫遇畫水，南本畫火，水火之形本無定質，惟於二公冠絶古今。」李廌德隅齋畫品評大佛像云：「蜀張南本所作也。世之畫史，但能寫物之定形，故水火之狀，難盡其變。始張南本與孫位並學畫水，皆得其法。南本以爲同能不如獨勝，遂專意畫火，獨得其妙。」

〔一九〕張逢：生平未詳。

〔二〇〕吕嶤：長安人，尹繼昭弟子，隨僖宗入蜀，工畫道釋、人物。黄休復益州名畫録卷中：「吕嶤者，京兆人也。唐翰林待詔，自京隨僖宗皇帝車駕至蜀，授將仕郎，守漢州雒縣主簿，賜緋魚袋。今大聖慈寺華嚴閣上天王部屬諸神及王波利真，並堯之筆，見存。」郭若虛圖畫見聞志卷二亦記其人事，參見前竹虔注。

〔二〕杜措：成都人，善畫山水。黃休復益州名畫録卷中：「杜措者，蜀人也。幼慕李昇山水，長亦勤學，廿年中晝夕不捨。今大聖慈寺六祖院傍地藏菩薩竹石山水一堵，并院内羅漢閣上小壁，翠微寺禪和尚真，三學院經堂上小壁太子捨身餵餓虎一堵，善惠仙人布髮掩泥一堵，並措之筆，見存。」郭若虛圖畫見聞志卷二：「杜措，成都人，亦工山水，多作老木懸崖、回阿遠岫，殊多雅思。有秋日并州路詩意圖，并山水卷軸傳於世，亦工佛像。」按，唐李宣遠有塞下詩：「秋日并州路，黃榆落故關。」杜措即據此詩意畫成此圖。

〔三〕趙忠義：長安人，趙德玄之子，自幼入蜀，善畫佛道、人物。黃休復益州名畫録卷中：「趙忠義者，德玄子也。德玄自雍襁負入蜀。及長，習父之藝，宛若生知。孟氏明德年，與父同手畫福慶禪院東流傳變相十三堵，位置鋪舒，樓殿臺閣，山水竹樹，蕃漢服飾，佛像僧道，車馬鬼神，王公冠冕，旌旗法物，皆盡其妙，冠絶當時。……今餘王蜀先主祠堂正門西畔神鬼，大聖慈寺正門北墻上西域記，石經院後殿天王變相，中寺六祖院傍藥師經變相，並忠義筆，見存。」郭若虛圖畫見聞志卷二：「趙忠義，元德之子，事孟蜀爲翰林待詔。雖從父訓，宛若生知。蜀後主嘗令畫關將軍起玉泉寺圖，作地架一座，垂棉疊栱，向背無失。蜀主命匠氏較之，無一差者，其精妙如此。嘗與高道興、黃筌輩同畫成都寺壁甚多。」

〔二三〕趙得齊：一作「趙德齊」。趙温奇之子，工畫佛像。黄休復益州名畫録卷上：「德齊者，温奇子也。乾寧初，王蜀先主府城精舍不嚴，禪室未廣，遂於大聖慈寺大殿東廡起三學延祥之院，請德齊於正門西畔畫南北二方天王兩堵。……大聖慈寺竹溪院釋迦十弟子并十六羅漢，崇福禪院帝釋及羅漢，崇貞禪院帝釋、梵王及羅漢堂文殊普賢，皆德齊筆。」郭若虚圖畫見聞志卷二：「趙德齊，温其之子，襲二世之精藝，奇縱逸筆，時輩咸推伏之。光化中，詔許王建於成都建生祠，命德齊畫西平王儀仗車輅、旌纛法物及朝真殿上畫后妃嬪御，皆極精微。昭宗恩之，遷翰林待詔。（辛顯評温其與德齊，皆次公祐之品。）」

〔二四〕僧惠堅：蜀人，黄休復益州名畫録卷下：「僧惠堅者，蜀人也，亦好圖畫，而最謬焉。廣政中，三學院僧請畫姑蘇臺一堵，對勾楚安避暑宫圖，識者以爲無鑒之甚也。今亦見存。」

〔二五〕僧楚安：俗姓勾氏，漢州什邡人，聖壽寺僧，善畫山水、人物。景焕野人閒話（太平廣記卷二一四）：「西蜀聖壽寺僧楚安，妙畫山水，而點綴甚細，至於尺素之上，山川、林木、洞府、峰巒、寺觀、煙嵐、人物，悉皆有之。每畫一小團扇，内安姑蘇臺，或畫滕王閣，其有千山萬水，盡在目前。」黄休復益州名畫録卷下：「僧楚安，蜀州什邡人也，俗姓勾氏。攻畫人物、樓臺。……今大聖慈寺三學院大廳後明皇帝幸華清宫避暑圖一堵，楚安筆。」郭若虚圖畫見聞志卷二：「僧楚安，蜀人。善畫山水，點綴甚細。每畫一扇，上安姑蘇臺或滕王閣，千山萬水，盡在目前。今蜀中扇面印板，是其遺範。（仁顯云：筆蹤細碎，全虧六法，非大手高格也。）」

〔二六〕黄筌：五代畫家，字要叔，成都人。後蜀先主授他翰林待詔，權翰林圖畫院事，後主孟昶時，賜金紫，加官爲如京副使。後蜀降宋，他與黄居寀同來汴梁，當年病死。筌花鳥師刁光胤，山水師李昇，龍水師孫位，尤長於花竹翎毛，在我國花鳥畫發展史上佔有重要地位。黄休復益州名畫録卷上、劉道醇聖朝名畫評卷一及卷三、郭若虚圖畫見聞志卷二都有傳記。圖畫見聞志云：「黄筌，字要叔，成都人，十七歲事王蜀後主爲待詔，至孟蜀加檢校少府監，賜金紫，後遷如京副使。善畫花竹翎毛，兼工佛道人物，山川龍水，全該六法，遠過三師（花鳥師刁處士、山水師李昇、龍水師李遇也。）」

〔二七〕盧楞伽：唐代名畫家，長安人，吴道玄弟子，善畫佛像、經變、山水。朱景玄唐朝名畫録將他列入「神品下」，評曰：「盧稜迦善畫佛，於莊嚴寺與吴生對畫神，本别出體，至今人所傳道。」張彦遠歷代名畫記卷九：「盧楞伽，吴弟子也，畫迹似吴，但才力有限。頗能細畫，咫尺間山水寥廓，物象精備。經變佛事，是其所長。」黄休復益州名畫録卷上：「盧楞伽者，京兆人也。明皇駐蹕之日，自汴入蜀，嘉名高譽，播諸蜀川，當代名流，咸伏其妙。至德二載，起大聖慈寺，乾元初，於殿東西廊下畫行道高僧數堵，顔真卿題，時稱二絶。至乾寧元年，王蜀先主於寺東廊起三學院，不敢損其名畫，移一堵於院門南，移一堵於門北，一堵於觀音堂後。此行道三堵六身，畫經二百五十餘年，至今宛然如初。西廊下一堵馬鳴提婆像二軀，雖遭粉飾，猶未損其筆踪，餘者重妝，皆昧前迹。蜀中諸寺佛像甚多，會昌年皆盡毁。」

〔二八〕郭游卿：夏文彦圖會寶鑑卷三：「郭道卿字仲常，游卿字季熊，熙之諸孫，皆爲郡守，頗有家學，善畫馬，其筆法真季孟也。」

〔二九〕常粲：晚唐畫家，長安人（郭若虚圖畫見聞志作成都人），咸通中，路巖牧蜀時入蜀。善畫佛道、人物。黄休復益州名畫録卷上：「常粲者，雍京人也。咸通年，路侍中巖牧蜀之日，自京入蜀，路公禮賓待之。粲善傳神、雜畫。……今大聖慈寺悟達國師知玄真，粲之筆，見存。」郭若虚圖畫見聞志卷二：「常粲，成都人，工畫佛道人物，善爲上古衣冠。咸通中，路巖鎮蜀，頗加禮遇。有孔子問禮、山陽七賢等圖，并立釋迦、女媧、伏羲、神農燧人等像傳於世。」

〔三〇〕李昇：成都人，專攻山水，人稱小李將軍。黄休復益州名畫録卷中：「李昇者，成都人也。小字錦奴，年纔弱冠，志攻山水。天縱生知，不從師學，初得張藻員外山水一軸，玩之數日，云：『未盡妙矣。』遂出意寫蜀境山川平遠，心思造化，意出先賢。數年之中，創成一家之能，俱盡山水之妙。……於大聖慈寺真堂内畫漢州三學山圖一堵，彭州至德山一堵，時稱悟達國師真堂四絶：常粲寫真、僧道盈書額、李商隱讃、李昇畫山水。今見存。」郭若虚圖畫見聞志卷二：「李昇，成都人。工畫蜀川山水。始得張璪山水一軸，凝玩數日，云未盡善矣。後遂心師造化，意出前賢。成都聖壽寺有畫壁，多寫名山勝境。仁顯曰：『嘗於少監黄筌第見昇山水圖，乃知名實相稱也。』有武陵溪、青城、峨嵋、二十四化等圖傳於世。（蜀中多呼昇爲小李將軍。）」

〔三一〕宗震：生平未詳。

〔三二〕丘文播：又名丘潛，四川廣漢人，工畫道釋、人物、山水，尤擅畫牛。黄休復益州名畫録卷中：「丘文播者，漢州人也，後改名潛。攻畫山水、人物、佛像、神仙，今新都乾明禪院六祖，漢州崇教禪院羅漢，紫極宫二十四化神仙，皆文播筆，見存。」郭若虚圖畫見聞志卷二：「丘文播暨弟文曉，廣漢人。并工佛道人物，兼善山水，其品降高、趙輩。成都并其鄉里頗有畫迹。文播後改名潛。」

〔三三〕劉國用：宋代畫家，善畫羅漢。鄧椿畫繼卷六：「劉國用，漢州人，工畫羅漢，壁素之傳甚多，在丘、杜、金水張之下也。」

〔三四〕杜子瓌：成都人，善畫佛像。黄休復益州名畫録卷中：「杜子瓌者，成都人也。擅於賦采，拂淡偏長，唯攻佛像。王蜀時，於龍華泉東禪院畫毗盧佛，據紅日輪，乘碧蓮花座，每誇同輩云：『某粧此圓光如日初出，淺深瑩然，無筆玷之迹。』見存。」郭若虚圖畫見聞志卷二：「杜子瓌，華陽人，工畫佛道，尤精傅彩，調鉛殺粉，别得其方。嘗於成都龍華東禪院畫毗盧像，坐赤圜中碧蓮花上，其圜光如初出日輪，破淡無迹，人所不到也。」

〔三五〕張玄：簡州金水石城山人，善畫羅漢。黄休復益州名畫録卷中：「張玄者，簡州金水石城山人也，攻畫人物，尤善羅漢。當王氏偏霸，武成年聲迹喧然，時呼玄爲張羅漢。……今大聖慈寺灌頂院羅漢一堂十六軀，見存。」郭若虚圖畫見聞志卷二：「張玄，簡州金水石城山人。善畫僧相，畫羅漢名播天下，稱『金水張家羅漢』也。」

〔三六〕童祥：宋畫家。鄧椿畫繼卷九：「郭若虚所載往往遺略，如江南之王凝花鳥，潤州僧修范湖石，道士劉貞白松石梅雀，蜀之童祥、許中正人物仙佛、丘仁慶花、王延嗣鬼神，皆名筆也，俱是熙寧以前人物。」

〔三七〕文與可：即文同（一〇一八—一〇七九），字與可，自號笑笑先生，梓橦永泰人。嘗守湖州，人稱「文湖州」。又嘗任洋州知州，人稱「文洋州」。官至司封員外郎，充秘閣校理。善畫墨竹。郭若虚圖畫見聞志卷三：「文同字與可，梓潼永泰人，今爲司封員外郎、秘閣校理。善畫墨竹，富蕭灑之姿，逼檀欒之秀，疑風可動，不筍而成者也。復愛於素屏高壁狀枯槎老枿，風旨簡重，識者所多。」蘇軾書晁補之所藏與可畫竹：「與可畫竹時，見竹不見人。豈獨不見人，嗒然遺其身。其身與竹化，無窮出清新。莊周世無有，誰知此疑神。」

〔三八〕蒲永昇：宋畫家，成都人，善畫水。郭若虚圖畫見聞志卷四：「蒲永昇，成都人，性嗜酒放浪。善畫水，人或以勢力使之，則嘻笑舍去；遇其欲畫，不擇貴賤。蘇子瞻内翰嘗得永昇畫二十四幅，每觀之則陰風襲人，毛髮爲立。子瞻在黄州臨臯亭，乘興書數百言寄成都僧惟簡，具述其妙，謂董戚之流爲死水耳。」蘇軾書蒲永昇畫後：「近歲成都人蒲永昇，嗜酒放浪，性與畫會，始作活水，得二孫（孫位、孫知微）本意。」

成都古今丙記序

前記趙清獻公作於熙寧七年甲寅，凡三十卷。蜀之始封及分野，梁益州、劍南西川、成都府屬郡縣得名之所自，廢置因革之不同，考之詳矣。後八十七年，當紹興三十年庚辰，王恭簡公續爲之記，有辨正其差誤、附益其未載者。二記今皆具存，續記之成，距今纔十有八年，雖事之當書者，不至甚夥。然恐自是日月寖久，來者難考，乃蒐耳目所及者，繼書之，名曰丙記。其二記已載者，皆不重出云。

【題解】

本文作於淳熙四年（一一七七）。本文輯自袁説有成都文類卷二三，又見楊慎全蜀藝文志卷三〇，范成大佚著輯存第一六六頁有録。全蜀藝文志卷三〇胡文質成都古今丁記序云：「成都古今記，起自熙寧甲寅，前帥趙閲道集之，凡三十卷。後八十七年，當紹興庚辰，王時亨復爲續記二十二卷，廢置因革，纖悉巨細，靡不載也。又十有八年，當淳熙丁酉，范至能復爲丙記十卷，距時亨去日未遠。雖不至如前續記之多，然二書之所不及者，則加詳矣。」據胡序知成都古今丙記爲十卷，成書於淳熙四年。

石經始末記

石經已載前記，晁子止作考異而爲之序。考異之作，大抵以監本參考，互有得失，其間顛倒缺譌，所當辨正，然古今字畫，雖小不同，而實通用耳。考異并序，凡二十一碑，具在石經堂中。子止之序曰：「鴻都石經，自遷徙鄴、雍，遂茫昧於人間。至唐太和中，復刊十二經，立石國學。而唐長興中，詔國子博士田敏與其僚校諸經，鏤之版，故今世六學之傳，獨此二本爾。按趙清獻公成都記，僞蜀相毋昭裔捐俸金，取九經琢石於學宫。而或又云：毋昭裔依太和舊本，令張德釗書。國朝皇祐中，田元均補刻公羊高、穀梁赤二傳，然後十二經始全。至宣和間，席文獻又刻孟軻書，參焉。今考之，僞相實毋昭裔也。孝經、論語、爾雅，廣政甲辰歲張德釗書。周易，辛亥歲楊鈞、孫逢吉書。尚書，周德正書。周禮，孫朋吉書。毛詩、禮記、儀禮，張紹文書。左氏傳，不誌何人書，而詳觀其字畫，亦必爲蜀人所書。然則蜀之立石蓋十經，其書者，不獨德釗，而能盡用太和本，固已可嘉。凡歷八年，其石千數，昭裔獨辨之，尤偉然也。公武異時守三榮，嘗討國子監所模長興版本讀之，其差誤蓋多矣。昔議者謂太和石本授寫弗精，時人弗之許，而世以長興版本爲便，國初遂頒布天下，收向日民間寫本不用。然有訛舛，無由參校判知其謬，猶以爲官既刊定，難於獨改。由是而觀，石經固脱錯，而監本亦難盡從。公武至少城，寒暑一再易節，暇日，因命學官雠校之。石本周易説卦：乾，健也，以下有韓康伯注略例，有邢璹注禮記月令，從唐李林甫改定者。監本皆不取外，周易經文不同者五科，尚書十科，毛詩四十七科，周禮四十二科，儀禮三十一科，禮記三十二科，春秋左氏傳四十六科，公羊傳二十一科，穀梁傳一十三科，孝經四科，論語八科，爾雅五科，孟子二十七科。其傳注不同者尤多，不可勝記。獨計經文，猶三百二科。迹其文理，雖石本多誤，然如尚書禹貢篇『夢土作乂』，毛詩日月篇『以至困窮而作是詩也』，左氏傳昭公十七年『六物之占，在宋、衛、陳、鄭乎』，論語述而篇『舉一隅而示之』，衛靈公篇『敬其事而後食其禄』之類，未知孰是。先儒有改尚書『無頗』爲『無陂』，改春秋『郭公』爲『郭亡』者，世皆譏之，此不敢决之以臆，姑兩存之，亦鐫諸樂石，附於經後不誣，將來必有能考而正之者焉。」子止又刻古文尚書於堂，而爲之序曰：「自秦更前代法制以來，凡曰古者，後世寥乎無聞，書契之作，固始於伏犧，然變狀百出，而不彼之若者，亦已多矣。尚書一經，獨有古文在，豈非得於壁間，以聖人舊藏，而天地亦有所護，不忍使之絶滅。中間雖遭漢巫蠱、唐天寶之害，終不能晦蝕，今猶行於人間者，豈無謂耶！况孔子謂尚書以其上古之書也，當時科斗既不復見，其爲隸古定此實一耳。雖然，聖人遠矣，而文字間可以概想，則古書之傳，不爲浪設。予抵少城，作石經考異之餘，因得此古文全編於學官，乃延士張奐，倣吕氏所鏤本再刻諸石。是不徒文字足以貽世，若二典『曰若』、『粤𡕒』之類，學者可不知歟？嗚呼，信而好古，學於古訓，乃有獲，蓋前牒所令，方將配孝經、周易經文之古者，同附於石經之列，以故弗克。第述一二，以示後之好識奇字者，又安知世無揚子雲？時乾道庚寅仲夏望日序。」

【題解】

本文作於淳熙四年（一一七七）離成都前，于北山范成大年譜淳熙四年譜文：「四月，朝廷徵召到。……有關西蜀文物者，則有石經始末記、成都古寺名筆記。」本文輯自楊慎全蜀藝文志卷三六上，孔凡禮范成大佚著輯存第一五九頁、全宋文卷四九八四均有録。

慧感夫人祠記

慧感夫人，舊謂之聖姑，或以爲大士化身，靈異甚著。祝安上通守是邦，事之尤謹。每有水旱，惟安上禱祈立驗。後以剡薦，就除臺守。既至錢唐，詰旦欲絶江，夢一白衣婦人告之曰：「來日有風濤之險。」既覺，頗異之，卒不渡。至午，颶風倏起，果覆舟數十，獨安上得免。一夕，盜入祠中，竊取其幡。平旦，廟史入視之，見一人以幡纏其身，環走殿中。因執以問，答曰：「某實盜也，夜半幸脱，已踰城至家矣。今不知潛制於此，神之威靈使然，敢不伏辜。」建炎間，賊虜將至城下，有一居民，平昔謹於奉事，夢中告之曰：「城將陷矣，速爲之所。謹勿以此告人。佛氏所謂刧數之説，不可逃也。」不數日，兵果至。其他神驗不一。後加封慧感顯祐善利夫人。

【題解】

本文約作於淳熙五年（一一七八）。本年四月，成大任參知政事，六月，爲言者論罷，奉祠。本文輯自中吴紀聞卷四，姑蘇志卷二七、吴都法乘卷一九、吴都文粹續集卷一四、范成大佚著輯存第一七三頁、全宋文卷四九八五均有録。顧沅吴郡文編卷七四有靈祐廟記，署爲范成大作，其文云：「按乾符二年林茂記云：梁衛尉卿陸僧瓚捨宅爲寺。有女不嫁，既死，祠於寺之東廡。開寶中，吴越王朝京，道出吴江，大風幾覆舟，見女子拯之，自言重元寺之神，本國加封感應夫人，郡人於此祈子，頗驗。元符初年夏旱，人多暍死，明年疫癘繼作，通判祝安上攝州事，禱神致雨，歲大熟。事聞，詔封慧感夫人。政和二年，曹棐記，賀鑄書。中吴紀聞云：安上除知台州，至錢唐，將濟，夢一婦人告以風濤之險。明日，果覆舟數十，獨安上得免。嘗有祝史竊廟中縣幡，（繫）其身，環走殿内，自言某實盗也。夜半踰城還家，神靈潛制於此。建炎中，金人入邊，居民有事之者，夢神告以兵難，不數日陷。乾道三年秋，禱雨有應，父老顧安時上其事，加封慧感顯祐善利夫人。參政范至能記。」當爲顧氏糅合各史料而成，可參看。

中秋泛石湖記

淳熙己亥中秋，至先、至能自越來溪下石湖，縱舟所如，忘路遠近，約略在洞庭、垂虹之間。天容水鏡，光爛一色，四維上下，與月無際。風露温美，如春始和，醉夢飄然，不知夜如何其。惟有東方大星，欲度蓬背，自後不復記憶。坐客或有能賦之者。張子震、馬少伊、鄭公玉〔一〕、章舜元〔二〕，客也。

【題解】

本文作於淳熙六年（一一七九），時正奉祠居家。本文輯自周密澄懷録卷下，孔凡禮范成大佚著輯存第一六一頁、全宋文卷四九八四均載之。

【箋注】

〔一〕鄭公玉：即鄭績，崑山人，官至知州，與石湖爲同年進士，至正崑山郡志卷三「進士」：「紹興二十四年張孝祥榜：鄭績公玉。」

〔二〕章舜元：孔凡禮范成大年譜淳熙六年譜文：「中秋，與從兄成象、張子震、馬少伊、鄭縝、章舜元等夜泛石湖。」附注：「詩集卷二十有次韻章秀才北城新圃詩，疑舜元即章秀才，章氏爲姑蘇大族。」參見次韻章秀才北城新圃「題解」，章秀才即北章之後人。

重九泛石湖記

淳熙己亥重九，與客自閶門泛舟，徑橫塘。宿霧一白，垂欲雨。至綵雲橋，氛翳豁然。晴日滿空，風景閒美，無不與人意會。四郊刈熟，露積如繚垣。田家婦子著新衣，略有節物。挂飄遡越來溪，潦收淵澄，如行玻璃地上。菱華雖瘦，尚可采。檥櫂石湖，扣紫荆，坐千巖觀下。菊之叢中，大金錢一種，已爛熳濃香。正午，薰入酒杯，不待轟飲，已有醉意。其傍丹桂二畝，皆盛開，多欒枝，芳氣尤不可耐。攜壺度石梁，登姑蘇後臺，躋攀勇往，謝去巾輿筇杖。石稜草滑，皆若飛步。山頂正平，有拗堂蘚石，可列坐，相傳爲吴故宫閒臺别館所在。其前湖光接松陵，獨見孤塔之尖，尖少北，點墨一螺爲崑山。其後，西山競秀，縈青叢碧，與洞庭林屋相賓。大約目力踰百里，具登高臨遠之勝。始，余使虜，是日過燕山館，嘗賦水調云：「萬里漢家使。」後每自和。桂林云：「萬里漢都護。」成都云：「萬里橋邊客。」明年徘徊藥市，頗歎倦游，不復再賦，但有詩云：「年來厭把三邊酒，此去休哦萬里詞。」今年幸甚，獲歸故國，偕鄰曲二三子，酬酢佳節於鄉山之上，乃用舊韻，句云：「萬里吴船泊，歸訪菊籬秋。」

【題解】

本文作於淳熙六年九月。本文輯自周密澄懷録卷下，張宗橚詞林紀事卷一〇、孔凡禮范成大佚著輯存第一六二頁、全宋文卷四九八四均載之。全宋詞以此文作水調歌頭序。

重修行春橋記

太湖日應咸池，爲東南水會，石湖其派也。吴臺越壘，對立兩涘，危峰高浪，襟帶平楚，吾州勝地莫加焉。石梁卧波，空山映發，所謂行春橋者，又據其會。胥門以西，横山以東，往來憧憧，如行圖畫間。凡遊吴中而不至石湖、不登行春，則與未游無異。歲久橋壞，人且病涉；贔之萬景，亦偃蹇若無所彈壓，過者爲之歎息。豪有力之家，顧環視莫恤，漫以委之官。前令陳益、劉棠，皆有意而弗果作。淳熙丁未冬，諸王孫趙侯至縣，甫六旬，問民所疾苦，則曰：「政孰先於徒杠輿梁者！」乃下令治橋，補覆石之缺，易藉木之腐，增爲扶欄，中四周而兩旁翼之。歲十二月鳩工，訖於明年之四月，保伍不知，公徒不預，邑人來觀，歡然落成而已。今天下仕者，視劇縣如鼎沸，屏氣怵惕，猶懼不蔵；侯於此時，從容興廢，蓋亦甚難。四鄉之人，不能出力傾助者，至是始有愧心。則相與商略，他日將作亭其上，以憩倦游者，尚庶幾見之。今姑識治橋之歲月。亭成，將嗣書云。侯名彦真，字德全，舊名彦能。隆興元年進士，擢第後改今名。橋成之明年，日南至。資政殿學士、通議大夫、提舉臨安府洞霄宫范成大記。

【題解】

本文作於淳熙十六年（一一八九），時奉祠在家。本文輯自吴都文粹續集卷三五，姑蘇志卷一九、洪武蘇州府志卷四八、孔凡禮范成大佚著輯存第一六三頁、全宋文卷四九八四均載録。行春橋，石湖勝景，在横山下越來溪中。范成大吴郡志卷一七：「行春橋，續圖經云：『在横山下越來溪中，湖山滿目，亦爲勝處。』橋甚長，跨溪湖之口。好事者或名小長橋，歲久廢闕，淳熙十六年，縣令趙彦真始復修之，勝概爲吴中第一。」趙彦真修橋，始於淳熙十四年冬，十五年四月成，「橋成之明年」，即淳熙十六年，范成大爲作記。

雙瑞堂記

紹熙初元夏四月，吳郡袁使君爲政之再閲月也，長洲之彭華鄉以瑞麥獻；又三月，木蘭後池以瑞蓮獻。麥兩歧，已堅栗可刈，歧間復出新苗，玉枝青葱，且秀且實。後十日，又歧於新苗之半，亦秀實如前。按瑞圖，麥自兩歧至九歧者有矣，未聞枯莖之稊，一再重出，青黄殊色，而三穎俱茂，有生生不窮之意，蓋創見云。蓮則共蔕異花，連理并秀，豐腴適相當，亦奇産也。吏民歡喜，謂造物者效珍發祥，工深巧妙，非賢使君孰能致此！又謂，使君辱臨吾州，政爾暖席，而嘉瑞輒應，何其速耶？余聞神人精祲之交，其迹固相絶遠，一念感通，則和同無間，直瞬息頃爾，固未可速計也。方使君持節按刑時，以杜後惠文繩，郡縣弗虔，官吏纍足；立逐捕巨賊，血其鯨鯢，風采烈於秋霜。朝廷第最課進，直中秘書，就牧此邦。吳人憺其威名，相與屏氣惕息。使君一日過范村，從容爲余言：「曩吾以衣繡持斧爲職，知飭法鋤姦而已；今爲郡守，號稱民父母，當有惻怛之愛，拊摩惸鰥，若乳保之於赤子，使百姓知吾此心，庶幾有不忍欺者。雖蒲鞭且弗願用，况於桁楊敲朴乎？」余矍然起賀曰：「公此心當與天通，人固未能户知，神者其知之矣！」閲時亡幾，而叶氣薰翔，被於珍物，豈非一念之感，如鼓應桴，有不疾而速，不召而至歟？是歲秋大熟，政成人和，庭訟稀簡，郡廓廓無事，曩之蘄望於民者，皆如本指，益知祥應之不虚。於是部使者暨府縣之賓佐，皆畫圖以傳，賦詩以相倡疇。猶謂未足傳久遠，且春秋有年、大有年，皆以喜書；今兹樂歲善收，甌窶污邪，無不滿望，二瑞實兆其祥，尤不可以弗識。乃以「雙瑞」名郡之東堂。余又爲原其所以致祥者爲之記，因以附見有年之喜，亦春秋之遺意焉。使君名説友，字起巖，建陽人。嘉平月，石湖范成大記。

【題解】

本文作於紹熙元年（一一九〇）十二月，時奉祠在蘇。本文輯自范成大吴郡志卷六，姑蘇志卷二三、吴都文粹卷二、吴郡文編卷四八、孔凡禮范成大佚著輯存第一六五頁、全宋文卷四九八四均有載。雙瑞堂，在郡治内，舊名西齋，郡守袁説友爲之改名。吴郡志卷六「官宇」云：「雙瑞堂，舊名西齋。紹興十四年，郡守王焕建。前有花石小圃，便坐之佳處。紹熙元年，長洲有瑞麥四歧及後池出雙蓮，郡守袁説友葺西齋，以『雙瑞』名堂，識其嘉祥。」

佛日山記

佛日山，由臨平而西，有佳趣。新安江帶城右旋，淙潺亂石間，不能一。長亭辟小溪，大會歙浦，貫萬山以出，又合始新、太末之水，行三百六十里，與海潮會爲浙江。其間稠灘如其里之數，每灘率減數丈，大或十倍。世傳天目山巔，與歙之柱礎平。

【題解】

本文輯自黄震黄氏日鈔卷六七，孔凡禮范成大佚著輯存第一七〇頁、全宋文卷四九八五均有録。題參全宋文擬。孔凡禮輯存按云：「此記當爲任徽州户曹時作。」

范石湖集輯佚卷十一　銘　題名

詹氏知止堂銘　并序

信有鄉先生詹君者，舉進士，歷官既倦遊，即第家作堂曰知止，將老焉。後五年，上奉議郎、諸王宫教授印組，頓首言縣官，願匃骸骨歸州里。制詔：「詹某引年知止，足勵士風，録其子一人。」讀詔中語，適與堂之名合，聞者異之。君之言曰：「始吾爲此，非惡寵利之途而違之也，吾見迹焉者矣。惟彼之徇則違己，惟己之合則不如其已。與其倒迮於日昃，孰若去而之山谿蒼涼之濱，訪初服之亡恙，俛仰昨非，蘧然形寓，吉蠲神明，落其華紛，尚庶幾於聞道。止乎彼而行乎此者，其失得孰多？」君之自叙云爾，余何足以辨之？姑用是銘其堂：

賢哉大夫！緬其高風。始名斯堂，若與天通。有如不信，視此扁榜。又視天語，如鏡中像。載登斯堂，皦焉初心。平生固然，匪今斯今。卷舒之岐，理不同軌。利達之轅，道義之柅。富貴幾何？蹈淵若陵。吾改吾轅，莫柅其行。其行靡靡，望道之涘。孰曰知止？未見其止。

【題解】

本文作年難以確考。本文輯自永樂大典卷七二四一，孔凡禮范成大佚著輯存第一二七頁、全宋文卷四九八五均有録。于北山范成大年譜繫本文於乾道十八年，不當。詹氏，即詹叔善，字繼道，信州玉山人。廣信府志卷九之三人物儒林：「詹叔善，字繼道，玉山人。紹興進士（十八年王佐榜）。拜奉議郎、諸王宫大小學教授。滿歲即求致仕。壽皇嘉之，特官其子，復賜詔，有『知止足勵士風』之語。先時，叔善築書屋曰『知止』，與召語合，人多題詠之。其昆弟叔寧、叔迴、叔沄、叔義，俱第進士。」

復水月洞銘　并序

水月洞，剜灘山之麓，梁空踞江。春水時至，湍流貫之。石門正圓，如滿月涌，光景穿映，望之皎然，名賓其實，舊矣。近歲或以一時燕私，更其號朝陽〔一〕，邦人弗從。且隱山東洞，既曰朝陽矣，不應相重。乾道九年秋九月初吉〔二〕，吴人范成大、莆田人林光朝，考古揆宜〔三〕，俾復其舊。成大又爲之銘。百世之後，尚無改也。銘曰：有嵌孱顔，中淙漲湍，水清石寒。圓魄在上，終古弗爽，如月斯望。灕山之英，灕江之靈，婷其嘉名。范子作頌，勒於龍磫，水月之洞。

【題解】

本文作於乾道九年九月，范成大與林光朝偕遊水月洞，石湖爲作銘文。本文輯自陸增祥八瓊室金石補正卷一一四，陸耀遹金石續編卷一八、粵西金石志卷八、孔凡禮范成大佚著輯存第一二八頁、全宋文卷四九八五均有載。水月洞，在桂林灕山，范成大桂海虞衡志：「水月洞，在宜山之麓，其半枕江。天然刓刻作大洞，透徹山背。頂高數十丈，其形正圓，望之端整如大月輪。江別派，流貫洞中。踞石弄水，如坐卷篷大橋下。」臨桂縣志卷一一山川志三：「洞穴有水然後稱奇，桂林諸洞，無慮百所，率近在城外數里，俱有可觀。若水東之曾公巖、興安之石乳洞，皆有流水自洞而出。施直橋横檻其上，遨遊者，得以徙倚。異於他洞者，空明幽邃而已。雖然，未若城南之水月洞、東江之龍隱巖也。水月中通，形如半規，江流貫之，中有石橋，可以觴客。龍隱修曲而高明，江流貫之，鼓櫂而入，仰視洞頂，夭嬌乎真龍之脊背也。范石湖謂二洞奇賞絶世。」

【箋注】

〔一〕更其號朝陽：陸耀遹金石續編卷一八按：「銘序：水月洞名舊矣，近歲以一時燕私，更號朝陽。謂張孝祥、張維也。」

〔二〕初吉：詩經小雅小明：「二月初吉。」鄭玄箋以爲朔日，即初一。又，古人分一月爲四分，自朔至上弦爲初吉，自上弦至望爲生霸，自望至下弦爲既望，自下弦至晦爲死霸，說見王國維觀堂集林卷一生霸死霸考。

〔三〕林光朝：字謙之，莆田人，隆興二年，年五十始進士及第。歷國子司業，因不往賀樞密張説，出爲廣西提點刑獄。陸耀遹金石續編卷一八著録復水月洞銘，按云：「與光朝並以乾道九年至桂，並以牴牾外戚遠官同方，水月盟心，宜其莫逆。」

重貂館銘 并序

嶠南風土常燠，惟桂林最善，唐人喜詠歌之，杜子美以謂宜人，白樂天以謂無瘴，然皆聞而知之者。戍昱實從事幕府，始有「重著貂裘」之句。乾道九年，余辱帥事，臘後大雪盈尺，苦寒如中州。一坐屢索衣，至盡用頃使朔庭時所服，乃掇昱語名西偏擁爐之室，且銘之。此獨以御冬，非所常居，故謂之館云。炎交維古羲所宅，帝墉瀧瀆畀南伯。清淑回薄鬱以積，彼歊暍厲竄罔跡。宜令大冬枋厥職，雪雰霾空風割石。浮楹複宇謨燕息，抱陽塞向塗四隙。暉景下墮牖生白，載葺裘裳晏煥席。遝來笑言我友即，時哉燠寒絶荒逖，賓以號名尉北客。

【題解】

本文作於乾道九年（一一七三）十二月，時在桂林帥任。本文輯自永樂大典卷一一三一三，黄震黄氏日鈔卷六七有節文，孔凡禮范成大佚著輯存第一二八頁、全宋文卷四九八五均載録。

碧虚銘㊀

唐鄭冠卿遇日華、月華君於棲霞之洞〔一〕，與之笛，不能成聲。傾壺酒飲之，塵得滴瀝。獨記其贈詩二篇。出門見二樵者，問曰：「洞中樂乎？」跬步亦失所在。吴人范成大小築其處，以識幽討。按詩卒章云：「不緣過去行方便，那得今朝會碧虚？」即以扁榜，且銘之巖壁：空洞維石，中函碧虚。誰歟知津？有翹負芻。我來叩門，兩翁在否？雖不能笛，能醉君酒。爲君作亭〔二〕，表巖之扃。名翁所命，而我銘之㊂。有宋淳熙改元嘉平日刻。

【校記】

㊀ 題：粤西金石略、臨桂縣志作「碧虚亭銘」。

㈡ 銘之：臨桂縣志作「名之」。金石續編陸耀遹按：「『銘之』，依韻當作『之銘』，書刻時誤倒。」

【題解】

本文作於淳熙元年臘月。本文輯自陸增祥八瓊室金石補正卷八八，陸耀遹金石續編卷一九、粵西金石略卷九、臨桂縣志卷二一、孔凡禮范成大佚著輯存第一二九頁、全宋文卷四九八五均載之。陸增祥於題下注：「高八尺，横五尺。十二行，行十四字，字徑三寸四分許，正書。横額分書，題『碧虛銘』三字。」八瓊室金石補正著録棲霞洞題刻五段，云「在臨桂」，其中一段，即石湖銘文。范成大桂海虞衡志：「棲霞洞在七星山。七星山者，七峰位置如北斗。又一小峰在傍曰輔星石。」

【箋注】

〔一〕「唐鄭冠卿」句：臨桂縣志卷一〇山川志二：「從洞口（棲霞洞）入，石索懸錦鯉魚，掛於雲半。左有石樓，唐祀元元於此。乾寧中，臨賀令鄭冠卿來遊，遇二客飲酒奏樂，與之篴，勿能聲。臨別，謂冠卿曰：『方今四海鬥争，群雄角立，重斂贍兵，蓋亦天數。王喬、許遜之徒，皆臨官即升道果，予其勉之！』出晤負芻，曰：『碧空之樂汝知之乎？乃日華、月華君也。』跬步失所在。」

〔二〕爲君作亭：范成大重建碧虛亭。臨桂縣志卷一〇山川志二：「（棲霞洞）由七星觀歷級而上，爲元帝殿。入座旁小門執炬行陰道中，數折，得洞高朗。洞頂石紋爲群鶴翔空，俗呼白鶴洞。前闢平地如毬場，可坐十餘人。壁鐫四仙巖。又折而上爲碧虛亭，宋范成大所建，本朝范公承勳新之，過亭則棲霞洞矣。」廣西通志卷二三三勝迹略四桂林府一：「碧虛亭，七星巖棲霞洞，舊名齊雲，宋范成大重建，更名碧虛。」

壺天觀銘 并序

凡洞穴皆幽闇偪仄，秉燭而遊；惟屏風巖高廣壁立，如康莊大廈，延納暉景，内外昭徹。石湖居士名之曰「空明之洞」。由磴道數拾級，出小石穴，山川城郭，恍然無際，以作臺觀，是名壺天。游客詫曰：「大哉斯壺，函裹如許！」居士曰：「世所有相，如空浮華，心目顛倒，□□□□。故善巧者，能於寶珠及以芥子乃至毫端，出見塵剎。彼觀者不覺不知，况一壺哉！」客悟且笑曰：「然則游戲神通耶？」居士亦笑，而爲之銘曰：心塵目華，三昧見前。我提一壺，彌羅大千。無有方所，四維上下。此三昧門，溥遊施者。

【題解】

本文輯自桂勝卷八，孔凡禮范成大佚著輯存第一二九頁、全宋文卷四九八五均載録。臨桂縣志卷一一山川志三録本文，題爲「屏風巖銘」。本文作於淳熙元年。石湖於乾道九年三月至桂林，赴廣西帥任。范成大桂海虞衡志：「屏風巖，在平地斷山峭壁之下。入洞門，上下左右皆高廣百餘丈，中有平地，可宴百客。仰視鍾乳森然，倒垂者甚多。躡石蹬五十級，有石穴通明。透穴而出，則山川城郭，恍然無際。余因其處作壺天觀，而命其洞曰空明。」

殊不惡齋銘

天道左旋，地勢四遊。曜靈轉轂而日運，璿柄回環而歲周。彼大物不能斯須安息，而況乎人生之若浮？故閑之一字，百祥無足比，五福不能疇焉。有士於此，爲病所虐，支體既墮，聰明亘作。解疊華之六縮，塞混沌之七鑿。龜藏於屋，蝸縮於殼。蓬蒿滿徑，車輪生角。冠劍委於凝塵，書傳束於高閣。心無所用，氣合於漠。困則佳眠，饑則大嚼㈠。但覺日月之舒長，不知户庭之寂寞。愧何修而何爲，而擅區中之閑樂？人見其病也，不堪其憂，我以爲殊不惡也。

【校記】

㈠ 則：原無，孔凡禮輯存據文意補入，今從之。

【題解】

詩集卷二五有殊不惡齋秋晚閑吟五絶，作於淳熙十二年，本文或作於同時。本文輯自永樂大典卷二五三六，孔凡禮范成大佚著輯存第一三〇頁、全宋文卷四九八五均有録。

同登七星山題名

乾道癸巳重九，吴人章潭邃道〔一〕、范成大至能，擕家同登七星山，遂遊棲霞〔二〕、水月〔三〕諸洞。

【題解】

本文作於乾道九年（一一七三）。本文輯自謝啓昆粵西金石志卷八「章潭范成大題名」。孔凡禮范成大佚著輯存一八五頁、全宋文卷四九八五均有録。七星山，在桂林東，張鳴鳳桂勝卷二：「七星山，渡江而東，則有七星峰駢岫列高，視近野群山莫與并。然亦有諸巖洞、冷水出其東，棲霞出其西，又有玄風、彈丸，爲棲霞左右掖，南則龍隱，雖小隔越，諸峰回映連綴，狀斗，故曰七星。」其題名爲真書，徑三寸，刻石在臨桂棲霞洞。

【箋注】

〔一〕章潭：字邃道，時爲廣西運判。

〔二〕棲霞：洞名，范成大桂海虞衡志：「棲霞洞，在七星山。……石洞在山半腹，入石門，下行百餘級，得平地，可坐數十人，六月無炎，大冬温然。」

〔三〕水月：洞名，在灕山之麓，范成大桂海虞衡志：「水月洞，在灕山之麓，其半枕江，天然刓刻作大洞，透徹山背。頂高數十丈，其形正圓，望之如大月輪。江別派，流貫洞中。」

壺天觀題名 一

經略安撫使范成大〔一〕，新作壺天觀，提點刑獄鄭丙落其成〔二〕，轉運判官趙善政〔三〕，提點坑冶鑄錢李大正同集。淳熙改元七月十日。

【題解】

本文作於淳熙元年（一一七四）七月十日。本文輯自臨桂縣志卷二三金石志三，謝啓昆粵西金石略卷九、桂林石刻第一八七頁、孔凡禮范成大佚著輯存第一八五頁、全宋文卷四九八五均載錄。臨桂縣志卷二三金石志三：「行書，徑五寸，右刻在屏風山。」淳熙八年，石湖同年梁安世官廣南西路轉運判官，游壺天觀，因作題壺天觀詩并序：「留守參政大資范公，余同年（下缺二字），往歲在桂林，題刻最多，四方傳之。暇日嘗與同僚徧觀。因即公所名壺天觀題數語，括蒼梁安世。宣政喜邊功，隆兑築州縣。程公自名巖，刻石記所建。得既不償費，中興棄不繕。誕謾磨崖辭，當日妄夸衒。英英石湖仙，改作壺天觀。壁間之大字，莊重如峨弁。詩文鸞鶴音，筆勢龍蛇變。登高瞰洞户，灕水澄如練。勝概聳靈台，遐觀起三歎。玲瓏二十四，妙墨鐫題徧。我來爲拂塵，端若侍顔面。邦人頌遺愛，壽骨癯且健。今（缺二字）麟堂，安得使之見。淳熙辛丑立秋後一日。」

【箋注】

〔一〕經略安撫使：石湖任桂林帥，其全稱爲「集英殿修撰、知静江府軍府事、兼本路經略安撫使」。

〔二〕鄭丙：字少融，福州長樂人。乾道六年正月，除尚書禮部員外郎，出爲江西轉運判官，改湖南提點刑獄，提點廣東，移廣西提點刑獄。鄭丙移廣西提刑，當爲淳熙元年初，因乾道九年之提刑爲林光朝。平園續稿卷二五有鄭丙之神道碑，宋史卷三九四有傳。

〔三〕趙善政：即趙養民。

壺天觀題名 二

鄭少融、趙養民、李正之、范至能，落壺天觀，還會碧虚。淳熙元年。

【題解】

本文作於淳熙元年（一一七四）。本文輯自謝啓昆粤西金石略卷八，桂林石刻第一八七頁、孔凡禮范成大佚著輯存第一八五頁、全宋文卷四九八五均載録。

中隱山題名

鄭少融、趙養民、李正之、范至能，淳熙甲午歲中秋後三日同遊。

【題解】

本文作於淳熙元年（一一七四）八月十八日。本文輯自謝啓昆粵西金石略卷八，臨桂縣志卷二四金石志五、孔凡禮范成大佚著輯存第一八六頁、全宋文卷四九八五均有録。臨桂縣志金石志於題名下記云：「行書，徑一寸許。右刻在中隱巖。」中隱山，即中隱巖，在桂林西南。

龍隱巖題名

淳熙元年初□日，吴郡范致能、長樂鄭少融、□□王仲顯、□□祝元將、□□□月□□□□來游龍隱巖□百□□東山□□□□蓋□得之龍□水石□□□□。

【題解】

本文作於淳熙元年（一一七四），時石湖任桂林帥，與同僚遊龍隱巖，因題名。本文輯自桂林石刻第一九〇頁，全宋文卷四九八五亦有録。龍隱巖，在桂林市東七星山脚。范成大桂海虞衡志：「龍隱洞、龍隱巖，皆在七星山脚，没江水中，泛舟至石壁下，有大洞門，高可百丈。鼓棹而入，仰觀洞頂，有龍迹夭矯，若印泥然，其長竟洞。舟行僅一箭許，别有洞門可出。巖在洞側。山半有小寺，即巖爲佛堂，不復屋。」臨桂縣志卷一〇引查禮游記：「自花橋泛舟不半里至洞，在七星山第七峰之山脚。小東江之水注焉。洞口高約七八十尺，鼓棹而入，洞長二百尺，寬一二十尺，左右盡石刻。舟從洞後出，緣山脚百五十尺至岸，舍舟登山，由蹬道數十武即龍隱巖，巖與洞近，故以洞之名名巖。」

屏風巖題名

淳熙乙未廿八日酌别碧虚，七人復過壺闕〔一〕，姓字在棲霞。

【題解】

本文作於淳熙二年（一一七五）。本文輯自桂林石刻第一九〇頁，全宋文卷四九八五有録。屏風巖，又名程公巖，因程節開發此巖而得名。范成大桂海虞衡志：「屏風巖，在平地斷山峭壁之下。入洞門，上下左右皆高廣百餘丈，中有平地，可宴百客。仰視鍾乳森然，倒垂者甚多。躡石蹬五十級，有石穴通明。透穴而出，則山川城郭，恍然無際，余因其處作壺天觀，而命其洞曰空明。」

【箋注】

〔一〕七人：指碧虛題名中之祝元將、王仲顯、游子明、林行甫、周直夫、諸葛叔明與范至能。

碧虛題名

范至能赴成都，率祝元將〔一〕、王仲顯〔二〕、游子明〔三〕、林行甫〔四〕、周直夫〔五〕、諸葛叔時〔六〕，酌別碧虛。淳熙乙未廿八日。

【題解】

本文作於淳熙二年（一一七五）。本年正月，拜蜀帥，因與同僚酌別。本文輯自臨桂縣志卷二一金石志二，謝啓昆粵西金石略卷八、陸耀遹金石續編卷一九、孔凡禮范成大佚著輯存第一八六頁、全宋文卷四九八五均有録。碧虛，亭名，在桂林七星山棲霞洞。

【箋注】

〔一〕祝元將：即祝大任，字元將，吳人，曾知賀州、郢州，石湖有清湘驛送祝賀州南歸、寄題祝郢州白雪樓，參見兩詩「題解」。

〔二〕王仲顯：即王光祖，字仲顯，臨江人，曾官柳州知州，石湖有清湘驛送王柳州南歸，可參見此詩「題解」。

〔三〕游子明：即游次公，建安（今福建建甌）人，乾道九年入范成大桂帥幕。厲鶚宋詩紀事卷五七有小傳。淳熙末曾官汀州通判。參見卷一三過鄱陽湖次游子明韻「題解」。本次離別，游次公賦滿江紅，詩人玉屑卷二一：「寒岩游子明，送范制置成大入蜀：『雲接蒼梧，山莽莽、春浮澤國。江水漲、洞庭相近，漸驚空闊。江燕飄飄身似夢，江花草草春如客。望漁村、樵市隔平林，寒烟色。方寸亂，成絲結。離別近，先愁絶。便滿篷風雨，櫓聲孤急。白髮論心湖海暮，清樽照影滄浪窄。看明年、天際下歸舟，應先識。』其間詞語精絶。」

〔四〕林行甫：生平不詳。

〔五〕周直夫：即周去非，字直夫，著有嶺外代答。

〔六〕諸葛叔時：金華人，爲獄掾。

上巳題名

至能、季思〔一〕、壽翁〔二〕、虞卿、子宣〔三〕、正甫、渭師、子餘〔四〕、無咎、淳熙戊戌季春丁巳同游，子師不至。

【題解】

本文作於淳熙五年（一一七八）上巳，時范成大在臨安任權禮部尚書兼直學士院。此石刻題名在龍華寺（寺在玉津園附近）。本年丁巳，孝宗幸玉津園，石湖及諸人蓋扈從至此，畢事後同游龍華寺，題名留念。本文輯自六藝之一録續編卷五，孔凡禮范成大佚著輯存第一八六頁、全宋文卷四九八五亦録本文。

【箋注】

〔一〕季思：即司馬伋，字季思，司馬光之玄孫，陸游老學庵筆記卷八：「紹興末，謝景思守括蒼，司馬季思佐之，皆名伋。」乾道二年，爲建康總領，景定建康志卷二六：「司馬伋，右朝散郎尚書户部員外郎，乾道二年八月二十五日到，十月十五日丁憂。」乾道六年，以試工部尚書使金。八年，鎮廣州；淳熙四年，爲吏部侍郎；五年七月，知鎮江；六年四月，知平江；九年，知泉州，居二年，再任。以上歷仕，見孔凡禮范成大年譜淳熙五年譜文。陸游孺人王氏墓表（渭南文集卷三九）：「孺人嫁司馬文正公元孫龍圖閣待制伋之仲子。」

〔二〕壽翁：即李椿（一一一〇—一一八三），字壽翁，洺川永平人。靖康之亂，避地南遷，因父遺澤補官。歷官縣尉、監司理參軍、州軍事判官、節度推官。參張浚幕，效力頗多。監登聞鼓院、知鄂州、廣南西路提點刑獄、荆湖北路轉運判官、樞密院檢詳、左司員外郎兼權檢正、直龍圖閣知隆興府、江南西路安撫使、荆湖南路轉運副使、都大提舉四川茶馬、權湖南安撫、司農卿兼權臨安府、江南西路轉運副使、知婺州、加秘閣修撰、吏部侍郎、集英殿修撰知太平州、顯謨閣待制知潭州、荆湖南路安撫使、進敷文閣直學士致仕。卒年七十三。宋史卷三八九有傳。

〔三〕子宣：即劉邦翰，字子宣，范成大吴船録卷下：「（八月）辛巳晨，出大江，午至鄂渚。……監司帥守劉邦翰子宣而下，皆來相見邀飯。」周必大南歸録乾道八年紀事：「前常德太守劉大夫邦翰子宣相候。」

〔四〕子餘：即齊慶胄，字子餘。周必大有朝請郎權尚書禮部侍郎兼侍講齊慶胄辭免禮部侍郎制（玉堂類稿卷八），作於淳熙七年三月二十四日。宋會要輯稿職官七二：「（淳熙七年）四月二十二日，禮部侍郎齊慶胄放罷。」蔡戡有齊子餘侍郎挽詞（定齋集卷九），即禮部侍郎齊慶胄。

暘谷洞題名

范至先、至能、張元直同游林屋洞天，至先之子葳及現、壽二老俱。淳熙戊戌孟冬朔。

【題解】

本文作於淳熙五年（一一七八）十月初一，時閑居在蘇。本書卷二〇與現壽二老遊壽泉因話去年林屋之遊題贈，即指這次遊洞事。張元直，從排列次序看，應是比較親近的人。按，石湖有二妹，第二妹適張氏。驂鸞録乾道八年十二月二十四日記事云：「張氏妹從其夫方宦臨安。」張元直或即爲石湖二妹夫。本文輯自林屋洞暘谷洞口石刻，姜本紅、朱俊霞、白帥敏著石湖名賢范成大（蘇州大學出版社二〇一七年出版）録本文。

范石湖集輯佚卷十二　祭文　雜文

祭亡兄工部文

維淳熙七年歲次庚子，十二月己卯朔初一日，弟中大夫知明州軍州事兼沿海制置使某，謹以清酌庶羞之奠，致祭於亡兄致政運使工部之靈。惟兄以履踐爲問學，故不載之空言；以廉隅爲事業，故無所合於時好。非其道義，一介不取。意所安樂，簞瓢晏如。清浄絶欲，半世塵外。天遊逍遥，八極環堵。鐵石堅忍如苦行道人，冰霜孤潔如臞儒列仙。雖入儀郎位，出將使節，譽滿朝野，德流江湖，視若夢境，棄焉如脱。兄之離垢遯俗久矣，故能通乎晝夜之道，安時處順，來去如一。其屬疾也，謝醫却藥，弗問家事。知不可爲，則焚香盥手，翛然告終。昔善其生，今善其死。逝者如此，可謂全歸。嗚呼！是足以見先伯父與□□□□地下矣。惟我范氏，奕世同居。薄宦離逖，咸非本心。曏我歸□□□□□□□基，三徑輒荒。兄曰時哉，相汝經營；又曰老矣，與汝俱佚。藐是不肖，未克掛冠，復起典州，與兄别離。平生屢别，蓋亦屢見。奉遺盤門，謂我遄歸。豈其生離，化爲死别，嗚呼哀哉！西河正東，北城稍南，籃輿相過，兒童識知。鄉之二老，獨餘一翁。我今雖歸，歸亦何心！新圖異書，誰與共閲？釀成果熟，誰與共嘗？横塘之雪，石湖之月，誰其方舟？吴臺越城，包山洞庭，桃李之蹊，橘中之洲，誰其曳杖而行前？節逢春秋，姻親會同，惟吾伯兄之敬；與夫冠婚喪祭，故家遺俗，凡情文百爲折衷於大宗之門者，今舉無適與歸矣。兄之存亡，固爲范氏重輕；而白首殘年，抱觸目無窮之悲者，又某之所獨也！翼翼吴都，茫茫九原，豈無他人？不如吾兄。酹觴鄞江，與潮俱西，莫知我哀，兄其知之！尚饗。

【題解】

本文作於淳熙七年（一一八〇）十二月，時在知明州軍州事任上。本文輯自永樂大典卷一四〇五一范石湖大全集祭亡兄工部文，孔凡禮范成大佚著輯存第一八四頁、全宋文卷四九八五均有載。

祭樂先生文

維年月日，門生敷文閣直學士、朝請郎、四川安撫制置使范某，謹以清酌庶羞之奠，致祭於删定監簿先生欒公之墓。嗚呼！有如先生之間關兵燼，九死一生，孑然而立身者乎？有如先生之學問攻苦，兼貫六藝，深醇而成全者乎？又有如先生之甫上朝謁，突不及黔，忽焉數晦朔而翁媪相從於九原者乎？嗚呼，此先生身世則然也！又有如教誨成就，自童而習之，以至同升諸公，如某之托契於欒氏之門者乎？藐然遠成，萬里來歸，謂當復登堂受教，安知其忽焉楸行之下拜先生之墳乎？有菲斯肴，慟哭以奠，其何能將追痛之誠而酢平生之恩勤乎？嗚呼，哀哉！尚饗。

【題解】

本文作於淳熙四年（一一七七），石湖自蜀歸吴，知欒備已卒，往吊其墓，並作此祭文。本文輯自永樂大典卷一四〇五四，孔凡禮范成大佚著輯存第一八三頁、全宋文卷四九八五均有録。按，宋會要輯稿選舉二二考試，有淳熙二年正月九日欒備以删定官點檢試卷之記載。則欒備之逝世，當在淳熙四年石湖東歸前不久。

祭遺骸文

維乾道九年八月乙酉，左朝奉郎、充集英殿修撰、知静江軍府事兼管内勸農使[一]、充廣南西路兵馬都鈐轄兼本路經略安撫使、兼提舉買馬、吴縣開國男、食邑三百户、賜紫金魚袋范成大，謹遣左迪功郎臨桂縣令陳舜韶、左迪功郎司法參軍鄭鄖以清酌庶羞之奠，祭於新塚諸君之靈：嗚呼，聖人有言：「卜其宅兆而安厝之。」則凡死而無宅兆者，不得其安，可知也。形魄降於地，骨肉歸復於土，然後其魂氣無不之也。故曰：人死曰鬼。鬼者，歸也。不得其安，不得其歸，魂羈而無託，天下之至悲也。桂林之俗，或不葬所親，寓其骨於浮屠，而顙莫泚也。與夫遠游客死，遺骸委骼，狼藉散亂而弗收者，不知其幾也。嗚呼，若爾諸君，生何罪於天，而今乃至於此也。太守之來，惻然動乎其心，若己手之而棄也。屬吾同僚，出公帑，營燥剛，實覺華之原，鍾官之墟，鬱然砥然，以爲諸君之墓隧也。舉凡無歸之骨，而窆之域於前列者，有官君子也。分封於兩旁者，姓字不得冥漠，君之類也。祭之雖非其親，藏之雖非其里，有以安而歸之，何異於親與里也。日吉辰良，肴芬而酒旨，魂兮即安，無南無北無東西也。牛羊弗踐，樵薪避焉。超於終古，勿毁勿夷也。嗚呼哀哉，尚饗[二]！

【校記】

[一] 尚饗：原闕，據廣西通志補。

㊁ 尚饗：桂故原無，今據廣西通志補。

【題解】

本文作於乾道九年（一一七三）八月，時在桂林帥。本文輯自桂故卷五，南宋文録録卷二一、廣西通志卷二三八、孔凡禮范成大佚著輯存第一八二頁、全宋文卷四九八五均有録。臨桂縣志卷二七勝迹志三：「宋乾道間，范成大與民期約，以秋八月十五日皆葬所親，否則即以不孝不道論。至期收葬者什九。其無親識及子孫飄零者，官爲聚而穸之于城北，各以石揭其姓名。不知爲誰，則云舊在某所，使後可訪。混入穴中狼藉不分者尚數十擔，合二大冢，爲文祭之。父老以其文刻石於西湖潛洞。」于北山范成大年譜「乾道九年譜文」云：「八月間，訪瘞旅柩，作義冢，爲文葬之。」下加案語云：「舉葬文（即葬遺骸文），據張仲宇小傳（臨桂縣志卷二十八人物志），謂即張氏所撰。石湖本工文，不待他人捉刀；然此類文字，亦往往由幕僚代作，而親加潤色點定，即以入集，例亦常見。」

上梁文

吴波萬頃，偶維風雨之舟；越戍千年㊀，因築湖山之觀㊁。

【校記】

㈠ 越戍：永樂大典卷二二六六引蘇州府志作「越城」。

㈡ 因築：陸友仁吴中舊事作「因作」。

【題解】

本文作於乾道八年（一一七二），成大建石湖别墅於盤門外十二里，因作本文。孔凡禮、于北山范成大年譜均繫本文於此年。孔凡禮按云：「此上梁文當爲别墅初創時作，石湖志略得其實。」本文輯自周密齊東野語卷一〇，陸友仁吴中舊事、永樂大典卷二二六六引蘇州府志、孔凡禮范成大佚著輯存第一三五頁、全宋文卷四九八五均有録。黄震黄氏日鈔卷六七評云：「上梁文數語，多雄壯。」

遊　録

匡廬衡嶽，塊然大山，不得以峰名。最奇秀者，惟池之九華、歙之黄山。

【題解】

本文作於紹興三十年（一一六〇），時任新安掾，本年有黄山之行，參見本書卷七天都峰、温泉諸詩。本文輯自徐璈黄山紀勝卷四（見趙敏黄山志四種校箋，黄山書社二〇一八年版）孔凡禮范成大佚著輯存、全宋文均未録本文。本文主旨贊頌黄山勝過廬山、衡山，與本書卷六再韻答子文「黄山聞道勝衡廬」句意相一致。

水竹贊 并序

昆山石奇，巧如雕鎪，縣人採寘水中，種花草其上，謂之水寘，而未聞有能種竹者。家弟至存遺余水竹一盆〔一〕，娟浄清絶，衆寘皆廢。竹固不俗，然猶須土壤栽培而成，此獨泉石與俱，高潔不群，是又出乎其類者。贊曰：

竹君清癯，百昌之英。偉兹孤根，又過於清。尚友奇石，弗麗乎土。濯秀寒泉，亦傲雨露。辟穀吸風，姑射之人。微步淩波，洛川之神。蟬蜕泥塗，同於絶俗。直幹高節，此君之獨。棐几明牕，不受一塵。微列仙儒，其孰能賓之！

【題解】

本文作年難以確考，文云「家弟至存」，或作於早年讀書昆山時期。本文輯自永樂大典卷一九八六五，全宋文卷四九八五有録。

【箋注】

〔一〕家弟至存：石湖有二弟，周必大神道碑：「愛二弟，教而撫之，待成績尤至，今爲朝請郎通判建康府，成己前卒。」詩集卷一四甲午除夜猶在桂林念致一弟使虜今夕當宿燕山會同館兄弟南北萬里感悵成詩，則成績字致一，甲午爲淳熙元年，尚在。另一弟成己，當即本文所云之「家弟至存」，石湖文字中很少見到，諒即「前卒」之成己。

炭頌 并序

予病衰，大冬非附火不暖，既銘被、爐，又作炭頌：

燔木不灰，化爲精堅。是衷至陽，維火之傳。雪霾六虚，冰寒九淵。環堵之室，天不能寒。有赫神物，斡流化甄。尺璧寸珠，罔功汗顔。我維德之，莫之名言。既燠既安，與之。

【題解】

本文當作於晚年歸老後，具體作年難以確考。本文輯自山堂肆考卷一三一，古今事文類聚續集卷一八、南宋文録録卷九、孔凡禮范成大佚著輯存第一三一頁、全宋文卷四九八五均有録。

書舒蘄二事

皆以持心之厚，惡人報德而獲生。

【題解】

本文作年無考。本文輯自黄震黄氏日鈔卷六七，孔凡禮范成大佚著輯存第一四三頁、全宋文卷四九八五均有録。

記王列女事㈠

王列女不事二主。

【校記】

㈠題：原無，孔凡禮輯存作「記一篇」，今據文意擬。

【題解】

本文作年無考。本文輯自黄震黄氏日鈔卷六七，孔凡禮范成大佚著輯存第一七一頁有録之。全宋文未録。孔輯於此文下按云：「此則文字，原接上則『之』後。又誤『王列女』之『王』爲主，不可通。今從元刻本。」

記朱俠事㈠

朱俠脱屈容叔之子於悍婦，長而還之。

【校記】

㊀題：原無，孔凡禮輯存作「記一篇」，今據文意擬。

【題解】

本文輯自黄震黄氏日鈔卷六七，孔凡禮范成大佚著輯存第一七一頁録之。

記董國度事

董國度陷虜，得婦人力，歸而負之，奇禍死。

【題解】

本文輯自黄震黄氏日鈔卷六七，孔凡禮范成大佚著輯存第一七〇頁、全宋文卷四九八五均有録。題參孔氏、全宋文擬。洪邁夷堅志乙志卷一「俠婦人」條，詳述此事，末注：「范至能説。」

記雷孝子事

雷孝子天錫，十一歲刲股救父。

【題解】

本文作年無考。本文輯自黄震黄氏日鈔卷六七，孔凡禮范成大佚著輯存第一七〇頁、全宋文卷四九八五均有録。題參孔氏、全宋文擬。

書新安事

汪姓鼻祖，名華〔一〕，隋末據歙、宣、杭、睦、婺、饒之地以歸唐〔二〕，今廟封顯靈英濟王。又，俗傳黄巢以汪王同臭味，下令毋犯汪氏，歙人争冒汪姓。俚云：四門三面水，十姓九家汪。百姓油糍鬼，官人豆腐王。譏俗陋也。豆腐，舊傳劉安戲術。又，俚語：徽人三日飽，兩社一年朝。不重冬節也。

【題解】

本文作於紹興二十六年至三十年任新安掾時，具體年月難以確考。本文輯自黄震黄氏日鈔卷六七，孔凡禮范成大佚著輯存第一四二頁、全宋文卷四九八五均有録。孔氏案云：「此則節文前，日鈔有評述一則，云：『天聖五年，王堯臣牓小録，石湖見之昆山龔氏，載異於近制者甚多。』」

【箋注】

〔一〕「汪姓鼻祖」二句：羅願汪王廟考實（新安志附）：「行狀云：王諱世華，避唐太宗諱，去上字。」

〔二〕「隋末據歙」句：資治通鑑卷一八九載汪華據黟歙等五州，羅愿汪王廟考實：「較其實，則所謂六州者，蓋皆有之，不可掩也。」

沈德和尚記祖輝仲事

沈德和尚書祖輝仲勘江賊，活七人。同官死，嫁其二女。病中見黄衣使召爲仙官，且延壽三紀。

【題解】

本文作年無考。本文輯自黄震黄氏日鈔卷六七，孔凡禮范成大佚著輯存第一四三頁、全宋文卷四九八五均有録。題據文意擬。

記　事

常明叔父死，神降其家，云爲人奪胎。

【題解】

本文作年莫考。本文輯自黄震黄氏日鈔卷六七，孔凡禮范成大佚著輯存第一四四頁、全宋文卷四九八五均有録。

論學書須視真迹 一

學書須是收昔人真迹佳妙者，可以詳視其先後筆勢、輕重往復之法。若只看碑本，則惟得字畫，全不見其筆法神氣，終難精進。

【題解】

本文作年難以確考。本文輯自陳櫄負暄野録卷下「學書須視真迹」條，孔凡禮范成大佚著輯存第一四五頁、全宋文卷四九八三均有録。

論學書須視真迹 二

學時不在旋看字本，逐畫臨倣。但貴行住坐卧常諦翫，經目著心。久之，自然有悟入處，信意運筆，不覺得其精微，斯爲善學。

【題解】

本文作年難以確考。本文輯自陳槱負暄野録卷下「學書須視真迹」條，孔凡禮范成大佚著輯存第一四五頁、全宋文卷四九八三均有録。

論書一

漢人作隸，雖不爲工拙，但皆有筆勢腕力㈠，其法嚴於後世真行之書㈡，精采意度㈢，粲然可以想見筆墨畦徑也。

【校記】

㈠但：六藝之一録、佩文齋書畫譜作「然」。

㈡其法：原脱「法」，今據六藝之一録、佩文齋書畫譜補。

㈢精采：原作「精嚴」，據六藝之一録、佩文齋書畫譜改。

【題解】

本文作年難以確考。本文輯自陸友仁硯北雜志卷下，倪濤六藝之一録卷二七九、王原祁等佩文齋書畫譜卷七「范成大論書」條引之，孔凡禮范成大佚著輯存第一四六頁、全宋文卷四九八三均有録。

論書 二

古人書法，字中有筆，筆中有鋒，乃爲極致。

【題解】

本文作年難以確考。本文輯自楊慎墨池瑣録卷一，又見王原祁等佩文齋書畫譜卷七「范成大論書」，孔凡禮范成大佚著輯存第一四六頁、全宋文卷四九八三均有録。

通濟堰碑

通濟堰，合松陽、遂昌兩谿之水，引而東行，環數十百里，溉田廣遠，有聲名浙東。按長老之記，以爲蕭梁氏時詹南二司馬所作。至宋中興乾道戊子，垂千歲矣。往迹蕪廢，中下源尤甚。明年春，郡守吴人范成大與軍事判官蘭陵人張澈，始修復之，事悉具新規。三月，工徒告休。成大馳至斗門，落成於司馬之廟。竊悲夫水無常性，土亦善堙，修復之甚難，而潰塞之實易。惟後之人，與我同志，嗣而葺之，將有考於斯。今故列其規於石以告。四月十九日，左奉議郎權發遣處州軍州主管學事兼管内勸農事范成大書。

通濟堰規

堰首

集上中下三源田户，保舉下源十五工以上，有材力公當者充。二年一替，與免本户工。如見充堰首，當差保正長即與權免，州縣不得執差，候堰首滿日，不妨差役。曾充堰首，後因析户工少，應甲頭脚次與權免。其堰首有過，田户告官迫究，斷罪改替。所有堰堤斗門，石函葉穴，仰堰首寅夕巡察。如有疏漏倒塌處，即時修治。如過時以致旱損，許田户陳告，罰錢三十貫，入堰公用。

田户

舊例，十五工以上，爲上田户，充監當。遇有工役，與堰首同，共分局管幹。每集衆，依公於三源差三名，二年一替，仍每月輪一名，同堰首收支錢物人二。或有疎虞不公，致田户陳告，即與堰首同罪。或大工役，其合充監當人，亦抑前來分定窠座管幹，或充外役，亦不蠲免，並不許老弱人抵應。内有恃强不到者，許堰首具名申官追治，仍倍罰一年堰工。

甲　頭

舊例，分九甲。近緣堰田多係附郭上田户典賣，所有堰工，起催不行。今添立附郭一甲，所差甲頭，於三工以上至十四工者差充，全免本户堰工。一年一替，委堰首集衆上田户，以秧把多寡，次第流行，依公定差。如見充别役，即差下次人，俟别役滿日，依舊脚次。仍各置催工歷一道，經官印押收執。遇催到工數抄上，取堰首僉人。堰首差募不公，致令陳訴點對得實，堰首罰錢二十貫，入堰公用。

堰　匠

差募六名，常切看守堰堤。或有疎漏，即時報堰首修治。遇興工日，支食錢一百二十文足。所有船缺，遇舟船上下，不得取受情倖容縱，私折堰堤。如疎漏，申官決替。

堰工

每秧五百把，敷一工。如過五百把有零者，亦敷一工。下户每二十把至一百把，出錢四十文足。一百把以上至二百把，出錢八十文足。二百把以上敷一工。鄉村並以三分爲率，二分敷工，一分敷錢。城郭止有三工以下者，并敷錢。其三工以上者，即依鄉村例，亦以三分爲率，每工一百文足。如有低昂，隨時申官增減。官給赤歷二道。二道一年一易，内一道充收工，一道充收錢糧。並仰堰首同論月上田户，逐時抄上，不得容情增減作弊，不許泛濫支使。如違，許田户陳告官司。勘磨得實，其管掌人輕重斷罪外，或偷隱一文以上，即倍罰，入堰公用。至歲終結算。有錢樁管在堰，其堰工，每年並作三限催發，謂如田户管六十工，每限發二十工，設使不足，又量分數催發，田户不得執定限。如遇大興工役，量事勢輕重，敷工使用。值年分堰堤不損，用工微少，堰首不得多敷工數，掠錢入己。如違，即依隱漏工錢例責罰。田户不如期發工納錢，仰堰首舉申勾追，倍罰一年工數。

船缺 出行船處，即石堤低處是也。

在堰大渠口，通船往來，輪差堰匠兩名看管。如遇輕船，即監梢公那過。若船重大，雖載官物，亦令出卸空船拔過，不得擅自倒拆堰堤。若當灌溉之時，雖是官員船并輕船，並合自沙洲牽過，不得開堰，泄漏水利。如違，將犯人申解使府，重作施行。仍仰堰首以時檢舉申使府，出榜約束。

堰㮣

自開拓㮣至城塘㮣，並係大㮣，各有闊狹丈尺。開拓㮣中枝，闊二丈八尺八寸，南枝闊一丈一尺，北枝闊一丈二尺八寸。鳳臺兩㮣，南枝闊一丈七尺五寸，北枝闊一丈七尺二寸。石剌㮣，闊一丈八尺。城塘㮣，闊一丈八尺。陳章塘㮣，中枝闊一丈七尺七寸半，東枝闊一丈八寸二分，西枝闊八尺五寸半。内開拓㮣遇亢旱時，揭中枝一㮣，以三晝夜爲限，至第四日，即行封印，却揭南北㮣蔭注，三晝夜訖，依前輪揭。如不依次序及至限落㮣，㮣首申官施行。其鳳臺兩㮣不許揭起外，石剌、陳章塘等㮣，並依放開拓㮣次第揭弔。或大旱，恐人户紛争，許申縣那官監揭。如田户輒敢聚衆持杖恃强，佔奪水利，仰槩頭申堰首或直申官，追犯人究治斷罪，號令罰錢二十貫，入堰公用。如槩頭容縱，不即申舉，一例坐罪。其開拓、鳳臺、城塘、陳章塘、石刺槩，皆係利害出處，各差槩頭一名，並免甲頭差使。其餘小槩頭與湖塘堰頭，每年與免本户三工。如違誤事，本年堰工不免，仍斷決。

堰夫

遇興工役，並仰以卯時上工，酉時放工。或入山斫篠，每工限二十束，每束長一丈，圍七尺，至晚差田户交收，一日兩次，點工不到，即不理工數。

渠堰

諸處大小渠堰，如遇淤塞，即請衆田户。衆田户分定窠座丈尺，集工開淘，各依古額。其兩岸並不許種植竹木，如違，依使府榜文施行。

請官

如遇大堰倒損，興工浩大，及亢旱時，上役難辦，許田户即時申縣委官前來監督。

請所委官常加鈐束，隨行人吏不得騷擾，仍不得將上田户非理淩辱，以致田户憚於請官修治及時旱損。如違，許人户經縣陳訴，依法施行。

石函斗門

石函或遇沙石淤塞，許破堰工開淘斗門。遇洪水及暴雨，即時挑閘，免致沙石入渠。纔晴，水落即開閘，放水入堰渠。輪差堰匠，以時啓閉。如違，致有妨害，許田户告官，將堰匠斷罪，如堰首不覺察，一例坐罪。

湖塘堰

務在瀦蓄水利。或有淺狹去處，湖堰首即合報堰首及承利人户，率工開淘，不許縱人作捺爲塘及圍作私田，侵佔種植，妨衆人水利。塘湖堰首，如不覺察，即同侵佔人斷罪，追賞錢一十貫，入堰公用，許田户告。

堰廟

堰上龍王廟，葉穴龍女廟，並重新修造，非祭祀及修堰，不得擅開，容閑雜人作踐。仰堰首鎖閉看管，洒掃崇奉，愛護碑刻，并約束板榜。堰首遇替交割或損漏，即衆議依公破工錢修葺。一歲之間，四季合用祭祀，並將三分工錢支破，每季不得過一百五十工。

水淫

一處。在地名寶定大堰路邊。通蔭溪邊田合留外，有私創處，並合填塞。其争佔人，許被害田户，申官追斷。

逆掃

諸湖塘堰邊，有仰天及承坑塘，不係承堰出工，即不得逆掃。堰内水利田户，亦不得容縱偷遞。其承堰田，各有堰水，不得偷掃别堰水利，及不許用板木作捺，障水入田，有妨下源灌溉。亦仰人户陳首重斷，追賞錢一十貫，入堰公用。

開淘

自大堰至開拓槩，雖約束以時開閉斗門葉穴，切慮積累沙石淤塞，或渠岸倒塌，阻遏水利。今於十甲内，逐年每甲各樁留五十工，每年堰首將滿，於農隙之際，申官差三源上田户，將二年所留工數，併力開淘，取令深闊，然後交下次堰首。

葉穴頭

葉穴係是一堰要害去處，切慮啓閉失時，遂致衝損。兼捕魚人向後作弊。今於比近上田户，專差一名充穴頭，仰用心看管。如遇大雨，即時放開閘板，或當灌溉時，不得擅開。所差人，兩年一替，特免本户逐年堰工。如違誤事，斷罪倍罰本户工，仍看管龍女廟。

堰司

於當年充甲頭，田户議差能書寫人一名充，三年一替。如大工役，一年一替，免充甲頭，一次不支僱丁錢。或因緣騷擾及作弊，申官斷替。

堰簿

堰簿，已行攢造都工簿一面，堰首收管，田秧等第簿一面，請公當上田户一名收管。三年一替。遇有闕割，仰人户將副本自陳并砧基，先經官推割，次執干照，請管簿上田户對行闕割。至歲終，具過割數目姓名，送堰首改正。都簿如無官司憑照，擅與人户闕割，許經官陳告，追犯人赴官重斷，罰錢三十貫，入堰公用。

右依准州縣備據到官張文林申，重修到前項規約，州司點對，委是經久，除已保明供申轉運衙及提舉常平衙外，行下鐫石施行。乾道五年四月望日，右文林郎處州軍事判官張澈立石。

【題解】

二文作於乾道五年（一一六九），時在知處州任上。本文輯自李遇孫栝蒼金石志卷五，處州府志卷二六，松陽縣志卷一三，孔凡禮范成大佚著輯存第一七四頁均有録，全宋文卷四九八五録有碑文。李遇孫於文下云：「石刻上本有堰山一條，字既剥落，無從取證，亦仍堰志之舊，存十九條矣。」關於寫作緣起、經營始末，諸家有詳細記載，因迻録之以供參考。周必大神道碑云：「處多山田，梁天監中，詹、南二司馬作通濟堰於松陽、遂昌之間，激溪水四十里外，溉田二十萬畝。溪遠田高，堰壞已五十年。公尋故迹，議伐大木，横壅溪流，度水與田平，即循溪疊石岸，引水行其中。置四十九閘，以節啓閉。上源用足，乃及其中，次至其下，而堰可復。議定，官爲雇工運石，命其傍食利户各發丁壯，分畫界定，以五年正月同日興工，四月而成，水大至，如初議。適公被召，躬往勞之，父老懽呼曰：『堰成，公忍去我耶？』公曰：『吾能經始，安能保其無壞！』爲立詹南廟，作堰規，刻石廟中，盡給左右山林爲修堰備。至今蒙其利。」栝蒼彙紀卷七地理紀麗水縣：「乾道間，郡守范成大重加修葺，有堰規二十條，見堰廟石刻，范自爲記，略曰：通濟堰，按長老記云，蕭梁時詹、南二司馬所作；至乾道戊子，垂千載矣。往迹蕪廢，中下源尤甚。明年春，郡守吴人范成大與軍事判官蘭陵張澈修復之，事悉具新規。三月，工徒告休，成大馳至斗門，落成於司馬之廟。竊悲夫水無常性，土亦善湮，修復之甚難，而潰塞之實易。惟後之人與我同志，嗣而葺之，將有考於斯，故刻其規於石。」處州府志卷二六藝文志金石：「右宋郡守范公成大通濟堰記并堰規二十條。乾道四年頒發。五年，張澈立石。舊志僅録記略，又脱去六十八字，今摹石刻始全。然規石雖存，字迹模糊難辨。今取相傳堰志一書録之。原刻尚有堰山一條，共二十條，今止十九條。據堰志云，堰規凡二十條，今除去堰山一條。蓋舊堰自春初起工，用木篠築成堰堤，取材於山，攔水入堰。自開禧元年郡人參政何澹築成石隄，以圖久遠不費修築，因請於有司給此山。今山爲何氏物，業非堰山矣。是則何氏因捐築石隄，後據山爲己有，遂除去『堰山』一條，存十九條。」

附録

一、諸家評論

（一）詩評

楊萬里誠齋詩話

自隆興以來，以詩名者：林謙之、范致能、陸務觀、尤延之、蕭東夫。

楊萬里千巖摘稿序

余嘗論近世之詩人，若范石湖之清新，尤梁溪之平淡，陸放翁之敷腴，蕭千巖之工致，皆予之所畏者。

楊萬里進退格寄張功父姜堯章

尤、蕭、范、陸四詩翁，此後誰當第一功？新拜南湖爲上將，更差白石作先鋒。可憐公等俱癡絶，不見詞人到老窮。謝遣管城儂已晚，酒泉端欲乞移封。

楊萬里謝張功父送近詩集

十年不夢軟紅塵，惱亂閑心得我嗔。兩夜連繙約齋集，雙明再見帝城春。鶯花世界輸公等，泉石膏肓歎病身。近代風騷四詩將，非君摩壘更何人（四人：范石湖、尤梁溪、蕭千巖、陸放翁）。

劉克莊後村詩話前集卷二

蕭千巖機杼與誠齋同，但才慳於誠齋，而思加苦，亦一生屯蹇之驗。同時獨誠齋奬重，以配范石湖、尤遂初、陸放翁，而放翁絶無一字及之。

劉克莊中興絶句續選

南渡詩尤盛於東都，炎、紹初，則王履道、陳去非、汪彦章、吕居仁、韓子蒼、徐師川、曾吉甫、劉彦沖、朱新仲、希真，乾、淳間，則范至能、陸放翁、楊廷秀、蕭東夫、張安國一二十公，皆大家數。

宋濂答章秀才論詩書

馴至隆興、乾道之時，尤延之之清婉，楊廷秀之深刻，范至能之宏麗，陸務觀之敷腴，亦皆有可觀者，然終不離天聖、元祐之故步，去盛唐爲益遠。

周遵道豹隱紀談

天生好句，未嘗無對。俚俗之語，得之爲難。粟齋詩話載二對云：「死人身邊有活鬼，强將手下無弱兵。」一云：「老手舊胳脯，窮𦜝餓舌頭。」今有一對，亦可比擬，如「磨油拌生菜，呷醋咬陳姜」。石湖居士戲用鄉語云，土俗以二至後九日爲寒燠之候，故諺有「夏至未來莫道熱，冬至未來莫道寒」之語。又夏至後一説云：「一九至二九，扇子不離手。三九二十七，吃水如蜜汁。四九三十六，争向露頭宿。五九四十五，樹頭秋葉舞。六九五十四，乘涼不入寺。七九六十三，夜眠尋被單。八九七十二，單被添夾被。九九八十一，家家打炭墼。」冬至後云：「一九至二九，相唤不出手。三九二十七，籬頭吹觱篥。四九三十六，夜眠如露宿。五九四十五，太陽開門户。六九五十四，貧兒争意氣。七九六十三，布衲兩肩攤。八九七十二，貓狗争陰地。九九八十一，犁耙一齊出。」范公吴人，不免用鄉語。

方回跋遂初尤先生尚書詩

宋中興以來，言治必曰乾、淳，言詩必曰尤、楊、范、陸。其先或曰尤、蕭，然千巖早世不顯，詩刻留湘中，傳者少。尤、楊、范、陸特擅名天下。（略）回謂光堯龍渡時，則有詩人陳去非、吕居仁、徐師川、韓子蒼之徒，所謂及聞正始之音者。至阜陵在宥，而四鉅公出焉，非以其渾大典正，與中原諸老並歟？誠齋時出奇峭，放翁善爲悲壯，然無一語不天成。公與石湖，冠冕佩玉，度騷媲雅，蓋皆胸中貯萬卷書，今古流動，是惟無出，出則自然。

方回讀張功父南湖集并序

乾、淳以來，稱尤、楊、范、陸，而蕭千巖東夫、姜梅山邦傑、張南湖功父亦相伯仲。梁溪之嬌淡細潤，誠齋之飛動馳擲，石湖之典雅標致，放翁之豪蕩豐腴，各擅一長。千巖格高而意苦，梅山律熟而語新。

方回曉山烏衣圻南集序

乾、淳以來，誠齋、放翁、遂初、石湖、千巖五君子，足以躡江西、追盛唐。

宋史卷三八六范成大傳

成大素有文名，尤工於詩。上嘗命陳俊卿擇文士掌内制，俊卿以成大及張震對。自號石湖。有石湖集、攬轡録、桂海虞衡集行於世。

都穆南濠詩話

予觀歐、梅、蘇、黄、二陳，至石湖、放翁諸公，其詩視唐未可便謂之過，然真無愧色者也。

沈周跋宋陸游自書詩一卷(石渠寶笈卷二九)

放翁詩大類石湖，書法亦大同小異，在當時，蓋二公互相取益也。宜乎其忘勢遺位，與之傾倒平生。後世推范公之知人，陸公之自信。

楊慎東皐三蜀兩遊集序

昔之爲詩推表山川，膾炙人口於吾蜀者，宜莫若杜子美之富且著，子美而下，則宋之范至能、陸務觀也。三子之集，大行於今，覆視其帙，居蜀之作過半矣。品格之間，古今之别，姑置勿問，且言其所值：杜則流離飢困，寂抑悦恨，故其言志，恒多怨；陸則流連光景，肆情皋壤，故其命詞，恒多歡；若范公，則分弓秉鉞，開府行邊，功建式遏，名垂不朽，而又以暇日餘景，掞藻觚與文士埒能，一人争勝，其所題詠篇什，聲叶中和而調諧貞則，亦其時之遇也。今大中丞儀封劉公，比跡千古，亦今之石湖也。觀斯集也，弔古興懷，則沉鬱而不懟；晤言因寄，則取適而不流；犂然性情之貞，皜乎理義之正。他日與石湖集并傳，無疑也。

何良俊 四友齋叢説卷二五

南宋陳簡齋、陸放翁、楊萬里、周必大、范石湖諸人之詩，雖則尖新太露圭角，乏渾厚之氣，然能鋪寫情景，不專事綺繢，其與但爲風雲月露之形者，大相徑庭。

賀裳 載酒園詩話又編 范成大

選宋詩不復可繩以古法，真須略玄黄取神駿耳。但當汰其已甚，違拜從純，不可無此權度也。吾於汴宋最愛子由，杭宋則深喜至能，真有驊騮騄耳歷都過塊之能，雖時亦霜蹄一蹶，要不礙千里之步。代聖集贈别曰：「一曲悲歌水倒流，樽前何計緩千憂。事如夢斷無尋處，人似春歸挽不留。草色粘天鶗鴂恨，雨聲連曉鷓鴣愁。迢迢緑浦帆飛遠，今夜新晴獨倚樓。」南徐道中曰：「半生行路與心違，又逐孤帆擘浪飛。吴岫擁雲遮望眼，楚江浮月冷征衣。長歌悲似垂垂淚，短夢紛如草草歸。若使一廛供閉户，肯將青雀易柴扉。」入秭歸界曰：「山根繫馬得漿家，深入窮鄉事可嗟。蚯蚓祟人能作瘴，茱萸隨俗强煎茶。幽禽不見但聞語，野草無名都着花。窈窕崎嶇殊未艾，去程方始問三巴。」鄂州南樓曰：「誰將玉笛弄中秋，黄鶴飛來識舊遊。漢樹有情横北浦，蜀江無語抱南樓。燭天燈火三更市，摇月旌旗萬里舟。卻笑鱸鄉垂釣手，武昌魚好便淹留。」此石湖帥蜀歸過鄂州作也。古云「寧飲建鄴水，莫食武昌魚」，卻如此點化，何減回道人半黍。再渡胥口曰：「古來此地快蓬心，天繞明湖日照臨。一雁雲平時隱見，兩山波動對浮沈。衰鬢都共荻花老，醉面不如楓葉深。罾户釣徒來問訊，去年盟在肯重尋？」以上諸詩有似元、白者，有似許渾、韓偓者。又如「月從雪後皆奇夜，天向梅邊别有春」，「鵰鶚相安無可笑，熊魚自古不能兼」，「定中久已安心竟，飽外何煩食肉飛」，「含風竹影淡留月，着雨蛩聲深怨秋」，俱有新趣。絶句之工者，兖州道中曰：「虎嘯狐鳴苦竹叢，魂驚終日走蒙茸。松林斷處前山缺，又見南湖數十峰。」冬日田園雜興曰：「斜日低山片月高，睡餘行藥繞江郊。霜風掃盡千林葉，閒倚筇枝數鸛巢。」尤澹秀可愛。范嘗使於金，口奏乞還河南寢陵，遂有羈留之議，賦詩曰：「萬里孤臣致命秋，此身何止一浮漚。提攜漢節同生死，休問羝羊解乳否。」此尤其生平大節，不止呫嗶之士。請息齋書事曰：「蝨裹書時真是賊，虎中宣力任爲倀。」「賊」字太不文，然下句終是快語，亦可愁時破涕也。

費經虞雅倫卷二一

宋初競尚西崑、才調，元之獨爲清麗醇雅。（略）後出如永叔、子瞻、石湖、放翁，皆遵仿之，實宋風所自開也。

石湖與放翁齊名，清新藻麗，然才亞於放翁。今之學者多於其中摘新字面用之，非石湖意也。

汪琬讀宋人詩五首

唱得吴歈迴不同，石湖别自擅宗風。楊尤果與齊名否？如此論量恐未公。

汪琬劍南詩選序

范石湖之詩非不新也，然而邊幅則太窘矣。

姜宸英唐賢三昧集序

詩至中晚已小變。王元之輩名爲以杜詩變西崑之體，而歐、蘇各自成家，西江别爲宗派。至南渡而街談巷語競竄六義，其間能以唐自名其家，自放翁、石湖而外，不可多得，或者謂反不如西崑之浮艷，其聲存也。

吴景旭歷代詩話卷六一

南渡以後，范石湖、陸放翁兩家爲冠。楊誠齋謂范之清新，陸之敷腴。姜白石謂温潤如范，俊逸如陸，當時已推服之。然范詩易看而難入，當由其温潤，進其清新；陸詩難擇而易耽，當汰其敷腴，實其俊逸。

葉燮原詩内篇

宋初詩襲唐人之舊。（略）自後諸大家迭興，所造各有至極，今人一概稱爲宋詩者也。自是南宋、金、元作者不一，大家如陸游、范成大、元好問爲最，各能自見其才。

又推崇宋詩者，竊陸游、范成大與元之元好問諸人婉秀便麗之句，以爲秘本。昔李攀龍襲漢魏古詩、樂府，易一二字便居爲己作，今有用陸、范及元詩句，或顛倒一二字，或全竊其面目，以盛誇於世，儼主騷壇，傲睨古今。豈惟風雅道衰，抑可窺其術智矣。

王士禛香祖筆記卷五

宋姜夔堯章白石集，予鈔之近百首，蓋能參活句者。白石詞家大宗，其于詩亦能深造自得。自序同時詩人，以温潤推范石湖，痛快推楊誠齋，高古推蕭千巖，俊逸推陸放翁。白石游于諸公間，故其言如此。

王士禛帶經堂詩話卷一〇

宣獻與楊誠齋、范石湖、陸放翁同時，詩亦石湖伯仲，歌行學蘇、黄，氣或不逎，格詩苦鈍，然不爲楊、范佻巧取媚。

又卷一八

載酒園詩話，丹陽賀裳著。其持論有不可解處，如范石湖之視陸放翁何啻霄壤，而賀則云至能有驊騮、騄耳過都歷塊之能，又云務觀才具無多，意境不遠，唯善寫眼前景物，音節琅然可聽。（略）此如乞兒輕議波斯賈胡，足發一笑耳。其論晁具茨亦然。大抵所取率晚唐宛巧之語，以爲雋異，豈得輒衡量大家耶！

宋犖 漫堂説詩

南渡後，陸游學杜、蘇，號爲大宗。又有范成大、尤袤、陳與義、劉克莊諸人，大概杜、蘇之支分派別也。

放翁老鍊峭潔，(略)可冠南宋，石湖非其伯仲。

尤侗 梁溪遺稿跋

南宋詩家首推尤、楊、范、陸，號「中興四將」，蓋比之張、韓、劉、岳云。顧其時習尚，争學唐風，由元訖明，鮮有齒及宋詩者。洎乎昭代，然後大行。蘇、黄而下，劍南爲盛，石湖次之，誠齋雖拙于用多，亦篇什斐然矣。

汪森 梅山續稿序

余讀宋諸家詩，而自始迄終，各有其原本焉。五季以還，家少陵而户元、白，然分途攬轡，超詣各殊。即如梅宛陵之精琢，歐陽廬陵之雅鍊，蘇眉山之開拓變化，黄涪翁之出没浩瀚，范石湖之丰標，陸劍南之逸足，真可謂百不爲多，一不爲少。其或以偏師制勝，獨壘争奇，樹幟生前，標名身後，雖辟支小果，游戲神通，亦未可以優此而劣彼也。

諸錦 白石詩序

白石在南宋一老布衣，往往爲章服者傾倒，如石湖、誠齋互爲推奬，由是聲價益高，士固不可無所汲引歟。

全祖望 宋詩紀事序

建炎以後，東夫之瘦硬，誠齋之生澀，放翁之輕圓，石湖之精致，四壁并開。

陳訏 宋十五家詩選石湖詩選

范石湖取境雅瘦，力排丰縟；然氣韻自腴，故高峭而不寒儉。

金學蓮 書陸放翁詩後

山水嚴陵天下無，放翁真放極清娱。一時誤作南園記，已覺高風讓石湖。

張惣 葛莊詩鈔序

或訊公詩自佳，疑或涉宋。而余謂論詩如九方皋之相馬，當在牝牡驪黄之外，誠不以是也。論聲調，唐之元、白，已肇蘇、陸，論氣味，宋之歐、梅，豈減韓、柳；他如半山、石湖諸老，誰得以非唐目之？

杭世駿 申改翁出蜀集序

生其鄉與夫宦轍所至，唐若李、杜，宋若蘇，若陸、范，其詩怪偉絶特，與劍閣之嵯峨相峙，而欲插齒牙於其間，出一奇，制一勝，又難之難也。

宋百家詩存卷一〇小山集

于湖張孝祥、石湖范成大名重一時，(劉)翰游於二公之門，故詩聲日著。

錢世錫論宋人絶句十二首和陳檢齋司馬九

嫵媚清新鮑謝俱，誠齋斂衽不爲腴。令人絶意江南好，雜興田園范石湖。（誠齋序石湖詩曰：「我於詩豈敢以千里畏人者，而於公獨斂衽也。」）

袁守定佔畢叢談卷五

元、白長慶集固近宋調，其實肇於少陵。少陵詩：「老妻畫紙爲碁局，稚子敲針作釣鈎」，「酒債尋常行處有，人生七十古來稀」，「春水船如天上坐，老年花似霧中看」，「晝引老妻乘小艇，晴看稚子浴清江」，（略）如此類者甚多，的是劍南、石湖鼻祖。

姚壎宋詩略自序

南渡之尤、楊、范、陸，絶類元和。

吴祖修讀遺山題中州集後詩

一代詞人孰積薪，涪皤陳語肯相因。石湖冲淡放翁健，可是西江社裏人？

張謙宜絸齋詩談卷五

陸劍南、范石湖皆學杜有得者，范較養勝，陸較才勝耳。

范石湖筆致平雅，惟入蜀自虎牙至秭歸縣，不減少陵。

四庫全書總目卷五八

御選唐宋詩醇四十七卷。（略）南宋之詩，范、陸齊名。（略）石湖集篇什無多，才力識解亦均不能出劍南集上。既舉白以概元，自當存陸而删范。權衡至當，洵千古之定評矣。

邵堂論詩六十首三一

西河留守但經年，東閣參知兩月旋。高唱湖田新樂府，石湖應共鑑湖傳。

沈德潛說詩晬語卷下

南渡後詩，楊廷秀推尤、蕭、范、陸四家，謂尤延之袤、蕭東夫德藻、范致能成大、陸務觀游也。後去東夫，易以廷秀，稱尤、楊、范、陸，蕭幾不能舉其名氏，而詩亦散逸矣。

王昶舟中無事偶作論詩絶句四十六首

楊監詩多終淺俗（楊誠齋），平園老去亦疎庸（周益公）。石湖居士真清遠，不獨驂鸞寫狀濃（范石湖）。

又偶成　歸田何敢擬淵明，欲傚香山亦未成。范陸新詩差可繼，興來覓句遶廓行。

姚鼐重修石湖范文穆公祠記

南宋資政殿大學士范文穆公，既以文學著稱當世，其詩尤爲天下所愛。後世爲詩者，每誦法之，以謂宋詩人之傑。然考公生平，主朝出使，卓有節行，臨民布政，方略可觀，亦非第詩人之傑而已。

翁方綱石洲詩話卷四

阮亭云：范石湖之視陸放翁，何啻霄壤。蓋平熟之中，未能免俗也。

石湖於桑麻洲渚，一一有情，而其神不遠，其佳處則白石所稱「温潤」二字盡之。

石湖善作風景語，於竹枝頗宜。

范、陸皆趨熟，而范尤平迤，故間以零雜景事綴之，然究未爲高格也。

放翁五言古詩，平揖石湖，下啓遺山。

後村稱王義豐詩「高處逼陵陽、茶山」。今觀其詩，清切有味，遠出誠齋、石湖之上，而世不甚稱之。

自後山、簡齋抗懷師杜，所以未造其域者，氣力不均耳。降至范石湖、楊誠齋，而平熟之逕，同輩一律，操牛耳者，則放翁也。平熟則氣力易均，故萬篇酣肆，迥非後山、簡齋可望。而又平生心力，全注國是，不覺暗以杜公之心爲心，于是乎言中有物，又迥出誠齋、石湖上矣。

徐曉亭塵談筆存

楊誠齋詩，力求超脱，范石湖詩，力求精工，卻不道詩從至性全情流出，不求超脱而自超脱，不求精工而自精工。

李重華貞一齋詩説

南宋陸放翁堪與香山踵武，益開淺直路徑，其才氣固自沛乎有餘，人以范石湖配之，不知石湖較放翁則更滑薄少味。（略）故知范、陸並稱，猶之温、李，元、白，優劣自皎然也。

方廷楷習静齋論詩絶句

西村生性愛幽居，得句吟來范石湖。詩欲驚人原好事，何妨此癖未銷除。（歸善葉西村適）

李調元雨村詩話卷下

范石湖詩稍次于放翁，而入蜀峽中詩爲獨具手眼。余曾擬其刺濆淖諸篇，不免效顰之笑。至云蜀人好食生蒜，臭不可近，今則不然矣。

謝啓昆讀全宋詩仿元遺山論詩絶句二百首范成大

一曲清溪訪越來，西風楚客重徘徊。三邊館畔哦詩罷，萬里橋頭載酒迴。冰天桂海夢魂非，路入橫塘燕子飛。閒坐息齋殊不惡，家人檢校石湖歸。

石樵詩話卷四

宋律詩多用轆轤格、轆轤韻，雙出雙入。（略）楊誠齋、范石湖多用之。

静居緒言

南渡後詩一變，尤、蕭、楊、范、陸時名相埒。（略）石湖似爲整煉，而才思狹窄，終遜一籌。

朱庭珍筱園詩話卷四

南宋四大家，當時稱尤、蕭、范、陸，謂尤延之、蕭東夫、范石湖、陸放翁也。然三人皆非放翁匹，而延之尤卑。

黄維甲與從侄杭生㴱之孝廉論唐宋八家文宋四家詩得失

詩到蘇黄都説盡，古人定論我何殊。若論逸響餘絃外，我獨傾心范石湖。

黄維甲病中讀宋四家詩各題一絶

忙裏成吟俱慘淡，衰年得句亦精神。文章不爲勳名掩，南宋如公復幾人？

洪亮吉北江詩話卷五

陸渭南之在范石湖幕府也，石湖主清新，而渭南則主沈鬱，故能各自名家，并拔戟自成一隊。

况澄仿元遺山論詩三十首一九

文采尤蕭范陸同，石湖南渡振頽風。梁谿寂寞千巖冷，我獨傾心拜放翁。

胡敬仿漁洋山人題唐宋金元詩絶句

別自陸豪黄峭外，無窮層出見清新。武夷君亦風流甚，留住詩篇放卻人。（先君子藏有范石湖集，爲孫丈半峰攜入閩，墮建溪中。）

姚瑩論詩絶句六十首

開府題詩范石湖，也如嚴武在東都。務觀禮法因君放，曾與登牀一醉無。

李慈銘越縵堂日記（光緒乙酉七月十一日）

閲石湖集。文穆詩頗兼率易槎枒之病，然其晚年寫老疾之態，多如人意所欲言，於我今日，尤體狀曲肖也。

陸心源楊氏日記序

余惟遊記之源，蓋出於史家之支流。宋以後作者踵接，然往往瑣屑穢雜，無關法戒，故自石湖、放翁而外，傳者甚寡。

沈曾植海日樓叢鈔引筆記

石湖、放翁，潤以文采，要爲樂而不淫，以自別爲詩人旨格。

陳衍石遺室詩話卷一四

唐以前名句多全聯寫景者。宋人除陸放翁、范石湖、楊誠齋諸家外，往往寫景中帶着言情。

（二）詞評

周必大與范至能參政劄子

樂府措之花間集中，誰曰不然。陳無己云「妓圍窈窕，争唱舍人之詞」，今在桂林矣。最後七夕篇尤道盡人間情意，蓋必履之而後知耳，奇絶奇絶。

沈雄古今詞話詞話上卷

劉漫塘曰：范致能、陸務觀，以東南文墨之彦，至爲蜀帥。在幕府日，賓主唱酬，每一篇出，人以先睹爲快。

張惠言詞論

姜堯章夔暗香（舊時月色），題曰石湖咏梅，此爲石湖作也。時石湖蓋有隱遁之志，故作此二詞以沮之。白石石湖仙云：「須信石湖仙，似鴟吏飄然引去。」末云：「聞好語，明年定在槐府。」此與同意。首章言己嘗有用世之志，今老無能，但望之石湖也。

厲鶚論詞絶句十二首

舊時月色最清妍，香影都從授簡傳。贈與小紅應不惜，賞音只有石湖仙。

馮金伯詞苑萃編卷一

石湖老人謂予云：「琵琶有四曲，今不傳矣。曰濩索（一曰濩弦）梁州、轉關緑腰、醉吟商胡渭州、歷弦薄媚也。」予每念之。辛亥之夏，予謁楊廷秀丈于金陵邸中，遇琵琶工解作醉吟商胡渭州，因求得品弦法，譯成此譜，實雙聲耳。詞曰：「又正是春歸，細柳暗黄千縷。暮鴉啼處，夢逐金鞍去。一點芳心休訴，琵琶解語。」

又卷八

花間、尊前而後，言詞者多主曾端伯樂府雅詞，今江、淮以北稱倚聲者，輒曰雅詞，甚矣，詞之當合乎雅矣。自草堂選本行，不善學者，流而俗，不可醫。讀秋屏詞，盡洗鉛華，獨存本色，居然高竹屋、范石湖遺音，此有井飲處所必欲歌也。

又卷一三引竹山漫録

范石湖坐上客有譚劉婕好事者，公與客約賦詞。游次公子明倚金縷曲先成，公不復作，衆亦斂手。詞云：「暖靄烘晴籞。鎖垂楊、籠池罩閣，萬絲千縷。池上曉光分宿霧。日近群芳易吐。尋并蒂、闌邊凝佇。不信釵頭雙鳳去，奈寶刀、被妾先留住。天一笑，兹花妒。阿嬌好在金屋貯。甚秋風、易得蕭疏，扇鸞塵污。一自昭陽宫閉後，墻角土花無數。况多病、情傷幽素。百花臺上空雨露。望紅雲、杳杳知何處。天尺五，去無路。」

又引研北雜志

小紅，范成大青衣也，有色藝。成大請老，姜夔詣之。一日，授簡徵新聲，夔製暗香、疏影兩曲，成大使二伎歌之，音節清婉。成大尋以小紅贈之。其夕大雪，過垂虹，賦詩曰：「自喜新詞韻最嬌，小紅低唱我吹簫。曲終過盡松陵路，回首烟波十里橋。」夔喜自度曲，吹洞簫，小紅輒歌而和之。夔卒于杭州，范挽詩曰：「所幸小紅方嫁了，不然啼損馬塍花。」宋時花藥出東西馬塍，皆名人葬處，夔葬此，故云。

葉申薌本事詞卷下

范石湖歸老日，姜堯章嘗于雪中過訪，款留經月。時值湖墅梅花盛開，石湖授簡索詞，且徵新聲。堯章爲特製二曲以呈，蓋自度腔也。范賞玩不已，命家妓工歌者習之，音節諧婉，命之曰暗香、疏影。

周必大平園，嘗奉使過池陽，趙富文太守招宴。籍中有曹盼者，潔白静默，或病其訥而少慧，周憐之，爲賦梅以見意云：「踏白江梅，大都玉琢酥凝就。雨肥霜逗。癡騃閨房秀。莫待冬深，雪壓霜欺後。君知否。却嫌伊瘦。又怕伊僝僽。」適屆七夕，趙又開宴出家姬小瓊以侑觴，周又賦贈云：「秋夜乘槎，客星容到天孫渚。眼波微注。將謂牽牛渡。見了還非，重理霓裳舞。雖無誤。幾年一遇。莫訝周郎顧。」小瓊，即范石湖所謂與韓無咎、晁伯如之家姬，稱爲三傑者。

善本書室藏書志卷四〇

石湖詞(略)，文穆以詩雄一代，詞亦清雅瑩潔，迥異塵囂。集中小令更勝於長調。

吴衡照蓮子居詞話卷一

歌者小瓊，石湖居士所謂三傑之一也，周益公贈以點絳唇詞。按益公夫人極妒，韋居聽輿載其事，頗足發哂。南宋相眼，益公有侍妾曰芸香，姓孫氏，錢唐人，能爲新聲，豈即夫人所妒之媵與?厲樊榭云：益公，宋史紹興二十年進士，據咸淳臨安志，紹興二十一年趙逵榜，宋史誤也。

陳廷焯白雨齋詞話

石湖詞音節最婉轉，讀稼軒詞後讀石湖詞，令人心平氣和。

丁紹儀聽秋聲館詞話卷二

宋范文穆（成大）曾館姜白石于石湖，後此吴夢窗、張玉田亦寄迹焉。道光初，吴門諸詞家擬於石湖建祠，祀三詞人。陳小松明經賦詞代引，即用白石所製石湖仙云。

謝章鋌賭棋山莊詞話卷三

順陽范成大之請老也，夔詣之，范有青衣曰小紅，色藝雙絶。一日，范授簡，徵新聲，夔製暗香、疏影兩曲以進，范使二妓肄習之，音節清婉。迨夔歸吴興，范以小紅贈焉。其夕大雪，過垂虹亭，因賦詩使小紅歌，而自吹洞簫以和之，聞者莫不凄絶。

馮煦蒿庵論詞

毛氏就其藏本，更繼付梓，于兩宋名家，若半山、子野、方回、石湖、東澤、日湖、草窗、碧山、玉田諸君子，未及匯入。即所刻諸家之中，亦仍有裒輯未備者，兹既從之甄採，雖別得傳本，亦不敢據以選補。域守一隅，彌自恧已。

沈曾植菌閣瑣談附録海日樓叢鈔

石湖、放翁，潤以文采，要爲樂而不淫，以自別爲詩人旨格。曾端伯樂府雅詞，是以此意裁別者。白石老人，此派極則，詩與詞幾合同而化矣。

蔣敦復芬陀利室詞話卷三

詞原于詩，即小小咏物，亦貴得風人比興之旨。唐、五代、北宋人詞，不甚咏物，南渡諸公有之，皆有寄托。白石、石湖咏梅，暗指南北議和事。及碧山、草窗、玉潛、仁近諸遺民，樂府補遺中，龍涎香、白蓮、蓴、蟹、蟬諸咏，皆寓其家國無窮之感，非區區賦物而已。

王國維人間詞話删稿

自竹垞痛貶草堂詩餘而推絶妙好詞，後人群附和之。不知草堂雖有褻諢之作，然佳詞恒得十之六七。絶妙好詞則除張、范、辛、劉諸家外，十之八九，皆極無聊賴之詞。古人云：「小好小慚，大好大慚。」洵非虚語。

詹安泰無庵説詞

石湖小詞，有絶佳者，如眼兒媚：「春慵恰似東塘水，一片縠紋愁。溶溶曳曳，東風無力，欲避還休。」香軟温馨，中人欲醉。使淮海爲之，恐不外是。惜石湖詞如其詩，專主清潤，類此者不多耳。夢窗和作，幸不及此，否則，將不知要費許多氣力也。

重、拙、大爲作詞三要，固也。然輕清微妙之境界，亦不易到，因此等境界，不容不用意，又不容大著力也。馮正中「風乍起」詞，深得此中三昧。宋詞家惟韓子耕、范石湖有此境。

（二）文評

楊萬里石湖先生大資參政范公文集序

然公之詩文，非能工也，不能不工耳。公風神英邁，意氣傾倒，拔新領異之談，登峰造極之理，藹然如晉宋間人物。他人戛戛吃吃而不能出諸口者，公嚬呻噫欠之間，猝然談笑而道之。則其詩文之工，豈十日一水、五日一石之謂也哉？甚矣文之難也。長於臺閣之體者，或短於山林之味；諧於時世之嗜者，或漓於古雅之風。牋奏與記序異曲，五七與百千不同調。非文之難，兼之者難也。至於公，訓誥具西漢之爾雅，賦篇有杜牧之之刻深，騷詞得楚人之幽婉；序山水則柳子厚，傳任俠則太史遷。至於大篇決流，短章斂芒，縟而不釀，縮而不窘，清新嫵麗，奄有鮑、謝，奔逸雋偉，窮追太白。求其隻字之陳陳，一倡之嗚嗚，而不可得也。今四海之内，詩人不過三四，而公皆過之，無不及者。予於詩，豈敢以千里畏人者？而於公獨斂衽焉。於是文士詩人之難者易，偏者兼矣，其不盛矣乎？

周必大與范至能參政劄子

舍人綏靖五筦，應酬庶事，猶悉力於翰墨間，愈久愈工。如亭記、館銘，本原經旨，遣詞峻拔，亹亹柳儀曹、劉賓客之上。天之賦予，一何偏也。

樓鑰資政殿大學士通議范成大轉一官致仕制

俊逸不群，風流自命。文章甚偉，崔、蔡誠不足多；制誥尤工，王、楊當爲之伯。緒餘所出，施設具宜。

又范成大贈五官制

身登二府，仕歷三朝。詞章議論之高，無慚古昔；東西南北之表，咸著威名。曾輔政之幾何，乃居閒之寢久。九齡之風度可想，晉公之神明不衰。石湖忽墮乎文星，壽櫟遽成夫陳迹。云何不涉，而至于斯。念三吳人士之無多，歎一代風流之幾盡。躐五階而進秩，按二品以疏恩。噫，三仕三已而賦歸，豈復計生前之事；一官一集之傳遠，尚得垂身後之名。

又賀明州范參政成大啓

儒林師表，聖代宗工。英主有爲，出際五百年之運；嘉謨允合，遂超九萬里之程。羽儀天朝，金玉王度。縝綸秘掖，追還盤誥之風。（略）輕裘談笑，澄翰海之驚瀾；健筆流傳，播鷄林之佳句。盡消愁歎，倏變謳吟。

又代賀范舍人成大啓

學耽八索，才本六經。分東方諸侯之符，俄促歸于鳳闕；秉南宮舍人之筆，遂進立于螭坳。比求虜使之行，無出明公之右。戎酋相顧，不知李揆之肯來；士論私憂，或言韓愈之可惜。抗穹廬而不撓，全故璧以復歸。天顔爲開，國勢增重。徑上紫薇之直，快吟紅藥之階。雖儒者最以掌制誥爲榮，而人言猶有典屬國之歎。眷知方渥，進用未央。變污俗而至典謨，正賴文章之潤色。

黄震黄氏日鈔卷六七

公喜佛老，善文章，踪跡天下，審知四方風俗。所至登覽嘯詠，爲世歆慕，往往似東坡。東坡當世道紛更，屢争天下大事，其文既開闢痛暢，而又放浪嶺海，四方人士爲之扼腕，故身益困而名益彰。公遭值壽皇清明之朝，言無不合，凡所奏對，其文皆簡樸無華，而又致位兩府，福禄過之，流風遺韻亦易消歇耳。

何宇度益都談資卷上

宋陸務觀、范石湖皆作紀妙手，一有入蜀記，一有吴船録。載三峽風物，不異丹青圖畫，讀之躍然。

陳宏緒吴船録題詞

王逸少爲王述所困，自誓去官，超然事物之外，然欲一游岷嶺，竟至死不果。蘇子瞻云「山水游放之樂，自是人生難必之事」，誠哉是言。予夢想函關、劍棧垂三十年，殆今顛毛種種，亦卒未償此願。范石湖吴船録二卷，自成都至平江數千里，飽歷飫探，具有夙願。其紀大峨八十四盤之奇，與銀色世界兜羅錦雲，攝身清光，現諸異幻，筆端雷轟電掣，如觀戰於昆陽，呼聲動地，屋瓦振飛也。蜀中名勝不遇石湖，鬼斧神工，亦但施其伎巧耳。豈徒石湖之緣，抑亦山水之遭逢焉。幾亭陳士業書。

（四）書評

周必大資政殿大學士贈銀青光禄大夫范公成大神道碑

公蔡氏所自出，故書法兼真、行、草之妙，人争藏之。壽皇尤愛賞，相與極論古今翰墨，數被賜予。

陳造石湖兩帖還李推官

石湖老子家蓬丘，一笑俯作人間遊。風度人品第一流，結字亦復無朋儔。還軫蓬丘俄十秋，恍開此帖揩病眸。便若執鞭侍瓊舟，狂奔渴驥騰驚虬。斷圭折劍紛然投，蜚虹曳霞爛相繆。人間至寶人貪求，無間珣琪雍琳璆。彼此輕重寧其侔，借我肯作一月留。我癡不減顧虎頭，還君孰視仍牢收。愛護幸免惡客偷，亦幸不污寒具油。

袁説友跋范石湖草書詩帖

右石湖先生翰墨也。紹熙癸丑，某將指肅客事已，道由吳門，見公於壽櫟堂，飲食教誨，載辱竟日。某因出道間詩編呈似，公不鄙焉而覽之，既又伸楮和墨，取四絶作草聖，頃刻即就。公曰：「予屬和未暇，書此以當和篇耳。」蛟龍驤騰，蜿蜒起伏，筆端變態，不可窮盡，視杜祁公、蘇滄浪、黄太史之筆，誠兼有之。又六年，某繆制蜀閫，繼公於十九年之後，流風善政，殆不止於猶存也。仰企前規，如在左右。慨念疇昔灑翰之寵，何可自秘，敬鐫樂石，留置郡齋，庶幾夫古人挂劍之義，且以慰蜀民愛棠之思云。因挈大軸，命小史展卷簷前，月華下照，字畫交映，三復未竟，已聞家僮鼻息雷鳴矣。嗚呼！所謂得之心而寓之酒者，豈獨山水之樂哉！翼日，因書其事於帖。

陳槱近世諸體書

草則有蔣宣卿、吴傅朋、王逸老、單炳文、姜堯章、張于湖、范石湖，蔣、吴極秀媚，所乏者遒勁；逸老草法甚熟，而間有俗筆；單字法本楊少師凝式，而微加婉麗；姜蓋學單而入室者；于湖、石湖悉習寶晉，而各自變體。雖未盡合古，要各自有一種神氣，亦足嘉尚。

韓淲澗泉日記卷中

范成大，字致能，先公亦與之善，宜參政。……喜寫草書行書，又喜賦詩，人亦多喜之。

乾道、淳熙以來，明經張栻、吕祖謙，直言胡銓、王龜齡……文詞趙彦端、毛幵，辯博陳亮、葉適，書法張孝祥、范成大，道學陸子静，朱熹。

又卷下

先公常談崔德符詩；又稱王荆公四六好；范致能字畫，陸務觀詩歌，周洪道四六，洪景盧文章。

岳珂范參政行臺兩司常州成都四帖

右淳熙參政資政大學士石湖先生范文穆公成大字至能行臺、兩司、常州、成都四帖真蹟一卷。近世能書，惟范、張相望，筆勁體遒，可廣可狹，如公抑足以名家矣。嘉定癸未十月，得前一帖於維揚醫者劉大聲；次二帖，後一歲十月得於平江鬻者何聰；又兩歲三月，復得後一帖於金壇士人劉克家。贊曰：縱之而矩不踰，斂之而鋒無餘。實藴而華敷，雲爛而霞舒。雖曰近世之書，亦足以爲軒几之娱。久而信，信而傳，其殆留而爲後世之須，噫嚱石湖！

范參政書懷詩帖

右石湖書懷詩帖真蹟一卷。此詩似寄示興元連率者，在淳熙間，殆是章德茂諸君，而未得其人也。帖以嘉定己卯十月得之建鄴。贊曰：當平世而概想齋壇之國士，因送客而遂及陽關之舊知，蓋拊髀之思，在上弗替，故淳熙之士夫，亦不敢一日而忘可將之奇。斯帖之傳，固未易例以近世之詩也。

董更書録卷下

范成大，字至能，近世以能書稱，今有田園雜興詩翰刻石，字學山谷、米老，韻勝不逮而勁健可觀。

岳氏贊云：近世能書，惟范、張相望，筆勁體遒，可廣可狹，如公亦足以名家矣。

陶宗儀書史會要卷六

范成大，字至能，號石湖居士，吴郡人，擢紹興進士第，官至資政殿大學士，少高放，以能書稱，字宗黄庭堅、米芾，雖韻勝不逮而遒勁可觀。

王世貞書林藻鑑卷九范成大

圓熟遒麗，生意鬱然。

孫鑛　**書畫跋跋卷一**

范文穆吴中田園雜興卷。　右范文穆田園雜興絶句六十首，蓋罷金陵閫以大資領洞霄宫歸隱石湖時作，書法出入眉山、豫章間，有米顛筆意。　文穆手蹟，余曾見，蓋得米意多。　今人率嗤宋詩，然宋人真率處，却有風致，能感動人。

顧復　**平生壯觀**

南渡以後，諸公書習氣頗相類，一望而可定其時代，惟文穆公行書兼草猶得唐人脈絡。　然亦但見小行草柬札耳。

二、諸家序跋

陸游　**范待制詩集序**

石湖居士范公待制敷文閣來帥成都，兼制置成都、潼川、利、夔四道。　成都地大人衆，事已十倍他鎮，而四道大抵皆帶蠻夷，且北控秦隴，所以臨制捍防，一失其宜，皆足致變故于呼吸顧盼之間。　以是幕府率窮日夜力，理文書，應期會，而故時巨公大人亦或不得少休。　及公之至也，定規模，信命令，弛利惠農，選將治兵。　未數月，聲震四境，歲復大登。　幕府益無事，公時從其屬及四方之賓客飲酒賦詩。　公素以詩名一代，故落紙墨未及燥，士女萬人已更傳誦，被之樂府弦歌，或題寫素屏團扇，更相贈遺，蓋自蜀置帥守以來未有也。或曰，公之自桂林入蜀也，舟車鞍馬之間，有詩百餘篇，號西征小集，尤雋偉，蜀人未有見者，盍請于公以傳？屢請而公不可，彌年乃僅得之。于是相與刻之，而屬某爲序。淳熙三年上巳日，朝奉郎成都府路安撫使參議官兼四川制置使司參議官山陰陸某序。

楊萬里石湖先生大資參政范公文集序

予疇昔之晨，與客坐堂上，遥見一健步黄衣負一笈至庭下，呼而諏其奚自，曰：「自參政公范氏也。」發其笈，公之文集在焉。索其書讀之，則公之子莘叩頭請曰：「莘不天，不自賓越，而先公一夕奄忽棄其孤。莘欲死而不敢者，有先公付托之重任在。方先公之疾而未病也，日夜手編其詩文，數年成集，凡若干卷。逮將易簀，執莘手而授之，且曰：『吾集不可無序篇，有序篇，非序篇，寧無序篇也。今四海文字之友，惟江西楊誠齋與吾好，且我知，微斯人疇可以囑斯事，小子識之！』若莘則何敢請，而先公之治命不敢墜，惟先生哀而諾之。」予執書，抱遺編而泣曰：萬里與公同年進士也。公先進，至爲朝廷大臣，與天子論道發政，坐廟堂，進退百官，而萬里環堵荒寒之士也，何敢與公友。公不我薄陋而辱友之，萬里不敢拒公，亦不敢以執政俟公也。今忍死丁寧之托，其敢辭？初，公以文學材氣受知壽皇，自致大用，至杖漢節使强虜，即其庭，伏穹廬不肯起，袖出私書切責之，君臣大驚。有自階闥之嬖窺位樞臣者，其勢方震赫，公沮之，竟不奉詔而去。其所立又有不凡者矣。若夫劌心于山水風月之場，雕龍于言語文章之囿，此我輩羈窮酸寒、無聊不平之音也，公何必能此哉！古語曰：争名者必于朝，争利者必于市。是二人者，使之以此易彼，二人者其肯乎哉？非不肯也，不願也；非不願也，亦各樂其樂也。詩人文士，挾其所樂，足以敵王公大人之所樂，不啻也，猶將愈之。故王公大人無以傲夫士，而士亦無所折于王公大人。今日乃自屏其所可樂，而復力争夫士之所甚樂，所謂不虞君之涉吾地者，其不多取乎？然公之詩文，非能工也，不能不工耳。公風神英邁，意氣傾倒，拔新領異之談，登峰造極之理，蕭然如晉宋間人物。他人戛戛吃吃而不能出諸口者，公矉呻噫欠之間，猝然談笑而道之，則其詩文之工，豈十日一水、五日一石之謂也哉！甚矣，文之難也！長于臺閣之體者，或短于山林之味；諧于時世之嗜者，或漓于古雅之風：箋奏與記序異曲，五七與百千不同調；非文之難，兼之者難也。至於公，訓誥具西漢之爾雅，賦篇有杜牧之之刻深，騷詞得楚人之幽婉，序山水則柳子厚，傳任俠則太史遷；至于大篇決流，短章斂芒，縟而不釀，縮而不僒，清新嫵麗，奄有鮑、謝，奔逸雋偉，窮追太白，求其隻字之陳陳，一倡之嗚嗚，而不可得也。今四海之内，詩人不過三四，而公皆過之，無不及者。予于詩，豈敢以千里畏人者，而于公獨斂衽焉。于是文士詩人之難者易、偏者兼矣，其不盛矣乎！嘻！人琴今俱亡矣，廣陵散今此聲遂絶矣！惠子不生，莊子不死，復何道哉！復何道哉！公之别墅曰石湖，山水之勝，東南絶境也。壽皇嘗爲書兩大字以揭之，故號石湖居士云。公諱成大，字至能，世爲姑蘇人。其世次言行職官，則有少保大觀文大丞相益國周公之銘詩在。紹熙五年六月十一日，誠齋野客廬陵楊萬里謹序。

范莘、范兹石湖居士集跋

先人嘗爲莘等言，自十四五始爲詩文，晚而彌篤，或寢疾，醫以勞心見止，亦以政自不能不爾謝之。手編僅成帙，而棄不肖之孤，其尚忍言哉！當從九京遊而未敢者，以先人之志未承也。詩文凡百有三十卷，求序於楊先生誠齋，求校於龔編修芥隱，而刊於家之壽櫟堂。春秋霜露，思其志意，思其所樂，僾然如見，愾然如聞，庶得藉口，以告吾先人云。嘉泰二年十二月初三日，莘、兹謹書。

楊長孺石湖詞跋

石湖先生文章翰墨，其視坡、谷，所謂魯君之宋呼于垤澤之門者。今留天地間，已貴珍之，況後世子雲耶？吟詠餘思，游戲樂府，縱筆落紙，不調而工，較之於詩，似又度驊騮前也。淳熙戊戌，先生歸自浣花，是時家尊守荆溪，置酒卜夜，觸次從容，先生極談錦城風景之盛，宦情之樂，因舉似數闋，如賦海棠云：「馬蹄塵撲。春風得意笙簫逐。款門不問誰家竹。只揀紅妝，高處燒銀燭。　碧鷄坊裏花如屋。燕王宫下花成谷。不須悔唱關山曲。直爲海棠，也合來西蜀。」如憶西樓云：「悵望梅花驛，凝情杜若洲。香雲低處有高樓。可惜高樓、不近木蘭舟。　緘素雙魚遠，題紅片葉秋。欲憑江水寄離愁。江已東流，那肯更西流。」此蓋先生最得意者。長孺耳剽，恨未飽九鼎之珍也。後九年，忽得餘妍亭稿二百十有二闋，遂入宅于石湖無盡藏中，豪髮無遺恨矣。又五年，長孺係官二水，丞相益國周公羅致幕下，偶爲鄉人劉炳先、繼先伯仲言之。炳先曰：「昔蘧伯玉耻獨爲君子，足下獨私先生之製作，可乎？」長孺對曰：「不敢。」乃以授之，俾傳刻云。紹熙壬子六月二日，門下士修職郎、永州零陵縣主簿、權湖南安撫使準備差遣楊長孺敬跋。

依園主人 康熙本石湖詩集跋

石湖詩集三十三卷，凡古今各體詩一千九百一十六首，范文穆公手自編定，宋嘉泰間其子莘等刻以行世，合詩文凡百有三十卷。明時曾已重刻，而流傳頗少，又有活板印本，殘闕甚多。今藏書家多有抄本，而訛舛異同，魯魚錯出。吾友金子亦陶所藏，從宋板抄得，更爲廣集諸家，較勘精密，可稱善本。兹先刻其詩集，以公諸同好。卷帙前後悉依原本所編，其間訛字，（略）皆略爲改正。所有一二漶漫之處，無從辨證，姑闕之以俟考。外附賦、楚辭一卷，樂府一卷。賦本在詩前，今附於詩後者，集以詩名，從其類也。嗟乎！自文穆公至今，四百有餘年矣，而詩篇在是，聲光爛然，亦可以見吴下之風流，其淵源至今弗絶也。康熙戊辰八月中秋前一日，依園主人謹識。

周之麟 宋四名家詩鈔石湖先生詩鈔序

詩之爲道，未有不備衆妙而可以詩鳴也。如范石湖先生詩，姜白石稱其温潤，楊誠齋稱其清新嫵麗，至有摘「月從雪後皆奇夜，天到梅邊有别春」之句，以爲絶調者，此如晁無咎誦張文潛「斜日兩竿眠犢晚，春波一眼去鳧寒」爲莫能及者等。夫古今之論詩者多矣，惠休稱謝靈運爲

「初日芙蕖」，沈約稱王筠爲「彈丸脱手」，要亦得其髣髴耳，豈遂有以抉作者之髓哉。石湖詩，如「客愁無錦字，鄉信有燈花」，「釀泥深巷五更雨，吹酒小樓三面風」，何嘗不淒婉；「洛花堆錦暖，吴藕鏤冰寒」，「石門柳緑清明雨，洞口桃花上巳山」，何嘗不工緻；悲壯則「舟危神女峽，馬瘦鬼門關」，「漢樹有情横北渚，蜀江無語抱南樓」；精細則「袖單嫌翠薄，杯冷怯金寒」，「雲堆不動山深碧，星出無多月淡黄」。即五、七律中可見者如此，而可以一格律之哉。然所造詣無端，充之而極其致，且各極其致。嗚呼，難言之矣。

柴升宋四名家詩鈔石湖先生詩鈔序

論者謂張曲江詩、韓昌黎文、顔平原書爲古今第一流，人故所詣，亦爲古今第一籍。其人不以詩與文與書顯，要亦卓卓不可磨滅，矧兼之也。夫勳業文章實相表裏，論者又謂詩之爲道，類出之離憂放廢中，非廟堂人所能辨，是則刻舟之説也。南宋詩人衆矣，而後人獨侫渭南不置，不知石湖先生實負時譽，誠齋、白石各輸心推讓，此豈邊見哉。况其生平所豎立，皆足以蹂轢時流，稱不朽業。所在内外，義役有設，隄堰有修，邊戍有撫，蜀士有崇；有增絹價贖罪之疏，有議大理加等之疏，有抑漕司强取之疏，有罷明州海物之疏，有移軍儲賑饑之疏；而最稱不朽者，奉使金庭，爲朝庭争大禮，詞氣激昂，瀕於死而後脱。及制置兩川，能部分諸路，堵其前驅，吐蕃、青羌，相率鼠伏。此不可磨滅之功業，雖不有詩亦傳，况有詩以與之俱傳，其必待離憂放廢乃號詩人哉！既論次其情，因并述其與詩俱傳者，以傳於世。

彭元端知聖道齋讀書跋卷二

標目文集，以賦騷爲首卷，接詩三十三卷而無文。或當時未編成，或後佚之。此猶舊抄，有李太僕名印。太僕以字行，甡其本名也，景泰時人。今現行秀野草堂本，少贊一首，以賦騷爲末卷，冠以楊誠齋全集序、陸放翁西征小集序，餘俱同。

朱孝臧石湖詞跋

右石湖詞一卷，附補遺，半塘翁手校知不足齋本，乙巳夏閒寄余粤東。翁旋歸道山，以未詳所據，久庋匧衍。去年吴伯宛以鮑渌飲原鈔本見示，其誤與刊本同。覆檢翁校精審無可疑，豈出舊本耶！遂付剞氏，以補四印齋叢刻之所未逮云。原鈔詞後有小齊雲江立跋，首闋滿江紅詞亦江氏手録。補遺僅九闋，刊本玉樓春以下八闋，殆渌飲輯也。宋劉昌詩蘆浦筆記載白玉樓賦，道君皇帝親灑宸翰於圖後。石湖跋有法駕導引步虚詞六章，今併附卷尾。癸丑上巳，歸安朱孝臧跋於無著庵。

愛日精廬藏書志云滿江紅第二闋脱「始生之日丘宗卿使君攜具來爲壽坐中賦詞次韻謝之」二十二字。按宗卿滿江紅壽石湖詞正同其韻。又云三聘和醉落魄元夕詞「欲知此夜碧天闊」下脱一葉，據目録，尚有醉落魄唱和兩闋，眼兒媚唱和兩闋，末葉「何人爲我丁寧驛使來」到「江干」蓋眼兒媚和詞尾句。據此知石湖與陳夢弼詞唱和相間，原編爲一卷，補遺眼兒媚非夢弼韻，所輯殆尚未盡也。癸丑四月朔上，彊邨人再記。

傳增湘藏園群書題記卷一四董若雨鈔本石湖居士集跋

石湖居士集據陳氏書録解題爲一百三十六卷，今通行者衹三十四卷，顧刻目録載有詞一卷，余别藏明鈔本前有目録一卷，則文集正爲一百卷也。顧氏跋言金亦陶藏本照宋版鈔得，兹先刻其詩集。是清初文集固尚存也。顧氏又言一百三十卷本明時曾已重刻，而流傳頗少。第遍檢歷來藏家絶無此本，其言或出傳聞，未可據爲典要歟？然即此三十四卷之詩，明代自金蘭館活字外更無他刻，故康熙以前傳世者衹有鈔本。以各家所載考之，汲古目有舊鈔八册，延令目有鈔本六册，鐵琴銅劍樓有叢書堂鈔本，皆爲三十四卷。其他乃絶少概見。

余既於滬市收得明寫本，爲仁和王氏所藏，復於津市更覯此本，紙色黄黯，字跡潦草，有數卷兼作行書者，其中更多空闕之字，意其必據舊刊重寫，故斷爛之處悉仍其舊，而又剋期蕆事，迫遽不及工書也。半葉十行，行二十一字，與滬市明鈔本正同。卷中有朱墨點校之筆，卷首有「壬辰若雨寫贈」六字，下鈐「張雋之印」。考董説字若雨，湖州人，其後爲僧，名南潛。張雋字非仲，一名僧願，又字文通，吴江人，積書甚富，手録者千餘卷，擁列左右。莊廷鑨聘修明史，爲作「有明理學諸儒傳」，其稿别行，名與斯集。史案未發，自知其禍，逃於僧舍，年已七十，後與潘檉章、吴炎諸人同受刑於杭州。著有西廬詩草四卷，事迹見南潯鎮志。葉俶緣藏書紀事詩云：「參閲名登野史亭，謗書酷甚腐遷刑。空王難贖多生劫，碧血湖堤走鬼燐。」正爲非仲詠也。嗚呼！白首空門，難逃宿劫，丹鉛遺卷，猶漬淚痕，事殊於固、邕，而禍烈於崔、范，撫卷流連，感愴曷已！其遺籍流傳可考見者，如平津館鑑藏記中唐鑑有「張雋字文通」印，皕宋樓藏明鈔春秋纂言、鐵琴銅劍樓藏宋刊朱慶餘集均有「張雋之印」，正與此書所鈐同。自順治壬辰迄今，已二百八十餘年，源流之古已自足珍，况其爲志節之士摩挲點勘，手澤所留貽者乎？余一匣之中並儲雙璧，而珍重護惜此本，殆駕明鈔而上之。若不得已而去，於斯二者固當貴近而賤遠矣。識者諒不河漢余言。壬申二月十九日，藏園書。

余取此本與顧刻對校，字句偶有異同，如：卷一道中詩「潮平宿鷺沙」，不作「湖平」；讀史詩「茲事定不暗」，「暗」字不缺。卷二秋日雜興五首，不作「六首」，其「蒼筠如蒼玉」與「屋東雙梧桐」合爲一首也。卷三立春郊行下有「崑山作」注三字，顧刻無之；劇暑詩「啾啾赤帝騎」，顧刻缺「啾啾」二字。更以黃刻勘之，則訂訛補漏殆難枚舉。蓋顧刻、明鈔與此皆同出一源，黃刻則分卷二十既已不同，文字更多舛互，疑所據乃别一本，故差違遂不可以道里計也。藏園又記。

又明鈔范石湖集跋

石湖居士集三十四卷，明寫本，十行二十一字。前有目録一卷，第一卷爲賦及騷詞，以下古律詩。棉紙無格，每卷籤題均仍明人手書，全書無前人印記，惟近人據顧刻本以朱筆校正耳。

按石湖集爲公手自編定，嘉泰間其子莘等刻以行，凡詩文一百三十卷。顧氏跋語云：明時曾已重刻。然各家著録絶未一及，何耶？余曾見金蘭館活字本，爲李木齋師收得，惜中闕數卷，第亦有詩無文，與通行本無以殊也。康熙黃昌衢刻本分二十卷，據其自序亦出於舊鈔，以此明鈔校之，其奪訛舛異殆難僂指。考顧刻前有依園主人序，言金亦陶藏本從宋板鈔得，更爲廣集諸家，校勘精密，可稱善本，兹先刻其詩集以公同好云云。是金氏藏本實兼存文集，不審顧氏何以祇取其詩，致令百卷鴻文竟歸沈没，並傳鈔亦絶迹於天壤，深足嗟惜。今取此本與顧刻對勘，卷數次第相同，惟明鈔前有目録一卷，顧刻全行删落；明鈔賦騷在卷一，顧刻列之末卷，已失宋刊舊第。其字句亦偶有異同，兹舉第一卷言之，如：館娃宫賦「況於捧心之百媚」，顧刻脱「於」字。騷詞歸將篇「猶顧懷兮此都」，「猶」不作「獨」。其餘更不悉舉。

余留意宋人集有年，惟石湖集鈔本乃獨少見，昔年曾收得舊本，爲董若雨寫贈張雋者，鈔手雖舊，然視此殆後百年矣。余别有詳記，此不復贅。壬申春分後三日沅叔記。

三、書目著録

陳振孫直齋書録解題卷一八

石湖集一百三十六卷，參政吴郡范成大致能撰。初以起居郎使金，附奏受書事，抗金主於其殿陛間，歸而益被上眷，以至柄用。石湖在太湖之濱，姑蘇臺之下，去城十餘里。面湖爲堂，號鏡天閣，又一堂扁「石湖」二字，阜陵宸翰也。今日就荒毁，更數年，恐無復遺迹矣。頃一再過之，爲之慨然。

又卷二一

石湖詞一卷，范成大撰。

宋史卷二〇八藝文志七

范成大石湖居士文集（卷亡）。又石湖别集二十九卷，石湖大全集一百三十六卷。

文淵閣書目卷九

范至能石湖居士文集，一部六册，殘闕。

又卷一〇

范石湖三吴雜吟，一部一册，闕。

菉竹堂書目卷三

范至能石湖居士文集六册。

又卷四

范石湖三吴雜吟一册。

國史經籍志卷五

范成大石湖集百三十六卷。

萬卷堂書目卷四

石湖集三十四卷。

脈望館書目

石湖居士集六本。

内閣藏書目録卷三

石湖文集四册，不全。（略）楊萬里序，凡三十四卷，二十二卷以後俱闕。

澹生堂藏書目卷一三

石湖承明集十卷、雜著二十三卷、書稿十五卷、附録五卷。

石湖居士集八册，三十四卷。

徐氏家藏書目卷六

范成大石湖集三十四卷。

汲古閣珍藏秘本書目

石湖居士詩集八本，舊鈔。

絳雲樓書目卷三

石湖居士詩集六册。陳景雲注：「三十三卷。楊秘書誠齋作序，龔編修芥隱校字。」

四庫全書總目卷一六〇

石湖詩集三十四卷江蘇巡撫採進本，宋范成大撰。成大有吴郡志，已著録。案陳振孫書録解題成大有集一百三十六卷，宋史藝文志亦載石湖大全集一百三十六卷，與陳氏著録同，而又有石湖別集二十九卷，又有石湖居士文集，亡其卷數。此本爲長洲顧嗣立等所訂，乃於全集之中獨摘其詩別行，而附以賦一卷。前有楊萬里、陸游二序，然萬里所序者乃其全集，不專序詩；游所序者乃其西征小集，亦非序全詩；以名人之筆，嗣立等姑取以弁首耳。據萬里序，集乃成大所自編。考十一卷末有自注云：「以下十五首，三十年前所作，續得殘稿，附此卷末。」其餘諸詩，亦皆注以下某處作，是亦手訂之明證矣。詩不分體，亦不分立名目，惟編年爲次。然宋洪邁使金詩凡四首，其兩首在第八卷，列於邁使還入境以詩迓之之前，其兩首乃在第十卷，列於何溥挽詞之後。邁未嘗再使金，則送別之詩不應前後兩見。又南徐道中詩下注曰「以下赴金陵漕試作」，則是當在第二卷之首，不應孤贅第一卷之末，或後人亦有所竄亂割併歟？成大在南宋中葉與尤袤、楊萬里、陸游齊名，袤集久佚，今所傳者僅尤侗所輯之一卷，篇什寥寥，未足定其優劣。今以楊、陸二集相較，其才調之健，不及萬里，而亦無萬里之粗豪；氣象之闊不及游，而亦無游之窠臼。初年吟詠，實沿溯中唐以下。觀第三卷夜宴曲下注曰：「以下二首效李賀。」樂神曲下注曰：「以下四首效王建。」已明明言之。其他如西江有單鵠行、河豚歎，則雜長慶之體。嘲里人新婚詩、春晚三首、隆師四圖諸作，則全爲晚唐五代之音，其門徑皆可覆案。自官新安掾以後，骨力乃以漸而遒，蓋追溯蘇、黃遺法，而約以婉峭，自爲一家，伯仲於楊、陸之間，固亦宜也。

耿文光萬卷精華樓藏書記卷一一七

石湖詩集三十四卷，宋范成大撰。顧氏依園本。康熙戊辰，吴郡顧嗣皋、嗣協、嗣立重訂付梓，有跋。首紹熙五年楊萬里序，次淳熙三年陸游序，次宋史本傳，次目録，凡詩三十三卷，三十四爲賦六首、楚詞四首，三十五爲詞有目無書，注「續出」，目後爲顧跋，末有嘉泰三年范莘跋。誠齋云：「公之别墅曰石湖，山水之勝，東南絶境也。壽皇爲書兩大字以揭之，故號石湖居士。」楊氏序曰：（略）陸氏序曰：（略）文光案：放翁所序爲西征小集，此本未見。顧氏跋曰：（略）彭氏跋曰：「（略）」文光案：秀野草堂本，即顧氏本，彭氏所跋别一抄本，其與顧本異者惟首尾不同。顧云附賦於詩後者，集以詩名，從其類也。是宋本賦在前，顧氏移之於後也。據彭氏跋，知見石湖全書，而余則未見其文，文蓋後刻者也。

范石湖詩集注三卷，國朝沈欽韓撰，前後無序跋，摘句加注，不録全詩，有題。潘伯寅刻入功順堂叢書。欽韓，吴人，字文起。

四時田園雜興詩一卷，宋范成大撰。石湖書院本。明正德十六年都穆序，又王鏊序，凡詩六十首，見本集。此則公之手蹟，爲御史盧君師邵所得，手摹是詩，刊寘書院。

沈德壽抱經樓藏書志卷六四

石湖詞一卷抄本，宋吴郡范成大致能撰。

丁丙善本書室藏書志卷三〇

石湖居士詩集三十四卷陳楞山校本，宋范成大撰。成大字至能，吴郡人，紹興二十四年進士。以起居郎使金，附奏受書事，抗虜於殿陛間。歸時益被眷，官至參政。石湖在太湖濱，面湖爲堂，號鏡天閣，又一堂，扁曰石湖，阜陵宸翰也。馬氏、陳録載其集一百三十六卷。宋嘉泰三年，公之子莘、茲求序於楊誠齋，求校於龔芥隱，而刊於家之壽櫟堂。年湮版亡，即鈔本亦不可得。明弘治癸亥，金蘭館以活字印行，止三十四卷。此本雖爲吴郡顧氏重訂，而卷端有楞山小印，知曾爲陳撰所校也。楞山書畫秀逸，手筆益可珍玩。

又卷四〇

石湖詞一卷精鈔本，何夢華藏書，吴郡范成大致能。歷代詩餘載有石湖詞，文穆以詩雄一代，詞亦清雅瑩潔，迥異塵囂。集中小令更勝於長調。毛氏刻六十家詞，未曾收入此卷。鈔寫精雅，有錢塘何元錫，字敬祉，號夢華，又號蝶隱圖記。

瞿鏞鐵琴銅劍樓藏書目録卷二一

石湖居士文集三十四卷，舊鈔本，宋范成大撰。陳氏書録載石湖集一百三十六卷，今僅存詩集一種，曰文集者，猶仍舊本也。有楊萬里序，男莘跋，舊爲吴文定藏書，板心有「叢書堂」三字。其全集嘗刻於嘉泰間，卷末有「奉議郎樞密院編修官兼實録院檢討官兼資善堂小學教授龔頤正校正」一行。

石湖居士集三十四卷，明活字本。此本用活字擺印，板心有「弘治癸亥金蘭館刻」八字，與舊鈔本間有小異處。卷首有季振宜藏書，季滄葦圖書記二朱記。

四部叢刊書録

石湖居士詩集三十四卷五册,上海涵芬樓藏愛汝堂刊本,宋范成大編。

北京圖書館古籍善本書目

石湖居士集三十四卷,宋范成大撰,明弘治十六年金蘭館銅活字印本,十册。

石湖居士集三十四卷,宋范成大撰,明吴氏叢書堂鈔本,十册。

石湖居士集三十四卷,宋范成大撰,清順治九年董説鈔本,四册。

石湖居士集三十四卷,宋范成大撰,清康熙二十七年顧氏依園刻本,顧肇熙校注并跋,邵鋭跋,四册。

石湖居士集二十卷,宋范成大撰,清康熙二十七年黄昌衢藜照樓刻本,潘鍾瑞校補并跋,四册。

《中國古典文學叢書》已出書目

詩經今注	高亨注
楚辭集注	[宋]朱熹撰　黄靈庚點校
楚辭今注	湯炳正、李大明、李誠、熊良智注
司馬相如集校注	[漢]司馬相如著　金國永校注
揚雄集校注	[漢]揚雄著　張震澤校注
張衡詩文集校注	[漢]張衡著　張震澤校注
阮籍集	[魏]阮籍著　李志鈞等校點
陸機集校箋	[晉]陸機著　楊明校箋
陶淵明集校箋(修訂本)	[晉]陶潛著　龔斌校箋
世説新語箋疏(修訂本)	[南朝宋]劉義慶撰　余嘉錫箋疏　周祖謨等整理
世説新語校釋(增訂本)	[南朝宋]劉義慶撰　[南朝梁]劉孝標注　龔斌校釋
鮑參軍集注	[南朝宋]鮑照著　錢仲聯增補集説校
謝宣城集校注	[南朝齊]謝脁著　曹融南校注集説
江文通集校注	[南朝梁]江淹著　丁福林、楊勝朋校注
文心雕龍義證	[南朝梁]劉勰著　詹鍈義證
詩品集注(增訂本)	[梁]鍾嶸著　曹旭集注
文選	[梁]蕭統編　[唐]李善注

蕭繹集校注	[南朝梁] 蕭繹著　陳志平、熊清元校注
玉臺新咏彙校	吴冠文、談蓓芳、章培恒彙校
王梵志詩校注(增訂本)	[唐]王梵志著　項楚校注
盧照鄰集箋注	[唐]盧照鄰著　祝尚書箋注
駱臨海集箋注	[唐]駱賓王著　[清]陳熙晉箋注
王子安集注	[唐]王勃著　[清]蔣清翊注
陳子昂集(修訂本)	[唐]陳子昂撰　徐鵬校點
孟浩然詩集箋注(增訂本)	[唐]孟浩然著　佟培基箋注
王右丞集箋注	[唐]王維著　[清]趙殿成箋注
李白集校注	[唐]李白著　瞿蜕園、朱金城校注
高適集校注(修訂本)	[唐]高適著　孫欽善校注
杜詩趙次公先後解輯校	[唐]杜甫著　[宋]趙次公注　林繼中輯校
新定杜工部草堂詩箋斠證	[唐]杜甫著　[宋]魯訔編　[宋]蔡夢弼會箋　曾祥波新定斠證
杜詩鏡銓	[唐]杜甫著　[清]楊倫箋注
錢注杜詩	[唐]杜甫著　[清]錢謙益箋注
杜甫集校注	[唐]杜甫著　謝思煒校注
岑參集校注	[唐]岑參著　陳鐵民、侯忠義校注
戴叔倫詩集校注	[唐]戴叔倫著　蔣寅校注
韋應物集校注(增訂本)	[唐]韋應物著　陶敏、王友勝校注
權德輿詩文集	[唐]權德輿撰　郭廣偉校點
王建詩集校注	[唐]王建著　尹占華校注
韓昌黎詩繫年集釋	[唐]韓愈著　錢仲聯集釋
韓昌黎文集校注	[唐]韓愈著　馬其昶校注　馬茂元整理
劉禹錫集箋證	[唐]劉禹錫著　瞿蜕園箋證

白居易集箋校　［唐］白居易著　朱金城箋校

柳宗元詩箋釋　［唐］柳宗元著　王國安箋釋

柳河東集　［唐］柳宗元著　［宋］廖瑩中輯注

元稹集校注　［唐］元稹著　周相録校注

長江集新校　［唐］賈島著　李嘉言新校

張祜詩集校注　［唐］張祜著　尹占華校注

三家評注李長吉歌詩　［唐］李賀著　［清］王琦等評注　蔣凡校點

樊川文集　［唐］杜牧著　陳允吉校點

樊川詩集注　［唐］杜牧著　［清］馮集梧注

温飛卿詩集箋注　［唐］温庭筠著　［清］曾益等箋注

玉谿生詩集箋注　［唐］李商隱著　［清］馮浩箋注　蔣凡校點

樊南文集　［唐］李商隱著　［清］馮浩詳注　錢振倫、錢振常箋注

皮子文藪　［唐］皮日休著　蕭滌非、鄭慶篤整理

鄭谷詩集箋注　［唐］鄭谷著　嚴壽澂、黄明、趙昌平箋注

韋莊集箋注　［五代］韋莊著　聶安福箋注

李璟李煜詞校注　［南唐］李璟、李煜著　詹安泰校注

張先集編年校注　［宋］張先著　吴熊和、沈松勤校注

二晏詞箋注　［宋］晏殊、晏幾道著　張草紉箋注

乐章集校箋　［宋］柳永著　陶然、姚逸超校箋

梅堯臣集編年校注　［宋］梅堯臣著　朱東潤編年校注

歐陽修詩文集校箋　［宋］歐陽修著　洪本健校箋

歐陽修詞校注　［宋］歐陽修著　胡可先、徐邁校注

蘇舜欽集　［宋］蘇舜欽著　沈文倬校點

嘉祐集箋注　［宋］蘇洵著　曾棗莊、金成禮箋注

王荆文公詩箋注(修訂版)　[宋]王安石著　[宋]李壁箋注　高克勤點校
王令集　[宋]王令著　沈文倬校點
蘇軾詩集合注　[宋]蘇軾著　[清]馮應榴注　黄任軻、朱懷春校點
東坡樂府箋　[宋]蘇軾著　[清]朱孝臧編年　龍榆生校箋
東坡詞傅幹注校證　[宋]蘇軾著　[宋]傅幹注　劉尚榮校證
欒城集　[宋]蘇轍著　曾棗莊、馬德富校點
山谷詩集注　[宋]黄庭堅著　[宋]任淵、史容、史季温注　黄寶華點校
山谷詩注續補　[宋]黄庭堅著　陳永正、何澤棠注
山谷詞校注　[宋]黄庭堅著　馬興榮、祝振玉校注
淮海集箋注　[宋]秦觀撰　徐培均箋注
淮海居士長短句箋注　[宋]秦觀著　徐培均箋注
清真集箋注　[宋]周邦彦著　羅忼烈箋注
石門文字禪校注　[宋]釋惠洪撰　周裕鍇校注
石林詞箋注　[宋]葉夢得著　蔣哲倫箋注
樵歌校注　[宋]朱敦儒著　鄧子勉校注
李清照集箋注(修訂本)　[宋]李清照著　徐培均箋注
吕本中詩集箋注　[宋]吕本中著　祝尚書箋注
陳與義集校箋　[宋]陳與義著　白敦仁校箋
蘆川詞箋注　[宋]張元幹著　曹濟平箋注
劍南詩稿校注　[宋]陸游著　錢仲聯校注
放翁詞編年箋注(增訂本)　[宋]陸游著　夏承燾、吴熊和箋注　陶然訂補
渭南文集箋校　[宋]陸游著　朱迎平箋校

范石湖集	[宋]范成大撰　富壽蓀標校
范成大集校箋	[宋]范成大撰　吴企明校箋
于湖居士文集	[宋]張孝祥著　徐鵬校點
稼軒詞編年箋注(定本)	[宋]辛棄疾撰　鄧廣銘箋注
辛棄疾詞校箋	[宋]辛棄疾著　吴企明校箋
姜白石詞編年箋校	[宋]姜夔著　夏承燾箋校
後村詞箋注	[宋]劉克莊著　錢仲聯箋注
瀛奎律髓彙評	[元]方回選評　李慶甲集評校點
雁門集	[元]薩都拉著 殷孟倫、朱廣祁校點
揭傒斯全集	[元]揭傒斯著　李夢生標校
高青丘集	[明]高啓著　[清]金檀注 徐澄宇、沈北宗校點
唐寅集	[明]唐寅著　周道振、張月尊輯校
文徵明集(增訂本)	[明]文徵明著　周道振輯校
震川先生集	[明]歸有光著　周本淳校點
海浮山堂詞稿	[明]馮惟敏著 凌景埏、謝伯陽標校
滄溟先生集	[明]李攀龍著　包敬第標校
梁辰魚集	[明]梁辰魚著　吴書蔭編集校點
沈璟集	[明]沈璟著　徐朔方輯校
湯顯祖詩文集	[明]湯顯祖著　徐朔方箋校
湯顯祖戲曲集	[明]湯顯祖著　錢南揚校點
白蘇齋類集	[明]袁宗道著　錢伯城校點
袁宏道集箋校	[明]袁宏道著　錢伯城箋校
珂雪齋集	[明]袁中道著　錢伯城點校
隱秀軒集	[明]鍾惺著　李先耕、崔重慶標校

譚元春集	[明]譚元春著　陳杏珍標校
張岱詩文集(增訂本)	[明]張岱著　夏咸淳輯校
陳子龍詩集	[明]陳子龍著 施蟄存、馬祖熙標校
夏完淳集箋校(修訂本)	[明]夏完淳著　白堅箋校
牧齋初學集	[清]錢謙益著　[清]錢曾箋注 錢仲聯標校
牧齋有學集	[清]錢謙益著　[清]錢曾箋注 錢仲聯標校
牧齋雜著	[清]錢謙益著　[清]錢曾箋注 錢仲聯標校
牧齋初學集詩注彙校	[清]錢謙益著　[清]錢曾箋注 卿朝暉輯校
李玉戲曲集	[清]李玉著 陳古虞、陳多、馬聖貴點校
吴梅村全集	[清]吴偉業著　李學穎集評標校
歸莊集	[清]歸莊著
顧亭林詩集彙注	[清]顧炎武著　王蘧常輯注 吴丕績標校
安雅堂全集	[清]宋琬著　馬祖熙標校
吴嘉紀詩箋校	[清]吴嘉紀著　楊積慶箋校
陳維崧集	[清]陳維崧著　陳振鵬標點 李學穎校補
屈大均詩詞編年校箋	[清]屈大均著　陳永正等校箋
秋笳集	[清]吴兆騫撰　麻守中校點
漁洋精華録集釋	[清]王士禛著 李毓芙、牟通、李茂肅整理

聊齋志異會校會注會評本	[清]蒲松齡著　張友鶴輯校
敬業堂詩集	[清]查慎行著　周劭標點
納蘭詞箋注	[清]納蘭性德著　張草紉箋注
方苞集	[清]方苞著　劉季高校點
樊榭山房集	[清]厲鶚著　[清]董兆熊注 陳九思標校
劉大櫆集	[清]劉大櫆著　吴孟復標點
儒林外史彙校彙評(增訂版)	[清]吴敬梓著　李漢秋輯校
小倉山房詩文集	[清]袁枚著　周本淳標校
忠雅堂集校箋	[清]蔣士銓著　邵海清校 李夢生箋
甌北集	[清]趙翼著　李學穎、曹光甫校點
惜抱軒詩文集	[清]姚鼐著　劉季高標校
兩當軒集	[清]黄景仁著　李國章校點
惲敬集	[清]惲敬著　萬陸、謝珊珊、林振岳 標校　林振岳集評
茗柯文編	[清]張惠言著　黄立新校點
瓶水齋詩集	[清]舒位著　曹光甫點校
龔自珍全集	[清]龔自珍著　王佩諍校點
龔自珍詩集編年校注	[清]龔自珍著　劉逸生、周錫䪖校注
水雲樓詩詞箋注	[清]蔣春霖著　劉勇剛箋注
人境廬詩草箋注	[清]黄遵憲著　錢仲聯箋注
嶺雲海日樓詩鈔	[清]丘逢甲著　丘鑄昌標點

篇目索引

一画

一百八盤 …………………… 767
一篙 …………………… 102
一龕 …………………… 1466
乙巳十月朔開爐三首 …… 1302
乙未元日用前韻書懷，今年五十矣 …………………… 697

二画

〔一〕

二月二十七日病後始能扶頭 …………………… 895
二月三日登樓，有懷金陵、宣城諸友 …………………… 41
二偈呈似壽老 …………………… 1190
十一月十二日枕上曉作 …… 165
十一月十日海雲賞山茶 …… 890
十一月大霧中自胥口渡太湖 …………………… 1043
十二月二十四日西樓觀雪 … 851
十二月十八日海雲賞山茶 … 843
十月二十六日三偈 ………… 1306
十月朔客建業，不得與兄弟上冢之列，悲感成詩 ……… 60
十月朝開爐偶書。余病歸二年，未能拜掃松楸，曩常以此日侍先兄遊洞庭，并寫悲感之懷 …………… 1249
丁未春日瓶中梅殊未開二首 …………………… 1388
丁酉正月二日東郊故事 …… 894
丁酉重九藥市呈坐客 ……… 886
七十二塚 …………………… 566
七夕至敘州登鎖江亭，山谷謫居時屢登此亭，有詩四篇，敬用其韻 …………… 982
七月二日上沙夜泛 ………… 474
七月十八日濃霧作雨不成 … 1489
七月五日夜雨快晴 ………… 248
七里店口占 ………………… 724
七寶巖 ……………………… 964

〔丨〕

卜算子 二首 ………… 1685,1686

〔丿〕

八十四盤 …………………… 961
八月二十二日寓直玉堂，雨後頓涼 …………………… 507
八場平聞猿 ………………… 769
人鮓甕 ……………………… 789
入分宜 ……………………… 617
入城 ………………………… 1093
入秭歸界 …………………… 782
入崇寧界 …………………… 913
九日憶菊坡 ………………… 1121
九月二十八日湖上檢校籬

落 …………………………… 1087
九月十九日衙散回,留大將及幕屬,飲清心堂觀晚菊,分韻得誤暮字 ………… 839
九月十日南山見梅 ………… 388
九月八日泊池口 ………… 1031
九月三十日夜出關候致遠不至 ………………… 181
九月三日宿胥口,始聞雁 …… 66
九月五日晴煖步後園 ……… 1121
九盤坡布水 ……………… 779

〔乛〕

又論慎刑疏 ……………… 1830

三 画

〔一〕

三月二十三日海雲摸石 …… 863
三月二日北門馬上 ………… 858
三月十九日夜極冷 ………… 904
三月十五日華容湖尾看月出 ……………………… 746
三月十六日石湖書事三首 … 1400
三月四日驟煖 …………… 402
三次喜雨詩韻少伸嘉頌 …… 1510
三江亭觀雪 ……………… 1135
三高祠記 ………………… 2006
三湘怨 ………………… 163
三登樂 四首 ……… 1687—1690
土門 …………………… 763
下巖 …………………… 999
大丫隘 ………………… 771
大扶搿 ………………… 959
大雨宿仰山,翌旦驟霽,混融云:"無乃開仰山之雲乎?"出山道中,作此寄混融 ………………… 620
大波林 ………………… 736
大風 …………………… 1114
大風 …………………… 1216
大通界首驛 …………… 714
大黄花 ………………… 1114
大雪送炭與芥隱 ……… 1563
大雪書懷 ……………… 1254
大望州 ………………… 767
大暑舟行含山道中,雨驟至,霆奔龍挂可駭 ………… 89
大寧河 ………………… 572
大熱泊樂温,有懷商卿、德稱 …………………… 992
大廳後堂南窗負暄 ……… 1130

〔丨〕

上巳日萬歲池上呈程詠之提刑 ………………… 859
上巳前一日學射山、萬歲池故事 ………………… 858
上巳題名 ……………… 2063
上元紀吴中節物俳諧體三十二韻 ……………… 1198
上方寺 ………………… 1050
上折估事奏 …………… 1819
上李徽州書 …………… 1916
上汪侍郎應辰書 ……… 1919
上沙 …………………… 140
上沙田舍 ……………… 1088
上沙舍舟 ……………… 1438
上沙遇雨快涼 ………… 187

上郊祀疏 …… 1835
上洪内翰書 …… 1917
上陳魯公書 …… 1918
上清宫 …… 925
上梁文 …… 2071
上關外四州災傷劄子 …… 1898
小扶搿 …… 959
小春海棠來禽 …… 1373
小峨眉 并序 …… 1265
小望州 …… 766
小溪縣 …… 832
小澗 …… 220
口號 …… 1727
口數粥行 …… 1471
山徑 …… 143
山頂 …… 142
巾子山又雨 …… 824

〔丿〕

千人坐 …… 1546
千石嶺 …… 777
千秋歲 …… 1615
乞免移屯與執政答宣諭劄子 …… 1887
乞革弓手之弊奏 一 …… 1803
乞革弓手之弊奏 二 …… 1804
乞除放黎州欠負奏 …… 1817
乞貢院添卷首長條背印疏 … 1864
乞提刑依限决獄劄子 …… 1880
乞禁私錦奏 …… 1815
乞鳳州不測互相應援疏 …… 1846
乞罷海物之獻奏 …… 1823
乞避兄成象立班奏 …… 1805
乞關防蜀中度牒之弊奏 …… 1821
久雨地濕 …… 402
久病,或勸勉强遊適,吟四絶答之 …… 1233

〔乛〕

己丑五月被召至行在,遇周畏知司直,和五年前送周歸弋陽韻見贈,復次韻答之 …… 501
己丑中秋寓宿玉堂,聞沈公雅大卿、劉正夫户部集張園賞月,走筆寄之 …… 505
子文大丞重午日走貺煮酒,清甚,殆與遠水一色,何其妙哉? 數語奉謝 …… 1224
子文見和,云亦有小鬟能度曲,復用韻戲贈 …… 1225

四　画

〔一〕

王十朋詹事制 …… 1796
王千嶺 …… 309
王正之提刑見和茉莉小詩甚工。今日茉莉漸過,木犀正開,復用韻奉呈二絶 …… 1499
王仲行尚書録示近詩,聞今日勸農靈巖,次韻紀事 … 1390
王希武通判輓詞二首 …… 108
王季海秘監再賦成園復次韻 …… 448
王南卿母挽詞 …… 1166
王園官舍睡起 …… 467
天平寺 …… 140
天平先隴道中,時將赴新安

掾 …… 213
天成橋 …… 560
天柱峰 …… 1270
天都峰 …… 335
天童三閣 …… 1149
元夕大風雨二絶 …… 1101
元夕四首 …… 1275
元夕泊舟雪川 …… 214
元夕後連陰 …… 1331
元日 …… 1154
元日 …… 1273
元日山寺 …… 182
元日立春感歎有作二首 …… 1425
元日奉呈項丈諸生 …… 1725
元日馬上二絶 …… 1174
元日謁鍾山寶公塔 …… 1174
元夜憶群從 …… 7
木瓜 …… 1447
木瀆道中風雨震雷大作 …… 1068
木蘭花慢 …… 1721
五月聞鶯二首 …… 284
五雜俎四首 并序 …… 529
不寐 …… 1204
不寐 …… 9
太上皇帝靈駕發引挽歌詞六首 …… 1428
太平瑞聖花 …… 877
太行 …… 584
太宜人程氏輓詞 …… 464
太保節使趙公輓詞 …… 462
太師陳文恭公輓詞 …… 457
太傅楊和王輓歌詞二首 …… 479

〔丨〕

少卿直閣鄭公輓歌詞 …… 481
中秋泛石湖記 …… 2042
中秋卧病呈同社 …… 94
中秋後兩日,自上沙回,聞千巖觀下巖桂盛開,復檥石湖,留賞一日,賦兩絶 …… 1504
中秋清暉閣静坐,因思前二年石湖、四明賞月 …… 1176
中秋無月三首 …… 1239
中秋無月復次韻 …… 359
中峰 …… 954
中流一壺帖 …… 1932
中隱山題名 …… 2060
中巖 …… 936
内丘梨園 …… 572
水月庵謁現老不值 …… 357
水竹贊 并序 …… 2073
水利圖序 …… 1953
水鄉酌别但能之主管,能之將過石康 …… 676
水精毬,輕盈嫵媚,不耐風日 …… 1211
水調歌頭 …… 1731
水調歌頭 …… 1735
水調歌頭 …… 1749
水調歌頭 …… 1749
水調歌頭 …… 1750
水調歌頭 二首 …… 1636,1638
水龍吟 …… 1714

〔丿〕

午夜登嶓山 …… 818
午窗遣興,家人謀過石湖 … 1398

毛公壇福地 …………………… 1049
壬辰七月十六日侵晨真率會,石湖路中書事 ………… 526
壬辰三月十八日石湖花下作 ………………………… 523
壬辰天申節,赴平江錫燕,因懷去年以侍臣攝事,捧御杯殿上,賦二小詩 ……… 525
刈麥 ……………………………… 309
刈麥行 ………………………… 524
分歲詞 ………………………… 1473
公安渡江 ……………………… 754
公退書懷 ……………………… 1186
公辨用前韻見贈,復次韻 …… 360
公辨再贈,復次韻 …………… 361
月夜泛舟新塘 ………………… 161
欠伸 …………………………… 127

〔丶〕

六月十五日夜汎西湖,風月温麗 ………………………… 677
六月七日夜起坐殿廡取涼 …… 92
文王廟 ………………………… 563
方丈南窗 ……………………… 1547
方竹杖 ………………………… 618
火墨坡下嶺 …………………… 768

〔乛〕

弔陳叔寶詞 …………………… 541
巴東峽口 ……………………… 790
巴蜀人好食生蒜,臭不可近。頃在嶠南,其人好食檳榔合蠣灰。扶留藤,一名蔞藤,食之輒昏然,已而醒快。三物合和,唾如膿血可厭。今來蜀道,又爲食蒜者所薰,戲題 ……… 830
以猻坐覆蒲龕中 ……………… 1545

五　画

〔一〕

玉山道中 ……………………… 608
玉茗花 ………………………… 847
玉華樓夜醮 …………………… 923
玉候帖 ………………………… 1935
玉虚觀去宜春二十五里。許君上升時,飛白茅數葉,以賜王長史,王以宅爲觀。觀旁至今有仙茅,極異常草,備五味,尤辛辣,云久食可仙,道士煮湯以設客 ……………………… 616
玉堂寓直,曉起書事,記直舍老兵語 …………………… 510
玉堂寓直 ……………………… 504
玉梨 …………………………… 1261
玉臺體 ………………………… 172
玉樓春 ………………………… 1709
玉樓春 ………………………… 1713
玉麟堂會諸司觀牡丹、酴醿三絶 …………………………… 1177
打灰堆詞 ……………………… 1474
正月十日夜大雷震二首 …… 1196
正月十四日雨中與正夫、朋元小集夜歸 ……………… 420
正月九日雪霰後大雨二首 … 1196
正月六日風雪大作 ………… 1274
去年多雪苦寒,梅花遂晚,

元夕猶未盛開 …………… 1276
去年過弋陽訪趙恂道通判，話西湖舊遊，因題小詩，近忽刻石，寄來謾録 ……… 655
甘瓜 …………… 1448
甘雨應祈三絶 …………… 685
甘棠驛 …………… 707
古風二首上湯丞相 …………… 385
古風上知府秘書二首 ……… 320
古風送南卿 …………… 1537
古風酬胡元之 …………… 467
古梅二首 …………… 1207
古鼎作香爐 …………… 1426
丙午人日立春，屈指癸卯孟夏晦得疾，恰千日矣，戲書 …………… 1326
丙午東宫壽詩 …………… 1374
丙午新正書懷十首 …………… 1315
丙午新年六十一歲，俗謂之元命，作詩自貺 …………… 1323
丙申元日安福寺禮塔 ……… 852
丙戌閏七月九日，與王必大登姑蘇臺，招王浚明、陳淵叔、耿時舉避暑，次時舉韻 …………… 471
左迪功郎趙善登可左從政郎制 …………… 1775
左宣教郎馬大同可國子監主簿制 …………… 1787
石湖中秋二十韻。十二年前嘗與工部兄及賓客爲此遊，今有隔世者，感今懷舊而作 …………… 1502
石湖芍藥盛開，向北使歸，過維揚時，買根栽此，因記舊事二首 …………… 1295
石經始末記 …………… 2038
石榴 …………… 1448
右奉議郎張權可軍器監主簿制 …………… 1788
右迪功郎余穎可右從事郎制 …………… 1774
右迪功郎汪大定可從事郎制 …………… 1774
右宣教郎奉使大金祈請國信所書狀官趙磻老回程可通直郎制 …………… 1791
平政橋記 …………… 2014
平雲閣 …………… 145

〔丨〕

北山草堂千巖觀新成，徐叔智運使吟古風相賀，次韻謝之 …………… 1064
北山堂開爐夜坐 …………… 1092
北門覆舟山道中 …………… 1171
北使回除中書舍人謝表 …… 1756
北城梅爲雪所厄 …………… 1100
北窗偶書，呈王仲顯、南卿二友 …………… 1176
占星者謂命宫月孛，獨行無害，但去年復照作災，今年正月一日已出，而歲星作福，戲書二絶 …………… 1209
甲午除夜，猶在桂林，念致一弟使虜，今夕當宿燕山會同館，兄弟南北萬里，

感悵成詩 …………………… 696
甲午歲朝寓桂林，記去年是日泊桐江，謁嚴子陵祠，迤邐度嶺，感懷賦詩 ……… 666
甲辰人日病中，吟六言六首以自嘲 ………………………… 1194
甲辰除夜吟 …………………… 1271
田舍 ………………………… 158
田家 ………………………… 1729
田家留客行 …………………… 117
四十八盤 …………………… 780
四川酒課虛額減放蜀民感恩疏 ……………………… 1848
四月十日出郊 ………………… 864
四月十六日拄笏亭偶題 …… 283
四月五日集陳園照山堂 …… 427
四花 ………………………… 1188
四明人董嶧久居嶽市，乞詩 … 745
四時田園雜興六十首 并引 … 1349
四時田園雜興六十首跋 …… 1971

〔丿〕

丘密、楊萬里國子博士告詞 ………………………… 1769
代人七月十四日生朝 ……… 190
代門生作立春書門貼子詩四首 ……………………… 1379
代兒童作立春貼門詩三首 … 1534
代兒童作端午貼門詩三首 … 1535
代洪徽州賀户部邵侍郎啓 … 1938
代聖集贈別 …………………… 40
代樂先生還鄉上季太守書 … 1914
白玉樓步虛詞六首 并序 … 1550
白花 ………………………… 1257
白狗峽 ……………………… 784
白雲泉 ……………………… 141
白雲峽 ……………………… 971
白雲嶺 ……………………… 189
白善坑 ……………………… 150
白蓮池 ……………………… 1547
白蓮堂 ……………………… 149
白溝 ………………………… 584
白髭行 ……………………… 1250
白鷺亭 ………………………… 61
用漢中帥閻才元侍郎韻，送樊子南西歸，兼呈侍郎 … 1405
外制 一 …………………… 1798
外制 二 …………………… 1799
外制 七 …………………… 1801
外制 八 …………………… 1802
外制 九 …………………… 1802
外制 三 …………………… 1799
外制 五 …………………… 1800
外制 六 …………………… 1801
外制 四 …………………… 1800
外舅輓詞二首 ……………… 212
冬至日天慶觀朝拜，雲日晴麗，遥想郊禋慶成，作驩喜口號 …………………… 889
冬至日銅壺閣落成 ………… 841
冬至晚起，枕上有懷晉陵楊使君 ……………………… 1095
冬祠太乙六言四首 ………… 395
冬春行 ……………………… 1470
包山寺 ……………………… 1047

〔丶〕

市街 ………………………… 556

立春 …… 1256
立春大雪，招親友共春盤，坐上作 …… 1328
立春日郊行 …… 100
立春日陪魏丞相登三江亭 … 1139
立春枕上 …… 1467
立春後一日作 …… 1133
立秋二絶 …… 1403
立秋月夜 …… 874
立秋後二日泛舟越來溪三絶 …… 1077
半塘 …… 136

〔一〕

民病春疫作詩憫之 …… 1392
出塞路 …… 583
加光堯尊號賀壽皇表 …… 1755

六　画

〔一〕

邢臺驛 …… 571
寺莊 …… 1144
老陳道人自云：夢被召作地上主者；又常受一貴家供祝之，曰他日必來吾家作兒。戲贈小頌 …… 1298
老態 …… 1517
耳鳴 …… 1205
耳鳴戲題 …… 692
芒種後積雨驟冷三絶 …… 1344
再用前韻 …… 699
再出東郊 …… 857
再次喜雨詩韻，以表隨車之應 …… 1509
再次韻呈宗偉、温伯 …… 234
再次韻述懷，約子文見過 … 1334
再到虎丘 …… 1545
再雪 …… 1138
再遊上方 …… 81
再遊天平，有懷舊事，且得卓庵之處，呈壽老 …… 1409
再渡胥口 …… 1090
再賦五雜組四首 …… 531
再賦茉莉二絶 …… 1494
再賦郡沼雙蓮三絶 …… 1495
再賦簡養正 …… 1528
再題白傅詩 …… 1501
再題青城山 …… 922
再題瓶中梅花 …… 1389
再贈壽老 …… 1312
再辭免知建康府劄子 …… 1902
再韻答子文 …… 251
西瓜園 …… 550
西江月 …… 1740
西江月　二首 …… 1641,1643
西江有單鵠行 …… 3
西樓夜坐 …… 873
西樓秋晚 …… 883
西樓獨上 …… 866
百丈山 …… 307
有感今昔二首 …… 1183
有會而作 …… 1504
有歎二首 …… 1303
有懷石湖舊隱 …… 876
有懷龔養正 …… 1249
灰洞 …… 588
成都古寺名筆記 …… 2017

成都古今丙記序 ⋯⋯ 2037
至昌爲具賞東軒千葉梅，然梅尚未開 ⋯⋯ 1208

〔丨〕

光武廟 ⋯⋯ 575
光相寺 ⋯⋯ 963
光福塘上 ⋯⋯ 1069
早衰 ⋯⋯ 1464
早衰不寐 ⋯⋯ 881
早發竹下 ⋯⋯ 219
早發周平驛，過清烈祠下 ⋯⋯ 783
同年楊廷秀秘監接伴北道，道中走寄見懷之什，次韻答之 ⋯⋯ 1461
同登七星山題名 ⋯⋯ 2057
回黄坦 ⋯⋯ 334
回樓大防末甲頭名取放啓 ⋯⋯ 1944

〔丿〕

竹下 ⋯⋯ 292
休寧 ⋯⋯ 329
伏聞知府秘書欲取小杜桐廬詩語，以見花名堂。成大記東坡送鄭户曹詩云："蕩蕩清河壖，黄樓我所開。遲君爲坐客，新詩出瓊瑰。樓成君已去，人事固多乖。"此段大類今日。成大行且受代，計梅開堂成，歸舟已下南浦，欲爲坐客不可得。懷不能已，請先爲公賦之 ⋯⋯ 337
延和殿又論二事劄子 ⋯⋯ 1910
仲行再示新句，復次韻述懷 ⋯⋯ 1391
自天平嶺過高景庵 ⋯⋯ 188
自中書帥廣謝表 ⋯⋯ 1756
自石林回過小玲瓏，巖竇益奇，昔爲富人吴氏所有，今一子尚幼，山檢校於官 ⋯⋯ 604
自冬徂春，道中多雨，至臨江、宜春之間特甚，遂作苦語 ⋯⋯ 615
自巫山遵陸以避黑石諸灘，大雨不可行，泊驛中一日，吏士自秭歸陸行者亦會 ⋯⋯ 805
自育王過天童，松林三十里 ⋯⋯ 1148
自晨至午，起居飲食皆以牆外人物之聲爲節，戲書四絶 ⋯⋯ 1367
自詠瘦悴 ⋯⋯ 1348
自寧國溪行至宣城，舟人云凡百八十灘 ⋯⋯ 217
自横塘橋過黄山 ⋯⋯ 1102
自嘲二絶 ⋯⋯ 1480
自箴 ⋯⋯ 1506
自閶門騎馬入越城 ⋯⋯ 1062
伊尹墓 ⋯⋯ 549
行唐村平野，晴色妍甚 ⋯⋯ 208
行路難 ⋯⋯ 1
行臺帖 ⋯⋯ 1922
全守支耀卿飲餞七里，倅楊仲宣復攜具至深溪酌别，且乞余書，走筆作此，兼寄耀卿 ⋯⋯ 725
合江亭 并序 ⋯⋯ 636

合江亭隔江望瑶林莊梅盛開,過江訪之,馬上哦此 … 892

〔丶〕

交州進奉事奏 ………………… 1814
交難 ……………………………… 1604
次王正之提刑韻,謝袁起巖知府送茉莉二檻 ………… 1491
次伯安推官贈别韻 ………… 343
次胡經仲知丞贈别韻 ……… 347
次時叙韻送至先兄赴調 …… 187
次黄必先主簿同年贈别韻二首 ………………………… 345
次景琳録事贈别韻 ………… 344
次温伯用林公正、劉慶充倡和韻 ………………………… 231
次諸葛伯山贍軍贈别韻 …… 348
次韻子文 ……………………… 254
次韻子文雨後思歸 ………… 243
次韻子文客舍小樓 ………… 380
次韻子文探梅水西,春已深,猶未開。水西,謂歙溪,而黄君謨州學記云:瀕江地卑。蓋此水爲浙江之源,正可謂之江也 …… 221
次韻子文衝雨迓使者,道聞子規 ………………………… 223
次韻子永見贈建除體 ……… 398
次韻子永夜雨 ……………… 420
次韻子永雪後見贈 ………… 413
次韻王正之提刑大卿病中見寄之韻,正之得請歸四明,并以餞行 …………… 1523
次韻王夷仲正字同遊成氏園 ………………………… 446
次韻王浚明用時舉苦熱韻見贈 ………………………… 477
次韻王浚明詠新居木犀 …… 486
次韻太守出郊 ……………… 225
次韻尹少稷察院九宫壇齋宿 …………………………… 393
次韻正夫遊王園,會者六人 … 425
次韻平江韓子師侍郎見寄三首 ………………………… 670
次韻代答劉文潛司業二絶 … 939
次韻同年楊廷秀使君寄題石湖 ……………………… 1061
次韻同年楊使君回自毗陵,同泛石湖,舟中見贈 …… 1071
次韻朱嚴州從李徽州乞牡丹三首 ……………………… 274
次韻李子永見訪二首 ……… 1346
次韻李子永梅村散策圖 …… 456
次韻李子永雪中長句 ……… 396
次韻李器之編修靈石山萬歲藤歌 ……………………… 423
次韻汪仲嘉尚書喜雨 ……… 1113
次韻即席 ……………………… 283
次韻林子章阻淺留滯 ……… 363
次韻知府王仲行尚書鹿鳴燕古風 ……………………… 1385
次韻知郡安撫九日南樓宴集三首 ……………………… 255
次韻知郡安撫元夕賞倅廳紅梅三首 ………………… 266
次韻季陵貢院新晴 ………… 371
次韻朋元、正夫夜飲 ……… 436

次韻朋元久雨 …………………… 428
次韻朋元遊王氏園 ………… 421
次韻朋元賣花處見梅 ……… 418
次韻周子充正字館中緋碧兩桃花 ……………………… 372
次韻郊祀慶成 ……………… 414
次韻宗偉、温伯 ……………… 249
次韻宗偉閲番樂 …………… 280
次韻胡邦衡秘監 …………… 401
次韻施進之惠紫芝术 ……… 527
次韻姜堯章雪中見贈 ……… 1566
次韻宣州西園二首 ………… 218
次韻蚤蚊 …………………… 1094
次韻馬少伊、郁舜舉寄示同游石湖詩卷七首 ………… 502
次韻馬少伊木犀 …………… 364
次韻起巖喜雪 ……………… 1459
次韻袁起巖甘雨即日應祈 ………………………………… 1484
次韻袁起巖送示郡沼雙蓮圖 ………………………… 1490
次韻袁起巖常熟道中三絶句 ………………………… 1457
次韻袁起巖許浦按教水軍二絶句 ………………………… 1458
次韻袁起巖提刑遊金、焦二山二首 ……………………… 1450
次韻袁起巖喜雨 …………… 1508
次韻袁起巖瑞麥。此麥兩岐已黄熟，其間又出一青枝，亦已秀實，傳記所未載也 ………………………… 1483
次韻耿時舉、王直之夜坐 …… 495
次韻耿時舉苦熱 …………… 476
次韻致遠自毗陵見寄二首 … 181
次韻時叙 …………………… 112
次韻時叙賦樂先生新居 …… 155
次韻徐子禮提舉鶯花亭 并序 ………………………………… 495
次韻徐廷獻機宜送自釀石室酒三首 ………………… 509
次韻徐提舉游石湖三絶 …… 1567
次韻郭季勇機宜雪觀席上留别 ………………………… 651
次韻唐子光席上賞梅 ……… 74
次韻唐子光教授河豚 ……… 78
次韻唐幼度客中。幼度相别數年，復會於錢塘湖上 ………………………………… 352
次韻唐致遠雨後喜涼 ……… 21
次韻陸務觀慈姥巖酌别二絶 ……………………………… 938
次韻陸務觀編修新津遇雨，不得登修覺山，徑過眉州三絶 ………………………… 934
次韻陳仲思經屬西峰觀雪 … 661
次韻陳季陵寺丞求歙石眉子硯 ………………………… 368
次韻陳季鄰户部旦過庵 …… 438
次韻陳融甫支鹽年家見贈二首 ……………………… 1578
次韻孫長文泊姑蘇館 ……… 494
次韻許季韶通判水鄉席上 … 675
次韻許季韶通判雪觀席上 … 652
次韻章秀才北城新圃 ……… 1098
次韻項丈雪詩 ……………… 1724

次韻答吴江周縣尉飲垂虹見寄 …… 508
次韻曾仲躬侍郎同登伏龜二絶 …… 1179
次韻温伯苦蚊 …… 244
次韻温伯雨涼感懷 …… 242
次韻温伯夜坐。今日忽得舍弟到杭消息,喜見於詞 …… 232
次韻温伯城上 …… 264
次韻温伯納涼 …… 235
次韻温伯種蘭 …… 253
次韻温伯謀歸 …… 241
次韻楊同年秘監見寄二首 …… 1162
次韻甄雲卿晚登浮丘亭 …… 319
次韻虞子建見咍贖帶作醮 …… 1435
次韻蜀客西歸者來過石湖,并寄成都舊僚 …… 1042
次韻趙正之同年客中 …… 437
次韻趙養民碧虚坐上 …… 702
次韻趙德莊吏部休沐 …… 445
次韻養正元日六言 …… 1564
次韻鄭校書參議留别 …… 1167
次韻漢卿舅即事二絶 …… 101
次韻漢卿舅臘梅二首 …… 121
次韻樂先生吴中見寄八首 …… 432
次韻樂先生除夜三絶 …… 350
次韻劉韶美大風雨壞門屋 …… 382
次韻慶充避暑水西寺 …… 237
次韻舉老見嘲未歸石湖 …… 1178
次韻韓無咎右司上巳泛湖 …… 462
次韻魏端仁感懷俳諧體 …… 455
次韻謝李叔玠追路送筭 …… 1102
次韻謝鄭少融尚書爲壽之作 …… 1453
次韻邊公辨 …… 357
次韻嚴子文見寄 …… 1333
次韻嚴子文旅中見贈 …… 380
次韻龔養正中秋無月三首 …… 1296
次韻龔養正送水仙花 …… 1272
次韻龔養正病中見寄 …… 1446
邙郝驛大雨 …… 823
州宅堂前荷花 …… 1115
州橋 …… 555
江上 …… 106
江州庾樓夜宴 …… 1018
江安道中 …… 983
江南東路轉運副使沈度可秘閣修撰寧國府長史制 …… 1784
江源縣張季長正字家善頌堂 …… 930
池州九日,用杜牧之齊山韻 …… 1032
守風嘲舟子 …… 1029
安南貢使入境宜遵舊制奏 …… 1813
安鄉縣西晚泊 …… 749
安肅軍 …… 583
祁門 …… 330

〔一〕

如夢令 二首 …… 1665,1666
妃子園 …… 994
好事近 二首 …… 1684

七　画

〔一〕

拒霜旱蓮 …… 1300
邯鄲道 …… 567
邯鄲驛 …… 569

花山村舍 …………………… 203
村居即景 …………………… 1728
巫山高 并序 …………………… 794
巫山縣 …………………… 804
李子永赴溧水,過吴訪別,戲書送之 …………………… 1391
李正之提點行至郴,用予忙字韻寄,和答 …………………… 683
李仲鎮懶窩 …………………… 367
李次山自畫兩圖,其一泛舟湖山之下,小女奴坐船頭吹笛;其一跨驢渡小橋,入深谷。各題一絶 ……… 477
李固渡 …………………… 560
李郎中挽詞二首 …………………… 1539
李深之西尉同年談吴興風物,再用古城韻 …………………… 247
李粹伯侍御挽詞二首 ……… 1449
李翬知縣作亭西湖上,余用東坡語名之曰飲緑,遂爲勝概 …………………… 516
車遥遥篇 …………………… 5

〔丨〕

步入衡山 …………………… 742
吴下同年會詩序 …………………… 1956
吴歈一首送丘宗卿自平江移會稽 …………………… 1309
吴縣廳壁續記 …………………… 2012
吴燈兩品最高 …………………… 1197
別後寄題漢嘉月榭 …………………… 949
別擬太上皇帝挽歌詞六首 … 1430

〔丿〕

牡丹 …………………… 1282
秀州門外泊舟 …………………… 1105
何同年書院 …………………… 929
但能之提刑相別十年,自曲江遠寄二詩,叙舊良厚。次韻爲謝,亦以首章奉懷,略道湘南分攜故事,末篇自述年來衰病,不復故吾也 …………………… 1252
佛日山記 …………………… 2047
佛池口大風復泊 …………………… 1029
余與陸務觀自聖政所分袂,每別輒五年,離合又常以六月,似有數者。中巖送別,至揮淚失聲,留此爲贈 …………………… 942
坐嘯齋書懷 …………………… 1156

〔丶〕

言和糴之害疏 …………………… 1859
言飛虎軍可用疏 …………………… 1849
冷泉亭放水 …………………… 387
判命坡 …………………… 777
灼艾 …………………… 1246
没冰鋪晚晴月出,曉復大雨,上漏下濕,不堪其憂 … 825
汴河 …………………… 544
沈介帥潭制 …………………… 1794
沈家店道傍棣棠花 ……… 637
沈復工部侍郎兼臨安府少尹制 …………………… 1797
沈德和尚記祖輝仲事 ……… 2078
宋玉宅 …………………… 1006
良鄉 …………………… 588
初入大峨 …………………… 952

初入巫峽 …………………… 791
初入峽山效孟東野 ……………… 762
初入湖南醴陵界 ……………… 622
初入湖湘懷南州諸官 ………… 718
初三日出東郊碑樓院 ………… 854
初四日東郊觀麥苗 …………… 855
初見山花 …………………… 624
初泛瀟湘 …………………… 727
初赴明州 …………………… 1111
初秋二首 …………………… 1187
初秋閒記園池草木五首 …… 1234
初約鄰人至石湖 …………… 520
初夏二首 …………………… 43
初夏三絶,呈游子明、王仲顯 …………………… 1341
初發太城留別田父 ………… 911
初發桂林,有出嶺之喜,但病餘便覺登頓,至靈川疲甚,自歎羸軀乃無一可,偶陸融州有使來,書此寄之 …………………… 705
初履地 ……………………… 897
初歸石湖 …………………… 1038
社山放船 …………………… 1058
社日獨坐 …………………… 521

〔乛〕

即事 ……………………… 82
改元賀表 …………………… 1762
妙喜泉 ……………………… 1147
邵陽口路麤惡,積雨餘濘難行 …………………… 638
甬東道院午坐 ……………… 1118

八　画

〔一〕

奉題胡宗偉推官攬秀堂 …… 224
青青磵上松送致遠入官 ……… 71
青城山會慶建福宫 ………… 920
青城縣何子方使君同年園池 …………………… 929
長文再作,復次韻 ………… 494
長至日與同舍遊北山 ……… 391
長安閘 ……………………… 29
長沙王墓在閶門外 ………… 493
長風沙 ……………………… 1030
拄笏亭晚望 ………………… 322
耶律侍郎 …………………… 592
苦雨五首 …………………… 1216
苦寒六言 …………………… 1388
范氏莊園 …………………… 927
范村午坐 …………………… 1496
范村記 ……………………… 1989
范村雪後 …………………… 1556
范陽驛 ……………………… 586
林夫人輓詞 ………………… 366
林元復輓詩 ………………… 46
林屋洞 ……………………… 1045
松醪 ………………………… 582
枕上 ………………………… 173
枕上 ………………………… 897
枕上二絶效楊廷秀 ………… 1571
枕上六言二首 ……………… 1526
枕上有感 …………………… 1306
枕上作 ……………………… 681
枕上聞雪復作,方以爲喜,

起巖再示新詩,復次韻 …… 1460
枕上聞蒲餅焦 …… 1294
東山渡湖 …… 1059
東坡祠堂 …… 581
東林寺 …… 1020
東門外觀刈熟,民間租米船相銜入門,喜作二絶 …… 1119
東宮壽詩 …… 1247
東宮壽詩 …… 1345
東宮壽詩 …… 1415
或勸病中不宜數親文墨,醫亦歸咎,題四絶以自戒,末篇又以解嘲 …… 1401
刺濆淖 并序 …… 796
兩木 并序 …… 32
兩司帖 …… 1927
兩頭纖纖二首 …… 530
兩蟲 …… 633
雨中報謁呈劉韶美侍郎 …… 375
雨中集水月 …… 377
雨再作政妨海棠 …… 1481
雨後田舍書事,再用前韻 …… 1512
雨後東郭排岸司申梅開方及三分,戲書小絶,令一面開燕 …… 845
雨涼二首呈宗偉 …… 235
到蜀謝啓 …… 1947

〔丨〕

虎牙灘 …… 758
虎丘六絶句 …… 1546
虎丘新復古石井泉,太守沈虞卿舍人勸農過之,爲賦三絶,謹次韻 …… 1574
虎溪 …… 971
尚書禮部侍郎兼直學士院兼侍講鄭聞磨勘可左朝請郎制 …… 1789
昌化 …… 307
明日大雨復折贈,再次韻 …… 374
明日子充折贈,次韻謝之 …… 373
明日分弓亭按閲,再用西樓韻 …… 884
明日至鄰水又雨 …… 826
明日夜雨陡涼,復次前韻呈時舉 …… 473
明日復雨涼,再用韻二首 …… 236
明月堂 …… 1147
明州水軍統制下董珎招安到海賊倪德等可補承信郎制 …… 1780
固城 …… 585
忠訓郎柴進修葢營寨有勞可秉義郎制 …… 1778
忠義軍統制官耶律适哩妻弟蕭慶元可承信郎制 …… 1780
呼沱河 …… 578

〔丿〕

知府秘書遣帳下持新詩追路贈行,輒次韻寄上 …… 339
知郡安撫,以立春日揭所書新安郡,榜南樓之上,曉雪紛集,邦人以爲善祥,遂開宴以落之。輒賦長句一篇,以附風謡之末 …… 264
知郡檢詳齋醮禱雨,登時感通,輒賦古風,以附輿頌 … 285

知静江府到任表 …………… 1757
知臨安府姚憲可司農少卿兼權户部侍郎制 ………… 1785
垂絲海棠 …………………… 905
垂誨帖 ……………………… 1933
牧馬山道中 ………………… 216
和周子充侍郎見寄樂府戲贈之作 …………………… 522
和馬少伊韻 ………………… 1723
和義郡夫人蔡氏可封碩人制 ……………………… 1773
和豐驛 ……………………… 1445
舍蓋堂記 …………………… 1991
金山嶺 ……………………… 826
金水河 ……………………… 557
金氏庵 ……………………… 144
金沙 ………………………… 148
金陵道中 …………………… 53
金橘帖 ……………………… 1928
采菱户 ……………………… 1077
乳灘 ………………………… 322
念奴嬌 五首 ……………… 1653，1655，1657，1658，1660
朋元不赴湖上觀雪之集，明日余召試玉堂，見寄二絶，次其韻 ………………… 439
周必大權禮部侍郎兼權直學士院陞同修國史實録院同修撰制 ……………… 1770
周畏知司直得湖南帥屬，過吴門，復用己丑年倡和韻贈别 ……………………… 535
周德萬攜孥赴龍舒法曹，道過水陽相見，留别女弟 …… 206

〔丶〕

京城 ………………………… 551
夜至寧庵，見壁間端禮昆仲倡和，明日將去，次其韻 … 207
夜行上沙見梅，記東坡作詩招魂之句 …………………… 76
夜坐有感 …………………… 1306
夜坐聽雨 …………………… 532
夜雨 ………………………… 1424
夜泊歸州 …………………… 1003
夜泊灣舟大風雨，未至衡州一百二十里 ……………… 741
夜宴曲 ……………………… 112
夜過越上不得遊覽 ………… 1107
夜發崑山 …………………… 164
夜歸 ………………………… 158
府公録示和提幹喜雨之作，輒次元韻 ………………… 1511
郊外閲驍騎剪柳 ………… 855
郊祀上表 …………………… 1766
放下庵即事三絶 …………… 1513
放舟風復不順，再泊馬當，對岸夾中馬當水府，即小説所載神助王勃一席清風處也。戲題兩絶 ……… 1028
放魚行 ……………………… 5
放鶴亭 ……………………… 146
於潛 ………………………… 306
育王方丈 …………………… 1145
育王望海亭 ………………… 1149
河豚歎 ……………………… 12
泊長沙楚秀亭 ……………… 730

泊湘江魚口灘 …………………… 628
泊衡州 …………………………… 742
沿海船户編甲劄子 ………… 1904
定興 ……………………………… 586
宜男草 二首 ………… 1646,1647
宜春苑 …………………………… 551
宜齋雨中 ……………………… 674

〔乛〕

孟嶠之家姬乞題扇二首 …… 534
姑惡 并序 ……………………… 88

九　画

〔一〕

奏乞蠲免大軍倉欠負劄子 … 1905
奏禄柬之邊事有功疏 ……… 1846
奏撥隸轉般倉劄子 ………… 1907
春日三首 ……………………… 538
春日覽鏡有感 ……………… 1529
春困二絶 …………………… 1327
春來風雨,無一日好晴,因
賦瓶花二絶 ……………… 1336
春思 …………………………… 120
春後微雪一宿而晴 ………… 185
春前十日作 ………………… 1134
春晚 ………………………… 1175
春晚三首 ……………………… 83
春晚初出西樓 ……………… 899
春晚即事,留游子明、王仲
顯 ………………………… 1340
春晚即事 ……………………… 83
春晚卧病,故事都廢,聞西
門種柳已成,而燕宫海棠
亦爛漫矣 ………………… 900
春晚偶題 ……………………… 449
春晚晴媚帖 ………………… 1927
春朝早起 …………………… 1463
春懷 ………………………… 1101
玻璃江一首戲效陸務觀作 … 941
城頭歌 ……………………… 1728
荆公墓二首 …………………… 59
荆渚中流,回望巫山,無復
一點,戲成短歌 ………… 1012
荆渚堤上 ……………………… 754
茸山道中感懷 ……………… 833
草蟲扇 ………………………… 517
荒口 …………………………… 779
故太夫人章氏挽詞二首 …… 1530
胡長文給事挽詞三首 ……… 1520
胡長民監元輓詞 …………… 435
胡宗偉罷官改秩,舉將不及
格,往謁金陵丹陽諸使
者,遂朝行在,頗有倦游
之歎,作詩送之 ………… 269
胡孫梯 ………………………… 960
胡孫愁 ………………………… 776
荔枝賦 并序 ……………… 1597
南柯子 三首…… 1632,1633,1635
南徐道中 ……………………… 48
南塘冬夜倡和 ……………… 200
南塘寒食書事 ……………… 206
南臺瑞應閣,用壁間張安國
韻 ………………………… 729
南樓望雪 ……………………… 166
相州 …………………………… 564
相國寺 ………………………… 553
柏林院 ………………………… 577

柏鄉 …… 573
柳公亭 …… 571

〔丨〕

昱嶺 …… 308
昭君臺 …… 787
思佛亭曉望 …… 963
思賢堂記 …… 1997
思歸再用枕上韻 …… 682
炭頌 并序 …… 2074
幽棲 …… 1487
幽誓 …… 1603

〔丿〕

香山 …… 1148
香山 …… 139
秭歸郡圃絶句二首 …… 1005
秭歸縣 …… 785
秋夕不能佳眠 …… 1498
秋日二絶 …… 22
秋日雜興六首 …… 95
秋老，四境雨已沛然，晚坐籌邊樓，方議祈晴，樓下忽有東界農民數十人，訴山田却要雨，須長吏致禱，感之作詩 …… 871
秋芸有春緑 …… 163
秋雨快晴，静勝堂席上 …… 869
秋前三日大雨 …… 1076
秋前風雨頓涼 …… 1076
秋雷歎 …… 1404
秋蟬 …… 1729
科桑 …… 310
重九日行營壽藏之地 …… 1409
重九泛石湖記 …… 2043
重九賞心亭登高 …… 1168
重九獨坐玉麟堂 …… 1178
重九獨登賞心亭 …… 56
重午 …… 1221
重修行春橋記 …… 2044
重修蔣帝廟記 …… 2016
重送文處厚，因寄蜀父老三首 …… 1573
重送伯卿 …… 1382
重陽九經堂作 …… 1122
重陽不見菊二絶 …… 1537
重陽後，半月天氣温麗，忽變奇寒，晦日大雪，鄉人御冬之計多未辦 …… 1377
重陽後菊花二首 …… 1375
重貂館銘 并序 …… 2052
重遊南嶽 …… 743
重讀唐太宗紀 …… 196
信筆 …… 1286
皇兄右監門率府率令衎可授通直郎制 …… 1791
皇侄孫右監門率府率子倚可換通直郎制 …… 1790
泉亭 …… 144
鬼門關 …… 807
帥蜀即真謝表 …… 1758
帥蜀謝表 …… 1758
後巫山高一首 …… 1007
後催租行 …… 222
食罷書字 …… 669
風止 …… 1216
風月堂 …… 325

〔丶〕

施元光在崑山，病中遠寄長句，次韻答之 …… 701
施進之追路出嚴關，且寫予真，戲題其上 …… 709
羑里城 …… 562
送子文雜言 …… 287
送王仲顯赴瓊筦 …… 1342
送王純白郎中赴閩漕 …… 390
送文季高倅興元 …… 1290
送文處厚歸蜀類試 …… 1572
送同年朱師古龍圖赴潼川 … 1417
送同年萬元亨知階州 …… 1040
送江朝宗歸括蒼 …… 1151
送李仲鎮宰溧陽 …… 411
送李徽州赴湖北漕 …… 277
送吴元茂丞浦江 …… 412
送吴智叔檢詳直中秘使閩 … 452
送汪仲嘉侍郎使虜，分韻得待字 …… 515
送汪仲嘉待制奉祠歸四明，分韻得論字 …… 518
送汪聖錫侍郎帥福唐 …… 389
送周子充左史奉祠歸廬陵 … 406
送周直夫教授歸永嘉 …… 653
送周畏知司直歸上饒待次 … 454
送施元光赴江西幕府 …… 362
送洪内翰使虜二首 …… 443
送洪景盧内翰使虜二首 …… 378
送徐叔智運使奉祠歸吴中 … 1159
送郭明復寺丞守蜀州 …… 1172
送郭季勇同年歸衡山 …… 664
送唐彦博宰安豐，兼寄呈淮西帥趙渭師郎中 …… 656
送陸務觀編修監鎮江郡歸會稽待闕 …… 409
送陳天予大監同年使閩 …… 408
送陳朋元赴溧陽 …… 461
送通守林彦强寺丞還朝 …… 278
送通守趙積中朝議請祠歸天台 …… 297
送許耀卿監丞同年赴静江倅四絶 …… 1432
送張真甫中書奉祠歸蜀 …… 405
送琴客許揚歸永嘉 …… 276
送遂寧何道士自潭湘歸蜀 … 1402
送曾原伯運使歸會稽，用送徐叔智韻 …… 1164
送温伯歸福唐納婦，且約復游雪川 …… 279
送詹道子教授奉祠養親 …… 298
送趙從善少卿將漕淮東 …… 1555
送壽老往雲間行化 …… 1384
送聞人伯卿赴銅陵 …… 1381
送端言 …… 219
送滕子昭績溪罷歸 …… 238
送劉唐卿户曹擢第西歸六首 …… 1230
送舉老歸廬山偈 …… 1726
送舉老歸廬山 …… 1160
送蘇秀才歸永嘉 …… 1414
送關壽卿校書出守簡州 …… 490
送嚴子文通判建康 …… 485
前堂觀月 …… 875
洪景盧内翰使還入境，以詩迓之 …… 383

洪皓追封魏國公制 …………… 1793
洞仙歌 …………………………… 1739
净光軒 ………………………… 970
净行寺傍皆圩田,每爲潦漲所决,民歲歲興築,患糧絶,功輒不成 ………………… 202
净慈顯老爲衆行化,且示近所寫真,戲題五絶,就作畫贊 ……………………… 1515
宣化道中 …………………… 980
宣德樓 ……………………… 555
客中呈幼度 ………………… 353
客舍 ………………………… 161
扁鵲墓 ……………………… 562
神絃 ………………………… 114

〔乛〕

既離成都,故人送者遠至漢嘉分袂,其尤遠而相及於峨眉之上者六人:范季申、郭中行、楊商卿、嗣勳、李良仲、譚德稱,口占此詩留别 ……………… 974
屏風巖題名 ………………… 2061
胥口 ………………………… 138
除夜 ………………………… 1153
除夜地爐書事 ……………… 1425
除夜前二日夜雨 …………… 1097
除夜書懷 …………………… 167
除夜感懷 …………………… 72
姚夫人輓歌詞 ……………… 1063
癸水亭落成,示坐客長老之記曰:癸水繞東城,永不見刀兵。余作亭於水上,其詳具記中 ……………… 667
癸卯除夜聊復爾齋偶題 …… 1192
癸亥日泊舟吴會亭 ………… 124
蚤晴發廣安軍,晚宿萍池村莊 ………………………… 829
紅荳蔻花 …………………… 650
紅梅 ………………………… 1282

十　画

〔一〕

秦淮 ………………………… 54
秦淮 并序 …………………… 64
秦樓 ………………………… 564
秦樓月 ……………………… 1708
秦樓月 五首………… 1648—1652
珠塘 ………………………… 720
素羹 ………………………… 1423
馬當洑阻風,居人云:非五日或七日風不止,謂之重陽信 ……………………… 1026
馬跡石 ……………………… 147
馬鞍驛飯罷縱步 …………… 639
振華軍都虞侯劉俊馬軍司都虞侯小劉安並可秉義郎制 ………………………… 1779
起復新知廬州葉衡可敷文閣待制樞密都承旨制 …… 1783
起巖又送立春日再得雪詩,亦次韻 ………………… 1460
華山寺 ……………………… 1053
華山道中 …………………… 485
華巖寺 ……………………… 953
恭州夜泊 …………………… 990

真定舞 …………………………… 579
真瑞堂前丹桂 ………………… 1123
桂林中秋賦 并序 …………… 1599
桐川郡圃梅極盛,皆圍抱高
木,浙中無有 ………………… 215
桐廬 ………………………………… 304
桐廬江中初打槳 …………… 1443
桃花舖 …………………………… 764
桃花壇下望龜峰 …………… 609
連夕大風,凌寒梅已零落殆
盡三絶 ……………………… 1576
連日風作,洞庭不可渡,出
赤沙湖 ……………………… 737
夏至二首 ……………………… 1220
夏夜 ………………………………… 44
破陣子 ………………………… 1733
殊不惡齋秋晚閒吟五絶 …… 1297
殊不惡齋銘 ………………… 2056
致一齋述事 ………………… 1161
致周必大簡 ………………… 1919
致政承奉盧君輓詞二首 …… 512
致政孫從政挽詞 …………… 1569
致爽閣 ………………………… 1547

〔丨〕

逍遥樓席上贈張邦達教授,
張癸未省闈門生也。同
年進士俱會樓上者七人 … 689
時叙火後,意不釋然,作詩
解之 …………………………… 125
晁子西寄詩謝酒,自言其家
數有逝者,詞意悲甚,次
韻解之,且以建茶同往 …… 879
峽石鋪 …………………………… 819
峽州至喜亭 …………………… 759
峨眉縣 …………………………… 951
峰門嶺遇雨,泊梁山 ………… 822

〔丿〕

倚竹 ……………………………… 128
條四事奏 …………………… 1812
倪文舉奉常將歸東林,出示
綺川西溪二賦,輒賦長句
爲謝,且以贈行 …………… 449
倦繡 ……………………………… 128
烏戍密印寺 …………………… 159
徑山傾蓋亭 …………………… 470
舫齋信筆 …………………… 1368
舫齋晚憩 ……………………… 868
留侯廟 …………………………… 549
留游子明 …………………… 1340
留簡伯俊 …………………… 1303

〔丶〕

記王列女事 ………………… 2075
記朱俠事 …………………… 2075
記事 …………………………… 2078
記董國度事 ………………… 2076
記雷孝子事 ………………… 2076
凌雲九頂 ……………………… 946
高淳道中 ……………………… 207
高景山夜歸 …………………… 189
高景庵泉亭 …………………… 179
高景庵讀舊題有感 ………… 484
高樓曲 …………………………… 539
病中三偈 ……………………… 177
病中不復問節序,四遇重
陽,既不能登高,又不觴
客,聊書老懷 ……………… 1370

病中夜坐 …… 162
病中夜坐呈致遠 …… 157
病中絶句八首 …… 175
病中聞西園新花已茂,及竹逕皆成,而海棠亦未過 …… 896
病起初見賓僚,時上疏匄祠未報 …… 901
病倦不能過谷簾、三峽,寄題 …… 1023
衮山道中 …… 203
唐山 …… 574
唐懿仲諸公見過,小飲凌寒殘梅之下二絶 …… 1577
羔羊齋小池兩涘,木芙蓉盛開,有懷故園 …… 1127
瓶花二首 …… 1557
浙江小磯春日 …… 40
浙東舟中 …… 1110
浙東參政寄示會稽蓬萊閣詩軸,次韻寄題二首 …… 210
浯溪道中 …… 740
酒邊二絶 …… 679
娑羅平 …… 962
海雲回,按驍騎於城北原,時有吐番出没大渡河上 …… 890
海棠梨花 …… 1300
海棠欲開雨作 …… 1481
浴罷 …… 475
浮丘亭 …… 323
浮梁 …… 332
浮湘行 …… 625
浣花戲題争標者 …… 905
浣溪沙 …… 1732
浣溪沙 七首 …… 1616,1618—1621,1623,1624
浪淘沙 …… 1691
家人子輩往石湖檢校暮歸 …… 1293
宴坐庵四首 …… 69
案上梅花二首 …… 1206
扇子峽 …… 1011

〔一〕

書事三絶 …… 1455
書浯溪中興碑後 并序 …… 642
書舒蘄二事 …… 2074
書新安事 …… 2077
書樊子南遊西山二記後 …… 1407
書懷二絶,再送文季高,兼呈新帥閻才元侍郎 …… 1291
陸務觀云:春初多雨,近方晴,碧鷄坊海棠全未及去年 …… 902
陸務觀作春愁曲悲甚,作詩反之 …… 907
陳仲思、陳席珍、李静翁、周直夫、鄭夢授追路過大通,相送至羅江分袂,留詩爲别 …… 715
陳良翰詹事制 …… 1796
陳侍御園坐上 …… 107
孫真人庵 …… 972
孫黄渡 …… 751
陰寒終日兀坐 …… 1466
通濟堰規 …… 2082
通濟堰碑 …… 2081
桑嶺 …… 334
納涼 …… 865

十一画

〔一〕

琉璃河 …………………………… 587
琉璃毬 …………………………… 1330
措置荒政劄子 ……………………… 1903
採蓮三首 ………………………… 540
探木犀 …………………………… 1120
探聞崖韈部義兄弟争殺事
　奏 ……………………………… 1818
黄中宫祠制 ……………………… 1794
黄牛峽 …………………………… 1009
黄伯益官舍賞梅 ………………… 273
黄羆嶺 …………………………… 639
菊樓 ……………………………… 1171
菩薩蠻 …………………………… 1705
菩薩蠻 …………………………… 1714
菩薩蠻 …………………………… 1747
菩薩蠻 三首 ……… 1667—1669
乾道己丑守括，被召再過釣
　臺，自和十年前小詩，刻
　之柱間。後五年自西掖
　帥桂林，癸巳元日，雪晴
　復過之，再用舊韻三絶 …… 607
乾道癸巳臘後二日，桂林大
　雪尺餘，郡人云前此未省
　見也。郭季勇機宜賦古
　風爲賀，次其韻 ……………… 659
梅花山茶 ………………………… 1301
梅林先生夫人徐氏挽詞二
　首 ……………………………… 1518
梅雨五絶 ………………………… 1343
梅根夾 …………………………… 1034
雪中苦寒戲嘲二絶 …………… 1255
雪中送炭與龔養正 …………… 1378
雪中聞牆外鬻魚菜者，求售
　之聲甚苦，有感三絶 …… 1313
雪後六言二首 ………………… 1100
雪後守之家梅未開，呈宗偉 … 262
雪後苦寒 ………………………… 1563
雪後雨作 ………………………… 1138
雪晴呈子永 ……………………… 413
雪復大作六言四首 …………… 1256
雪寒探梅 ………………………… 1202
雪寒圍爐小集 …………………… 1549
雪意方濃復作雨 ……………… 1463
雪霽獨登南樓 …………………… 186
頃自吏部郎去國時，獨同舍
　趙友益追路送詩，數月友
　益得儀真，過吴江，次元
　韻招之 ………………………… 492
頃乾道辛卯歲三月望夜，與
　周子充内翰泛舟石湖松江
　之間，夜艾歸宿農圃，距今
　淳熙己亥九年矣。余先得
　歸田，復以是夕泛湖，有懷
　昔遊，賦詩紀事 …………… 1073

〔丨〕

常春 ……………………………… 1282
晨出蔣山道中 …………………… 1182
眼兒媚 …………………………… 1701
野景 ……………………………… 1424
問天醫賦 并序 ………………… 1586
問月堂酌别 ……………………… 948
晞真閣留别方道士賓實 …… 341
晚入盤門 ………………………… 180

晚步 …… 131
晚步北園 …… 1131
晚步西園 …… 218
晚步吴故城下 …… 1087
晚步東郊 …… 7
晚步宣華舊苑 …… 881
晚春二首 …… 649
晚思 …… 1440
晚集南樓 …… 257
晚登木瀆小樓 …… 1413
晚潮 …… 102
晚歸石湖 …… 1091
蛇倒退 …… 770
鄂州南樓 …… 1014
國子監主簿潘慈明可太常寺主簿武學博士劉敦義可國子監主簿制 …… 1787
崑山縣新開塘浦記 …… 2000
崇寧紅 …… 1212
崇德廟 …… 917
過平望 …… 27
過江津縣睡熟,不暇梢船 …… 989
過松江 …… 25
過虎溪,對東林,蒼巖翠樾,下浸大澗,宛似靈隱冷泉。囑長老法才作亭,名曰過溪,且爲率山丁薙草定基,一朝而畢 …… 1022
過鄱陽湖次游子明韻 …… 611
過燕渡望大峨,有白氣如層樓,拔起叢雲中 …… 950

〔丿〕

偃月泉 …… 190
偶至東堂 …… 1539
偶書 …… 1079
偶書 …… 1427
偶書 …… 169
偶書 …… 537
偶然 …… 1482
偶箴 …… 1314
偶題 …… 651
進思堂夜坐懷故山 …… 1124
進修堂前荷池 …… 1115
進勇副尉陳廣捕獲海賊可承信郎制 …… 1781
進象奏 一 …… 1809
進象奏 二 …… 1809
進象奏 三 …… 1811
進象奏 四 …… 1811
假十二峰 …… 1010
得壽藏於先隴之傍,俯酬素願,感慨交懷 …… 1411
從巨濟乞蠟梅 …… 417
從宗偉乞冬笋山藥 …… 262
從聖集乞黄巖魚鮓 …… 261
舶舡抽解事奏 …… 1822
釣池口阻風,迷失港道 …… 747
釣臺 …… 1444
釣臺 …… 303
欲雪 …… 67
魚復浦泊舟,望月出赤甲山,山形斷缺如鼉龍坐而張頤,月自缺中騰上山頂 …… 1000
祭亡兄工部文 …… 2067
祭遺骸文 …… 2069
祭樂先生文 …… 2068

祭竈詞 …… 1471

〔丶〕

減字木蘭花 五首 …… 1673—1677
麻線堆 …… 773
鹿鳴席上贈貢士 …… 1128
鹿鳴宴 …… 906
望金陵行闕 …… 51
望都 …… 582
望海亭賦 并序 …… 1593
望鄉臺 …… 828
清弋江 …… 293
清平樂 …… 1745
清平樂 …… 1746
清江道中橘園甚夥 …… 613
清江臺在臨江郡圃西岡上，張安國題榜 …… 613
清明日狸渡道中 …… 204
清明日試新火作牡丹會 …… 903
清音堂與趙德莊太常小飲，在餘干琵琶洲傍，洲以形似得名 …… 610
清湘縣郊外雜花盛開，有懷石湖 …… 719
清湘驛送王柳州南歸二絶 …… 723
清湘驛送祝賀州南歸 …… 722
清遠店 …… 587
渚宫野步題芳草 …… 755
淳安 …… 301
淳熙五年四月二日，直宿玉堂，懷舊二絶句 …… 1037
淳熙甲午桂林鹿鳴燕，輒賦小詩，少見勸駕之意 …… 687
淳熙四年六月二十七日，登大峨之巔，一名勝峰山，佛書以爲普賢大士所居。連日光相大現，賦詩紀實，屬印老刻之，以爲山中一重公案 …… 965
涪州江險不可泊，入黔江檥舟 …… 993
深溪鋪中二絶，追路寄呈元將、仲顯二使君 …… 726
惜分飛 …… 1662
惜分飛 …… 1704
惜交賦 并序 …… 1595
寄上鄙句之明日，舟次梅口，南枝已有春意，復次知府秘書贈行高韻 …… 340
寄虎丘範長老 …… 1112
寄蜀州楊道人 …… 1040
寄溧陽陳朋元明府，約秋末過之 …… 475
寄題王仲顯讀書樓 …… 1169
寄題毛君先生蓮華峰庵 …… 1580
寄題石湖海棠二首 …… 1293
寄題永新張教授無盡藏 …… 1337
寄題西湖并送浄慈顯老三絶 …… 1514
寄題向撫州采菊亭 …… 385
寄題林景思雪巢六言三首 …… 1570
寄題祝郢州白雪樓 …… 1219
寄題莫氏椿桂堂 …… 1338
寄題郫縣蘧仙觀四楠 …… 1335
寄題鹿伯可見一堂 …… 1141
寄題商華叔心遠堂，用卷中韻 …… 663

寄題筠州錢有文明府新昌小道院 …… 1277
寄題漢中新作南樓二首 …… 1346
寄題潭帥王樞使佚老堂 …… 732
寄題贛江亭 …… 739
寄贈泉石使李元直入覲 …… 327
寄贈致遠并呈現老 …… 184
宿州 …… 546
宿妙庭觀次東坡舊韻 …… 1441
宿長蘆寺方丈 …… 1034
宿東寺二首 …… 122
宿牧馬山勝果寺 …… 216
宿清湘城外田家 …… 646
宿深溪驛,去廣右界只一程 … 647
宿義林院 …… 58
宿閶門 …… 1438
密室僊坐 …… 898

〔一〕

書錦行送陳福公判信州 …… 403
張正字母夫人朱氏輓詞 …… 849
張建陣亡與子德普恩澤補承信郎制 …… 1781
張恭甫正字折贈館中碧桃,因次子充韻 …… 374
將仕郎戴安國捕獲海賊可承信郎制 …… 1779
將至公安 …… 753
將至石湖,道中書事 …… 1399
將至巫山遇雨 …… 792
將至吴中,親舊多來相迓,感懷有作 …… 1035
將至敘州 …… 981
將赴建康出城 …… 1144
將歸 …… 1605
習閒 …… 1465
鄉貢進士方權輸米補迪功郎制 …… 1776

十二画

〔一〕

斑騅 …… 173
提刑察院王丈輓詞 …… 487
提舉兩浙東路常平茶鹽公事周閎可户部員外郎總領淮西財賦制 …… 1782
喜收知舊書,復畏答,書二絶 …… 1526
喜沈叔晦至 …… 1283
喜雨 …… 1215
喜周妹自四明到 …… 1209
喜雪示桂人 …… 662
喜晴二首 …… 1224
插秧 …… 310
蛩 …… 1188
壺天觀銘 并序 …… 2055
壺天觀題名 一 …… 2058
壺天觀題名 二 …… 2059
壺春堂 …… 558
葉衡起復制 …… 1795
萬州 …… 815
萬州西山湖亭秋荷尚盛 …… 998
萬眼羅 …… 1331
萬景樓 …… 944
落鴻 …… 35
朝中措 …… 1700
朝中措 五首 … 1624,1626—1629

葵花萱草 …………………… 1300
殘夜至峰頂上 ……………… 827
雲安縣 ……………………… 814
雲間湖光亭 ………………… 179
雲露 并序 ………………… 1322
雲露堂前杏花 …………… 1577

〔丨〕

紫中貴 …………………… 1212
紫花 ……………………… 1257
紫荷車 …………………… 780
最高峰望雪山 …………… 927
鼎河口枕上作 …………… 748
閏月四日石湖衆芳爛漫 …… 1568
跋 一 …………………… 1983
跋 二 …………………… 1984
跋 三 …………………… 1984
跋山谷帖 ………………… 1975
跋山谷臨顔書 …………… 1978
跋北齊校書圖 …………… 1961
跋司馬温公帖 …………… 1979
跋加味平胃散方 ………… 1982
跋西塞漁社圖 …………… 1967
跋米元章臨王獻之帖 ……… 1976
跋米禮部行草 …………… 1977
跋東坡詩 ………………… 1986
跋東坡墨迹 ……………… 1986
跋御書 …………………… 1964
跋詛楚文 ………………… 1985
跋道君皇帝題宣和殿圖後 … 1978
跋婺源硯譜 ……………… 1980
跋歐陽詹自明誠論 ……… 1988
跋獨孤及論季札潔己之禍 … 1987
單葉御衣黄 ……………… 1211
圍田歎四絶 ……………… 1421

〔丿〕

無盡燈後跋 ……………… 1959
無題 ……………………… 878
犍爲江樓 ………………… 979
程助教遠餞求詩 ………… 342
答措置和糴戒諭詔疏 ……… 1851
答御賜獎諭疏 …………… 1849
答楊冠卿帖 ……………… 1929
御書石湖二大字跋 ……… 1963
御書石湖二大字謝表 ……… 1760
復水月洞銘 并序 ……… 2050
復以蟾硯歸龔養正 ……… 1253
復用韻記昨日坐中劇談及
　趙家琵琶之妙,呈王正之
　提刑二絶 ……………… 1499
復自姑蘇過宛陵,至鄧步出
　陸 ……………………… 199
復作耳鳴二首 …………… 693
番陽湖 …………………… 333
勝捷都虞侯周元可秉義郎
　制 ……………………… 1778

〔丶〕

詠吴中二燈 ……………… 1330
詠河市歌者 ……………… 1314
詠懷自嘲 ………………… 1464
遊録 ……………………… 2072
遊靈石山寺 ……………… 422
尊妗帖 …………………… 1934
奠唐少梁晉仲兄弟墓下 …… 353
道子教授奉祠,諸生率余祖
　席如意院 ……………… 300
道中 ……………………… 35

道中古意二絶 …………………… 1108
道見蓼花 …………………………… 252
遂寧府始見平川,喜成短歌 … 837
曾懷户部尚書制 ………………… 1795
勞畬耕 并序 ……………………… 801
湖口望大孤 ……………………… 1024
湘口夜泊,南去零陵十里矣。營水來自營道,過零陵下,湘水自桂林之海陽至此,與營會合爲一江 …… 728
湘江怨 ……………………………… 539
湘江洲尾快風挂帆 …………… 627
湘陰橋口市別游子明 ……… 735
湘潭 ………………………………… 730
湘潭道中詠芳草 ……………… 624
温泉 ………………………………… 336
渡太湖 …………………………… 1090
渡淮 ………………………………… 543
游仰山謁小釋迦塔,訪孚惠二王遺蹟,贈長老混融 …… 618
游金牛洞題石壁上 …………… 201
游寧國奉聖寺 ………………… 217
寒雨 ……………………………… 1096
寒夜 ………………………………… 696
寒夜獨步中庭 ………………… 533
寒夜觀雪 ………………………… 1556
寒食郊行書事二首 …………… 42
寒食客中有懷 ………………… 205
寒亭 ………………………………… 292
富陽 ………………………………… 304
富順楊商卿使君,緜與余相別于瀘之合江,渺然再會之期。後九年,迺訪余吴門,則喜可知也。今復分袂,更增惘然,病中强書數語送之 …………………… 1232
寓直玉堂拜賜御酒 ………… 514
窗前木芙蓉 ………………………… 23

〔一〕

畫工李友直爲余作冰天、桂海二圖,冰天畫使北虜渡黄河時,桂海畫游佛子巖道中也。戲題 …………… 691
賀王中書啓 ……………………… 1937
賀天申節表 ……………………… 1753
賀太上皇表 ……………………… 1754
賀户部汪侍郎啓 ……………… 1940
賀户部趙侍郎啓 ……………… 1939
賀户部錢侍郎啓 ……………… 1942
賀正旦表 ………………………… 1768
賀史刑侍啓 ……………………… 1946
賀加太上皇帝尊號表 ……… 1754
賀表 ……………………………… 1768
賀重明節表 ……………………… 1766
賀陳察院啓 ……………………… 1944
賀張魏公啓 ……………………… 1945
賀會慶節表 ……………………… 1764
賀壽皇表 一 …………………… 1763
賀壽皇表 二 …………………… 1763
賀樂丈先生南郭新居 ……… 151
賀劉太尉啓 ……………………… 1943
賀禮侍啓 ………………………… 1947
登西樓 ……………………………… 8
發合江數里,寄楊商卿諸公 … 989
發荆州 …………………………… 756

十三画

〔一〕

瑞香三首 …… 1557
瑞香花 …… 37
夢中作 …… 1099
夢玉人引 二首 …… 1663,1664
夢覺作 …… 1578
楊少監寄西征近詩來,因賦二絶爲謝。詩卷第一首乃石湖作别時倡和也 …… 1125
楊君居士輓詞 …… 453
楊萬里太常博士告詞 …… 1771
楓橋 …… 137
酬姜堯章 …… 1726
雷雨鄰舍起龍 …… 20
雷洞平 …… 960
雷萬春墓 …… 546

〔丨〕

歲旱,邑人禱第五羅漢得雨,樂先生有詩,次韻 …… 153
虞美人 四首 …… 1692—1695
虞姬墓 …… 544
睡起 …… 1396
睡覺 …… 1080
睡覺 …… 1468
睢水 …… 548
暘谷洞題名 …… 2065
愚溪在零陵城對岸,渡江即至。溪甚狹,一石澗耳,蓋衆山之水,流出湘中 …… 645
照田蠶行 …… 1473
跨馬過練墟喜晴 …… 1091
園丁折花七品各賦一絶 …… 1211
園林 …… 1487
嗅梅 …… 128
蜀州西湖 …… 932
蜀花以狀元紅爲第一,金陵東御園紫繡毬爲最 …… 1214

〔丿〕

與王夷仲檢討祀社 …… 465
與王淮書 …… 1921
與五一兄帖 一 …… 1923
與五一兄帖 二 …… 1924
與友人帖 一 …… 1925
與友人帖 二 …… 1926
與正夫、朋元遊陳侍御園 …… 418
與至先兄遊諸園看牡丹,三日行徧 …… 1070
與同僚遊棲霞,洞極深遠,中有數路,相傳有通九疑者。燭將盡乃還,飲碧虚上,陳仲思用二華君韻賦詩,即席和之 …… 700
與先之帖 …… 1931
與州郡啓 一 …… 1950
與州郡啓 二 …… 1950
與州郡啓 三 …… 1951
與州郡啓 五 …… 1952
與州郡啓 四 …… 1951
與吴興薛士隆使君遊弁山石林先生故居 …… 601
與長文、正夫游北山 …… 511
與周子充侍郎同宿石湖 …… 521
與胡經仲、陳朋元遊照山堂,梅數百株盛開 …… 400

與時叙、現老納涼池上，時叙誦新詞甚工 …………………… 45
與現、壽二長老遊壽泉，因話去年林屋之遊，題贈 … 1089
與游子明同過石湖 ………… 1060
與養正帖 ……………………… 1930
與鄭少融、趙養民二使者訪古砦家洲，歸憩松關。二君欲助力興廢，戲書此付長老善良，以當疏頭 ……… 686
與嚴教授啓 ………………… 1938
舅母太夫人方氏挽詞三首 … 1532
催西兵營寨劄子 …………… 1895
催租行 ………………………… 118
會同館 ………………………… 594
會散夜步 ……………………… 533
會慶節大慈寺茶酒 ………… 887
愛雪歌 ………………………… 1560
詹氏知止堂銘 并序 ……… 2049

〔丶〕

誕皇孫賀皇太后表 ………… 1764
資政殿學士王之望致仕轉官劄 ………………………… 1792
新安侯夫人俞氏輓詞 ……… 318
新安絶少紅梅，惟倅廳特盛，通判朝議召幕僚賞之，坐皆有詩，亦賦古風一首 ………………………… 268
新作官梅莊，移植大梅數十本繞之 …………………… 893
新作錦亭，程詠之提刑賦詩，次其韻二首 ………… 860
新知通州許克昌可秘書省秘書郎兼權司封郎官制 …… 1786
新荔枝四絶 ………………… 1116
新修主簿廳記 ……………… 2003
新津道中 …………………… 933
新涼夜坐 …………………… 870
新晴行鄜水上，與涪江相近 … 832
新歲書懷 …………………… 1564
新館 …………………………… 289
新嶺 …………………………… 296
慈姥巖與送客酌别，風雨大至，涼甚。諸賢用中巖韻各賦餞行詩，紛然擘牋。清飲終日，雖無絲竹管絃，而情味有餘 ………… 937
煙江疊嶂 …………………… 1267
福勝閣 ………………………… 553

〔乛〕

辟兵官劄子 ………………… 1882
慜遊 …………………………… 1604

十四画

〔一〕

碧瓦 …………………………… 103
碧虚席上得趙養民運使寄詩，約今晚可歸，次韻迓之 ………………………… 695
碧虚銘 ……………………… 2053
碧虚題名 …………………… 2062
趙州石橋 …………………… 577
趙故城 ………………………… 567
趙雄使回奬諭制 …………… 1797
趙聖集詩説少年俊遊，用前韻記其語戲之 …………… 230

嘉陵江過合州漢初縣下 …… 831
臺州仙居縣尉余閎母潘氏饒州浮梁縣主簿謝偁母董氏并可特封孺人制 …… 1773
墊江縣 …… 823
壽安紅，深色粉紅，多葉易種，且耐久 …… 1211
壽櫟東齋午坐 …… 1440
壽櫟前假山成，移丹桂於馬城，自嘲 …… 1246
壽櫟堂枕上 …… 1440
壽櫟堂前小山峰凌霄花盛開，葱蒨如畫，因名之曰凌霄峰 …… 1534
暮春上塘道中 …… 105
酹江月 …… 1717
〔丨〕
聞石湖海棠盛開，亟攜家過之三絶 …… 1579
聞春遠牡丹盛開 …… 1214
聞威州諸羌退聽，邊事已寧，少城籌邊樓闌檻修葺亦畢工，作詩寄權制帥高子長 …… 976
閤門宣贊舍人幹辦皇城司吴瓌施行親從推垛子可轉右武郎制 …… 1777
〔丿〕
種竹了題愛山亭 …… 908
種竹歎。向在成都，種竹滿西園，偶苦寒疾。朅來金陵，復種繞池，未幾以眩卧閤。家人子遂謂不當種竹，其説甚可怪歎，口占此詩 …… 1185
〔丶〕
説虎軒夜坐 …… 1079
鄰山縣 …… 825
鄭少融尚書初除端殿，以書見及，賦詩爲賀 …… 1454
榮木 并序 …… 30
滿江紅 …… 1706
滿江紅 …… 1730
滿江紅 …… 1744
滿江紅 四首 …… 1607，1609，1612，1614
漸水 …… 559
〔乛〕
翠峰寺 …… 1057
翠樓 …… 565
緑萼梅 …… 847

十五画

〔一〕
慧感夫人祠記 …… 2040
賣癡獃詞 …… 1473
横塘 …… 138
横溪驛感懷 …… 817
敷文閣直學士知明州趙伯圭磨勘可朝奉郎制 …… 1792
醉落魄 …… 1696
醉落魄 …… 1699
醉落魄 …… 1711
醉落魄 …… 1719
〔丨〕
劇暑 …… 111

賞心亭再題 …………………… 57
賞海棠三絶 ………………… 1397
賞雪騎鯨軒，子文夜歸酒渴，侍兒薦茗飲蜜漿，明日以姹同游，戲爲書事，邀宗偉同作 ……………… 259
賜趙雄辭免參知政事不允第二詔 ……………………… 1788
嘲里人新婚 …………………… 24
嘲風 ……………………… 1215
嘲蚊四十韻 ………………… 1083
嘲峽石 并序 ………………… 798
蝶戀花 ……………………… 1630
蝙蝠 ……………………… 1187
〔丿〕
黎州蕃部還納漢口三十九人奏 ……………………… 1818
範老前歲相别，約歸括蒼，便游四明，今不知何地，暇日有懷 ……………… 122
樂先生闢新堂以待芍藥、酴醾，作詩奉贈 ……………… 84
樂神曲 ……………………… 116
樂庵語録跋 ………………… 1976
盤龍驛 ……………………… 291
銷夏灣 ……………………… 1051
劍池 ……………………… 1547
餘杭 ……………………… 305
餘杭初出陸 ………………… 1443
餘杭道中 ………………… 106
魯如晦郎中輓詞二首 ……… 519
魯家洑入沌 ………………… 1013
劉德修少卿避暑惠山，因便寄贈 ……………………… 1485
〔丶〕
請佛閣晚望，雪山數十峰如爛銀，晃耀暑光中 ………… 970
請免收流移之人渡錢疏 …… 1866
請息齋書事三首 …………… 1287
請記高宗退處後言行疏 …… 1866
請措置成都府路邊防疏 …… 1844
請措置邊防疏 ……………… 1845
請減放四川酒課折估虚額錢疏 ……………………… 1847
請復官賣鹽疏 ……………… 1841
請禁貴近勳臣越制請求奏 … 1808
請趙士銖例支嗣王米麥等恩數 ……………………… 1841
請榜告文州蕃部疏 ………… 1858
諸軍不得輒容合避親充將佐奏 ……………………… 1807
諸惺庵枕上 ………………… 1192
論二廣獄事劄子 …………… 1898
論三朝國史劄記 …………… 1870
論支移劄子 ………………… 1880
論不舉子疏 ………………… 1827
論日力國力人力疏 ………… 1831
論文州邊事劄子 …………… 1892
論民兵義士劄子 一 ……… 1884
論民兵義士劄子 二 ……… 1886
論邦本疏 ………………… 1860
論任將疏 ………………… 1857
論李彦堅王彪疏 …………… 1852
論兵制疏 ………………… 1834
論兵制疏 ………………… 1853
論作城貴神速劄子 ………… 1908

論宋貺召命疏 …………………… 1838
論兩廣進士攝官之弊疏 …… 1862
論知人劄子 …………………… 1878
論侍立劄子 …………………… 1874
論治明州海盗疏 …………… 1865
論治道疏 ……………………… 1840
論宜州不宜置場疏 ………… 1842
論重征莫甚於沿江奏 ……… 1823
論風俗劄子 …………………… 1908
論恍、怳二字並通，乞詳定
修入禮部韻疏 …………… 1863
論馬政四弊奏 ……………… 1814
論透漏銅錢劄子 …………… 1899
論記注聖語劄子 …………… 1873
論郭鈞疏 ……………………… 1868
論書 一 ……………………… 2080
論書 二 ……………………… 2081
論赦宥疏 ……………………… 1856
論朝市儀注劄子 …………… 1896
論勤政疏 ……………………… 1825
論虜使生事劄子 …………… 1872
論蜀中吏廩劄子 …………… 1881
論蜀兵貧乏劄子 …………… 1888
論義役疏一 ………………… 1831
論義役疏二 ………………… 1837
論慎刑疏 ……………………… 1829
論銅錢入北奏 ……………… 1824
論獄法疏 ……………………… 1833
論增絹價以輕刑疏 ………… 1837
論黎州買馬疏 ……………… 1854
論學書須視真迹 一 ……… 2079
論學書須視真迹 二 ……… 2079
論諜者奏 ……………………… 1806
論邊患疏 ……………………… 1844
論關外四州歲苦和糴劄
子 …………………………… 1890
論獻説迎合布衣補官之弊
劄子 ………………………… 1877
論鹽法書 ……………………… 1920
廛居久不見山，或勸作小樓
以助登覽，又力不能辦，
今年益衰，此興亦闌矣 … 1559
慶充自黄山歸，索其道中
詩，書一絶問之 ……………… 245
澎浪磯阻風 ………………… 1025
潺陵 ……………………………… 752

〔一〕

選調綿州潼川戍兵疏 ……… 1852
豫章南浦亭泊舟二首 ……… 612
緘口翁 …………………………… 119
緩帶軒獨坐 ……………………… 668

十六画

〔一〕

鞓紅 …………………………… 1212
燕子坡 ………………………… 807
燕安南使自叙 ……………… 1953
燕宫 ……………………………… 593
燕堂後盧橘一株，冬前先開
極香 …………………………… 658
燕堂書事 ……………………… 678
燕賓館 ………………………… 590
翰林學士何公溥輓詞 ……… 441
橙綱 ……………………………… 591
橘園 …………………………… 1052

〔丨〕

盧溝 …… 589
曉出古城山 …… 246
曉出古巖呈宗偉、子文 …… 227
曉出北郊 …… 684
曉自銀林至東灞登舟，寄宣城親戚 …… 193
曉行 …… 54
曉枕三首 …… 1203
曉枕聞雨 …… 1462
曉泊横塘 …… 1483
曉起 …… 1114
曉起 …… 81
曉起 …… 868
曉起信筆 …… 1164
曉起聞雨 …… 1078
曉發飛烏，晨霞滿天，少頃大雨。吴諺云："朝霞不出門，暮霞行千里。"驗之信然，戲紀其事 …… 833
曉詣三井觀 …… 866
闔門行送胡子遠著作守漢川 …… 1081
閶門初泛二十四韻 …… 1371
閶門戲調行客 …… 1086

〔丿〕

積雨作寒五首 …… 1223
積雨蒸潤，體中不佳，頗思故居之樂，戲書呈子文 …… 228
興安乳洞有上中下三巖，妙絶南州，率同僚餞别者二十一人遊之 …… 710
衡永之間，山路艱澀，薄晚吏卒鬨云："漸近祁陽，路已平夷。"皆有津津之色 … 641
衡州石鼓書院 …… 635
衡陽道中二絶 …… 634
錦亭然燭觀海棠 …… 862
錦帶花 …… 781
館娃宫賦 并序 …… 1583
獨遊虎跑泉小庵 …… 107

〔丶〕

謁金門 …… 1707
謁南嶽 …… 629
親戚小集 …… 1467
親鄰招集强往便歸 …… 1456
龍母廟 …… 148
龍門峽 …… 973
龍津橋 …… 593
龍學尚書新安侯羅公輓詞二首 …… 311
龍學侍郎清河侯張公輓詞二首 …… 315
龍隱巖題名 …… 2060
燒火盆行 …… 1472
燈夕懷廣蜀舊事 …… 1198
燈市行 …… 1471
澧江漁舍 …… 750
澧浦 …… 750
澧陽江 …… 749
憶昔 …… 1518

〔乛〕

隱静山 …… 294

十七画

〔一〕

擬古 …………………………… 99
舊滑州 ………………………… 561
韓無咎檢詳出示所賦陳季陵户部巫山圖詩，仰窺高作，歎息彌襟。余嘗考宋玉談朝雲事，漫稱先王時，本無據依，及襄王夢之，命玉爲賦，但云："頩顔怒以自持，曾不可乎犯干。"後世弗察，一切溷以媟語，曹子建賦宓妃，亦感此而作，此嘲誰當解者？輒用此意，次韻和呈，以資撫掌 ……………… 429
檢校石湖新田 ………………… 1568
臨平道中 ……………………… 1106
臨江仙 ………………………… 1741
臨江仙 二首 ………… 1670，1672
臨洺鎮 ………………………… 570
臨溪寺 ………………………… 290
霜天曉角 ……………………… 1703
霜天曉角 ……………………… 1720
霜後紀園中草木十二絶 …… 1543

〔丨〕

戲書二首 ……………………… 1204
戲書麻線堆下 ………………… 776
戲答澹庵小偈 ………………… 168
戲詠絮帽 ……………………… 1378
戲題方響洞 …………………… 947
戲題牡丹 ……………………… 538
戲題索橋 ……………………… 919
戲題致遠書房 ………………… 159
戲題無常鐘二絶 …………… 1505
戲題愚溪 ……………………… 726
戲題趙從善兩畫軸三首 …… 1524
戲題藥裹 ……………………… 157
戲贈少梁 ……………………… 47
戲贈脚婆 ……………………… 1096
戲贈勤長老 …………………… 1490
蹋鵰巾 ………………………… 591
嶺上紅梅 ……………………… 209
點心山 ………………………… 958
點頭石 ………………………… 1546

〔丿〕

繁杏 …………………………… 1261
鍾山閣上望雨 ………………… 1153

〔丶〕

講武城 ………………………… 566
謝□□表 ……………………… 1765
謝江東漕楊廷秀秘監送江東集并索近詩二首 ……… 1541
謝改官啓 ……………………… 1952
謝賜生日生餼表 ……………… 1759
謝賜御書劄子 ………………… 1909
謝賜臘藥感遇之什 ………… 1132
謝範老問病 …………………… 1189
謝薦舉啓 一 ………………… 1948
謝薦舉啓 二 ………………… 1948
謝薦舉啓 三 ………………… 1949
謝薦舉啓 四 ………………… 1949
謝轉官表 一 ………………… 1767
謝轉官表 二 ………………… 1767
謝龔養正送蘄竹杖 ………… 1218

應詔上皇帝書 …………………… 1913
應詔言弊疏 ……………………… 1825

〔丶〕

濯纓亭在吴興南門外 ……… 606

〔乛〕

牆外賣藥者九年無一日不過，吟唱之聲甚適。雪中呼問之，家有十口，一日不出，即飢寒矣 ………… 1562
縹緲峰 ………………………… 1056

十八画

〔一〕

瓊州山寨首領黄氏可宜人制 ……………………………… 1772
鞭春微雨 ……………………… 846
覆盆舖 ………………………… 765

〔丨〕

豐都觀 ………………………… 995
叢臺 …………………………… 569
題山水橫看二首 ……………… 36
題山谷帖 ……………………… 1974
題大平壽老方丈 ……………… 1408
題夫差廟 ……………………… 1393
題日記 ………………………… 170
題立雪圖 ……………………… 170
題米元暉吴興山水橫卷 …… 1419
題如夢堂壁 …………………… 80
題李雲叟畫軸，兼寄江安楊簡卿明府二絶 ……………… 1181
題佛日浄慧寺東坡題名 …… 1959
題范道士二牛圖 ……………… 1262
題易元吉獐猿兩圖二首 …… 1280
題金牛洞 ……………………… 191
題城山挂月堂壁 ……………… 87
題城山晚對軒壁 ……………… 86
題南塘客舍 …………………… 200
題查山林氏庵 ………………… 1067
題秋鷺圖 ……………………… 1414
題畢少董繙經圖 ……………… 1507
題徑山寺樓 …………………… 470
題徑山凌霄庵 ………………… 468
題徐熙杏花 …………………… 1279
題徐熙風牡丹二首 ………… 1257
題記事册 ……………………… 104
題記事册 ……………………… 183
題羔羊齋外木芙蓉 ………… 1124
題現老真 ……………………… 1161
題黄州臨皋亭 ………………… 1016
題黄居寀雀竹圖二首 ……… 1259
題張氏新亭 …………………… 171
題張希賢紙本花四首 ……… 1282
題張晞顔兩花圖二首 ……… 1261
題張戡蕃馬射獵圖 ………… 1299
題開元天寶遺事四首 ……… 132
題湘山大施堂 ………………… 721
題湯致遠運使所藏隆師四圖 …………………………… 127
題畫卷五首 …………………… 90
題楊子容扇 …………………… 987
題楊商卿扇 …………………… 987
題睢陽五老圖卷 ……………… 1965
題蜀果圖四首 ………………… 1447
題傳記二首 …………………… 174
題趙希遠案鷹圖 ……………… 1419
題趙昌木瓜花 ………………… 1279

題趙昌四季花圖 …………… 1300
題漫齋壁 ………………… 281
題醉道士圖 ………………… 528
題請息齋六言十首 ………… 1227
題錦亭 ……………………… 909
題嶽麓道鄉臺 ……………… 731
題藥方 ……………………… 1210
題藥籠 ……………………… 1515
題譚德稱扇 ………………… 986
題蘭亭帖 一 ……………… 1973
題蘭亭帖 二 ……………… 1974
題寶林寺可賦軒 …………… 427
瞿唐行 ……………………… 1002
瞻儀堂記 …………………… 1994
蟠龍嶺 ……………………… 820
蟠龍瀑布自山頂漫汗淋漓，分數道而下，望之宛從天降，當爲城中布水第一 …… 821

〔丿〕

簡畢叔滋覓牡丹 …………… 1527
雙瑞堂記 …………………… 2046
雙溪 ………………………… 955
雙廟 ………………………… 547
雙燕 ………………………… 537
歸正人趙虚己可迪功郎制 … 1775
歸正人歸州助教高粲可右迪功郎制 ………………… 1776
歸正張□特補右承務郎制 … 1790
歸州竹枝歌二首 …………… 786
鏵嘴 ………………………… 712
鎮下放船過東山二首 ……… 1056
鎮東行送湯丞相帥紹興 …… 354
翻襪庵夜坐聞雨 …………… 1395

〔丶〕

離池陽十里清溪口，復阻風 ……………………… 1033
離巫山好晴，午後入瞿唐關，憩高齋半日 ………… 808
離堆行 ……………………… 915
顔橋道中 …………………… 1437

十九画

〔一〕

鵲橋仙 ……………………… 1644
藺相如墓 …………………… 568
蘇稽鎮客舍 ………………… 951
藻姪比課五言詩，已有意趣，老懷甚喜，因吟病中十二首示之，可率昆季賡和，勝終日飽閒也 ……… 1240
櫧洲道中 …………………… 625

〔丨〕

贈趙廉州 …………………… 654
贈壽老 ……………………… 1311
贈舉書記歸雲丘 …………… 1066
贈臨江簡壽玉二首。簡攜王仲顯使君書來謁，并示孔毅甫夢蟾圖，今廟堂五府皆有題字 ……………… 1244
關外麥熟奏 ………………… 1820
關外麥熟疏 ………………… 1862
關防官鹽之弊奏 …………… 1816
嚴子文以春雪數作，用"爲瑞不宜多"爲韻，賦詩見寄，次韻 ……………… 1329
嚴州 ………………………… 302

巖關 …… 708
羅江 …… 717

〔丿〕

籖廳夜歸用前韻呈子文 …… 229
辭免知建康府劄子 …… 1900
臘月村田樂府十首 并序 …… 1469

〔丶〕

譚德稱、楊商卿父子送余，自成都合江亭相從，至瀘南合江縣始分袂，水行踰千里，作詩以別 …… 988
爆竹行 …… 1472
瀘州南定樓 …… 985
懷古亭 …… 915
懷桂林所思亭 …… 716
懷歸寄題小艇 …… 1136

〔乛〕

嬾牀午坐 …… 1075
繰絲行 …… 116
繳僞會齊仲斷案奏 …… 1805

廿　画

〔一〕

醴陵驛 …… 622

〔丿〕

臙脂井三首 …… 62

〔丶〕

護龍河 …… 552
議兵莫若留營屯劄子 …… 1869
寶公祈雨感應，用陳申公韻賦詩爲謝 …… 1157
寶相花 …… 863
寶現溪 …… 956

廿一画

〔一〕

攜家石湖賞拒霜 …… 1439
櫻桃 …… 1447
櫻桃花 …… 856

〔丿〕

鐵錫 …… 146
鷄冠 …… 1282

〔丶〕

夔州竹枝歌九首 …… 810
夔門即事 …… 1001
竈渚 …… 736

〔乛〕

續長恨歌七首 …… 15

廿二画

〔一〕

驚蟄家人子輩爲易疎簾 …… 1285

〔丨〕

疊羅紅，開遲旬日，始放盡 …… 1212
巖桂三首 …… 1238
體中不佳偶書 …… 1155

〔丿〕

鰻井 …… 1146

〔丶〕

讀甘露遺事二首 …… 135
讀史 …… 38
讀史三首 …… 68
讀白傅洛中老病後詩戲書 …… 1497
讀唐太宗紀 …… 194
鷓鴣天 …… 1735
鷓鴣天 …… 1738

鷓鴣天 …………………………… 1743
鷓鴣天 四首 ………………… 1678，1679,1682,1683

廿三画

〔丨〕

曬藺 ………………………………… 310

〔丶〕

欒城 ………………………………… 578

廿四画

〔一〕

驟寒吟 …………………………… 1376
觀禊帖有感三絶 ……………… 1109
靈山口 …………………………… 331
靈泉 ……………………………… 707
靈祐觀 …………………………… 1044

〔丶〕

贛州明府楊同年輓歌詞二首 ……………………………… 702

廿五画及以上

鸞觸 ……………………………… 1481
鑽天三里 ………………………… 769
灩澦堆 …………………………… 809